李 浩 郝建国 主编

天 鹅

李凤群 著

河北·石家庄

图书在版编目（CIP）数据

天鹅 / 李凤群著. -- 石家庄：花山文艺出版社，2023.5
（原上丛书 / 李浩，郝建国主编）
ISBN 978-7-5511-6533-4

Ⅰ. ①天… Ⅱ. ①李… Ⅲ. ①中篇小说－小说集－中国－当代 ②短篇小说－小说集－中国－当代 Ⅳ. ①I247.7

中国版本图书馆CIP数据核字(2023)第014525号

丛 书 名：原上丛书
主　　编：李　浩　郝建国
书　　名：天　鹅
　　　　　Tian'e
著　　者：李凤群
选题策划：郝建国　李　爽
责任编辑：刘燕军
责任校对：李　伟
装帧设计：陈　淼
美术编辑：胡彤亮
出版发行：花山文艺出版社（邮政编码：050061）
　　　　　（河北省石家庄市友谊北大街330号）
销售热线：0311-88643299/96/17
印　　刷：石家庄燕赵创新印刷有限公司
经　　销：新华书店
开　　本：880毫米×1230毫米　1/32
印　　张：12.375
字　　数：243千字
版　　次：2023年5月第1版
　　　　　2023年5月第1次印刷
书　　号：ISBN 978-7-5511-6533-4
定　　价：49.00元

（版权所有　翻印必究·印装有误　负责调换）

序：筑起属于自己的"山峰"

李 浩

一

编撰一套反映当下中国小说创作实绩、展示中青年作家艺术品格和前行势头的系列丛书，一直是花山文艺出版社郝建国社长和我的共同心愿。应当说他的意愿可能更强烈、更紧迫，也更"成熟"一些，因为早在两年前他就开始策划组织《"诗人散文"丛书》的出版，至今已经进行到第四季，积累了丰富的经验。在经历多轮交流、碰撞和相互说服之后，便有了这套《原上丛书》。

之所以名为"原上"，一是基于我们不断谈及的中国当代文学"有高原无高峰"的共识性判断。必须承认，经历数十年的吸纳、丰富、转变和探索，时下的中国当代文学（尤其是当代小说）呈现了一定的甚至可以说几乎普遍的"高原"态势，立足于本土、个人和时代经验，深谙东西方小说讲述的艺术策略，有着广博的文学视野和经久的文学阅读，并较好地融合萃取变成个人的独特，呈现出不同的"中国故事"可贵面影。这一努力和前行,是我们绝不能忽略和无视的!然而,我们也需要承认,我们当下的写作还有诸多的匮乏和不足,尤其表现于思想性、创新性、丰富性和锐利感上……我们编撰这样一套丛书,是为彰显、呵护已经呈现"高原"态势的中青年作家的创作实绩,认知和呈现他们的文学实力,同时也冀望借此加以"促进",希望这些作家朋友能够不断向前,最终筑起属于自己的"山峰"。而定名为"原上"的第二个原因,则源于白居易"离离原上草,一岁一枯荣,野火烧不尽,春风吹又生"的著名诗句——它意味着(或者隐喻着)不竭的新生力量,不竭的"原上"的生长和文化根脉的深层延续……《原上丛书》,愿意为已经站在了高原的、相对年轻的"新生力量"提供可能的助力,为文学的真正发展和繁荣提供可能的助力。这,应当说是这些中青年作家所需要的,也是出版社和阅读者们所需要的。

二

立足于实力,立足于读者好评、业界好评和几乎可见的"创作前景",立足于专业审读和专业评判——也就是说,我们这套《原上丛书》首先考量的是"实力"和"未来态势",以现有创作的真实呈现为第一标准。作家的创作影响力在我们的统筹范围之内,但它或多或少属于"次要标准",它提供参照值但不进入标准值。实力,以及我们的未来预期,在《原上丛书》中占有更大的比重，这是我们这些编撰者应当承认的。

基于此，我们甚至更愿意从那些潜心写作但或多或少被低估，荣耀的强光尚未照到身上的那些作家中"捞取"，让他们在这里获得可能的彰显与艺术尊重——这也是我们所要承认的。也正是基于这一个原因，在我们开始遴选作家的时候"不成文"地将已经获得鲁奖、茅奖的作家忽略在外。在我们第一辑十本的编辑过程中，作家刘建东、沈念获得了2022年的第八届鲁迅文学奖——这当然是我们尤其是作家本人的荣耀，但我们和编辑团队愿意再次强调：我们在约稿和编辑丛书的过程中，他们尚未获奖，我们的选择标准是并会一直是实力和创作前景……事实上，我们也大约有理由相信，入选《原上丛书》的诸多作家或许会在今后的某一时段再有大奖斩获，或者成为具有标志意义的文学名家——这，也是我们所更愿意见到的。在接下来的遴选和编辑过程中，我们还会将这个"不成文"继续下去。

全国性，是我们这套丛书的又一立足，我们愿意将整个中国有实力的中青年作家放在一起打量，并使用同一标尺。我们当然愿意它能有一个丰富性、多样性和多层面的展示，但它们大约依然是参照值而不是标准值。花山文艺出版社隶属于河北出版传媒集团，具有地域性，但在这套丛书的遴选中我们首先排拒的就是地域性。同样是"不成文"的规定，我们会对河北籍的、现在河北生活的作家秉持更多苛刻，如果是同等条件,"被遗憾"的一定是河北作家;在第一辑包括之后的第二辑、第三辑……每辑中至多有一本是河北作家的。这个"不成文"也将是我们坚持的固执原则。

三

第一辑入选的作家是刘建东、李凤群、林那北、哲贵、沈念、王芸、和晓梅、卢一萍、郑小驴、文清丽(排名不分先后)。他们是当下文坛极为活跃、极有实力并且部分地获得着关注的中青年作家,而我们更看重的是在他们身上所能体现出的创新意识和前行态势,包括他们对于时代、生活、个人人性的有效挖掘。他们的写作,真的是在为我们提供着来自生活和文学的双重丰富。

在我看来,林那北的小说更具"东方"质地,娓娓道来,不疾不徐,语言上有一种清浅的音乐性,而在故事上也有那种"东方"式的轻和淡,仿佛不着力地推进着,而阅读者则在不知不觉中沉入她预设的涡流。她有一双敏锐之眼,这份敏锐中包含了清晰的看透,和小小的但入骨的"毒"。她熟谙生活和生活细微,极易从具有幽暗感的褶皱中做出发现。相对之前的写作,林那北的《燕式平衡》似乎更从容,社会生活的流变、个人的境遇与处境、人性的多重复杂一直是林那北所关注的,在这里,她呈现了更让人感吁、会心和由衷赞叹的文学发挥。我觉得,林那北的小说耐读,经得起重读,而在重读的过程中可能获益更多。

而在王芸的小说中加重的则是情感的力量——所以阅读她的小说，时时会有"胸口受到了重重一击"的那种情感强力，而这强力来得那么真实真诚，毫无矫饰。可以说，王芸的小说已形成她极有特质性的东西，极有"个人标识"。我认为这种标识性就是：从小事儿和微点开始，角度较小甚至是极小，然而撬开的是一个具有普世性的共有议题；故事上往往不那么用力，但涡流感重，会让人在品啜的过程中被缓缓吸入，难以自禁自拔；大量留白，会调动阅读者不断地为文本填充，在情感和智力两方面……它是那种可以引发思忖、耐人寻味的小说。在这本《请叫她天鹅》中同样如此，它聚焦生活和人性的复杂世相，探触心灵深处、生活褶皱处的幽微细部，展现一个个普通生命内在的柔软与坚硬、紧张与松弛、平和与挣扎、痛楚与欢欣、无奈与向往、绝望与执拗，在生活剧变和断裂处映现出"人"的力量。

《无法完成的画像》，具有强烈的先锋感和现代意识，同时又具有扎实沉厚的现实积累，不回避生活、生命的种种困囿和艰难，又能将困囿和艰难"熬"成诗——一直以来，我都认为刘建东的中短篇小说（尤其短篇）属于"教科书"级的，在语言上、故事结构能力上、意蕴营造和留白点的设置上，无一不见微妙与精心，就像我在"小说创作学"课上反复要讲的胡安·鲁尔福或加·加西亚·马尔克斯。这本小说集兼有现代主义创作倾向和现实主义创作倾向，而我看重

天鹅

的是它的融合力量,那种将两种或多种不同向度的力量完美融合并构成合力的力量。这,也是我这样的写作者试图从中汲取的。

埃柯谈到,有两类人属于"天生的作家",一类是农民,一类是水手。将哲贵看作是"农民"型的作家大抵是合适的,因为他对地方生活的了如指掌,因为他比那些观光游客更知道、更了解这一地域的生活内部,更能体味在这一地域生活的人们的精神真实和情感真实,他在那条被称为"信河街"的地方打出了一口深邃的、不断能反射出生存实态的井。较之一般小说,《信河街别录》可能更具有地方志和民俗学价值,当然它更值得言说的还是文学价值、思考价值,那种对人生、人性和独特环境中生存的思考和追问。同时我也愿意承认,哲贵的故事能力也是我所极为欣赏的,他能将一般人无话可说之处写得风生水起,让读者感到津津有味,也能将激烈和回旋有意地半遮起来,让我们通过猜度和想象将其充满。

"80后"作家郑小驴的写作则呈现了另外一种"异质"和独特面目,他尖锐、锋利、直面现实,有一种"少年老成"的技术熟练和"坚决不肯老成"的青春冲力……在他身上和他的写作中,我能看见时下写作普遍匮乏的"巴库斯"式的原始冒险。必须说,这是一股可贵的力量,尽管它有时会引发我们的小小不适,就像我们第一次面对罗伯-格里耶的《去年在马里安巴》、让·热内的《鲜花圣母》或贝克特的《马龙之死》那样。郑小驴关注的或者说更为关注的是我们生活中的"另一潜流",是某种有意回避和视而不见——恰因如此,郑小驴小说写作的价值感也变得更为显豁,它让我们不断地、不断地思忖:这,也是一种生活?非如此不可?有没有更好的可能,如果我是二告或者立夏,如果我是杜怀民,如果我是……我该如何选择?对于小说来说,它应当提供的是"可能"而不是解决之道,解决之道是我们在读完小说之后"自我完成"的部分,小说相信并始终相信阅读者会有自己的独立判断。

当我们在谈论爱情的时候我们是在……这是一句反复被运用已经用得过于俗滥的用语,但我还是选择用它,因为它本身包含的隐喻性质。当我们在谈论爱情的时候,我们的确很少关注于爱情本身,而是关注隐匿于它的背后和深处的那些内容,譬如欲念和释放,譬如权力意志,譬如暗在的交换和平衡,譬如操控性和……事实上,仔细回想一下,我们谈论爱情的概率越来越少了,而集中地、专注地谈论爱情的概率则更少——因此,卢一萍的《N种爱情》在提交到我们手上的时候就让我眼前一亮,竟有小小的心动。与我预想的不同,与我这个身处东部城市的写作者预想的不同,卢一萍的《N种爱情》多数与我从哲学、社会学、心理学和惯常小说呈现中得出的"预设"不同,它的里面包含着真正的爱情之美与人性之美,包含着安宁、博大、舍身的投入和为爱的"不顾一切"。曾在边疆当兵并深深融入边疆生活的卢一萍,在他的写作中呈现的是那片大地上"人类最初的爱情的战栗",它是一种久违,一种真实，同时也是一种怀念。我甚至愿意感谢卢一萍的这一提供，它让我的内心百感交集，暗生涡流。

在本辑丛书的编辑过程中，数位编辑都对完全陌生的和晓梅的小说赞不绝口，他们完全陌生于这个名字，但又对她在小说中上佳的艺术呈现感慨万千。身处云南的纳西族作家和晓梅，属于那种只会潜心写作、"与世无争"地致力于将自己的小说写好的写作者，像她这样一直深潜于自我的文学世界而不事张扬的作家还有不少，譬如本辑中的其他一些作家，又譬如与我有过一些交集的东君、戴冰、李约热，等等。在我们时下（也包括之后）的《原上丛书》的组稿中，我们愿意更多地关注那些具有实力和未来可能的沉潜着的小说家们，可以说这也是我们的初衷。收录于《漂流瓶》中的小说均为中篇，和晓梅在她最为擅长的篇幅空间内纵横施展，建构成一个或多个有着复杂意味的交互世界。与刘建东的小说质地相似，和晓梅小说的现代感充沛丰盈，其故事结构往往也不是单一线性而是采取复调叙事多线并织，并使其铆合于统一的叙事点上，其技艺的精熟和细节控制力让人叫绝。更重要的是，和晓梅始终将小说看作"探索存在的密钥"，她的所有技艺呈现都精心围绕于小说的智识和追问，深入而深刻——在这里我愿意再次重复列夫·托尔斯泰文学标准中的第一条：小说追问的问题越深，越对生活有意义，它的格就越高。毫无疑问，和晓梅的小说处在一个高格之中，它是勘探，是言说，是审视与思忖。

许多时候我们会把沈念归为"散文作家"，就像我们有些时候会把史铁生、宁肯、刘亮程、周晓枫看作"散文家"一样，他们在散文写作中的影响力远大于在小说中的影响力，但这绝不意味他们的小说写得不好，达不到高标。《八分之一冰山》会让我们轻易地想起海明威的"冰山理论"，也会让我们在开始阅读之前就暗自认定，这本小说集将会在"未说"和"未尽"之处有更多经营——事实上也的确如此，我在沈念小说的"空白处"读出的其实更多。这本小说集，聚焦于平常人生，聚集于平常生活中的个人遭际与精神困境，充满着追问、反诘和更多体谅，叙事冷峻而又不失温情。在本辑十本书中，沈念的《八分之一冰山》大约是最具知识分子气息的一本，这一独特足以让它显得别样。它，在表层有种"隔着玻璃看世界"的距离和淡然，然而在再次的阅读中，我读到的却是骨肉相连的体恤，以及经久不散的"耐人寻味"。

弗兰兹·卡夫卡为何要让格里高尔·萨姆沙变形？就以现实主义的方式讲述一个推销员的故事不可以吗？当然可以。只是，它的强度就可能变弱，极端感就会变弱，故事的张力和阅读者被调动起的思考敏锐就会变弱。我们知道文似看山不喜平。我们知道，小说的故事性诉求和思想性诉求，都需要小说家们在不失合理性的前提下努力"推向极端"，其原本纤微的、隐藏的、不那么呈现的部分才会得到有效彰显。在现实主义题材的小说中，因为身份和条件的特殊，军人和军事文学最容易在日常化的场景中建构起"极端"，呈现出强烈的故事性和戏剧冲突。"善假于物"的文清丽在她的《撩人春色是今年》中充分地利用着这一点，以现实的、回忆的、追怀的方式强化和突出故事主人公们的军人身份，以及他们的经历种种……尤其巧妙和独有匠心的是，文清丽在这本小说集中建立了具有象征的"军营"和同样具有象征的"昆曲"两个舞台，一武一文，一雄悍一温婉——其中的自然张力被她有效调动，魅力十足。就我有限的阅读而言，我们的军事文学写作很容易指令性地完成单一向度，其丰沛性、多义性和动人性时有不足，而文清丽在《撩人春色是今年》中的尝试无疑为我们提供了某种启示性参照。

注意到李凤群的写作应当是很晚近的事情，几位我熟悉的作家、编辑朋友向我推荐李凤群，甚至希望我能为李凤群的文字写点儿什么。我是从长篇小说《大野》开始认真关注起李凤群的，我觉得她有良好的艺术感觉，更重要的是她有一颗真诚的心，小说中诸多的人与物都连接着她的肋骨，她体恤他们、理解他们，甚至与他们共用同一条血管。对了，在强调小说的思想性（小说对生活越重要，小说的品格越高）、艺术性（与小说的内容相匹配的外在之美）之后，列夫·托尔斯泰的第三条文学标准是真诚，是作家对他所创造的一切的理解和信。在李凤群的小说中，包括这本《天鹅》中，那种真切的理解和信始终存在着，也使她写下的故事并不单纯是"一个故事"，而更多的是一种有共感的情绪，一种有共感的思考，一种具有普遍性的精神面对。从某种意味上，李凤群的小说可算作是"体验式文学"的那类创作，她更重视小说中的具体体验感和精神波动——尽管,这里面写下的或许是"他者"故事。

四

十位作家,从性别上来说,五男五女——这并非是我们的有意为之,只是在反复不断的约稿过程中机缘巧合地呈现,它不是我们的考虑因素,在第二辑及以后各辑约稿过程中,我们依然不会将它看作遴选要素。

十位作家,其身份、工作单位和生活区域各有不同:有军人、教师、编辑、作协领导和事业单位工作人员,也有自由职业者;有的生活于大中城市也有的生活于边远城市;有汉族也有少数民族……它同样不是我们所看重的遴选要素,我们要的只有"实力"和"未来态势"——而我们之所以梳理了这些不在遴选要素范围之内的点,是因为它在机缘巧合中呈现了我们试图达到和获取的"丰富"。这是我们极为看重的。希望我们遴选的作家都具有强烈的个人面目,都在以自我的方式开掘自我的精神富矿,当我们将这些作品呈现于大家面前的时候你能够感觉它们的"独树一帜"……岁素说,参差多态是人类的幸福本源——就文学作品的阅读来说,确是如此,我们甚至不愿意在同一作家的不同作品中读到不经思虑的重复,求新求异是我们阅读中的心理本能。在这里,我们强调作家们在身份、工作、生活区域和性别上的不同,更多地,是意识到

"童年记忆、生活环境和未知因素 X"对作家写作的影响确有它的显见和内在微妙,这应是我们需要重视与反思的另外一隅。

他们在高原之上,他们具有代表性和独特性,他们和他们的写作,值得被关注。

是为序。

2022 年 11 月于石家庄

目录

路……………… 1
象拔蚌………… 22
天鹅…………… 53

长夜…………… 158
伙伴…………… 223
良霞…………… 298

路

一

那个瘦瘦的少年紧绷着脸从小区门口出来，瞟了一眼这辆丰田的车牌后，气鼓鼓地拉开车门，怕司机看不见自己给的脸色，猛地把自己和一个耐克双肩包往车里一掼，又"砰"的一声大力关上门。

收音机里正在播雨季注意事项：

"要避免在低洼地带、山体滑坡威险区域行车。如果不小心走过低洼积水路段，车辆如果无法行驶，突然熄火，千万不要强行启动车辆……"

"收音机关掉！"屁股落定的同时，少年的声音跟着进来，他粗暴地命令，声高气躁，眼皮都懒得抬一下。

司机伸出手一扭，关于暴雨的声音戛然而止。

刚刚下过一场雨，另一场正在蓄势待发，潮湿又黏稠的梅雨天，街上没多少行人。没等司机开口打个招呼，少年的手机就响了。手机铃是剑与剑撞出火花的声音。

"上了。"他没好气地对着手机喊，"睡过头了不行啊。"

停顿了一会儿，他冷不丁提高音量又一声怒吼："为什么不让老子坐高铁?"

电话里有声音在叽里呱啦地解释。少年掐断电话的时候,那声音像被锅盖一把扣下去似的,盖住了。

少年可以看到司机左胳膊支在开着的车窗上。这司机平头,身矮体窄,侧脸瘦而无肉,椅背显得阔大。少年吼完,掐断电话后,司机动了动身子,开始发动汽车,他皱巴巴的棉T恤蹭在座椅上摩擦出闷闷的声音。

少年的声音再次吼出来:"空调呢?"

司机保持着最初的沉默,关上车窗,打开空调。他动作的时候呼气声很轻,好像少年上车的架势使他的呼吸变得更轻似的。

拐过民生路路口时,突然天空炸裂,顿时风雨大作。街上的行人,立刻作鸟兽状四散;支在药店门口的广告牌,翻滚着扑向隔壁面包店。不知道什么人,勇敢地扑过来,还没够到广告牌一角,一阵风又来,广告牌腾地扭转着到了另一家店门前。这个勇敢的人被风牵扯着,摇摇晃晃地追着牌子晃,再一次笨拙地一扑,这次用力过猛,几乎全身压住广告牌,好像那是个无价之宝似的。车子驶过他身边,车里的人看清了他大惊失色的样子,好像风把他灌晕了。车子开过很远,少年还能从车窗里看到他呆愣在那里,狂风把他的衣服掀起来,雨点打在他裸露的背上。

"呆×。"像是此人的表现损害了他的利益似的,少年悻悻地骂了一句。

天更闷了，前方施工路段放着红色的雪糕筒，雪糕筒就是做做样子，照样有汽车绕过它一直往前。自行车也等不及，躲躲闪闪地在喧闹的货车和小汽车之间穿行。淋过雨水的车轮闪闪发光。

看到内环高架桥时，少年突然用不同于平常的声音说："老金，做个交易。"

司机不吭声。

"你把我在前面放下来，我自己坐高铁去我奶奶家，我到时就说你送的。车费不少你，而且我还另给你两百元，怎么样？"

司机不吭声。

"三百。"

司机没有吭声。

"五百。"少年气急败坏地喊，嘴巴已经贴到了司机的耳朵边。

绿灯亮起来，司机一脚油门，那孩子因惯性被弹回到座椅上。

从福竹公寓到普济圩农场实打实也要六个半小时车程，赶上梅雨季的暴风雨，路上到处有坑洼和积水，从民生路开到高速收费口就已经整整耗掉一个钟头。刚过收费站，路上又堵了。方方正正的厢式货车，跟双层巴士一样高的旅游大巴，盖着防雨布的卡车、越野车、小轿车……每辆车都急不可耐地紧

天鹅

紧咬合在一起,密密麻麻挤成一团,恨不得连一指宽的缝隙都不放过。

"老金,你能不能从应急车道过去?这种破车里坐六个钟头,我的腰都会断了。"少年盯住应急车道,别的车都嗖嗖地开过去,他早就急得不行了。

老金不吭声。老金的表情很淡漠。车海好像是他的阵地,他倒很享受。

"你不能机灵点儿吗,我的手机只剩一格电了,你的破车上连根苹果数据线都没,啊?"少年气急败坏地叫道。他的屁股在车垫上摩擦,像有什么地方瘙痒难耐。

离始发地还这么近,牢骚已经把车里的空气撑得更稀薄了。

"你旁边的塑料袋里是零食和可乐,你吃吃饼干垫一垫。"司机的声音比他的背影看上去要更干巴、更软弱,经过他的口,食物也好像变得干巴巴的。少年嫌弃地皱了下眉头,看都没看一眼身边的食品袋。风在车窗外咆哮的势头很猛,前方的天空云团翻滚,像随意倒在画布上的颜料没有和均匀。

"我要投诉。"

司机回头看了少年一眼,像要正式认识一下自己的乘客——之前,他们甚至都没有相互介绍。

少年眉眼清秀,皮肤像女孩一样白皙,他理着像某位明星一样的发型,纤细的手腕上戴着一只时髦的运动型手表,但他的眼睛可不友善,就那么斜着往下看。对于扫到他脸上的目光,他做出了不能忍受的表情:"嫌我话多,你停车啊,你罢工啊!"

司机不吭声,他一心专注于雨水。刚过下午两点,可是天看起来像是黄昏。水花弥漫到四周的窗户上,雨刷器根本忙不过来,发动机发出嘶嘶的叫声。远处应急车道上一辆汽车抛锚。雾气迅速弥漫,汽车艰难地穿过一个隧道,出来的时候,一侧是悬崖,另一侧是田野,一排排湿漉漉的长条玉米叶上挂着米粒一样的雨点,挂穗的麦苗像波浪不断地翻滚起伏。远处的房子透过雨幕也似乎变得歪歪斜斜。光线比刚才还要暗。水花一阵阵溅进空中,又消失在路面。

车到浙江境内,雨比上海下得还大,路上的车流量明显减少,汽车溅起的水花远远高过视野。眼前变得模糊不清,就好像不是隔着一块玻璃而是隔着一片糨糊。悬挂在后视镜上的红色中国结摇晃得厉害。

突然司机点踩刹车,车速开始下降。

"又没个人,慢什么慢?"那孩子把自己的声音当成车的一部分了。

司机继续放缓车速:"情况不明,要是开到某条沟里去,到时连命都没有了。"

"怕了?那我们就回头。"少年开始使用激将法。

"我的任务是把你送到你奶奶家。"

"你的任务是拿到我爸的钱。"

司机不吭声。滑溜溜的路面,除了隐隐约约向身边滑过的

天鹅

白色虚线,能见度几乎为零。一切都浸泡在剑锋一样的雨柱中了。方向盘在司机的手心里震动,车头一会儿像要偏左,撞上护栏,一会儿又斜到右边。司机手背上的青筋暴突,好像这场战斗要使出全身的力气。

"可是我憋死了,"少年哼哼着,"我爸爸让你六个小时不让我上厕所吗?"他凑向前推了一下司机的胳膊。

司机没有吱声。

下午三点多,司机慢慢驶离主道,开上路肩,拐一个弯。到东亭服务区的岔道很陡,司机再一打方向盘,笔直的峭壁近在眼前,车道旁边是大块的砾石。

司机把车停在服务区的超市门口,告诉少年:"左边是洗手间,你上过厕所可以到超市买你喜欢吃的东西。"

等司机加完油把车开回来,透过玻璃窗,清楚地看到少年站在超市入口的一排水果架面前。里面的人不少,可是每个人都心不在焉,根本没注意到这孩子像根刺一样杵在那里。少顷,这家伙似乎来了一点儿兴致。他伸了伸脖子,把手伸向面前的水果。他挨个捏着桃子、猕猴桃,像个检查员一样专注地挑选水果。一个顾客指了指货架,趁着服务员转过身去拿顾客要的烟,这孩子大大方方地伸出五指,瞬间拿起一个苹果裹进背包和衣袖之间,还在原地停顿一会儿,等服务员把烟递到顾客手上,才若无其事地出了门。他仰起头看天,雨点清晰地落到他脸上。意识到司机在观望自己,少年无所谓地挤挤眼,一甩手，就开始把杧果抛向空中，接住，再抛，又接住了。第三次，他举起小臂，把杧果对准立在台阶旁边的不锈钢垃圾桶，狠狠砸去。杧果砸在不锈钢支架上，发出一声巨响。现在，杧果变成一摊金色的垃圾。少年看了一眼，耸耸肩，又回头看了一眼水果超市，没人出来，在雨的声势之下，一切声音都不被重视，他回头看了看，悻悻地走向汽车。

汽车默默地在阴森潮湿的路面滚动，驶向一座桥面的时候，可以看见像黑洞一样的桥底，乌黑的河水像墨汁一样向岸边晕染。一辆蓝色的大型客车从超车道呼啸而过，车轮溅起的水花笔直地冲向空中，一声嘶吼，又啪啪浇落到路面上。

车子越大，开过去的动静越大。

司机伸长脖子查看道路，他注意到路中心有一洼水坑，坑边淤泥积塞，坑里的水浑浊，目测不出深浅。眼看就要到跟前了，他轻打方向，擦着坑过去。

车子离开了开阔的平原，向山边驶来，渐入湿雾中。

两辆车撞击在一起的车祸现场赫然出现在眼前。一辆面包车的车头完全嵌入一辆中型卡车的底部，道路中间是汽车的碎片和车里散落的物品，应急车道上站着两个神色慌张的人在打电话。无法断定是否有人伤亡。

"死人呢？死人在哪……"那孩子频频回头，怒火像解开绳子的狗，一个劲儿地蹿，可是它也并不知道要去哪里，就那么乱撞。

二

司机打开收音机：

"驾车行驶在立交桥下或积水路面，首先要查勘积水深度，或者先观察前车是否能安全驶过，再驾驶通过。若水深超过排气筒切不可着急驶过。如果此时已在水中，应降低车速缓慢行驶，不要熄火或者停车，等驶出水面后，先确定刹车有效，再继续行车，如果在水中突然熄火，切不可再启动车辆。"

司机把车开下路肩，慢慢地停在一个看似废弃不用的加油站。

"怎么，又不走了？没本事接什么单啊，高铁才不会向这屁大的雨认怂。"

少年坐正身体，摆出"开战"的架势，他深谙如何把人激怒之道。

突然，车子摇晃了几下，司机一脚油门，车子冲出加油站回到主路上，继续向前一百米，突然一个急刹车停在了应急车道上。

"我不是老金。"他开口了，这声音冷酷得完全不像刚刚那逆来顺受的声音。

"我爸说你叫老金。"

"老金的单子转包给我了。我现在想往哪开就往哪开。"

少年思考了片刻，冷不丁一只手钳住了司机的T恤。司机的余光看到了什么东西一闪，少年的另一只手上有东西抵在司机的耳后。他稚嫩的声音可用力了，都喊破音了："快开，别磨蹭！"

司机把握着方向盘的手伸直，想做一个耸肩的动作，可是脖子被T恤的前领给勒住了。

他转过头来。这回，这少年才算是看清司机的真面目：整张脸瘦而阴沉，眉心的川字纹又长又深，像是一块水泥模板把这个字贴在上面；他的眼皮和眼袋都突出来，眼角有许多细缝向外扩散，使他的脸看上去很重，但他的面颊像被一把小刀笔直地削下去似的；两条像括弧一样的法令纹绳子一样裹住了他的嘴。这张脸上的表情，像是被什么东西硬生生地扯走了似的。

"你要是再乱喊乱叫，我就把你带到斗鸡场。听说过吗？小流氓在那里赌架，从早打到晚，打死算输，装进大货车用石子水泥浇筑，过一百年家里人都找不到。到了晚上还能活下来的赢一辆像这样的汽车。"

少年的瞳孔放大，意识到这只是口头上的威胁，可这张脸已经让他不寒而栗。

"我还可以把你拉到打沙船上去，过了江就到。黑心老板坐在船头看着你从早干到晚，等到你身上的肉被他榨干后，他把你扔在江滩上。等警察找到你的时候，你饿得只剩皮包骨头，他的船已经跑得无影无踪了。"

天鹅

一丝夸张的冷笑及时地挂在少年嘴角,这可不是认尿的时机。

"切,你敢!你晚上不把我送到我奶奶家,我爸就会报警,你插翅难逃。"

"这会儿你倒想起你爸了。你昨天不是还拿板凳想砸死你那个后妈吗?"

这孩子的怒气像被燃起来了,"霸占我的家,让我去我奶奶家过暑假,他还要带着人家的小孩去国外度假……你有意见啊,想两肋插刀?"那孩子咆哮着,唾沫喷到了司机的脸上。

"你奈何不了任何人,除了你自己。"

前方一排钢管立柱伸向天空,上面张贴着醒目的广告:名人坐镇的楼盘开盘、手机供应商、银行新业务、新款豪车……还有一张广告牌上是一组针织地毯图案。单看,都是好产品,可一股脑儿挤在一起,远看,就是一团糨糊扑面而来。

"你比我想的更难缠。"司机说。

"切。"少年说,他把身子往前探了探,手上的硬物在暗暗发力,"快开,不要耍花样,快。"

话音刚落,他的手腕已经被司机反手扣住,司机头也没回,双手已经从座椅间向后伸出去,少年的两只手腕已经动弹不得,从指间滑下去的是一只不锈钢叉子。

一辆大客车从旁边飞快驶过,一声喇叭刺破了雾蒙蒙的沉默,雨点击打车身,发出钢镚儿掷地的声响。

"从现在开始,坐好,管好你的情绪,不然,你得领教我的厉害了。"司机甩开少年的手,少年一个趔趄,倒在座位上。

"就在这辆车上,我一拳干晕过一个醉鬼,他吭都没吭一声。他本来跟你一样粗鲁,就在刚才,你的粗鲁超过了他。"

少年捏着自己的手腕,鼻子里粗气直喘,像在积蓄新力。

司机没有给他撒野的机会:"我都看到你的结局了。离这里不到十公里有一个县城,离你奶奶家也就五十公里,可惜你赶不到那里了。"

少年说:"就你?"这个还没有从手腕的剧痛之中缓过来的少年,显然不甘心放过反击的时机,可是过了半分钟才冒出这么一句话来,声音还抖得厉害,疼痛可能还在持续。

"你打算怎么干?"他继续追问。

"我什么也不用干,我把你扔到街边,你自己可能还正高兴呢,你又不想去农场你奶奶家。你一肚子火,又不敢朝我发,就在街上随随便便找一个看上去很尻的人发泄。县城里有个医院,门口有人举个牌子在向人要钱,他的儿子得了白血病,他父亲才刚刚过世,他老婆也顶不住,倒在医院走廊上了,他只好出来要钱。你,走过去问他,为什么骗人?他说他没有骗人。你说你真的有儿子得了白血病吗?他说真的。你说,来,把证据举起来拍一下。你不就喜欢这么干吗?你不是趁你老子不在家,叫你后妈拿出爱你老子的证据吗?你后妈不是拿不出来被你一巴掌扇在地上吗?你那个小弟弟,不是也在你眼前晃来晃去让你瞧着不顺眼,被你往浴缸里摁吗?在街上要钱的男人,幸好他把病历带在身上,看上去他比你后妈走运。他把孩子的病历和化验单举起来给你拍。你看都不看一眼就直接说是假的,花几毛钱就能搞到这几张纸。他倒宁愿是假的,他倒宁愿自己是骗子。他不光是对你说,他还对着手机说。对,你那手机整天不离手,你在拍视频。他跟你解释。你不听,你就在那里喊,瞧这个骗子,瞧这个骗子,瞧这个骗子。你在他身上这里摸摸那里捏捏,还说他明天没准儿就绑起一条腿坐到另一条巷子里去装瘸子。你还叫他下跪,向网友道歉。他百口莫辩,只好拿出手机,想给他孩子的医生打个电话让他证明一下,你一把夺过他的手机,说要饭的凭什么还用手机。他早上出门的时候还哭了一场,哭他怎么这么倒霉,可是一转眼的工夫,整个街上的人都在看他的笑话,说他是个骗子。你还一个劲儿地嚷,把附近的人全招来看热闹……你就喜欢这么干,你上个星期在地铁里过安检的时候把一个人的行李顺下来挂在扶梯上,让那人把头钻进传送带找行李,差点儿让警察铐起来了,你自己录的小视频发在朋友圈你还记得不?"

像是自己的生活被别人扒开了一条缝,那少年的脸涨得跟熟过头的桃子一样。

"你在县城里,跟在上海一个样。你还招呼一帮子同学过来玩。这些同学跟你一个德行,也可以说,他们乐意看你笑话,一个劲儿地叫你扒那男人的皮。你看到有人围观起哄,就更觉得自己了不起,不知道谁递给你一把水果刀,你就一手拿着手机,一手拿着刀,往那可怜的人脸上比画……那人就躲,身前身后全是人的腿，往哪儿躲呀，就那么任人拿着刀在脸上比画……一会儿，他的脸上就出现了好几道口子，你越来越兴奋，越来越冲动，可怜的人都已经要晕过去了，你还在边比画边摆姿势让人拍照。"

司机回过头来直视着少年的眼睛："你以为谁都知道你其实是个没脑子的蠢蛋吗？你当谁都能被吓唬半天还能保持理智吗？你不知道人被逼到墙角会红眼睛吗？你又怎么知道人家的父亲刚刚去世，儿子又得了癌症生死不明，你自己往死路上走你怪谁，啊?！"

好像有棍子要敲下来，这孩子情不自禁地缩了下脖子，司机直直地盯着他，发出了一声冷笑。现在轮到他的唾沫溅到少年的脸上。这孩子突然意识到，这人透支了那么多的耐性，已经累得精疲力竭了，可他好像还留着一拳力气等着砸下来。这时的倾盆暴雨里，汽车外边的雨点砸进来，发出"砰砰"的声音，像是在给他助威，鼓励他加把劲。现在，轮到这孩子心里发毛了。

"人家被你逼得发了疯，抢过你的刀……你猜一猜后来怎么样了？"

"缩什么缩，"司机说，"怕了？刚才那狠样呢？就你这种豆芽菜一样的尿货，自己有几斤几两心里没点儿数吗？你顶多是个欺软怕硬的小公鸡。你再喊一声你试试？来，我听听！"

捏着还生疼的手腕，少年把脸侧到一边："杀人偿命，谁敢？"

"蠢东西,人家那是正当防卫。"

"我爸不会放过他。"这也是过了一刻钟后这孩子才哑着嗓子半张开嘴斗胆说出的一句话。

"你老子倒是想替你喊冤,可是网上朋友圈全是你拿着刀往别人脸上戳的小视频。他能怎么着?他哑口无言!"

说这话的时候,司机一拳砸到方向盘上,刺耳的喇叭声突兀响起,少年吓得从座位上弹了起来。这可是一路上这辆车第一次发出叫唤。

三

雨不知不觉小了许多,可是风声凄厉,黑暗翻卷过来,缠绕着汽车,渐渐只留下这两人彼此的面目。下了高速,路况更差,石子硌在轮胎上嗒嗒作响,路面上的雨在灯光下像刷的一层油。周边的车子都脏兮兮的,廉价的面包车、露出铁皮的货车,甚至还有摩托车和电动车在路上,骑车人裹在呼呼作响的雨衣里。

这样子骑车人很容易跌倒,其实他身上已经湿了,要么不走,要么把脸露出来。少年眼睛跟着那个骑车人,看得出了神。风雨里的骑车人,黑天里的危险路面,专注的侧影,微微前倾的背,看上去人们都精疲力竭。

"他有自己的主意。"司机简洁地说,把他红色的大手摊开,又放回方向盘上,好像是为刚才的怒斥道歉。他长着一双跟他身材比例不符的大手，粗壮、有力，手背上有疤痕。

少年用舌头舔了舔自己的嘴唇，他开始感觉有那么一点儿尴尬。这感觉虽不熟悉，却有点儿不对劲。

"然后，"司机好像他没话找话似的，"再有十一里到一分场，雨下成这样，不知道那条窄水泥路有没有被冲掉。导航指望不上，地图上那条线就是做做样子的。"

后座上没有动静。

"耐心一点儿，什么事都得耐心一点儿才好。"

那孩子还是没吭声。

这之后，很长时间车里一片安静，少年竟然沉沉地睡着了。少年不是仰着或者躺着，他向前伏撑着，头顶着驾驶员的座椅。

小孩做了一个梦，梦见有个人拿把刀捅了过来，就像延续刚才司机的话。他躺在一个绿色的垃圾桶背面，看到巷子上方一条雾罩的窄天。

他死的时候——倒在地上的最后一刻，他瞧见的是他以前瞧不见的东西——那巷子里的石砖竟然会膨胀，一直胀大一直胀大，直到把整个眼眶塞满，它又突然开始变形。他慢慢地转过脸，巷子顶上的瓦也在旋转，好像要对着他的脸砸卜来似的。他闭上了眼。再睁开的时候，垃圾桶在晃动。不知过了多久，似乎有人在拖着它远离他。他只能看到行人的腿，各种各样的腿，粗的、细的，穿紧身裤的，穿短裙的，向他走来，要踩到他似的，但终究这些人拐向一旁，渐渐远离。他想呼喊，

天鹅

可是发不出声音,就连眨眨眼都好像做不到,眼前像是飘浮着木屑。他看着自己往下坠,往下坠,扒拉着,扒拉着……终于,他扒拉到一块什么东西,一把攥在手上,发出一声惊呼。他醒了过来。

司机回头瞧他一眼,似乎在说,你也知道害怕啊!

"我爸总找我麻烦。"孩子吸着鼻子,发出轻轻的抽泣声。

"你爸不希望你闯祸。"

"你听他胡说,那女人就是个害人精,她别的都不会,就会拿甜言蜜语哄我爸,找我麻烦,哄我爸带她跟她儿子到处游山玩水。"这会儿他的口气像个女孩似的。

看司机不吭声,他继续说:"你说我妈倒霉不倒霉,好好的家被人霸占,她自己只能住我姥姥家,一天到晚受我舅妈的气……难道就由着那女人霸占我的家?不行!"他的喉咙堵住了。

汽车开进一个桥洞。桥洞的路坑洼不平,车子颠簸得厉害,刚刚的山影和田地都消失不见了,前后左右一辆汽车都没有,蒙蒙浓雾之中,只听见水泥壁呼啸的回音,汽车仿佛往黑暗的深处开去……

"过一会儿就没那么黑了……"果然,不一会儿,汽车平稳起来,天和地重新出现在眼前。

天一露出来,司机就闭了嘴,好像他对语言出自肺腑的厌恶。

"我觉得我们今晚到不了普济圩了。"意识到气氛有点儿古怪，少年岔开话题，不停地朝窗外看，外面的路一点儿也看不清了。他疑心这不是到奶奶家的必经之路。他心里没底，又不想让人觉得他在任人摆布。

"不，"司机说，"我们能赶回去，只要雨小一点儿。"他看了看少年。少年又装出一副无所谓的样子，摆弄着完全没有电的手机，把它在手上抛过来又抛过去。在他偷偷睥睨的间隙，他发现了司机跟刚才不一样的模样：头发贴在他的额头，有些脏，像是淌了整整一下午的汗，身体透支过度似的。

晚上八点钟刚过，他们驶过了最后一个拐角。在一座水泥房子旁边铺着沥青的停车场前，道路中断了。周围房屋低矮，像是一片田野。

村口一根细细的电线杆下亮着微弱的路灯，一把黑伞撑在那里。车子慢慢靠近伞边，司机摇下车窗，伞下探过来一张苍老的脸。老人的银白色头发在脑后扎成一束，脸上忧虑重重，一看到司机，立刻眉头舒展，笑着打了招呼："老金，你到啦！"

少年已经从另一侧推开车门，面无表情地看着奶奶。

"今天的雨下得跟打仗一样，不过我不担心你。老金，饭菜现成的，吃了再走？"

"不了。"老金回头看了看车座位，轻轻打了把方向，车轮慢慢滑动，开走了。少年跟在奶奶身后。四下里静悄悄的，只有风在树梢磨砺，雾气在侵蚀。

"他不是老金，"少年瓮声瓮气地说，"他不是好人。"

"我认识老金都四十年了,"奶奶说,"他家就住在五分场。"

汽车的尾灯都看不见了,少年仍然不肯转过他的头:"你瞧瞧他那样子。"

"老金是好人。不要看脸,他不笑,是因为他心里苦。"像是对他俩在路上干了一仗了然于心似的,奶奶什么也没问。

少年想跟她说说家里的事:后妈,后妈带来的儿子,挑拨父子感情,父亲的巴掌……他一副又要上火的感觉。

奶奶回头瞅了他一眼,眼光在他脸上停了一会儿,像在抚摩他的饥饿和疲倦,然后轻声说:"孩子,不要看表面,人家比你想象的善。"

"不是说相由心生吗?"

"那你这会儿的样子看着也够呛呢!"她笑了一下,又收住,明明开孙子的玩笑又不想让他觉得是玩笑的样子。她岔开话题,"他赶回去陪女儿,我不留他吃饭是因为我知道他想快点儿赶回去看女儿。"

"他女儿多大了?"

"一岁了。"奶奶说。

看到奶奶家的房子了,门前挂着雨滴的晒衣杆上,还是前年看到的那根竹竿,他熟悉这根竹竿上的纹理,奶奶家的大门,也是油漆斑驳,上面还有他用圆珠笔涂的鸦。

她抖了抖伞上的雨珠,推开了亮着灯光的门,让孩子往里走。

房间小小的，里面摆着一张四方桌和两条木头长凳。墙上挂着一个大大的镜框，里面有少年小时候的光头照，还有他父母还恩爱时相拥在油菜花地里的照片。一只温暖的灯泡吊在屋梁上轻轻晃荡，可口的饭菜，奶奶温暖的怀抱，他熟悉这一切胜过熟悉他现在的生活。

从这个窗户里，可以看到邻居家的灯光，他家门前滴水坡上的煤渣填的人行道。以前这个房子是青砖简易房，现在变成两层洋楼，墙上贴着乳白色瓷砖，他曾经在那里和邻居家的孩子玩过游戏，也打过架，后来和好了。

一种空间和时间的错觉，少年感到一阵眩晕。

"他这个年纪，小孩才一岁，是太小了点儿。"奶奶还在轻声说着话，"大的要是不出事，他也不会再要这个。"

"他那大孩子长得很讨喜，就是缺管教，遇事莽撞，不为个什么事，在街上跟人闹起来，被人刺了一刀。孩子不占理，也没吭声，可能觉得不好意思喊疼。"奶奶自顾自说着，不管孙子在不在听她都想要说出来。她的话语像柱子上系的缎带那样飘出来，却不容插嘴和打断，"我没见着，但是他们说暴风雨中他那大孩子像一把大摇椅那样前后摇晃着走到一个巷子里，倒在地上。他蜷缩在那里，又没露出脸，让人看了害怕。没人知道怎么回事，经过他身边时，都是躲得远远的。他也没喊救命。等倒垃圾的发现不对劲，送到医院的时候，血都流干了。我到现在似乎还能听到他妈在清明哭他的声音，这声音我这辈子都忘不掉。"

可是,从这里离开之后,好像一切都变了。他和爸爸妈妈一起去公园划船,在小船上,妈妈拿水往爸爸的脸上泼,他都笑得透不过气来,可是爸爸一脸茫然——可能从那时起,他的心就不在妈妈身上了。也是在这里,奶奶打了爸爸——她威风凛凛,保证帮妈妈讨公道,威胁爸爸说要离婚就不准他回老家,她让人觉得可以依靠。

可过年时她又当妈妈的面改口,说什么"有些事,当时懂;有些事,老了也不懂,再想一想"……他和妈妈都像被再一次抛弃。妈妈因此一直很憋屈,连带他也不太想来了。

"大的出事快两年了,他总算能说几句话了。想想当时,他把手上的买卖放下回来葬他的儿子,那真是雷打在心上啊!他听了来龙去脉,一句也没有责怪别人,一句大话都没有说过。"

房子包裹在风眼里。呼啦一声,又呼啦一下,什么东西撞在窗户上,劲道听着大,可是奶奶站在跟前,这风也不像白天那么让人发怵了。

"老金一分钱也没要人家赔。他还到医院去看了人家生病的孩子,那人没坐牢,据说是正当防卫。"

墙上有个旧年的蜂巢,由于年深日久,风吹雨淋,已经残缺不全,或许还有留守的黄蜂缩在暗地里注视着这阴沉沉的暴雨天气。

"让老金把眼珠子抠出来,把身上的肉割下来,把里里外外七七八八全拿出来，换他儿子，他也肯。可惜……"

少年望着黑漆漆的夜空，心里在翻滚，面上却显得有点儿呆萌，白天某种蛮横的痕迹在悄悄地隐退。

"不要怕，"奶奶说，"每年都有这样的雨季。明天太阳出来，你去找你的好朋友们玩。他们都还记得你。"桌子上已经摆好了他小时候最爱吃的冬瓜炖排骨，香味刺激了少年的味蕾，这才想起自己其实已经整整一天没好好吃饭了。

乡村的夜，摆脱了汽车的轰鸣和人群的涌动，单调、深沉、恬静，屋檐滴下水珠，窗外有不知名的小动物的低语声。少年侧过身睡着了，耳边闪着湿漉漉的光泽。奶奶俯过身看着他，也不知过了多久，他回身仰卧。少年的脸静如晨光，雾气尚未完全消散，青春的轮廓渐渐清晰。

象拔蚌

我在寻找槿芳的新家。街道两边种着整齐划一的合欢树。五年不见，城市更规整。小区里每幢房子都一模一样，在没有云的冬天傍晚，走着走着，几乎像在原地踏步。

但我知道在这些相似的门背后，有一扇与众不同。那里住着我的故友槿芳。她站在门厅迎接我，看上去没有什么变化，下巴很尖，脸色有点儿黄，嘴角微微上翘，一副随时都能笑起来的样子，黑眼圈有点儿重——并不比过去重。我担心的那种衰老和憔悴并没有在她身上显现——令人欣慰。她穿一件花色土气的连衣裙——在穿衣打扮方面，她始终没有进步。这更加唤起我内心的熟悉感。

她笑着侧过身子，把我让进门。我觉得自己心潮澎湃，一肚子话要说出，一肚子问题等她来答。两个小女孩躲在她身后。我俯下身，向扎着马尾的、看上去四五岁的小孩张开笑脸：

你是婷婷？

这女孩长着一张酷似爸爸程健的脸，我于是一眼笃定。

女孩害羞，绕到母亲身后。是的，她是婷婷。槿芳帮女儿做了介绍，旁边还有一个两三岁的小女孩拽着她的衣角，大胆地直盯着我。这女孩细眉细眼，小巧精致，不像槿芳，也不像程健。

这是你弟的孩子吗？

不，这是我的小女儿。她把握过我的手收回去，轻轻放到小女孩的头上，微微一笑，一字一句地说。

天，你竟然在我离开的这段时间生了两个女儿？我的吃惊溢于言表，我的语气非常夸张——这正是我此行的愿望和目的——希望她坐下来跟我喝杯茶、叙叙旧，像过去那样，真实不虚，坦然不惧。我都迫不及待了。

她哈哈笑了两声。我还在原地等着更翔实的回答，她却兀自领着孩子往里屋走。孩子们似乎并不难缠，她们安静、乖巧，很合作地鱼贯而入。

这个话题算结束了。

我俩认识的时候，都二十五岁。我租居在四条巷深处的一间平房里，被公司的一个女同事欺压，每天闷闷不乐，想着讨好或者对付那个女的；槿芳已经嫁了人，她自小家境殷实，哥哥事业成功，许多目标还没有来得及奋斗就实现了。二十岁的时候，她哥哥单位一个年轻的营销员程健，追求她格外热烈，她怀了孕，不想上手术台——就结了婚。她哥哥给她丈夫一些股份，并且让他升了职。他们住城乡接合部的小洋楼里，那是她娘家的祖产，因为对她的宠爱，没有人跟她争抢。槿芳几乎没有工作过一天，没有贷款要还。事实证明她丈夫有经商天赋，家族生意越做越好。儿子出生后，婆婆来帮她做家务。我俩同属一个七人小群体，大家一起唱卡拉OK，去公园玩，或者在图书馆的开放区读诗。她是七人中最殷勤周到的人，日常聚会，她最为重视和慷慨。每次，她从家里带做好的蛋糕、糯米团子、酒酿，如果哪天她空着手来，歌唱到一半，也会悄悄把单买了。

七人小团体，也几乎是个大社会——最年长的建设是粮食局的公务员，一心想升副处；另一个男孩丁杰刚大学毕业，在证券公司，经常过手成千上万的钱，却整天叫穷；个头最高的姑娘是明月，身段优美、酷爱京剧，上过几次电视；亚楠从苏北来省城，长着平易近人的五官，常年受到直销组织的蛊惑，不推销产品的时候，就会神情恍惚，脸上挂着迷离的笑；秀芬则是时装界达人，她满脸热情，声音响亮悦耳，已经有自己的铺子；再就是我，年纪最小、资历最浅的上进小白领。

团体的存在向来有规律：有一个前途不可限量，有一个喜欢做主，有一个喜欢制造些矛盾，还有一个虚荣心过强……这些标签都被人瓜分了，没有什么给槿芳——就连她的长相也不右不左——身材微胖，脸色微黄，有一点点结巴，但不严重，只有紧张的时候才暴露出来。她是最没有杀伤力的人。每次见面，都有许多事情需要分享：建设的岳母太难缠；明月在剧团遇到劲敌，地位不保；我找到体面的工作，却发现还得租房度日……不得志的时候居多，物价太贵、邻居无礼、考研压力大……槿芳没什么话，谁开口她就看着谁——带着天生的笑意。从来没有人想起来问她的境遇，仿佛她是一幅画，静止不变。漫长的忽视之后,像要有意补偿,聚会临近尾声,总会腾出一些时间,拿她做靶子:你现在拥有的,也许我们十年二十年都赶不上,就算到时候赶上了,你又到了更高的山头。半是调侃,半是认真。

只要第一声攻击响起,大家齐刷刷地看向她,像审视隐藏在这个组织的间谍。槿芳被惊到了,连连点头,脸上挂着诚心承认错误的神情。因为大家的不如意,她的沉默和顺从都像是一种优势,她的单纯的经历令她的自卑显而易见——每一个动作都像在道歉——只有经历了那些辛苦挣扎的人才配坐在这里。十年过去了,我仍然记得她脸上怯生生的笑意,那愧疚的表情,丰腴的、肥厚的无处躲藏的手背,如果再看得仔细些,她还有丰腴白皙的脚踝和脚上擦得乌黑发亮的牛皮鞋。我记得自己一阵又一阵的怀疑:这样走运的人究竟怎么混进我们这个倒霉圈子的!

越往里,越觉得这个客厅看上去有两个大——事实也的确如此。两间房屋中间的墙壁被去掉,使之成为一个整体。墙面都贴着墙砖,墙砖闪着影影绰绰的寒光,但是感觉不到冷。

两扇落地窗投进来的冬天下午冷冷的光线照在一幅油画上。一艘大船乘风破浪,船的舷侧,是白色的浪花,在它的前方,是童年时候蔚蓝的天空连着地平线。

硬邦邦的地板很光滑,没有划痕,也没摆杂物,你不会相信里面住着两个三到五岁的小孩。回忆的闸门全面开启:这正是她——酷爱整洁、喜欢色彩简单,外加缺少一点儿审美能力的老朋友。窗户外装着铁栅栏,这熟悉的感觉让我更加安心。站在她指的沙发边,不太想坐下。我现在所求的就是能跟她坐下来说几句体己话,像过去那样,把孩子交到婆婆手里,我们通宵达旦地聊天。为了这个愿望,我千里迢迢而来,把先生一个人留在旅馆里,并且决定今晚留宿槿芳家。

她招呼小女儿离她近些,遭到拒绝后,她的目光跟着孩子在房间里移动。中途经过我的脸,但没有多停留。

有一天,我在约定的时间赶到相聚的地点时,情势发生了转变。槿芳坐在椅子里,其余五个人团团围住她。那五个弯着腰的身躯,就像五片张开的花瓣,而槿芳就像花朵中间的那一根小小的花蕊。紧紧向她倾着身体的五个人,像是要抗击即将到来的暴风雨。我自然也扑将过去,但是心里明白——如果是人命关天的事,大家就不会坐在酒楼的包间里。

原来程健出轨了。这个故事在我到来之前已经讲完,现在又复述一遍:槿芳无意间打开家里的电脑,她先生和一位不知道什么来头的姑娘的风流故事尽收眼底,不仅有聊天情话,还有赤裸的照片。

是不是还偷偷摸摸接电话?

是的是的。

是不是不再往家里拿钱?

钱他倒是拿的。她犹豫地回答。

秀芬说,告诉你哥哥,给他点儿颜色。

我哥哥现在管不了他，他们已经平起平坐了。

离！明月是完美主义者，容不下沙子。

婚怎么能随便离？你没有工作，还有个孩子。

准处长老成世故，他不轻易发言，此言一出，槿芳警惕地直了直腰，脖子向前倾，眼睛并不看谁，两只手在膝盖上摩挲。

程健我见过一次。他的胳膊腿和腰都很粗，是那种受过苦却超越了苦的人。他的脸上始终有一种打败了什么东西的自得。虽然年纪轻轻就经商，他却并不善谈，尤其不喜欢在家里讨论工作。要是有人问他最近的利润、市场份额什么的，他会停顿片刻，慢条斯理地说，人为财死，鸟为食亡。像是标准答案，然后抿住嘴，表示再无补充。别的话题，他也不太有兴趣，诸如天气食物旅游之类。只要吃饱了，他就能睡着。一天睡足十二个小时，剩下的十二个小时才算是活着啊。他诚心热爱睡眠，从来不做掩饰。

普通工人家的穷小子，不想想靠谁才麻雀变凤凰，陈世美！

服务员老是进来上菜。门一推，所有人都心照不宣地沉默下来。打火机点亮炉火的一刻，火花映照着槿芳的脸，她的面色发生了奇异的变化。好像是痛苦，也好像是思考。柔弱却又深沉。我们的指责和批判断断续续，也不至于完全没贡献，至少一字排开，形成坚实的后盾。愤怒之后是疲倦，气氛仍旧很低沉。因为槿芳的不幸，大家变慷慨了，点了青椒大鱼头和龙虾，却都没有好意思放开吃，吃得太多如同另一种背叛。

后来屋外下了雨，饭店落地窗上的雨水，一行追着一行往下淌。

饭店要打烊的时候，问题也没有解决。但是，槿芳走到服务台，不知道谁已经偷偷结过账了。槿芳茫然地转身看着大家，过去的某些东西骤然消失了。

槿芳婆婆走出来，笑着跟我打了招呼。之前我见过她。她围一条某个豆油厂家赠送的围裙，撸着裤管，有一种出自田间地头的大嗓门儿。她打了招呼又笑了一笑，之后房间里充盈着回声。

婆婆在家里待得太久，槿芳跟她的关系不怎么好，有一段时间相当糟。我完全能理解。婆婆太管事，也太小气。有次槿芳送给我一块布料，是程健从埃塞俄比亚带回来的。我们站在门口推推搡搡，她婆婆靠在阳台上，死死地盯着那块布，脸色很难看。槿芳太坚持了——其实我是真心不想要，那料子是灰色的丝绒，非洲那阵子流行的料子，我嫌老气，可最终还是无法拒绝这心意。

婆婆问槿芳晚饭是不是现在准备。槿芳说，对，现在做。

这时，孩子们开始往厨房跑。我们自然地跟着孩子们进了厨房。厨房里很热乎，有一股腌菜的味道。孩子们闻惯了似的不在意，尖叫声盖过锅里炖汤翻滚的声音。一个长长的台面上堆着洗好的葡萄和甜瓜。槿芳移出板凳让我坐。

别客气，你吃。

槿芳没有陪我坐下来，而是忙着从冰箱里往外拿冷冻的海鲜。她拿出一袋虾，又在冰箱里摸索——是我喜欢吃的梅干菜。她放到水池里浸上水。待会儿炒。

吃啊，她说着，一并把点心和水果往我面前推，吃啊！

我几乎眼巴巴地看着她，期盼快点儿绕过寒暄，像过去那样敞开心扉。她终于坐到我对面，招呼小女儿坐到自己的大腿上，喂她吃水果。小女孩好奇地打量陌生人，她的眼珠机智地转动，她在思考，似乎想搞清楚我的来路。

我料不到她仍然和婆婆一起生活，更料不到儿子上寄宿学校了，家里又多出两个这么小的。以我的理解，对婚姻生活充满信心以及经济条件好的人才敢这么接二连三地生，不过也难说。

她殷切地看着我吃。她婆婆在跟她抱怨猪肉涨价。她不以为然地轻笑一声，算是回应。这轻笑很快被覆盖，是熟悉的感觉——每当她抱怨婆婆时，她总会报以这样的轻笑。她是一个温婉的人，即使在她最痛苦的时候，一旦置身人群，这样的微笑会一直保持在她脸上。我只想和她单独相处。我希望她对婆婆说，带我看一下孩子，我们出去喝茶。她没有，就那么懒懒地坐着。孩子们到底跑开了。厨房墙面砖是亚光的，质地坚硬，条纹清晰，她保持着这个姿势，很快砖面的幽光笼罩着她。她像一个油画人物，已经坐得过久，极度疲倦，却还能永久保持不变。

就在我有点儿按捺不住的时候,她动了一下,把头凑过来说,告诉你一件事。

我一阵激动。拘谨终于过去了。她现出那久违的分享秘密的表情。

我家老三花生过敏,你能想象吗?她竟然一粒花生都不能吃。

别人的情感问题,就像相邻国家的瘟疫,听着可怕,不还是隔着汪洋大海嘛。何况,我和槿芳,当时并不特别亲密。聚会第二天,我沉浸在做不完的工作中,意外地接到她的电话。她在我们写字楼外面。我溜下来跟她在后门见面。我以为她会跟我抱怨她丈夫的出轨,或者需要我做点儿什么。结果她谈了她小时候。她说她长大的地方有一个庙,庙里有一个观音娘娘,白脸红唇,整天坐在那里,前面放着核桃、米,米上插着一炷炷烧了半截的香。不管人家来求什么事,她都听着,不吭声。我老是担心哪天一来她想站起来跑掉。槿芳说。现在那地方竟然变成旅游景点了。

观音娘娘还在吗?

还在。她的声音发颤。观音娘娘被供在桌上,年复一年地被朝拜,好像使她透不过气。

她变得非常健谈。她告诉我不喜欢自己现在住的别墅,她喜欢住在公寓。

为什么?

因为没有多余的地方放那么多的杂物,也没有那么多的灰，还可以理直气壮地避免太多的来往亲戚。他们家的亲戚真多，隔三岔五就来，穿着很脏的鞋子走来走去，随地吐痰。

那天天色阴沉，时不时有一种光冷不丁地一闪。她的脸在昏暗的楼底下，略略有点儿浮肿，可是嘴角又似乎想保持住一抹富有特色的笑意。

昨晚的雨好像惊醒了似的又开始下。不一会儿，水泥地上浸得滑溜溜的。雨点打在她脸上，她毫无察觉。后院里放着一个巨型垃圾桶，桶口的油布开着，清洁工把刚从楼里扫出来的脏东西往里倒。苍蝇趁机蜂拥而至。她吃惊地说，这地方也这么脏！

哪里都脏。我说。

她剪了短发，露出整张脸，她咬住下唇，这样一来，她脸上那惯常的、带着淡淡抱歉微笑的表情不见了。痛苦是如此一览无余——比昨天晚上坐在饭店里的样子更加痛苦。在饭店里的痛苦，是浮在空气中的；而现在的她，像拿掉了嘴角的道具，把隐藏得很深的痛苦全部暴露出来。她整个人看上去蔫巴巴的，像在很冷的低温里冻过好一阵子。

啊，你受到的打击多大啊。我轻轻扶住她的肩膀，诚心诚意地说。

我的安抚起到了作用。她看着我的眼睛，鼓足了勇气，拿出了一种不管不顾的口吻。

那不是真的。

什么？

我并没有逮到他出轨,那是我编的。

为什么?眼前好像有一团迷雾,我眨巴眨巴眼睛,不知所措。

那些都是我梦到的场景,也是我希望发生的事情。

我没来得及问,她自顾自地说了下去——

从恋爱到结婚,我的感觉都非常好,我对生活很满意。但是一切都结束在一天夜里。那是我儿子出生不久,我半夜开灯给孩子喂奶,我看到他爸爸蜷缩着身体睡在另一侧。他喜欢裸睡,天气热,被子掀在一旁,他蜷着身子,身上的肉叠加在一起,张着嘴,他打鼾的声音,像是喉咙里堵着什么脏东西吐不出来,呼哧呼哧地喘……简直没有人的样子,像个去了壳的象拔蚌!他一直那样睡,可引起我的不适和反感,还是头一次。可能我那天中午刚刚才吃的海鲜,一阵恶心!我当时以为自己出现了幻觉,赶紧闭上眼睛,等我睁开的时候,他还是像一只去了壳的象拔蚌。我只好跑到卫生间,趴在抽水马桶前,一直干呕,像吃了死了七天的鸡。不知道过了多久,我想站起来,可是腿软了,又跌在地上……

我刚认识他的时候,他大大方方、衣着得体,一点儿也不臃肿,嘴里充满甜言蜜语,更没有像现在这样缩成一团,发出丑陋的声音。我永远记得从那嘴里说出来的甜言蜜语:端庄、可爱、怦然心动、神魂颠倒、永不离弃……这些字太美好了,很短时间内就灌满了我的脑子。

我被这些形容词迷住了。我以为我爱他,还以为甜言蜜语就是他身上的一部分。可现在，我明白，我当初看到的不是他真实的样子，是他想让我看到的样子；我爱的，不是他，是爱情，他打扮成爱情的样子蛊惑了我……我是多么傻啊，更可怕的是这么快又如梦初醒。

我不过夜里起来给孩子喂了个奶。而现在一切呼啸着倾倒下来，像一辆运满垃圾的车从山坡上往下翻滚，还顺便在地面上撞出一个黑洞，顺便击穿了我的梦，造成脑震荡。"恶心想吐"不是形容词。从那天起，一看到他裸着身子睡在那里，我就会一阵恶心，想呕吐。他只要贴过来，我就感到害怕。但是早上只要他离开家去上班，我就好受一点儿；可是一到天快黑了，想着他又要回来，我又开始厌恶。我就在这种情绪里打转，一直到今天，都没有丝毫转变的迹象。

我家里人一开始不接受他，为了我都在努力喜欢他，到孩子出世的时候，大家都真的开始喜欢他了。他们都承认我有眼光了，我却像个逃兵一样朝相反的方向去了。

她语速飞快，字句零零碎碎，睫毛频频闪动，拍打着眼前的空气，带着一种火烧火燎的急迫，就像手上拿着无法还原的魔方。属于她特有的那唇角的笑意彻底被遮蔽了。

我听着她的话，看着大楼和大楼之间的缝隙，那里留有一块自然白。光从那里照耀。光退后了。

我总是对自己说，再等一段时间，可能会好起来的。这么

天鹅

一天天的，四年多了到现在，并没有好起来。我都快要疯了。我心头的空虚越来越重，像有把锯子一样锯着我的心。

那正是她想说的意思：爱的感觉攫住了她，爱的感觉又突然离开。她憋闷、无助、忍受煎熬，每一天。知道我在认真听，她放低声音——

你瞧，就是这个鬼样子。我也觉得自己很奇怪。有一天，我在喂孩子吃饭。我突然停了下来，盯着阳台，突然想抱着孩子跳下去。我都把孩子的腿放出去了。孩子哭了起来。他那么小，已经晓得害怕了。他拽住窗沿，尖叫着喊我。我才清醒了一点儿，把他抱回来。

我婆婆要来和我一起住，他可能感觉到了些什么。他不找我谈，他不改变他自己，他安排了他妈妈来和我一起住，他怕麻烦。他一进门就想到卧室，一进卧室就想上床，头一沾上枕头就能睡着，机关枪也扫不醒他……我越想越生气。他知道我不高兴，还经常喊我父母过来吃饭，这样我的家里就热热闹闹每天挤满了人，我们夹在亲戚中间，一直要朝人笑……

绝望的火苗在她的眉梢蔓延。厌恶生活，形容这种厌恶已经把她自己折磨坏了。那时候天上还有云，云像看热闹的孩子，一会儿挪一个位置。有个少年在路牙边玩滑板。他不敢去有车的地方，只好沿着垃圾桶转圈圈，绕啊绕，发出嘎吱嘎吱的声响，生硬、刺耳，又找不到进步的诀窍。

离吧。我看着她的眼睛诚心诚意地说。

可是他没有出轨。要是他做了对不起我的事，我就能大大方方地提出来离。不然的话，我的娘家人都会责备我的。我以死相逼过呀！现在见到他想吐的也是我……这才几年？到老还早呢！我希望他快点儿变心，抛弃我，至少有人同情我……不然，就算家里同意了，离成了，旁人也会轻视和怠慢我，怪我不珍惜。

阴冷难熬的午时，听到钟楼敲一点，到两点。复杂的情绪在扩散，刚刚像是快要发泄完了，现在声音又提高，再次把她自己带到顶部。她打了个寒战。

我的儿子会判给他！穷人才不争儿子。他有实力。我试探过。他娶了年轻漂亮的小姑娘，以他那样的本事，一睡能睡十二个钟头，儿子当他的面被打死他也不会醒……

她说不下去了。她抵在墙上，快要虚脱了。她的手捂住脸。我看到她略微有些肥厚的手背。说到底，她的生活是好的，男人也是她自己挑选的。问题就在这里：她自己挑选的对象，她竭力争取来的生活。

像昨晚一样，什么问题也没解决，我们各自回家。这么私下见面，此前从来没有发生过，最少的时候，也是四个人一起吃饭。现在，我被她挑选出来作为最信任的对象，属于我们自己的秘密正式开始。我有一种本能的受宠若惊，竭力想要表现出自己值得的模样，但我脑子里一片糨糊，我并不确定自己足够理解她。

我身后站着另一个色彩鲜艳的老年女人。她白发苍苍,头顶空旷,左顾右盼,咧着嘴,没有门牙。我站起来向她问好,眼睛询问我的朋友,想知道老年女人的身份。竟然是槿芳的外婆。她带着调皮的眼色站在我朋友的婆婆身边,问我,我俩谁高?

我给出了她更高一些的答复后,她咧开嘴,笑得更欢了。老人穿着红色的夹袄,衣服的下摆透着明亮。

我跟槿芳说,你外婆真调皮。

我当时以为她是程健的外婆。结果她纠正我说,我是她亲外婆。

啊,你的外婆还健在?!我在心里责备说,怎么从来没有听你提起过!

九十二!觉得我在计算她的年龄,她伸出手指比画了两下。

老人走钢丝一样小心地走到灶台边,伸手去撕包心菜。她手背上的老年斑层层叠叠,五指也伸不直,但是,她认真地撕着包菜,郑重其事。不一会儿,整张台子上竟然被各种菜肴堆满了。

我再三询问,我可以帮忙吗?

不用,槿芳说,我弟弟一家也会过来吃饭。

我们就干坐在长凳上。老年人在聊天。谁在昨晚的广场上扭伤了脚,谁家的狗没打预防针,谁的孙子在市里得了大奖。都是我不认识的人,我别过脸,深呼一口气。

再次聚会的时候，情势发生了显而易见的变化。"被背叛"增加了槿芳的分量。她已经没有优越可以指责。饭桌上的话题，她也积极发言了。丁杰帮她开了户头，她投了些钱进来。大家没说出口，但都有帮她的将来做打算的意思。她顺从了。在买哪只股票上，她也发表了意见。结果证明她买对了。那阵子，她提出了不少对股票市场的看法。她变得亲近了，好像出轨的丈夫是她的缺陷，因为她在一群残疾人跟前，这个缺陷使她变得平等和亲切，这痛苦——使她生动了。

这群烦恼不堪的小群体现在多了一门功课——用聚会时长的七分之一来解决槿芳的问题：他这个星期有没有什么迹象？

更过分，有两个晚上没有回来过夜。说到这里，她扭扭捏捏地抽着鼻子，泪水滑过面颊。大家的愤怒指责顿时响成一片，新的建议和主意一个接一个地出炉。她点头，同意；再点头，再同意，全盘接受。她对我和她私下见面的事闭口不谈。有时候我入不了戏：这明明是一个圈套，这些朋友全被套进去了。看我定定地发呆，她向我投来意味深长的一瞥，这个时候，她那假装强颜欢笑的表情会消失一会儿，她对着我抿紧自己的嘴，露出真实的痛苦。她虚构得越离谱，痛苦却越真实。有时故事里自相矛盾，比如"夜不归宿"和"长睡不醒"。她甚至不害怕被谁戳穿。她知道这些人不会深究，也帮不上实质的忙，但这对她足够了。

我试着理解她这个角色的使命：既然大家都追求顺风和如意，她就得有点儿小小的挫折，否则就是对朋友的背叛。她在呼唤平等的友情。

此后的一年多时间,我们都再也没有去过她的家,也再无人见过程健,关于他的所有信息都是由槿芳描述的。我俩单独见面,探讨如何拿到程健出轨的证据——虽然之前的细节和时间地点都是编织的,但她确信这是迟早的事。

我哥哥在外面有一个女的。她说。她哥哥经常给穷困山区捐款,但搞起外遇来昏头昏脑,不顾体面。他带着年轻的女友去国外度假,给那女孩买车,任由她打着他的旗号到处招摇炫耀。

我们全家都知道,只有我嫂子完全不知情。她说,他在外面搞鬼,我老公帮他打掩护。

他们一样的货色,一丘之貉。

这个理由增加了她的决绝。她的身体的反应加大了。她撩起衣服,手臂和腰上都有大块的红点和五指挠过的痕迹,她说他一回家,她就浑身发痒;他一上班,又会好一点儿。

你看,有一天我会全身腐烂而死。她展示她的伤口,哽咽不已。

有天傍晚我们约好下班后去逛百货大楼。过天桥的时候,看到一个中年妇女在一个小饭馆门口揪着一个年轻姑娘的头发使劲儿捶。那姑娘竟然一声不吭地垂着头。旁边一个老太太在现场解说,小三,小三!行人来了兴致,停下来看:喏,逮小三!老太太召集到十来个围观者之后,精神大振,也上去不管三七二十一地扇。中年妇女腾出手,撕掉了年轻姑娘的衣领,露出瘦削的肩胛骨。有人嫌不过瘾，直呼"撕，撕"。那衣领竟然应声而破，露出粉色的胸衣。围观者发出满意的嘘声，好像是他们按了播放键。这个衣衫褴褛的被俘者终于被摁倒在地，裤子也被扒到膝盖。她好不容易翻过身，蜷缩住，佝偻成一团，任凭拳头雨点般地落到头上、脸上和胸口，不做反抗，紧紧护住隐私部分。

那被打的自始至终都没有呼救和哭喊。倒是那打人的女人，打着打着突然号啕大哭，她的五官张向四周，像被无形的绳索扯着。

槿芳说，她绝对不会在街上打小三，扒人家裤子。他可能永远也不会让我逮到。她绝望地说。

但她相信别人可以做到的她也可以。那天之后，她积极寻找程健出轨的证据。她像一只敏锐的猎豹，四处搜寻猎物的踪迹，不放过一点点线索，而我，是她最信得过的帮手。

有一次我们摸到一个KTV，站在一个包间门口向里窥探。一个面色绯红的男人在吼唱，还有一个老头儿抱着一个姑娘在跳舞。他们一进一退，然后转个小圈，摇晃着身躯。沙发上也坐着衣着暴露的姑娘。程健也在。遗憾的是，他一个人倒在角落里张着嘴呼呼大睡。

KTV的服务员过来一边撵我们走，一边对着对讲机说话。槿芳露出大失所望的表情。她准备了充满电的手机录像，也准备了拨给母亲时的眼泪和台词，结果她只是看到一个没有剥壳的象拔蚌躺在震耳欲聋的KTV包厢里睡着了。

还有一次他说去出差。她说这一次不会扑空。她看到他在药店里买东西的收据。发票是手写的，没写药品名，绝对是避孕套！我也被感染了。我们包了辆面包车一直跟踪到他说的旅馆里，然后就守在大堂里。但是再没有进展。他一个人入住，晚饭也没吃，第二天早上一个人退房，退房时给槿芳打了电话。我们跟上了他去车站的出租车。候车室里人声鼎沸，他伸直腿在椅子上眯了一觉，震耳欲聋的检票广播竟然没吵醒他，他赶在闸门关闭的最后一分钟，慌里慌张地往站台上冲。现在，我同意槿芳的说法，他是一只丑陋的象拔蚌，却无法朝他发火。她挑衅过，用的是拙劣的借口，惹他不高兴，恨不得动手打她，但他克制住动手的冲动，绷着脸走到另一个房间。整个婚姻生活里，他保持裸睡的习惯，以及不向女人动手的品德。

回来的路上，我们都相当沮丧。夕阳在身侧向后飘移，被速度逼得尖叫的风一直鼓动耳膜。我们的目光顺着车窗向上看，天慢慢黑下来，到了白天和黑夜之间，像一个虚幻的梦境。快到家的时候，她开了一点儿车窗，风在头顶呜呜咽咽。自行车从车边滑过，红绿灯闪烁。洗发店的音乐声咚咚传来。我们都特别灰心绝望……

那次之后，交往了两年多的男朋友向我求婚，求婚现场不浪漫，但能接受，他给我买了钻戒。可是我犹豫不决，好像并不知道自己想要什么，好像帮槿芳找到证据才是我的任务，好像为了找证据而活，又好像没有别的事情更值得做。我想撒手不管，可也无事可做。婚期订好了我却一直想到槿芳形容的剥了壳的象拔蚌。我的性格变得敏感多疑，做事拖拖拉拉，婚礼一再推迟，最终闹僵了，分手了事。

果不其然，一会儿，砰砰的敲门声传来。我弟弟来了！槿芳说。门一开，一阵狗叫声同时传来。是拉布拉多。槿芳说，我邻居的狗，关在院子里。还有一只贵宾犬，它们那样叫，就是在吸引我女儿的注意力。它们的主人一出差就寄养在我家，我女儿可喜欢了。可我坚持不养狗。动了感情分不开，它们短命。女孩子们也听到了，她们挤过来，从妈妈的腿边往外闯，非要出去跟狗狗打招呼。槿芳不许，说外面冷。她们哭了起来。婷婷明显是假哭，她的脖子往上仰，提高音量来掩饰虚假的伤心——她知道怎么让槿芳妥协。果然，婆婆放下厨房里的活，五指油腻腻的，过来用手指揩孙女脸上的泪痕，向儿媳说情，让她带孩子过去看个十分钟就回来，省得孩子把自己的嗓子哭哑了。槿芳苦笑着看了我一眼：你看，这就是我为什么把儿子送去寄宿，不管怎么教育他，他奶奶总会唱对台戏。

一个三十多岁的男子出现在门口，贴在门框上，让孩子们和奶奶先出去。除了发黄的皮肤，脸形也和槿芳很像。和我随便打了个招呼后，就径直往厨房去，二话不说，卷起袖子开始烧菜。他烧的第一个菜竟然是红烧猪蹄。这道菜，可是技术活，不是烧烂了就好吃的。他先冷水下锅焯水后，捞起洗净热锅温油下入冰糖炒出糖色，他的手法娴熟，简洁明快，像是千百遍重复做过似的。

接着做剁椒鱼头：红辣椒切丁，姜切丝，蒜一瓣瓣剥好。他对蒸鱼豉油有点儿不满意，闻了闻，又蘸了点儿到嘴里尝了一下，摇摇头。

这东西要到进口超市买，国内的都假了。

楼下的人家就可以自己在后院种韭菜，割了长，长了割，永无止境。他的这个成语把外婆逗笑了。

种香菜。外婆说，香菜的味道她是永远也闻不厌的。

吃多了不好。槿芳说。

做鱼头没有香菜，都不好意思端上桌。婆婆又把孩子带回来。孩子们扑到槿芳怀里，又亲又拽。

油烟的味道开始弥漫，有一阵子我头昏脑涨，但没有人准备带我离开厨房，甚至没人试着了解我能不能闻这么重的油烟味！

瞧，楼下张老师回来了。婆婆从窗口往外看。有人说她昨天被学生家长打了，我怎么没看到伤？

一个人住就是这样凄惨，外婆说，看到别人四代同堂，嫉妒得不跟我打招呼，不止一次，见到我就躲。

她充满慈悲的话语使其他人不明就里，也都挤向窗口。他们伸长脖子向窗外凝望了很长时间，我也情不自禁地向窗外看去。一个秃头男人在花坛边抽烟，把烟灰弹在花枝上。一个拾荒的老奶奶，把一个矿泉水瓶子捏成一团。她把瓶子抵住胸口，一阵塑料的撕裂声，瓶子变成拳头大小，进了她的塑料袋，那里面还有一些纸盒子。外婆提到的张老师，无影无踪。

终于，我们各自回到原位。

我们的小团体终于解体——不是突然，而是渐渐地，以不易觉察的速度解体了。第一个退出的是建设，他升迁了，应酬太多，规矩也多，不得不一再爽约。差不多同时，秀芬的业务做大，到别的城市开分店去了。剩下的几个也都各自忙碌，有时不得不两个多月才能坐下来吃一顿饭。大家若无其事地聊天，对离别和变迁熟视无睹。只有槿芳，照常带七人份的点心，等待别人问起她的婚姻。不幸福，痛苦。她始终做着这个样子，事实上痛苦已经从她身上的各处往外泄露，不需要表演了。她显得魂不守舍，有时一直望着天花板出神，或者看着正在说话的谁，等到声音停下来，她忙不迭地说，嗯，是的呢，思绪像从一口井掉进另一口井。

没有细节可供质询，她变得可疑，大家开始怀疑她的丈夫已经回心转意，而她为了博取同情不肯告知真相。不过，大家也有其他的意见：槿芳拥有我们毕生奋斗也未尝得到的东西——每天睡到自然醒，不用担心炒鱿鱼，不操心装修房子，娘家人对她的选择很满意……这是她的财富，如今也是枷锁。人想要没有拥有过的，但更舍不得放下属于自己的。手机越来越重要，所有人的注意力都在分散，不是各自刷朋友圈，就是讨论偶像剧的狗血剧情。的确，她的故事过时了，毫无新鲜感。聚会越来越无聊。

但槿芳和我私下见面的习惯保持了下来。

我全想好了,我要为自己年轻时的冲动负责任。我会主动提出来离婚。我要自己开一个店,就做这些小吃。我做的小吃不是很受欢迎吗?租一个房子装修一下,谁不需要好吃的东西呢。头半年可能比较难,后面肯定能赚钱。孩子我也要全力争取。一旦有了钱,我就带着他躲起来。他跟着我,好过跟他爸爸。

就这么办,事情只会越来越好。

她被自己的话语鼓舞了似的开朗起来。她的表情丰富起来。她变得更有勇气,像是被逼急了。

他就等着吧。我今天晚上就会提出来。

我已经懒得发表意见,因为无论我说什么,她最终还是会像昨天一样熬过今天。

不过,这人不好对付,做生意的手段一套一套的,我哥哥都拿不住他,要是他跟我哥哥翻脸,把生意搅黄了,我哥哥会不会怪我?

她说完,把手缩到桌子底下,如同我接受总经理面试一样,也许比那更复杂一点儿。她的自信像阳光下的雾气一样消散了。

她悄悄把想离婚的心愿告诉了弟弟。她得到了出乎意料的支持。当着她的面,他像我一样为她出谋划策,答应如果家里有人责备会替她说话,有十几个办法帮她把事情解决。他摆出一个男人的气魄,信誓旦旦地说要帮她解脱。可是分开不到十个小时,他接电话时的腔调就变了。说她离婚的理由站不住脚,分不到什么钱,也得不到儿子的抚养权。如果是女儿,法院会判给她;如果有证据表明对方有过错,法院也会判给她。

槿芳说,弟弟反悔,出卖了她,现在家里人看她的眼神都不对了。每一个人的每一句话都充满着隐喻和旁敲侧击的暗示。

如此一来,她又犹豫了。

或者,如果我能找到一个全心全意爱我的人跟我一起战斗,就没什么可怕的了。

像在菜市场买菜,她向自己讨价还价。

她儿子上小学之后,我开始躲避她。有一阵子,我失业在家,却没有接到她的电话。再见到她的时候,她完全变了样。涂了口红,自然的笑意完全消失,身体在发胖,但是她的精神状态很好。

她试图转移注意力,任由自己陷入一个网恋当中。她把其中一个发展到了现实。

她约对方在公园见面,以防他是个变态。他们坐在草地上吃了快餐店里买的卤肉、海带和豆腐干,喝了啤酒。那天太阳非常大,对方也是第一次见网友,他们都很紧张,直到晒得头昏脑涨才意识到应该找个阴凉的地方避一避。好不容易找到了一个凉亭,那个年轻的网友张着嘴,在耀眼的太阳下眯着眼睛,那一刻,竟然像睡着了的丈夫。

她有点儿气急败坏地起身就走。

她在心里暗暗把"谈得来"和"骨瘦如柴"作为绝对的见面理由，不久，她如愿以偿见到了一个瘦高个。他们在咖啡馆并排坐着，感到相互之间很和谐，咖啡的热气在眼前氤氲，那个男的伸手去搅拌面前的杯子，手像一只劣质的塑料爪子。他喝咖啡发出哧溜的声响，使她头皮发麻。他屁股太瘦，坐在硬椅上硌得慌，不舒服的时候就扭一下腰，伸一下腿。脚踝从牛仔裤里伸出来，像儿子美术课上画的小山丘。窗外正在下雨。雨水打在玻璃窗上，一缕缕的污迹往下流。爬过的地方没有干净一点儿，反而变成更脏的青灰色。她克服住新的恶心。她看看他，又看看自己。真是奇怪的处境，奇怪的天气，奇怪的外遇。一种奇异的恐惧，盖过了她的忧愁……

人跟人是不一样，但不是"好"与"坏"的区别，就是一片树叶和另一片树叶的区别，没什么意义。她断断续续地把这些事告诉我。

这次尝试，更加败坏了她的胃口。她的脾气变得暴躁，面色发黄、眼睛下面像挂着两张创可贴，倒不见瘦，却更像被遗弃的怨妇。

晚餐比我想象的丰富得多，人也比我预期的要多得多，弟媳妇带着孩子也加入进来。弟弟把房子和姐姐买在同一个小区不无缘故，他们几乎可以每天吃在一起。槿芳采买，弟弟掌勺，皆大欢喜。无论如何，这顿饭跟我设想的完全不一样。我的窘迫一目了然，其他人也好不到哪里去。陌生人在场，一切都变得矜持了。九十二岁的外婆，喝着菜汤，一直留意脸上有没有沾到什么。槿芳的弟弟倒是很活络，他最近迷上了创新菜谱。他一直默默观察大家夹菜的频率。他很注意每个人是不是真心喜欢，以便他有勇气拍照发朋友圈。

只要你买到好的牛腩，弟弟说，明天没什么要紧事，我可以做正宗的罗宋汤。

他目不转睛地看着槿芳，等她的答复，仿佛在等彩票中奖。槿芳嗯了一声作为肯定的回答。喝汤声一片，谈话声隐去了。

他们谈春节聚会、漂亮的衣服、电影院、足疗店……孩子们坐不踏实，吃一口就去玩上一会儿，时不时从房间里搬出来一个玩具，边玩边吃。一只调羹从桌沿掉下来，在地面上颠了几颠，最后被孩子抓住放回桌面上。老三——她似乎还没有大名，俊俏的小嘴嘟起来，发出清脆的笑声。槿芳时不时转头看着她微笑——不是往年那挂在脸上淡淡的歉意的微笑，是厚厚的笑意，笑得很开，像一个人决定要把所有的筹码放到一个转盘上，做好了赢不赢都要继续赌的那种不管不顾的豁达。

下个星期婷婷要办生日聚会。舅舅会亲自做蛋糕。余下的时间，他们就蛋糕的选材商讨了好久。终于，所有人都放下了碗筷。槿芳站起身子，理了理被压皱的裙摆，我想这会儿孩子们一定会被奶奶带出去，留下一点儿时间给我和我的同学。但是，老三走向妈妈，拿来她的画，上面一条绿色的彩带从底部爬到顶部，沾了一粒米饭，树干是红色的，旁边有一条三角形的狗，槿芳伸长脖子，柔和地亲了上去，大力地夸奖——像她婆婆一样的音量。

突然之间，我承认，不见了——我俩之间的某种东西被这房子吞噬了。我吞了一下口水，开始正视自己的失望，不再纠结。

类似的事情后来又发生过几次。"厌恶婚姻"像一层薄纱，盖住了她的羞耻感。粗犷野蛮的网络爱情让她深沉了。她挣扎着，她怀着幻想，她觉得快了。越来越多的坏男人把她镇住了，她不再提"离婚"两个字。在她心里，气球已经吹大，就等着爆炸。也可以不爆炸，离不离婚无所谓的。那一段时间，她变得相当有耐心，一点儿也不情绪化，专心照料了一阵儿子，纠正婆婆带给儿子的坏影响：比如占幼儿园同学的便宜，打小报告，拼命吃东西——经历了饥饿年代的人的典型特征，婆婆对吃东西抱有无与伦比的热情，她儿子差不多就是小胖子了。槿芳带他去游泳，管束他的晚饭。三年级的时候，这孩子的体重降了下来，身高上去了。她沉湎于此，走起路来风风火火，像是驱散自己脑子里的执念，甚至去超市打过几个月工。她挣来的钱跟丈夫比起来实在太少了，这种比较使她丧失了继续辛苦的动力。

她对我毫不隐瞒，但我已经不把这当成我的荣幸，我开始觉得厌烦。她的脸上又恢复了过去那种礼貌的、略带歉意的微笑——她又能平平静静地听我的抱怨：我在最佳适婚年纪被求婚，莫名其妙地丢了工作和男朋友。现在，她不再是那个整天幻想离婚的倒霉蛋，我才是。她却仍然是那个只要她愿意，能随时活得比我好，比我更有资格对他人表示歉意的富家女。

无论如何，她的厌恶、挣扎和失魂落魄已经给我造成了巨大的困扰。我暗下决心：我要远走高飞。如果我不离开这个城市，就无法斩断她的影响。不离开她，我最后肯定会像她一样，成为困兽在原地转圈。我已经开始怨恨她了。

分别前的最后一次见面竟是站在医院门口。那时候我才意识到医院里早就人满为患，出租车、私家车根本找不到车位。

她刚刚从医院出来。她露出难得的开心的表情，她被诊断为"产后抑郁症"。

小孩九岁之后？我心里算的是自己的年纪：快三十了。

对，一直没有发现，耽搁了。她的气色很好，脖子里湿漉漉的是闪亮的汗珠，脸像是被什么高科技仪器好好洗了一遍，从里到外有了一种洁净的感觉。

她抖动着手里的病历，指着那根本无法辨认的字体说，你看，你看。好像里面有一切幸福的秘方。大大的惊喜洋溢，改变了她说话的腔调。

原来是我病了，这一切都是病，而且能治愈。有一种药能治我的厌恶，心理医生会来帮助我，我不应该一味地等他犯错误、抛弃我什么的，那不是唯一出路。

她的眼睛里闪动着久违的凌乱的光亮。此后，她的情绪非常好，她开始幻想他坐下来听她说话，想象他频频点头，跟她一起减肥，向她道歉——不，她也会向他道歉。一切都会烟消云散。

他人不坏，他甚至从没做对不起我的事。她的声音有劫后余生的惊喜。

谢天谢地，找到了事情的根源，我们都松了一口气，紧紧地拥抱在一起。

我们一起吃了顿饭。我们举起汽水，为我饯行，同时为她怀上了二胎祝福。像是想用行动证明自己，她宣布要生下这个二胎。她形容丈夫对她好的一些细节，但没有感动我。其实我过去没觉得他多恶心，现在我也没觉得他值得重新来过。不过，眼下，他让人恶心的印象算是无法消除了。

我去了北方，找到了新工作，交了男朋友，很快结了婚，像周围的人都在重复做的那样。但我经常想起槿芳。尽管她最后留给我的是喜气洋洋的面孔，在我的想象里她仍然在一个接一个的冬季不停地盼望离婚。外面的北风呼啸着刮过屋檐，地上的落叶翻滚，大雪纷飞，床在象拔蚌的压迫下发出呻吟，她睁着眼睛看着天一点点地亮起来。这些记忆折磨着我。她对我的影响比我们的友谊更久长。甚至，她对婚姻的绝望已经传染给了我。

如今我能体会她过去的痛苦，我越来越想念她。这是我回来的原因，我惦记她，也想为自己寻求一个答案。现在，我知道，平庸的平静的生活终于到来，她过得很好，我也能过得很好。

狗叫声再次响起。槿芳走到门口，轻声制止。孩子们被奶奶带到浴室泡澡。狗的叫声平息之后，窗外变得空空荡荡，天空也变得昏白。她的拖鞋面上是潦草的图案，像被什么人拿起墨汁随手那么一泼形成的。她条件那么好，却不懂得挑好的东西。她的平庸我应该早有预料。我完全失去了说话的兴致，没有怀念，没有责备，没有沟通。我只想着尽快从这屋子里逃走。我终于明白自己为什么足足五年没有再与她相见。如今看来，她跟我在北方认识的朋友也没什么两样。

她带我走向另一间屋。整洁的床……我们还有起码的默契，至少她没有开口问我会不会留下来。但我已经改变主意。

我要回旅馆。我突然说。想象一下，我丈夫开了七八个小时的车送我见过去的闺蜜，这会儿他一个人孤零零地在旅馆——虽然可能也很享受，我不确定，但我确定自己无法再停留一秒钟。

她张了张嘴，想说些什么。我看清她的脸上布满雀斑，皮肤已经松弛，但是泛起红晕。我转移目光，拒绝继续观察她。

她没有挽留。很好。这让我觉得更自在一些。她陪我下来等出租车。忘记戴帽子，出了楼道，一阵风，把她的刘海儿纷乱吹开。她一边裹住外套，一边去压刘海儿。她的样子像在被空气敲诈勒索。我呼出一口气，体会到一种即将逃脱的莫名的喜悦。

出租车司机说需要三分钟才到。

路灯亮着，可是到处不清楚，夜雾在楼群升起，混沌一片，眼前朦朦胧胧。寒冷的天气，深邃的天空，四下里一片灰暗。最后的告别来临，她转过身来，离我很近。这姿态瞬间唤起我内心的暖意——她差不多恢复成五年前那个样子。就像一次急流冲锋而至，某种熟悉的情绪瞬间降临，恍惚之间，多少年的时光被压缩，我又成了她的精神依靠、倾诉对象。她瞟了我一眼，清了一下嗓子，移开目光开口说话，我先感受到她呼出的温热的气息，随后才是像法官念判决书一样庄严地说一字一句：我的小女儿，跟他们不相干，完全完全不相干！

两道光迅速冲过来，车灯把死寂的花坛、褪色的隔离柱、肮脏的台阶都照得暗淡无光，转眼之间光亮掠过我们的身侧，继续向前。不是我们的车。很长时间什么也看不见，我努力睁大眼，来适应更加漆黑的黑夜。

顿了一顿，迎着冬夜寒风，她仰起头，像站在舞台中央，念着背好的台词：

"我爱她！我爱她超过世上万物，我爱她超过爱她的哥哥姐姐和我的父母兄弟，和剩下的一切。我愿意为她而活，也愿意为她去死。"

寒冷的街边，她的眼里有光，她的声音透出一股粗鲁的倔强，这些话带着巨大的惯性似的，她的牙齿开始打战。一辆出租车在我们身边停下，尖锐的刹车声骤然响起，掩盖了一切。

天　　鹅

一

朱利安2014年带着六岁的女儿安珀从中国广州迁居美国麻省艾利克顿市，以一个南方人对世界的温热体验扎进了北方清凉的夏天。酷暑不燥，令她惊喜。

选择美国东北地区，是朱利安的丈夫经过多种渠道咨询了解后做出来的决定。从那时起，朱利安至少有十年没在零摄氏度以下的空间待过一天。

金先生收集到的艾利克顿的信息令人遐想连连：总面积二十一平方英里，两万多人口，顶级私立中学，全美最宜居城市前十，有百分之九十四的白人，其余的才是少数族裔。一个三十人的教室最多只有一两张外国面孔！金先生特别倾心的理由——让他们的孩子和真正的美国人而不是移民交朋友，能以最快的速度结交更地道的美国人。

金先生看中了一幢百年豪宅，据说曾经是一位英国贵族的产业。一百年前，它还像一颗明珠镶嵌在森林和湿地之间的贵府，然后沦落为中产之所，几经转手又流到了市场上。这位贵族的名字很拗口，房屋中介说的时候，朱利安和丈夫记了两次没有记住，不好意思再问。这套占地五英亩，建筑面积五百多平方米的欧式古典别墅，建造于第一次世界大战结束。墙体由砖块砌成，正面有一排有气度的柱廊；墙面、窗户、窗顶和屋檐等处有精细的雕花装饰；进入正门的那一刻起，整个房屋都充满了自然光；十英尺高的客厅是大理石地面，其余房间则是胡桃木地板；五个卧室，两个几乎与卧室一样大小的步入式衣柜，四个浴室；厨房里是刚刚更新过的定制橱柜，花岗岩台面，双层烤箱；客厅和主卧都有货真价实的壁炉。金先生切切实实地感受到了异域风情。

此外，还有地下室、停车场、放映室、健身房、酒窖和吧台。房屋前一块宽大的草坪，一条两百米的车道，车道两边是高大的树木。住宅后院是环绕式露台、石头基座和闲置的游泳池。

不用也要有。金先生说。左侧邻居的房屋只露出一个屋顶，步行过去，目测需要五分钟。中介对金先生说，如果你喜欢开派对，从主道旁的邮筒一直到后院游泳池外一百米，你的车道能同时停放十辆车。迷住金先生的还有屋后广袤无边的森林和湿地。据说森林里时常有麋鹿、狐狸和狼出没。说话的当口，鸟儿就在树梢欢喜地鸣叫。

Look at that！金先生仰起头，贪婪地深吸一口气，一声感叹。透过树叶与树叶的间隙，他能看到远处的微光，忽然一闪，又忽然一闪……

第一次来看房是五月份，金先生带朱利安去了房子附近的一个天鹅湖。巴掌大的湖泊因几只天鹅得名。果然两只脖颈修长的天鹅并排游在芦苇荡间，其中一只引颈向右，另一只立刻随其转动脖颈；一只做出游行的准备，另一只蹼前的水波亦开始荡漾。它们相互梳理羽毛，依偎翻滚，一位仰天，另一位立刻长啸，甚是默契。

这叫夫唱妇随，真是神仙眷侣！金先生意味深长地指给妻子看。那是第一次见到美国的天鹅，朱利安也看呆了，情不自禁地点头附和。签协议、房检都格外顺利，但真正办妥手续拿到房屋钥匙已经是初秋。第二次来比第一次的感受更好，因为定制的家具全部到了，新买的汽车也上好牌了。秋天的空气如此清新，气候更加宜人，与广州完全不同。金先生说，在这天然氧吧里感觉到脑子都转得快。待了两周之后他起程回中国，把妻儿留了下来。回国之前，有人对他说，再过一个月，将是美东地区最美的季节，到时候漫山遍野的红叶是何等壮观。他能想象。十几年前，他就在此留过学。他念念不忘在那连绵不绝的森林中布满红枫的场景，这在广州几乎是不可能见到的奇观。他准备春节的时候来美国过年，把这个家还没来得及置办妥当的家具全部挑选好，并且他计划一年内怀上他的第二个孩子，到了明年秋天，他们能拿到绿卡。最多一年，他们一家四口定能团聚。虽然金先生年过五十，但是注重保养、勤于运动，精力丰沛，对未来仍有清晰规划。金先生留给太太的最后一句调皮话是：要是不把老婆孩子送到天堂，一个男人就不算真的成功。

金先生打电话给留学时认识的一位有钱的广州同乡,请他帮忙找一位"可靠的"家政工人。这位同乡刚搬离麻省,他把为他打理过家务的一个中国女士的电话给了金先生。据说这位女士来美国虽然有十年了,英文还不错,但还没有沾染上美国人的那些毛病——要价不算离谱。金先生联系上了温蒂。这位刚刚上了年纪的中国女性,白天在超市做收银员,但剩余时间较多。金先生在新买的房子里请温蒂吃了一顿大餐。像一切刚到美国的中国人一样,金先生发现超市里的牛排、龙虾和红酒价格折算成人民币也低得惊人。他尽兴采购,回来亲自下厨,一家人和温蒂边吃边聊。一顿晚饭结束,他也差不多把温蒂的底摸透了。温蒂在中国有过一次婚史,四十岁时,带着一个十三岁的儿子嫁给了一个美国老头。

这个美国人,除了一张绿卡,什么也不肯给她,儿子就连在餐桌上想说话,他也会阻止。他制定的家庭规矩是:小孩子想在饭桌上插嘴,必须请求家长允许,但是发出请求的时候一定不能在家长咀嚼食物或者谈话的时候。有时候整顿饭下来,儿子连一句"妈"都不敢喊。儿子愤懑的目光像锤子一样,本意想砸美国老头,结果砸在温蒂心上,她把儿子送到寄宿学校,等到儿子拿到全额奖学金上了大学,温蒂终于承认儿子是对的,这个美国糟老头其实令她作呕。

我自由了,温蒂说。金先生是一个有经验的煽动家,他坐在那里,甚至一言不发,续水、拿纸巾、递零食、看着对方,时不时点头，挑动眉毛，就能得到他要的信息。温蒂吃这一套。晚餐结束时温蒂的故事也接近尾声。

你看，金先生向妻子投来鼓励的一瞥，说，在这里，人人都追求自由。从金先生的措辞和表情，朱利安相信他对温蒂的木讷和沉默感到满意，认定她是可以统领的对象。

金先生以每个钟头五十美金的价格雇用了温蒂。他对朱利安说，不要为任何事发愁，有搞不定的事情，就打电话给温蒂，她会教你熟悉环境、共同照顾孩子。这个费用我承担得起。

送金先生去机场，入关的那一刻，金先生转过身来朝她挥手。一阵突然笼罩的陌生感，好像在她周围的空气里，有一股难以捉摸的、威胁性的东西慢慢靠近。朱利安突然忍不住双手掩面，哭了起来，她觉得自己好像金先生手里的一个坚果，金先生一抛，她骨碌碌地在地上直打滚。安珀刚刚还一脸笑意地跟爸爸再见，转过脸来，就被妈妈的样子吓呆了。

二

总的来说，艾利克顿的华人，没有那么突出和醒目，这取决于我们的身高、五官、肤色和性格。我们总是内敛、害羞，甚至有些沉闷。朱利安不知道新闻里所说的那些大声喧哗的中国阿姨们在哪里，至少她从来没有见过在公共场合无礼的中国人，当然不包括中国城。

这里是电影里白人的国家没错，可是电影里的僵尸大战，光脑袋文身的大块头黑社会，酒吧里的金发女郎，成群结队游行的青年，垮掉的一代，堕落的青春，一律没见到。到了教会，总算见到成群的"黄皮肤"。朱利安在来之前，不止一次听人提到美国的华人教会，无不竭力褒扬教会的仁慈良善。朱利安最近刚听到一个故事：一位来自中国的年轻父亲在自家院子里踢了七岁的儿子两脚，邻居报警之后，儿子连同其余两个女儿全部被政府带走，其中一个才一岁多。年轻的母亲着急上火，十天瘦了二十磅，思念加惊恐，简直活下不去了。她找到教会，承诺如果能要回孩子，就信奉上帝、跟随上帝。

一位信上帝三十年的基督徒对她表达了同情，到处呼吁，在听证会上替她据理力争。

一个月之后，孩子毫发无损回到母亲身边，这位年轻的妈妈却连来教会的时间都没有了。过了一年，那个父亲老毛病又犯，孩子又一次被政府监管，年轻的妈妈再次惊慌失措地找到教会。你猜怎么着？讲故事的人问朱利安。

朱利安想着，教会看穿她又宽恕她了？果然，牧师在团契时为她全家祷告，并且还募集到了一笔资金用于聘请律师，因为这回事态比较严重，非得花大钱不可。

讲这件事的人本意是想证实教会比朱利安想象的更慈悲，朱利安没等到故事的结尾就脱口而出：脸皮真厚啊，这家子，用我妈的话说，可以揭下来糊墙了。

故事没颜色没形状，却像勺子碰到了罐头，给朱利安打开了讽刺的空间。

金先生走后，一个周五的晚上，朱利安找到了二十五英里外的莱恩市的华人教会。教堂不大，是一幢年代久远的哥特式建筑，灰砖砌成，古朴庄严的门廊，高耸的尖拱，正上方钉着一个大大的发黑的木头十字架。

她到达的时候，礼堂里黑压压的已经坐满了华人。放眼望去，朱利安立刻发现，人们好像受到过自动挤压，这里竟然没有一个像样的胖子。

她没来由地一阵激动，坐到最后一排。讲台上一个二十几岁的小伙子拿着麦克风分享他的见证。他长得很矮小，讲着很重浙江口音的普通话。他刚来美国不久，才接触教会不久，还不是基督徒，但是已经感觉到自己"在洁净灵魂"。昨天，他在车站看到一个衣衫褴褛的人在乞讨，是一个年老的白人，他看到对方赤裸的脚踝，他问自己：如果不是山穷水尽，谁愿意这样不体面地缩在肮脏的街头？因为学习了《圣经》，他觉得自己懂得慈悲了。他走过去，把自己口袋里的五十美金给了他，这笔钱原本是他接下来几天的伙食费。

底下响起热烈的掌声，朱利安也跟着鼓掌，掌声久久不停。五十美金而已，她心里想，听起来像是捐了五万美金那样有气势。

事情没有完，紧接着，这位因为感动捐掉了五十美金的访问学者说，放下钱他开始感到不安，因为接下来几天，他可能要饿肚子了，但他不后悔自己意气用事。等到他坐上地铁到达办公室,一封信躺在他的办公桌上,打开一看,里面有一张两百美金的支票——是他的一篇小文章发表了。

他说,感谢上帝,主的恩典果然够用。

朱利安看到前排的一个女子(后来她知道也是位化学博士),年纪四十来岁。在女子频频鼓掌的时候,散在肩头的头发向左右晃动,朱利安看到黑发里掺杂着两根醒目的白发。若是多些白发也可忽视,恰恰只有两根,看上去格外触目惊心。朱利安继而打量起对方的衣着:一件松松垮垮的黑色T恤随随便便套在身上,脚上是一双廉价的坡跟凉鞋。朱利安无法理解女人们允许自己这样的形象出现在男人面前。不仅是她,其余人也都貌不惊人、衣着寒碜。朱利安情不自禁地打量这些人的发型,衣服的质量,听说话的口音,这些人看上去个个都像穷人,不是像,一定是。她想,这儿的人怎么一点儿档次都没有。

电影里美国人上教堂,大人小孩都是西装革履,只有华人才这么不讲究,下次不来了,她心里说。

朱利安在广州的时候,家里雇用过一位安徽老乡,先是服侍她坐月子,因为家乡菜烧得好,就被金先生留了下来,一留就是七年。她帮朱利安照料孩子、操持家务,每年回乡两次看看留在老家的孩子。朱利安呢,闲来无事,指导保姆穿衣打扮,把她的衣着品位提升了一大截。头一年保姆去菜场,还一直有人嘀咕她,渐渐地,她被人错认成金太太。朱利安享受这个成就感。

朱利安开始怀念她的广州。她在广州生活了九年,已经完全适应。广州的市中心整夜亮着耀眼的灯光,人声喧哗,无忧无虑。但是艾利克顿一到下午五点,天就黑了,整个世界静悄悄的,昏黄的路灯隔很远才有一盏,挂路灯的电线杆还是发黑的木头,让人疑心会断。她站在窗口,偶尔能听到远处经过的汽车的声音,这声音又细弱又短促,简直让人以为还生活在小时候的县城。

可是金先生喜欢未雨绸缪,早有移民的强烈意愿。金先生被称儒商,他享受领先一步、胜人一筹的成就感。他们在广州住的高档公寓,花的是邻居十分之一的钱,他们十年前就不喝自来水了,用的空气净化器也是从国外进口的。每年,他会带朱利安去香港、欧洲旅游一两次。朱利安以为广州是他们的安乐窝,可是金先生说,真正有质量的生活在美国、新西兰和瑞典。恰巧这些地方他都去过而朱利安没有,所以无从反驳,只有默认跟从。

这一切的确是不同寻常的。早上一睁眼,阳光已经透过厚重的窗帘挤进来,大朵大朵形态各异的云彩映入眼帘,轻柔的风在树梢摆动,露珠在阜尖上闪亮,槐树、橡树和苹果树等形态各异的树木围绕着房子,即使是后院的森林深处,也有众多不知名的奇异花草。朱利安情不自禁地想起房屋中介的话:房子、树、小草和头上的天空,以及哪天在房子底下发现了石油——不是没可能,都是属于你们的,绝无争议。

最初的几天,温蒂带着朱利安去 WholeFoods 买有机食物,去名品街购买防晒霜，去 Shell 加油，看到天气好就出去拍照片——十天有九天都是好天气。她从各个角度抓拍：湛蓝的天，掩映在山林之中的城堡一样的房子，枝头的红色小鸟……能够捕捉到的东西她都一个劲儿地往朋友圈输送，好像她的身份是艾利克顿的宣传大使。因为英文不好，她看不了英文报纸；电视开着，偶尔可以看到画面上的走秀、总统演讲、加州大火，股票红了引起市民恐慌；至于政府停摆、大麻合法、同性恋游行，只要看不见，对她来说就没发生。她的生活环保极了：大白天就只听到自己的脚步声，"啪、啪啪、啪"……她还不认识谁，邮箱就充满了：垃圾回收时间表、本市新增募捐箱地址……朋友圈整夜都在给她点赞。早上醒来的时候，各种各样的赞美和羡慕声，浸润她的手机屏幕。

三

比起美国人，朱利安更愿意亲近华人，渴望他们由衷地欢迎她、接纳她。但是华人都集中在教会。教会里那么多男的，好像没人看到她如此漂亮，就算看到了，也宁愿忽视这一点。他们表现得太礼貌、太有分寸了，跟广州的处境完全不同，这令朱利安有点儿失落。像是跟自己赌气，她连续又参加了两次聚会。这些到美国的华人，大多数都拥有博士学位。有人说，市中心的教会里全是偷渡来的不识字的华人，但是莱恩镇的教会，男性百分之九十五是博士，女性这一比例也达到百分之八十。但是不知道什么缘故,许多人的脸又黄又憔悴,穿着又土又老,每分钟都过得急不可耐。有时一家大小七八口簇拥着前来,像一股风一样哗啦啦的,简直连个安静说话的空间都没有。好不容易安静下来了,要唱诗歌了,要听布道了。她去了三次,只有一分钟专门给她,请她介绍自己从哪里来,从事什么职业,孩子多大了。

然后就听牧师布道。那天牧师请大家把座位边上的《圣经》翻到《出埃及记》第20章,然后带着众人一字一句地读……

朱利安直打瞌睡,要不是大厅里太安静,每个人又显得那样不可打扰,她差点儿就溜之大吉。

最后大家到餐厅吃茶点,相互介绍、问候,扯着嗓子如此等等地寒暄,又从头开始:你从哪里来?来多长时间了?孩子多大了?她认认真真地说,听的人却明显心不在焉,眼睛一直瞟着墙上的钟表,她觉得自己还没看清对方的脸,对方竟然说抱歉要走了。她以为对方代表教会,对教会很失望,后来才知道错怪了教会,其实人家跟她一样,也是新移民,想来蹭点儿友谊,寻求帮助。

真是怪了,金先生在的那两周,凡事顺利、凡事简单,他一走,许多棘手的事接踵而来。

安珀开学那天,朱利安穿上了一件黑色的意大利真丝长裙,一双同色高跟鞋。安珀穿了一条白色的连衣裙,背着一个粉色的书包。母女俩从车上下来,牵着手,一黑一白,走在碧绿的草地上，相映成景。她希望能给老师和同学留下好的印象，让孩子有个好的开端。

欢迎，欢迎，我猜想这个小公主就是安珀。一位蓝色眼睛的女士对着朱利安发出爽朗的笑，并且弯腰向着安珀说话。她是爱德华小学的校长。她的语速并不快，安珀听懂了，但是过于紧张，不知道如何应对，牵着朱利安的手在轻轻发抖。

跟老师去吧。朱利安大致明白校长的意思，她推了一下女儿，可是女儿顺势一把揪住朱利安的裙子不肯进门。朱利安保持着微笑，算是回应校长，她的英文水平还只能把短语拆成一半往外扯，不能更多了。安珀不肯松手，朱利安只好伸出手掰安珀的手腕，可是安珀扯得更大力，她的鞋跟太尖，一下没站稳，趔趄了一下。

这个时候，更多的车停在车位上，更多的孩子拥过来。两个一模一样的白人小男孩儿从车里下来，摇摇晃晃往校门口走来，好奇的目光像线一样跟着她和安珀，到了门口，几只脚在红色塑料地毯上马马虎虎地擦了一擦就进去了。家长们则自动停在门口问候校长，挥手道别。朱利安一面微笑一面打量这些走到近前的家长。一位年轻的妈妈，身着一件宽松的家居套头衫，领子已经松了，马尾扎得很随意，一束头发还在领子里没捋出来，脚上穿着一双人字拖；紧接着一位男家长领着女儿到门口。没错，太阳才刚刚出来，这位父亲戴着一顶棒球帽和一个墨镜，遮着大半个脸，上身一件短T恤，下身一条齐膝的宽松短裤。孩子们同样穿着T袖衫，因而，她和安珀像一块白布上的两滴颜料，醒目、刺眼。意识到自己过于正式，她别别扭扭地转身想回到车上。安珀揪住妈妈的手，像揪住一个贼。校长递过来更亲切的目光和一只准备接纳安珀的手臂，朱利安用中文劝她放手。这孩子一声不吭，也没说不愿意。乘其不备，朱利安挣开孩子，装着条件谈拢了，转身往车上去，慌乱地踩上了草坪。她以为和中国一样，踩踏草坪是不文明的表现，加大步子拐回水泥道上。安珀毫不犹豫，紧紧地跟上。朱利安头也不敢抬地钻进车里，锁住车门，隔着窗户看安珀被勇敢的女校长连哄带骗地劝进教室。她好像听到安珀在哭……和美国的第一次亲密接触，就这么不潇洒地结束，一团阴影留在朱利安心头。

跟温蒂相处起来也不是很愉快。她们只做了一段短暂的朋友。据温蒂说，新移民花钱都很大方，有些人花钱还很离谱，为了像真正的美国人，动不动就组织各种派对，有固定的时间。可是温蒂从朱利安手上拿到的薪水少得可怜，朱利安花钱的时候总是会在心里算一下汇率，迫不得已的时候，才请温蒂帮忙。还有一个原因是，广州的保姆，知道自己在拿你的钱，几乎不唱对台戏。你说什么就是什么，不跟你争辩，你要吃什么，他们买什么。可是温蒂不同，温蒂是穷，却不是言听计从、随叫随到。有一天，朱利安走进洗衣房问温蒂哪里可以买到绿豆、莲子和白鸽。

买鸽子做什么？

炖绿豆莲子鸽子汤。

天鹅

温蒂正在把衣服从烘干机往外拿,头扭过来翻了一个白眼,不吭声。朱利安又说,要是你方便的话,明天来的时候捎过来。对了,买点儿鸡杂,回来做鸡杂汤。温蒂还是不吭声,她把衣服挂到挂熨机熨平。

朱利安交代完转过身准备出洗衣房,冷不丁听到背后温蒂冷冰冰的声音:我不知道真有能吃的鸽子卖。声音颤抖,有一种强忍的克制。朱利安惊诧地一回头,看到这个面色发黄的女人,脸色慢慢涨成酱红,一双暗淡无光的眼睛张大了,里面噙着眼泪。

太过分了。她眼睛不看任何人,一字一句地说。

哦,美国不许吃鸽子啊,朱利安说,那就买别的吧。说完从洗衣房里逃出来。一会儿,她站在客厅,看到温蒂从后门出去,往自己的汽车上去。车门重重地摔了一下,一溜烟地开走了。朱利安目瞪口呆地看着空荡荡的车道。我怎么拿这种人当朋友?她想,这么粗鲁这么没教养。但是她离不了温蒂帮忙。正生着温蒂的气,安珀发烧了。她不得不又像没事人一样打电话请教温蒂看医生的流程。

喝水,让她多喝水。

朱利安身材修长、皮肤白皙,像灯光下的奶酪;温蒂矮胖、皮肤粗糙得像戴着塑胶手套揉出来的苦荞面,黄不黄黑不黑,但是,她俩站在一起,朱利安看上去没有个方向、有点儿胆怯;温蒂淡定、自然,一副心里有数、了解自己命运的样子。

朱利安请温蒂到家里过夜，万一晚上安珀的病情加重需要看急诊，她说自己英文不好，怕需要沟通时表达不清，并且愿意付双倍的钱。没想到温蒂在电话里不卑不亢地说：我下午就要去新泽西参加一个派对，今天晚上我不回来。

朱利安觉得温蒂真是不可理喻。她想，换了我，至少会说，我有重要的事要做，不能拖延的。她以为不撒谎就靠近美德了，哼，其实就是自以为是。朱利安又想，连保姆都有人邀请去派对，可见这派对的档次多么低。朱利安身上有主人的脾性，难免有尖刻的言语在舌头上，可她也想获取一点儿同情心，所以就把尖刻生生吞回肚子。

可是温蒂发出来的照片上，有政府议员、体育明星，还有一个华人企业家，他们凑在温蒂的镜头前笑得前仰后合。不得不说，温蒂穿上露膀子的连身裙，头发扎在头上，挤在一群各种皮肤的人中间，还真算有点儿魅力。隔日温蒂打电话来，问她需要不需要过来瞧一眼。瞧一眼是个暗语，有不算钱的意思，有友情的意味。

不了，你忙。她说。她从来没问一个帮自己打扫厕所擦地板的人要同情心的习惯，她也没有找一个钟点工推心置腹的习惯。她心情沮丧，站在自己家的后院里，就像站在人生的十字路口。

好在金先生体恤。每天早晚各发一次视频。朱利安说出来的难事，地下室好像有点儿潮湿，后院的监控摄像头好像不工作了，一汇报给他，经他一分析，也不太严重了。他总是会笑她过于严肃，聊完天说再见前也一定会给她加油打气，告诉她一切都会好起来。

快到十月，安珀在学校里每节课都似懂非懂，进进出出都独来独往。有一次朱利安在车上看着她拽一个小女孩的手，朱利安一看就明白她想邀对方来家里玩。可是她的英文尚不流利，表达不清，把对方吓着了。小女孩挣脱之后把两只手插进小小的衣兜里，两只脚一直往墙边退，以防安珀再侵犯。

这样交朋友不是办法！朱利安看得心疼。如果我们搞一个盛大的派对，把安珀的所有同学都请来，这样会不会能够让安珀有机会交到几个好朋友？她被自己的大胆振奋了。

美国人都喜欢派对，小朋友们更喜欢。温蒂说。

那就这么定。我们多买点儿点心、冰淇淋、玩具和礼物，把全班二十二个小朋友全部请来，只要小朋友愿意来，玩得开心，没道理不喜欢安珀，安珀可乖了。

就算来一半……温蒂显出冷静的一面。

三分之一也可以。

但是可以按二十二个学生和二十二个家长的量来准备。

为了这个计划，金先生鼓励她花钱：尽管刷，你的信用卡没有限额。

结合温蒂的建议，时间定在十月十一号的周六下午两点到五点。邀请卡片是朱利安亲手写的，安珀提供了小朋友的名单，朱利安在卡面上罗列着许多暖心话，留下一点点空间写自己家里的地址和派对时间。为了显得有档次和条件宽松，特意标明既可以早来用午餐也可以用完晚餐再走。总而言之，来去自由，无须拘谨。朱利安写这些词的时候想象自己即将为安珀创造了新世界……卡片装进安珀的书包亲手交给各位小朋友。朱利安用了一个星期的时间准备小礼物、各种食物以及把餐厅的墙上贴满卡通。怕小孩子过敏，每样食物和甜点的成分都标注得清清楚楚。朱利安不好意思说的是，她还在网上搜索了许多美国社交礼仪用语，不仅背熟了几十句寒暄和赞美短语，还刻意去买了两套休闲装，为的是避开像头一天进学校时那样过于醒目而出丑。

住着这样的大房子，想表现得好客，又想表现得寒酸，这就跟人觉得自己健健康康又想让人以为病入膏肓一样有难度。可是策划安排这些事让她充满了新奇感和成就感，仿佛就等着这一刻将先前的不快不安和难堪悉数驱赶。

星期六下午两点整，第一位穿着足球队服的男孩敲开朱利安的门，身边是满头白发、精神矍铄的祖父，手里托着一盘苹果派。朱利安勇敢地微笑，把刚刚学进去的礼貌用语吐出来，也听到他用相当的单词回敬给她，但是接下来，她完全不明白了。温蒂抽空从厨房里出来翻译：两点半，Liam 有一场足球训练，他们是来表达谢意和歉意的。

送走 Liam，迎来了 Ava 和她的妈妈。万幸，Ava 下午没有其他安排，小女孩被满桌的美食吸引，甩掉鞋和外套就和安珀牵手进了餐厅，把她腼腆的母亲留给了朱利安。这位母亲脱掉身上的大衣，朱利安一把接过来之后，把她让进起居室，那里也备了茶点。朱利安英文不好的事情还算是秘密。不知情的同学母亲轻声地说着什么,时而摊开手,时而耸耸肩。朱利安不停地点头,她不想隐瞒听不懂的事实,她的确听得懂一部分:beautiful、busy、music……

半个小时之后,森迪和她爸爸一同前来,这孩子和安珀合不来。好在她安静,闷着头看动画片,吃甜点,愿意坐到天荒地老。只有三个小朋友的派对持续到三点,准备好的游戏因为人数不够无法进行。朱利安假装没看见安珀不停地往窗外看,她告诫自己好好招待已经到来的,不要惦记还没有到来的,可是眼睛也不听使唤,不停地往门的方向瞟;耳朵也是,连温蒂在用碎冰机,她都听成汽车发动机……

聊天也一阵阵中断,因为听不懂单词……两个美国人终于知道朱利安英文这么差,选择假装不知道,但是说话的时候全都看着温蒂,要是温蒂一会儿不在身边,他们就看着安珀。安珀不比母亲懂得更多,眨巴眨巴眼睛,努力地听着,很费力地想把注意力集中到人家的嘴上,最后还是一脸懵懂。朱利安不忍心看。她想自己可能也是这么一副可怜的样子。

中午就端出来的冰淇淋蛋糕在融化。沿着光可鉴人的大理石台面往刚买的新地毯上滴。三个小朋友各玩各的,安珀离妈妈远远的,不知是惧怕重任还是心情不好,她不愿意充当翻译。

四点不到,天色慢慢暗淡,就像一块庞大的黑布,慢慢地铺展,暗沉沉的下午正转为凄凉的黄昏。

她总算知道了原因：之所以派对没人来，因为恰好赶在了长周末。美国人的长周末通常都会拖家带口外出度假，更加不走运的是，这个周六有一个新建的超大型航空博物馆可免费参观，仅此一天。这才是人少的重要原因，朱利安对此一无所知。

五点，小朋友和家长们准时告辞，带走了精心准备的礼品，留下了双倍赞美这个派对的话，可是房子里还是空。

你为什么没有告诉我，美国人有长周末出游的习惯呢？

我的小孩大了，这些事都忘记了。温蒂说。

这么重要的信息，怎么能忘记呢？

美国的派对都是写邮件邀请的，而且要求回复，你却没有要求。

你怎么不早点儿提醒我呢？

温蒂不再辩解，她背过身子，双肩开始颤抖。过了一会儿，她用克制且暴露克制的语气回敬朱利安：我是不肯受气的，要是肯，我就不会离婚了。原来这是温蒂的盾牌，关键时刻，她就突然拿出来往面前一摆。为了表明自己被气到了，她拎起包又摔门而出。

白昼将尽。时间已是六点，朱利安听见雨点敲打着厨房外的窗户。这个城市的白天，像个童话世界，但是今天晚上，冷风不知道从哪个地方吹进来，渐渐地她冷得像块石头，勇气也烟消云散。一种无端的屈辱感、孤独沮丧的情绪，浇灭了朱利安将消未消的怒火。她觉得美国人对她的兴趣不会比一片树叶

天鹅

的兴趣更大。

朱利安在美国是如此沉默，沉默而沮丧——白天过度疲劳和紧张，她蜷缩在沙发上睡着了。她梦见所有人都离她很远，一言不发地走。她身上挂着伤，试图靠近他们，他们的脸上挂着笑，可是没有停止奔跑和欢笑，没有人停下来看一眼她受伤的流着血的手和脚。

晚上八点，丈夫的微信视频就来了，睡眼惺忪地问她，派对办得怎么样，成功吧？安珀交到好朋友了吗？

要是他在，没有不成功的理由。她清楚这一点，她没有勇气跟他讲经过，只是说她想广州了！

我刚好相反，我想艾利克顿了。金先生满脸都是快乐，期待朱利安分享点儿什么。一阵失落再次袭上心头，朱利安感到丢脸，觉得自己一点儿用都没有。她想尽快转移话题，别让他察觉自己的难堪和尴尬。

我是说真的，你就不能理解吗？

我理解啊，又怎么了你？

你并不理解。她感受到他口气里的敷衍，突然变得狂暴：毕竟喜欢美国的人是你，不是我。你哪里明白这些天一分一秒有多难熬。

丈夫收起戏谑的笑，可是他还是收不住，压低音调补了一句：思乡病是新的富贵病啊。这话就像在一幅完工的画作上，署上名之后还趁机添了一笔。

朱利安又恼又好笑。他总是这样——懂得把事情往她想不到的层面带。

你可以去旅行，开着车——如果你还有点儿怕生，带上温蒂。免费旅游，她总是乐意的，也算是交一个知心朋友嘛。

她一直是喜欢他的睿智，高瞻远瞩，一针见血地看问题，甚至那股子时不时外露的强势劲。这是她妈妈无法理解她的地方。她喜欢的不是他的钱，至少不光是他的钱，他的气魄使他的钱更值钱。但是，现在他的话听起来，像个滑稽剧演员。

傍晚，等孩子放学的间隙，她在学校隔壁的一幢建筑物边上兜兜转转打发时光。她经过石制的台阶，站在教堂高大的正门前。接着，她往右转，经过一个小广场，一条鹅卵石铺砌的弯曲小路，一直向教堂后方延伸。她就顺着小路一直往后走，直到一堵墙将她拦住，只好转身往回走。她并没有一定要去的地方，也没有一定要做的事。别人都在忙忙碌碌，只有她可以这样游荡。在国内时情况差不多，可是她从来没这么糟。她觉得她的生命，即将这样重复着在这条单调无人的小道上走到底了。她告诉过金先生，他提醒她应该觉得非常幸福，可是她没有。这会儿，金先生早就睡着了，而她独自沉浸在这种感觉里。手机里的金先生变得有点儿陌生，有点儿让人恼火，有点儿可恨。

四

那天朱利安送完孩子，顺道去附近的商场闲逛。没有特别入眼的衣服，何况又是一个人。在广州，总是有闺蜜相伴，吃吃喝喝聊聊逛逛，打发下午无聊时光。一个人的时候更容易累，她坐到一张靠背长椅上发呆，突然，她的余光发现，一个人站在靠背长椅的另一侧，既不坐，也不打招呼。她有点儿不安，站起来急匆匆朝门口走去。经过他身边时，他没有让，身体有点儿僵。她擦着他过去，差一点儿就要触碰到了。她感觉到那个人悄悄离开靠背长椅，走出来，跟着她。到了汽车跟前，她的手心微微颤抖，脑子里冒出电影里常见画面：一个年轻的女子走向自己的汽车，拉开车门的一瞬间，一个戴着鸭舌帽的蒙面人将她撂倒，枪就拿在蒙面人手上。随后，女子遭到绑架、强奸、灭口。完了，她想，也许她即将落入一个歹徒之手，而且很显然完全无处可躲而且无还手之力。她慌了，心脏剧烈地跳动起来。

突如其来的恐惧——刚来的第一晚，房子坐落在没有围栏和保安的马路边上，这让她睡不踏实，趁孩子睡着了，不停地检查房屋的门窗。金先生再三表扬她有警惕心，也略带嘲讽地让她不要过度紧张，毕竟这是民风淳朴的东北地区。现在，光天化日之下，她又产生了那种恐惧——她立定了，转过身来。一个白人男子，年轻、瘦削的脸，穿着一件灰色T恤，有一双蓝色的眼睛。她奇怪自己如此镇静地打量得这么清楚，他的脸在她眼皮底下慢慢变红。他结结巴巴地道歉，他说她太美了。外国口音。她突然一阵轻松，天空又高又远，空气很好闻。她友好地笑了一下，表示感谢。

他一阵哆嗦，好像被人打了一下，但他坚持站住了，他说她笑起来，像……他想要她的电话。

一种沉睡的自信，像被从身体底部唤醒。朱利安坚决地说"No"，那口气简直深怀敌意，但她没有立刻上车。

你从哪里来的？你是中国人？

没有得到回答，他自顾自接着说，我是法国人，我在这里工作。

法国？

我来这个国家很久了，我都不知道当初为什么要来。他说，我现在知道我为什么来了。

为什么？她问。他们面对面地站着，除了偶尔有车从他们身边开过去，四周很安静。

来遇见你。

他的话似乎很轻浮，翻成中文的话，烂大街的套数。可是眼前的这个人，那么僵硬，那么紧张，好像面临宣判。

在这个阴暗有风的停车场，她的不安在陌生人的不安面前消失了，她感到模模糊糊的快乐。

她终于微笑起来了。对不起，她说，我结婚了，我有孩子了。

完全看不出来。对方讪讪地说，啊，对不起。

这样的事随后又发生过一次。在加油站，她准备给车加油，机器不接受她的信用卡。这时走过来一个男子。她以为是工作人员，结结巴巴地请求他解决这个问题。问题很简单。她

天鹅

把输入邮政编码的指令错误地理解成了输入银行密码。年轻男子意识到她英文不好,微笑着帮她加好油。在她发动汽车的时候,他对她说,你比许多明星还要美丽。他的眼睛很亮,她明白他没有恶意。从车的后视镜里,她看到他上了一辆没有熄火的车,才知道他是个路人。

朱利安深信自己的美是在九年前。那时,她在一家证券交易所工作,她还叫朱利红。她从初中就一直剪短发,戴一副黑框眼镜,是爸爸临死前帮她选的。她走路的时候常低着头,因为她觉得自己的脖子过长,而且脖子上有一块巴掌大的朱褐色的胎记,从耳根延伸到锁骨。她从小就知道要遮着它。高领毛衣、厚围巾,后来眼睛又近视了,眼镜把眼遮住,头发把脸遮住,围巾把脖子遮住。她遮得如此密不透风,渐渐成了习惯。即使应聘到了广州一家证券交易所,围巾换成丝质的,却几乎没有摘下过。她理所当然地租住民宅,穿地摊货,骑二手自行车上下班。如此生活了近一年,没有让人觉得她可以靠脸吃饭,直到遇到金先生。

那是个夏天的中午,她坐在证券公司对面的小饭馆吃面条。因为热,她解下了围巾搭在椅背上,吃到一半,面条的热气糊住了眼镜,她摘下来擦拭。在刚要把眼镜戴上之前,她捋了一下自己的头发。头一抬,橱窗外的中年男人正呆呆地看着她。等她戴上眼镜、系好围巾走到门口的时候,那男人还站在那里。他什么也没说,看着她过了马路,走进了证券公司大楼。等电梯的时候,他穿过玻璃门进来。他身材高大,肚子微腆，步态从容，手上戴着一块劳力士手表。在证券公司上班，唯一的好处是同事教会朱利红认识许多名牌。她的眼睛落到他的手腕上，他的眼睛则落在她脸上——显得很专注又保持着分寸。电梯来了，他没有跟上去。

第二天上午，营业部经理把金先生带到朱利红面前。金先生要开户，他想炒股。他第一次转进来五十万元，第二次又转进来五十万元。业绩全算在朱利红名下。即使很快亏掉了五分之一，可是金先生继续投钱，炒下去的热情没有减少。他几乎每天都会来待两个小时。无论收盘时是涨是跌，他走的时候都会礼貌地说客气话，不疾不徐。

两周后，经理安排朱利红作陪请金先生吃饭。吃到一半，经理被一个电话匆匆叫走。金先生从包里拿出一块手表。这块手表也许可以配得上你，你看看喜不喜欢？他说着，打开外包装，让墨绿色的表盒露出来。朱利红一眼就看到了表盒上的皇冠标志。她的心脏一阵剧烈跳动。她完全掩饰不住，露出孩子气的喜悦和羞赧，目不转睛地盯着。金先生打开表盒，里面露出一块精致小巧的银色表盘，简约优雅的香槟金表面，带着一种金属特有的凛冽感。朱利红嘴里发出含混不清的感叹声，她还不好意思马上收下，但又没有能力拒绝，所以就显得语无伦次，不知所云。金先生笑盈盈地看着她，他说别人买礼物给你，就是想讨你欢心，你欢喜就要表现出来，他就更有动力继续买。她下意识地点了点头。

收下这块手表之后，她晚上躲在房间里，就那么反反复复地端详到深夜。第二天她把它戴在手上去上班,她不是急于炫耀,她怕手表在出租房里会被偷。

第二次吃饭,金先生给她买了件低领真丝连身裙,法国产。他批评朱利红所有的衣服都是领高袖宽。朱利红辩解了几句。金先生轻描淡写地告诉她,香港的医院有进口的祛胎记设备。朱利红小时候缠着妈妈去过医院,但医生说就算激光之后还是有疤痕,甚至会引起皮肤癌变,妈妈就坚决地放弃了。

这个胎记最终利用年假在香港祛除了,没有留下一丝痕迹。同一时间她在香港配到了隐形眼镜,花两千六百元剪了个短发。休完假回到单位的时候,同事们对她的变化惊讶不已,这时他们才发现,朱利红不仅脖颈修长,眼睛妩媚,她的眉毛细密而端正,额头也饱满光洁。而这,根本就不是那些玻尿酸、硅胶和肉毒素所能塑造出来的美,这是天然的、略经雕饰的美。

她眼睁睁地看着自己脱胎换骨。这一年来所得到的赞美之词是她过去二十三年得到的总和。而这,似乎才只是个开始。她什么额外的事都没做,却轻而易举地得到了营业部副经理的位置。金先生的爱像油泼面,不喜欢的觉得太呛,好这一口的觉得过瘾,至于金先生的婚史和他的年纪,就像水晶杯表面手指触碰过的印痕,完全可以忽略不计。

我第一次见到你,就觉得你像一只白天鹅。金先生在一次晚餐时轻抚她的脖颈奉承她。

这句话让朱利红立刻想起高中毕业前见到的那对白天鹅。

那天全班组织出去秋游。在郊区一个度假村的小湖里，一对天鹅游弋在湖面上。两只天鹅同色，略小的定是雌的。天鹅全身白瓷器一样光滑洁净的羽毛，无一丝杂色，尤其脖颈修长，那样优雅而高贵。任人打量欣赏，目不斜视，庄重自信。她目不转睛地看了许久。后来，她听说，这对天鹅可能是从黑龙江和贝加尔湖畔飞来越冬的。她对来自遥远地方的天鹅产生了深深的敬畏，她觉得，这样高不可攀的美丽生物见一次就心满意足。她不敢想象有一天，有人这样高看她。

金先生知道许多深不可测的事，新闻背后的新闻，数字背后的数字。他吃的苦比朱利红多太多。他是在恶邻的欺侮中长大，借高利贷上的大学，光脚打篮球，如今有一个上百人的大公司，还能够用英文背诵莎士比亚的作品。他背英文的时候，打着结巴；他的青色棉麻上衣有点儿皱，皱褶里似乎都浸透着真知和灼见。他觉得朱利红像什么，朱利红都会深信不疑。

过年的时候，她带金先生回合肥见家长。敲开家门的一刻，妈妈很客气地问她找谁——她竟然没有第一时间认出自己的女儿。

妈，朱利红有点儿娇嗔地喊出了声，穿着名牌服装、化着精致的妆容，她的乡音在见到母亲的片刻恢复。母亲直愣愣地看着女儿，带着不可思议的表情，认出女儿的片刻，她拘谨起来，两只手竟然不知道往哪里放。

明知是金先生的功劳，在短暂的不适之后，母亲还是对金先生表现出了极大的抗拒。他的年龄、他的婚史以及他的钱，都令母亲对他大起戒心。

朱利红的父亲温柔和蔼,家里大事小事都由朱利红的妈妈来决定,就算是错,他也从不计较。虽然父亲过世了,朱利安的妈妈觉得自己一直是幸福的,就算只剩下回忆也是幸福的。女儿选择这样一个人,她完全不能理解:我送你念大学,不是让你找个跟我差不多大的男人。

你把一套房子拎在手上。她补充说。妈妈曾经是一位黄梅戏演员,内心有浪漫的情怀,有时候容易动情,和朱利红的父亲也是郎才女貌,情投意合。虽然朱利红作为独生女,家里的条件很好,可是母亲一直过着严谨而俭朴的生活,这也是朱利红少年时代物质上得不到满足,想要离妈妈远一些的原因。不过,妈妈的这个特点,令她在父亲过世后,生活质量没有受到太多的影响。

她没有办法反驳妈妈,但心里是真心欢喜的。妈妈的责备声反而令她想念睡在他两米二的宽大床上,丝绸睡衣和澳大利亚纯棉发出的摩擦声,觉得像是小提琴和竖琴拉出来的混音。不好听归不好听,总归是高级的。

春节这几天过得格外漫长。朱利红原以为自己会赖上小时候长大的地方,不舍得离开。可是,她站在窗口,看到屋外邻居在楼下大喊大叫,几乎当着她的面议论她的男朋友,实在粗鲁。她还看到邻居随手把垃圾扔在花坛边,引来野狗野猫把塑料袋扯得稀烂,叼着啃得光溜溜的骨头到处走。还有人一口痰就往草地上吐。尤其是当着金先生面,朱利红越发觉得丢人,不能忍，大年初四就逃回了广州。

她没有违背母亲的习惯，但是在领结婚证这件事上，金先生劝她先斩后奏。他说，如果说实话就是争吵，还不如什么也不说。

她知道了之后还是会争吵。

那不一定。

事情果然像金先生预料的一样，妈妈最终接受了。安珀一出生，妈妈就过来侍候月子。她怕保姆照顾不周，女儿落下隐疾。但她从来没有隐瞒自己的不快。安珀一岁时，她回到合肥。个中原因，她没说，只是说住不惯大城市。但是朱利安心里知道，她是看不惯金先生。她比金先生大不了几岁，他从来不喊她妈，一开始总是喊"利红妈妈"，后来有了孩子，孩子还只会哼哼，他就喊起了"外婆外婆"。这当然不是主要原因，朱利安不太愿意纠缠太多。

生完孩子，金先生就怂恿朱利安辞职，一则是生了孩子，原先的职位不在了；二则是他觉得保持美的另一种方式是气质提升。他帮她报各种培训班，茶艺、西点、瑜伽，甚至还有珠宝鉴赏。临来美国前，他还帮她报了绘画班和英语培训班。这些东西东一榔头西一棒槌，根本学不到所以然，但让人花时间打扮，赶时间出门，让人漂亮又充实。在这个婚姻里，朱利红得到的远比她当初期待的多得多。不仅仅是金钱，是安全感，是骄傲。即使后来爱情似乎淡了，但轻松和愉悦的时光保留下来了。金先生先是唤醒了她的美，现在又挡住了窗外的风雨。

妈妈根本理解不了。她不能理解女儿怎么可以毫无斗志，整天无所事事地任人伺候。说她看不惯金先生是婉转的，她也看不惯女儿。

五

有一位移民二十年的北京人曾经跟她的同学感慨地说，十年前，她在火车上遇到一个中国人，甚至能猜出是哪所大学毕业的，什么学历，又在哪个制药公司上班。在真正的白人面前，说起来有点儿伤人，但也是事实——中国人看起来像是缺少营养，很瘦，也像是缺少运动。

现在好了，每天早上通勤的中国人越来越多，形象各异，简直捉摸不透他们的来头和身份。特别是靠近私立学校的地区，更容易见到比较体面的中国青少年。他们相貌堂堂、衣着精致，举止得体。有时候你分不清他们是日本人、韩国人还是中国人。虽说十几年前来的华人，多半是高智商、名校毕业、简历辉煌，但无论性格、长相和内在审美，仍然有一种显而易见的压抑气质。这些东西在新移民的脸上却很难见到。这些气质和形象俱佳、阳光活泼的年轻人让面无表情的老移民内心波澜起伏——多种迹象显示这些年轻人不都是凭真本事来的，他们嫉妒却又觉得骄傲。

十一月初的一个早上，金先生打电话来让朱利安第二天去律师楼见律师。

怎么，绿卡下来了？

哪能这么容易?! 金先生但凡这样的口气和表情，一定说明事情不那么简单。

她开了一个多小时的车，到律师楼的招待室等贾律师。这是她第二次见到这位律师，上一次见还是在中国的一个投资见面会上。她和金发碧眼的老板杰奎琳正在向投资客们宣讲移民新规。会议主持人说杰奎琳在美国是知名大律师，称帮杰奎琳翻译的这位女士为贾律师。那时的贾律师穿着一件藏青色的西装，戴着一副眼镜。杰奎琳基本不说话，临时学了句中国话——"谢谢"。无论谁跟她说什么，她就把这两个字搬出来。晚上一起吃的中国菜。杰奎琳只吃了两调羹花生米就退席倒时差去了。让朱利安印象深刻的是，贾律师的头发少得可怜，头顶心的头发稀松，尽管涂着厚厚的粉，仍然可以看出她的真实年龄。但她目光犀利、举止庄重，不怒自威。金先生问她付完钱多久能拿到绿卡？她说，快则三个月，慢则半年。说话干脆，一点儿也不拖泥带水。

金先生表示孩子马上该上学了，他希望她在美国去受教育。

那你太太可以先以旅游身份来，到美国境内等绿卡。

这样合法吗？

当然。她说。

那次的会面金先生显得很激动，还坚持做东请贾律师去大厦七十二层的云居吃日本料理，把贾律师奉为上宾，请她以后对朱利安和孩子多加关照。贾律师没有像温蒂那样亲切，甚至都没有来看一看朱利安，但这无损她的形象，反而加重了她的分量。

但是，在律师楼见到的贾律师，穿一件灰不拉叽的开领针织衫，像比过去矮了不少。朱利安站起来向贾律师问好的时候，对方笑着说，叫我杰西卡，杰西卡。

一直到此刻，朱利安都不知道这位上半年自称贾律师、下半年自称杰西卡只是一个律师助理。直到被引到另一位律师办公室，安德鲁律师起身介绍自己是负责朱女士案件的律师时，朱利安有点儿困惑。她还陷在"为什么有这么多律师，我的律师到底是哪位"的困境里，杰西卡已经把安德鲁律师下面的话翻译完成：以朱利安名义投资的项目因为项目方主管管理不善，有资金被挪用的嫌疑，正遭受移民局的调查。所以，朱利安需要签署一份委托声明，委托他们向移民局提出上诉和交涉。

那么，我什么时候能拿到绿卡？

获得批准的时间将比预期的长。

长多少？

很难估计。安德鲁律师认为案件要比当初复杂许多。

所以呢？朱利安觉得自己像一只呆头鹅。

所以你得注意保持自己在美国的合法身份。

怎么注意呢？

旅游身份不能持续无限地待在美国，如果想合法地居留，还需要其他的身份。

律师建议朱利安去转一个学生签证,她可以一边学英语,一边等绿卡。

如果我不喜欢上学呢?

那你可能得回到中国去等绿卡。

有什么事你跟杰西卡联系,她是非常好的助理。告别的时候,安德鲁友好地向朱利安伸出手握了一下。

不知何故,朱利安一身轻松。她向律师表示,她十分愿意回中国等绿卡。

直到开车往家走的时候,朱利安才突然明白,他们被骗了。当初向他们信誓旦旦地说半年内拿到绿卡的根本不是律师,而只是一位助理。而现在,如果朱利安的身份面临任何问题,将不会有人对她负责。

她迫不及待地打通金先生的电话,想把这惊人的发现告诉丈夫。

中国时间已经半夜一点,可是金先生还没有睡。他比朱利安更早地意识到这家美国公司的不当操作对申请绿卡的影响。他正在网上搜索此类信息,他承认情况有点儿糟,但不至于无法弥补,未必到了"必须回中国"那么糟。

只有回中国才是最糟的?她问,投资的那些钱如果要不回来怎么办?

回中国当然是最糟的。他完全不管她语气里的质问,坚持说。

你只要想一想，为什么有实力、高学历的人都在美国，就很容易明白……他吐出来的每一个字都很重，这些话如果打在纸上，每个字体都应该会做加粗处理。

这么大的牺牲就为了一张绿卡？

他说，有一些人，不，是绝大多数人，把到美国当成人生最大的梦想。你倒好，把在美国生活看成了一种……牺牲，一种……受罚……

凭良心说，金先生的话字面上像责备，实质声调的高低起伏和停顿，反而不容易让人生气。他究竟又花了多少钱，朱利安赌气没问。很快杰西卡到底帮她找到了一个学校，每周去上两个半天的课，以便能合法待在美国。但是，她被警告不能离开。由于心知肚明的原因，一旦她离境再入境，她将可能受到海关"重点关照"。

那阵子，她老是做噩梦，不是关于自己，而是关于在合肥的母亲。有一次，她梦见母亲躺在床上，伸手去够床头柜上的水杯。母亲的手背青筋暴突，手指微微颤抖，就那么伸啊伸，却一直都够不到。醒来的时候，朱利安一身冷汗，脑子里翻腾而混乱。过去三年，她也不过见了母亲三五面，但是，现在，她却觉出"不想见"和"不能见"之间的巨大差异。这之后，她觉得自己处在危险之中，越新鲜的东西对她越是一种折磨。仿佛随着空间变大，许多东西都放大了。一切意外都会出现：车祸、信用卡丢失、车子坏掉……一个文件寄过来，一辆闪着灯的警车停在门前的路上，她都心里想着替自己辩解的单词。

到后来，烤箱的定时铃一响，她仿佛听到牢门上的锁咔嚓一声，自己变成了囚徒。

她想，我为什么来美国？许多年她都不需要像现在这样细细地思考了。就像许多年来恐惧感这个东西已经消失了一样，但是，现在，针尖大的事情都容易使她紧张：家长会、煤气报警器鸣叫、车库的自动门开不了……

她发现自己什么也不是。

妈妈在微信里问她，怎么样，在美国还好吗？

好着呢，好着呢。她在心里说，至少表面上金灿灿的。家家户户的庭园里，开着玫瑰、大丽花和百合花。离家三英里的地方有个农场，花十美金就能进去随便吃。果园的一角有一块草地，圈养着几十匹漂亮的马。白的、棕的、黑的，有时候正好站在路边的栅栏边——马儿也有着苍老而坚韧的眼睛。她看见一群火鸡在一所农家房舍上咯咯地叫着，燕子在低空翻飞。它们不怕人，天上飞的、树上爬的和地上走的都不怕人。去学校的家长会，一会儿教室挤满了人，一会儿走空了，后来又给挤满了。到底说了什么，她一点儿概念都没有。就看着人进来，微笑，叽里呱啦一串单词，又一串单词，然后挥手，和善地告别。每天接孩子的时候，都能碰到值勤的警察。这些人身上挂着各式各样的武器，朱利安想起纽约黑人小贩遭警方锁喉致死的新闻。可是这里的警察对人却极为随和，还会笑嘻嘻地跟家长打招呼。寒暄的内容各处都一样，夸天气好啊，堵车啊，球赛啊……她过马路的时候，所有的车子都停下来，光这一点,金先生说,把孩子放到这个国家就是值得的。她对美国的印象:恐怖主义、歧视、卖淫、大麻,居高不下的枪击案,比在国内时听到的还多。可是在梦里,森林和房梁混在一起,液体不流动,空气像雾一样发青,一切都灰蒙蒙的。

她没有金先生希望的那样喜欢美国。

买了不合意的东西,可以不用解释就去退货。但是,没有成群结队的闺蜜,她所有的衣服,那些从意大利、日本等地买的名牌服装都派不上用场。九月开始,出门就需要裹着厚厚的外套;十一月底,女儿的学校开始供应暖气。尽管这样,小孩还是得了重感冒,整整一个星期被关在家里喝开水。朱利安跑到药店,眼睁睁看着一货架的药,可是不卖给她。每天看着孩子不停地咳嗽,她一点儿没有收拾自己的心思——除了树木和天空,没有人看得见她。

果然像医生说的那样,不吃药不挂水,孩子还是好起来了。但是这次惊吓,她意识到,她在独自面对这一切。

一个中国华人组成的社团终于找到她,留下一封信在她的信箱。她们要搞一个旗袍秀,希望她参加。她没有旗袍,但她愿意去见识一下。组织者叫贝拉,既是导演策划也是出资者。她四十多岁,两只眼睛生得很近,鼻子很塌,搽了太多的粉。她走到台上发言,说了一大堆搞旗袍秀的原因,"文化输出""中国女人的国际气质",最后总结说,男女为什么要平等?不用平等。男人应该为女人服务,而女人为美服务。音乐响起,女人们鱼贯而入。

灯光打在台上，乍一看，各种颜色的旗袍确实美艳，再一定神，破绽出来了。女人们或高瘦，或圆润，上台的时候收着肚子，梗着脖子，步伐也凌乱，一看就是排练时间不够，紧张得手也乱摆放。朱利安没看出美，只看出受罪。朱利安有点儿嫌厌地想，旗袍再美，也经不起批发。贝拉发完言一眼看到朱利安，走秀一结束就来找她，冲动地说，朱利安才是真正配穿旗袍的人。她的壁橱里挂着上百件旗袍，任凭朱利安从中挑选。

你看看你的身段和线条，你是我见过最适合穿旗袍的人——除了张曼玉。

她说完停在那里，等着朱利安问她，真的，你见过张曼玉？朱利安就是不问，佯装赶时间，不置可否地点头微笑，然后开溜。

进入十二月，各处的花草开始凋零，落叶纷纷扬扬地下，很快，地面覆盖着红彤彤的树叶。一场雨过后，草地的最后一次养护开始了。开过来一辆巨大的车，五个彪形大汉从车上下来，卸下吹风设备。朱利安在窗口，看到他们比画了一下之后，派出一个代表敲门打招呼。早就知道主人的英文不行似的，他尽量简短地问好后，开始工作。他们剪掉那些枯萎的树枝，然后塞进车里的粉碎机中，吹风机清理车道。噪音巨大，房子在颤动，但效率极高，三下五除二，草地、屋角和停车道就清清爽爽。汽车开走后，一切又安静了，房屋逐渐往暮霭中沉没，直到再也看不清周围的事物。但是，大地好像还在静静地颤动。

六

艾利克顿位于大西洋的西岸。每年差不多十一月底，受海上掀起的汹涌浪涛所波及，这座广袤无垠的森林地带以及人口稀疏的沿海小城，温度迅速下降，寒流宛如一张大网，生生地从天而降，转眼万叶凋零。2014年的十二月初，有一晚气温竟然从1℃降到-15℃，暖气设备在屋子里呼呼地转了一整夜，朱利安还以为设备坏了。很快，更大的一股寒流形成，并迅速增强变成"炸弹气旋"，带来强降水。强烈风暴挟带大量冰雪袭击美东，暴风雪从东南部的佛罗里达州一路延伸至新英格兰和东北部地区。强风吹倒树木和电线，造成交通堵塞。到处是大型工程车在清理倒下的树木和积雪。天晴的时候，朱利安还以为冬天已如期结束，其实才刚刚开始。

"美开始大规模遣返非法移民！"每次去中国超市，她会情不自禁地被免费报箱里的中文报纸所吸引，会拿几份带回家看。前一阵子，她还觉得这些哗众取宠的标题和内容都是噱头，什么希拉里对媒体表态，非法移民应该遣返回国与父母团聚、什么奥巴马政府将大规模遣返非法移民，十万家庭将受到影响。但是，那天，她在超市看到一位妇女坐在台阶上哭诉。她说的是潮汕话，朱利安听不懂，旁边有讲普通话的在帮着翻译说，她先生才刚刚被遣返，家里有三个小孩，她因为迟到被炒鱿鱼了。她来超市等剩菜，等着等着就想死。她可能还没想好怎么死，就那么不停地喊着，像是提醒自己快想出好方法，也好像是希望把自己从噩梦里吵醒。

有天早上，朱利安醒来，发现无数条冰锥挂在屋檐下，光滑晶莹，包围着房屋，她把手从门缝里伸出去想摸一把，感觉空气里有一把无形的剑切到她的手指。朱利安第一次体会到坚冰的锋利。大橱、梳妆台和茶几都是乌黑发亮的红木做的。夏天时觉得高贵有质感的红木给房子带来了一种神秘感，一种贵族气息，这会儿却使人心里发硬。墙上的油漆是柔和的栗色，配上深灰色窗帘的皱褶足可挡住刺眼的阳光。但避阳的玻璃窗又使室内保持着足够的亮度。大雪形成了一个封闭和简单的世界。这该死的郊区，过于洁净、过于沉默，恍若与世隔绝。

二月十号，是金先生答应来陪母女过年的日子，下午四点，朱利安带着安珀到机场接爸爸。

他搭乘的航班早就落地了，所有人都走光了，他还没有出来。她一遍遍地打他的电话，关机。

她没有同人说过话，也似乎没有人注意到她。她去了两次快餐店，让孩子吃点儿蛋糕，喝点儿饮料，之后一直等在海关出口，孤零零地站着。她已经习惯了那种孤独感，并不觉得十分压抑，只是有点儿胸闷。一开始，她以为自己饿，后来才明白是累。她倚在大厅的柱子上，竭力忘却肚子里折磨着的疲劳，全身心去观察和思考。她的思索含含糊糊，零零碎碎。栅栏里陆陆续续出来的人：黑人，白人，印度人，阿拉伯人，中国人……但这一切都仿佛只是证明时间在流逝。有一个金色头发的小姑娘，差不多和她等了一样久，但是，此刻，一位高大的光头男人，皮肤略有点儿黑，从门里出来，小姑娘发出长长的、难以抑制的、带着深深的痛苦的声音——然后，扑了上去，又是亲又是啃。

原来她和自己的心情一样，朱利安想，但是自己可能没有那么幸运，周围冷冰冰的，她知道这是错觉。到处都有暖气，工作人员都穿着短袖。

金先生一直没有出来。长时间的等候之后，现实既模糊又离奇。这个机场大厅，一半很旧，一半却是刚刚翻新的，地面贴着差不多一米长宽的大理石。大理石照出她模糊的影子。

大厅里几乎空了，甚至连穿制服的工作人员也不见了。她知道事情已经极其复杂。凌晨一点，她拖起倚在柱子边熟睡的安珀，到停车场缴了费，慢慢地往家开。

一直到第二天中午，她接到了微信视频通话。是他的。她已经没有力气表现任何情绪了。她说，喂。

他说，是我，我回广州了。她顿时明白了，金先生上飞机是真的，现在回到广州也是真的。他是被原机遣返了。

你犯了什么事？

我什么事也没犯，是项目上的牵连。

你来不了了吗？

我暂时来不了。我会想办法。

我们可以回来，她顿了一两秒钟，想从对方的脸上看到点儿什么。

你说什么？

我要带孩子一起回中国。

回来是可以的，就一张机票的事，但是以后想再去，那就是比登天还难。

你怎么忍心让孩子不和爸爸一起生活？

她会明白我在改变她的命运。或许是长时间的劳顿，又或者是沮丧，他身后的房间里的一切都是亮的，只是他的脸，黑得发肿。

雪一直下，旧的没化，新的又来，与日俱增，变成了近七十年不遇的降雪量。来年二月底，降雪量打破了当地有气象记录以来的最大降雪纪录。短短一个月，艾利克顿已经清除了10亿立方英尺的积雪，随后干脆直接宣布进入紧急状态。全市交通停摆，政府关门，学校放假。她也不必送孩子去上学了，整整一个星期，除了主街上红色的消防栓被清理出来，岔道和巷道上全是雪。一米多高的雪和冰相互纠缠，在太阳底下闪耀着冰冷的光芒，一丁点儿声音都没有，就好像一切声音都逃走了。至于屋外的树木，更像酷寒的帮凶，只不过先把自己弄死了。

朱利安和孩子都没有被冻僵，但是被吓呆了。这极寒地域，除了增添恐惧，还使人感到超乎想象、难以捉摸。

金先生夏天来的时候，他们一起去过海边，开了二十分钟的车。在广州的话，简直从小区东门到小区西门的时间。朱利安此刻产生了一种错觉，她觉得自己的房子是兀立于大海波涛中的孤岩,搁浅在荒凉海岸上的破船。那阵子,她每天黄昏安顿好孩子就穿上长筒毛靴出门散步。哪里有路?她一边踏雪一边发抖。一英里要走一个钟头。为什么人们喜欢去珠穆朗玛峰,这里就是珠穆朗玛峰。她喜欢往房子多的地方走。有次经过一个教堂,教堂后面似乎灰暗古旧,前面却很新,颇有气派。门是关着的,看不见有人,却听到有人在颂唱诗歌。门前立有一块石碑,上面刻着这样的文字:

> 亲爱的上帝,请赐给我雅量平静地接受不可改变的事,赐给我勇气去改变应该改变的事,并赐给我智慧去分辨什么是可以改变的,什么是不可以改变的。

还有一次她绕到公墓。一扇铁门、古老的围墙、刻有铭文的墓碑、两棵树、低低的地平线都陷在雪里。太阳还没落山,一弯初升的新月,提前挂在天上。她一阵哆嗦,突然明白了一件事:母亲之所以看不惯她嫁给金先生,因为她没有在女儿身上看到爱的满足,她只看到了舒适和富裕。她的看不惯里隐藏着对女儿的怜悯和担忧。现在,离开了广州,一直环绕着她的安逸和自在也随之消失。她不得不承认,她其实并不喜欢金先生。她当然不愿意离开他,相反因为离开他而备受煎熬,但是,她至少承认了一点:她当初中意的,其实是伴随着这个男人同时到来的自信、享受和舒适,而不是这个男人。

明白自己不再是一个游客,她有一个新位置。同时,她的心里金先生的形象有了变化——过去的金先生在慢慢往暗处退,剩下的,是她自己重新勾勒的金先生。

那天晚上回来,金先生在视频通话里要求她将安珀转到私校。理论上,安珀并不符合念公校的资格,享受不属于外国人的福利不利于拿到绿卡。

要是让安珀住校,我就带她回中国。她口气非常生硬、坚决和蛮横,金先生应该是第一次领教,愣了好几秒才说,这是律师的建议,万一你的签证失效……

为什么律师的建议和学校的规定就可以夺走我的权利?我是她妈妈,我选择天天见到她。

她挂掉视频通话。

二月和三月,由于厚厚的积雪,以及结冰后道路几乎不通,与户外有关的活动几乎全部停止,她被困在花园的围墙之内,她陪安珀画画、练钢琴、背单词,她觉得,这是自己的。

朱利安完全接受了一个现实:艾利克顿市乃至整个麻省,人们最热衷的事就是派对,周末、生日、夏天的夜晚、各种法定节假日。不喜欢参加派对的人,要么是穷酸至极从不舍得浪费一分钱的吝啬鬼,要么是腿脚不便的老年人,还有一种遁世的高人,不胜人群的烦扰,故意躲到像瓦尔登湖这样的地方,让人难找。

她到底接受邀请去了贝拉的庄园。她的车停在车道外,旁边已经整齐停放着十来辆车。一眼望过去,其中有一辆银色宾利、一辆黑色路虎和一辆白色劳斯莱斯。

　　一个穿西装的年轻人过来引她进门。客厅空空荡荡。人呢？朱利安暗自思忖，她担心又是一场中老年妇女的旗袍秀。万幸，贝拉从一扇门里走出来迎接她，化着浓重眼影的眼睛很疲劳，穿着一件红色的晚礼服，虽说也丑，倒是不刺眼。

　　房子这么大，人却全挤在二十多平方米的小餐厅，男男女女，扎成几堆正在说笑。这是中国的音量，像中国新人婚礼现场和中国春节混合版现场。各个角落都吊着音响，放着那种短促的重低音曲子，像急促的号角，召集千军万马拥进来，把房子填满。

　　餐厅中间摆好一张长长桌子，上面摆满了各种菜肴、点心和酒水。鲜花和蛋糕摆在正中间。墙上挂着几幅照片，一幅是贝拉和希拉里的合影，背景在一个类似于这里的餐厅；另一张是奥巴马，贝拉挽着奥巴马的胳膊，虽然他的头发白了一半，皮肤又黑，挂在墙上还是魅力四射。醒酒器正在客人的手上传递。

　　有人牵走她的孩子，贝拉有一个十岁的男孩，孩子们另有专属区域，请了专人看顾，不一会儿，隔壁响起了孩子们的尖叫声，声音完全美国化了。朱利安一贯没受到过这种音乐的熏陶，金先生是"60后"，喜欢听古典音乐，偶有蓝调，却几乎没有重金属。她找了个以为能躲避声音的角落坐了下来。她听着耳膜很难适应的音乐，喝着口感怪异的酒，看着房子里很不常见的灯光，金色的重重垂落的窗帘，形成一种虚幻不真实的气氛，让人不知身在何处。

主人过来替她介绍其他尊贵的客人：

总裁 Joshua，经理 John，王太太 Sophia，张小姐 Emma，老板 Grace，教授 Owen……中国人身上挂着洋名，像盛着麻婆豆腐的骨瓷碟边摆放的银质的刀叉，一本正经地讲究。朱利安一眼就看出他们应该是新移民：体态圆润和衣着过于讲究暴露了他们。

谈话一开始停留在哪里有奇景、哪里有奇人，随着屋内气温升高，内容开始广泛。有一阵子大家都谈名牌，哪里便宜，哪里仿品太多。有一个人先提到自己的公司已经被世界 500 强收购，另一位则承认自己还在上大学就得管理爸爸的基金，还有一位青年人，不过二十五六岁，他说美国的"加得宝"和"好市多"里的厨房板材百分之九十九全是他的企业在供应。他们也略略提到老移民对他们的敌意，"他们都觉得中国的钱都摊在大街上，他们没拿到只是因为手臂够不着"，努力形容老移民敌意的这人长得一团和气，不吃东西，嚷着要瘦。后来他们谈亲人的死亡，有一位的叔叔是掉进马路上的窨井里死亡的，有的是喝水呛死的，还有的只因为在饭店吃了一盘炒螺蛳……没人提到自然死亡的祖宗，因为一说出肯定会被比下去。稀奇缓释悲伤，气氛还好。后来他们谈房子，原来许多人家里都有公寓在出租，他们不谈收益，光谈那些倒霉事：经验不足，被低收入的租客赖租金、酗酒的租客打架招来警察、来路不明的拉丁裔女子在房子里生了肤色像炭一样黑的孩子……

最可怕的不是这个,是故意弄坏房子里的设施、报假案,白住之后要巨额赔偿。一群人越说越气,深呼吸,喝着高脚水晶杯里的陈年葡萄酒。短暂的沉默。沉默是保持体面的技巧。朱利安好像比他们都擅长似的。他们还提到压力——各种使他们出国的压力。就是没人提到绿卡,这么一根鱼刺堵在朱利安喉咙口的东西,他们不屑于提一提。夹在一群年富力强和精神饱满的中国人中间,失落感像弹开的安全气囊,把朱利安挤得快没气了。

有一位中年男人,过来找朱利安攀谈。他问她住在哪个镇,来了多久,买房没有,有没有医疗保险,有没有人寿保险,边问边递过来名片。这人说话的时候,眼神很疲倦,而且很瘦,朱利安明白了他是个经纪人,而且是老移民,但是在刚才关于"老移民的敌意"这个话题上,他一句也没有争辩。任何层次的派对上总有一两个专门这样的人,朋友圈像各式各样的珠子,他们就像是穿着珠子的线,各个场子流转,把各个不同的珠子隔开又穿在一起。跟朱利安说话的时候他仍然侧耳听着旁边那一拨人,像是那边会随时传来什么令他弹跳回去的暗号。他看她的眼神,最上面裹着一层热情,往里去是无动于衷,似乎对朱利安尴尬的身份早有耳闻。他的笑声很沉闷,仿佛露牙才是目的。朱利安也不盼望一个卖保险的抛开生意谈友情,可你出来混总得带点儿感情吧,说不定她身份一解决,买个三两套房也是分分钟的事。我就算在陌生人那里买车险房险,也不在你跟前买。对方嘴里在客套,她就在心里发着狠。

差不多了,她打了一个小小的哈欠,起身去找洗手间。

等她回来,他们在聊私人财产不可侵犯。谈枪的这些人脸上挂着天真的笑。说到可以开枪,他们快乐得不行,好像真开过似的。

一瞬间,她以为自己还在中国。在广州,金先生也有一些相当有钱的朋友。他们一晚上能喝掉几万块的红酒,有时候就是约好去吃顿饭,结果兴头来了组团去澳门赌钱。别人在赌钱,她会去逛街。生活好像就是那样安排的。现在,她想,她最好再也见不到这些人。

结束的时候,她去找安珀,小姑娘在游戏室里睡着了。她把女儿抱起来,闻到她头发和身上有草莓和巧克力的气味,显然这里的甜点供应太丰盛了。安珀感知母亲的气息,闭着眼紧紧地抓住她。要她说,这孩子也不适应,但是她还不会表达,也没有选择。

回家的路上,她的车开得很急躁,有点儿像在国内了。这是另一个世界和一个被"抛入"这个世界的人。在美国人跟前,这些人什么也不是,在这些人跟前,朱利安什么也不是。什么也不是!在广州,她从来没有这种感觉。她觉得日子过得很好,从没有为钱操心,离死亡也很远。她才三十六岁,此前没接触到基督教,不觉得自己有罪,也不觉得这样活着有什么可遗憾的。

现在,所有的东西都被颠覆了。

她回想着贝拉金碧辉煌的房屋,以及并排放在后院堆满垃圾的硕大的垃圾桶。明天,或者后天,笨重的垃圾车开过来。这些垃圾——这里有她用过的刀叉,擦过的餐巾,吃剩下的牛排的骨头,孩子们打碎的花瓶的碎片,统统挤成一团被带到远处。

春假的时候,朱利安带着孩子去新罕布什尔州滑雪。她本人并不喜欢过于陌生的运动,可是安珀很热衷,因为同学都要去滑雪。这孩子身上有莽撞的热情,对端到桌上的每道菜,都有试一下的兴致,性格也变得越来越开朗——并没有借助母亲任何的力量,这使朱利安暗自惊喜。

头一天,她坐在餐厅里隔着玻璃盯着教练在一对一地教安珀动作,安珀很兴奋,有点儿不专心,但是教练特别有耐心。她心里感叹,孩子的适应能力真强啊。她看到一对白人夫妻带着四个孩子来滑雪,最大的有十四五岁了,最小的还叼着奶嘴坐在童车里看热闹,三个大孩子不管不顾地上了滑道,夫妻俩轮流进餐厅带最小的孩子。看样子他们滑了无数次了,可是每一次拿起头盔往头上戴的时候,还是相互会心地一笑,将要上滑道的人会俯下身子朝座位上的人送过来一个飞吻。

第二天孩子就嚷着想上绿道。她不放心,可是教练觉得可以。朱利安眼巴巴地看着孩子站在半山腰,刚做了一个滑的动作,就冷不丁摔倒在地。她的镜头记录下了女儿的第一次摔跤。安珀几次试着爬起来,最终因疼得太厉害放弃了。她一瘸一拐地回到餐厅时,还能自嘲地笑。但是当天夜里,安珀发起了高烧。朱利安拿出药箱,放在孩子的房间。在中国的时候女儿就习惯一个人睡,就算到了美国,安珀也从来没有提出要和妈妈一起睡。倒是她自己,经常地,半夜悄悄地推开孩子的房门,就那么傻傻地看一会儿。这会儿,她靠在孩子的床头,枕着药箱。她是什么药都想让她吃的。知道不好,可是她害怕。不知哪里的大钟,一到整点就敲。白天还好,夜这么深,心这么凉,每敲一次,她心里就震动一下。孩子的房间听得更清晰,响到第二声,她就战战兢兢,畏畏缩缩,心都揪成麻团。

孩子烧了三四天,她没告诉金先生。金先生问女儿怎么不来视频,朱利安说,她忙,今天手工作业多。

金先生问了句什么话,她分了神,竟然听不懂似的。比起视频里他的容光焕发,她觉得自己又古怪又冷漠又憔悴。我为什么来美国?老调子又重弹了。

大人的健康、小孩的教育,这些还不重要吗?

广州也挺好的。

岂能相比!

我只知道我过得不开心。

你只是还不适应,你只是认识不清。

随便你怎么说,我觉得快憋出病来了。

好,金先生做出后退一步的手势说,你看看你周围的人,谁出去了愿意再回来呢?

这话好像是没有错的。至少在她仅认识的这个小圈子来看,并没有人提"回国"这件事。倒也是,朱利安的态度开始松动,对着镜头摇了一下头,她的目光遇到盯着她的金先生,一种微微的窘迫之感产生了。她转过脸,故意去看他身后的书房里那些熟悉的东西。墙上挂的广州市一位知名书法家的草书,架子上放着一盆君子兰,这花还是她在的时候养的,现在还活得好好的,但是好像已经不再属于她了。金先生满脸含笑地看着她的眼睛,这时候她才注意到,金先生的脸色——她想象他应该因为思念和孤独而有所憔悴。但没有,他的皮肤反而白了一点儿,头发才修理过,看上去很精干。

我爱你。他说。这句话他过去也再三地说。早上他上班前会说,中午会用电话说,晚上,在临睡前说。纵然没有身体上的接触,他还是会在睡前说一句,我爱你。他喜欢模仿西方的这一套了,百试不爽。

她过去太沉醉这个了。但现在,这句话作为诱饵也好,作为武器也好,没什么用处。她不愿意听到他的声音。也许我永远回不去了。她说了一句莫名其妙的话,挂断视频。

七

四月,你以为冬天结束,大错特错。

星期一一大早,她起身做早餐,才七点,掀开窗帘,仍是一株株灌木和大片枯黄的草地;远处,湛蓝的天空一直向天边延伸。一阵持久的狂风呼啸而来,在树梢盘旋、回转,发出低吼,然后离去。室内虽有春天的错觉,然而只要踏出一步,空气凛冽，寒气使人不由自主地缩回来，像是带着警报器的紧急出口，很近，但不能触碰。她做好早餐服侍孩子去学校，出门的时候就发现自己忘带手机了。想着车上有导航，也就没特别在意。回来的路上，经过一片森林，一只小鹿突然冲到马路上，她一阵惊慌，猛打方向，急踩油门，小鹿安然无恙地窜进了森林，她的车一声呜咽后熄火了。

她束手无策，从车上下来，站在自己的车旁。一辆辆汽车从后面或对面开来，一张张陌生的面孔，她盯着驾驶室看，有时什么也看不清，车子就过去了；有时看清里面坐着一个女人，她的目光一追到别人的脸，人家已经垂下了眼皮，加了油门，超过她的车。

她的手脚很快麻木，复又跑回车里。再试一次，车子仍然毫无反应。

一辆从后面来的车经过她的时候开始打转向灯。在她前面二十米停下来。她盯着车窗，里面什么都看不清。车里跨出来一个男人，只穿着一件单薄的T恤，一米七六以上的身高，皮肤略黑，剃着板寸，亚洲面孔。

她的心差点儿要跳出来了。

你需要帮助吗？他用英语问，纯正的美国口音。

她想都没想就回答，是的，是的。帮帮我。她用英语说。

你打了救援电话吗？

我从来没打过911，而且我忘记带手机了。

不，他说，不是911，是专门的公路救援电话。我来打。

他回到车里拿出手机。她这时才发觉他们的交流已经改成中文了,但是他的中文明显不十分地道,吐字虽然清晰,但是,却不够流畅连贯。

朱利安宽慰地舒了一口气。直到现在,她心神还不太安宁。她盯着他打电话,报车牌和事发路段,简洁、明了。

打完电话,他陪她一起等救援车。他告诉她,救援车十分钟会到,而且不需要付费。你的车辆保险里已经包含了这一项。现在,她的境况已经一目了然。

没有关系,那个人说,人人都会遇到这种事。他朝树丛里一小排房子指了一指说,熟悉这边的人都知道那边有一个加油站,走过去十来分钟,他们也会帮你。

她不熟悉,说,我不敢在路上拦车。

不拦车是对的。他犹豫了一下说,去那里最保险。

救援车很快开过来,拖走了她的车,听不懂他跟工人说了些什么,工人向她挥了手告别。她站在那里,像个白痴。

我送你回去,我先进去跟他们打个招呼。他指了指不远处一幢白色的房屋。

他载着她绕过一个林间小道。这个地方属于一个私人宅地,方圆一共四十平方英里,包括一片湖泊,产业的主人已经一百岁高龄,他的子孙们更喜欢繁华的纽约。房子有一位管家在打理,部分房屋已经提供给某些机构使用,以后十有八九会变成博物馆,不定期对外开放。经过白色房子的侧面,进入到边门,有个姑娘在清唱一支忧郁的英文老歌,一把吉他在伴奏。玻璃窗里隐约看到有几个老外倚在窗口聊天。还有一个白人女子穿着长长的衬衫从窗口往外凝视。

车子绕到正门的时候，没有熄火，他下了车。他从台阶上走进去，他的个头不算很高，但是体格健壮，脚步迈得很开。一眨眼的工夫，门已经开了。他站在门口和一位与他差不多高的白人拥抱了一下。他的手向车上比画了一下，然后又跟对方握握手告别，下了台阶，向着自己而来。

他说，从那个房顶的露台，可以俯瞰整个湖面，看到湖对面的那个天主教堂、街道，甚至更远的码头和远处一点点海面。

你经常来这里吗？朱利安问杰夫。现在她已经知道他叫杰夫。

只是一个会议。他说，我送你回去之后再来。你的车会在明天送到你的住所。

他留下他的电话，让她有什么需要尽管打电话。他没有问她要号码。

一周之后，她主动打了他的电话，接通电话后，他的第一句就是：我能为你做什么吗？这句话每天都能听到数次，超市、饭店、邮局、图书馆、学校，人们见面就这么一问。她有点儿泄气，用中文说了自己的名字，说她什么事也没有，只是觉得应该打电话。她有点儿慌乱，声音沮丧。

等她停下来，他说，今天天气很好。

她一听，顿时乐了，像捏在手心里的纸团掉到地上，瞬间松散了。

她说，是的是的。

然后他也附和着说了"是的""是的"。电话里出现了短暂的沉默。

我们去吃饭吧，我请你。在不得不挂电话的最后一秒，朱利安脱口而出。

嗯？他给出了一个大大的问号，现在才下午三点，根本不是吃饭的点，他说，我一点儿也不觉得饿。

好像看见了他的憨态和局促，她笑出了声。

他们在海边一家餐馆吃了饭。对着海的那一面是整面的玻璃，可是暖气充足，一点儿都没有寒意。客人很多，却很肃静，她这才认真地打量他。她心里明白，他比自己年轻不少。餐馆里人很多，但没有喧闹声，能听到人们在小声交谈，一切这样祥和。她点了生蚝和芝士焗龙虾，他点了牛排和一瓶红酒。朱利安吃得很快。她太馋了，觉得美国把她整个心都掏空了。她怀念广州的早茶：生滚粥、萝卜牛杂、牛百叶、香芋糕、叉烧包、榴莲酥，她还想吃椰子炖鸡，万福酒楼的鹅掌翼煲焖得入口即化；她还想吃陈添记的捞鱼皮、猪肠粉和艇仔粥……她边吃边想广州。龙虾很新鲜，味道烧得又极好，她丝毫没有觉得难为情。在手指和嘴唇上沾满芝士和酱汁的时候，她无所谓地咧开嘴笑。她觉得认识他已经许多年，甚至他们是一起到这里来的。这个错觉令她的胃口大开。后来她还点了三文鱼，虽然没有全部吃完，但食物带来的满足感使她的身体充满着欢乐的能量。她的阔绰把他惊呆了，账单送来的时候，她坚决地示意他不要管。她有强烈想要说话的冲动，好像想把这几个月来没说的话全部说完。

我在广州的时候，过得没心没肺。她说。

我在中国的时候，也曾经非常快乐。

你现在快乐吗？

是另外的一种快乐。

那你后悔来美国吗？

并不会，这是我的生活。

她似乎没法体会到这种复杂。

他说，你会体会到这种不同，你只是还需要一点儿时间。

你想念中国的美食吗？你们家乡特有的，小时候吃过的。

杰夫摇摇头。没有。他真心习惯美国的饮食，并无任何不适。看着几近莽撞的朱利安，他平心静气地坐在那儿，不时地抬头看她，也不时地看窗外的海面，没流露出半点儿急躁。对她的处境，她知道他即使一无所知，他也不是麻木的，相反，就算一无所知，也是如此充满耐心和同情。而这种同情，根本无关礼节和金钱，乃似一锅肉汤面前那一小勺细盐，那么珍贵，那么——不可或缺。

我不会再快乐了，她说，我最快乐的时光都在广州，我觉得我再也不会过那样快乐的生活了。她把自己弄得伤感起来了。

一阵饱腹后的疲惫。海面上蒙上了斑驳的阴影，一切都似乎在凝滞。她振作了一下，意识到不能听凭这种情绪的摆布，突然她有点儿想笑：她对面前的这个人一无所知，虽然他已经介绍过说他是一个画家，住在离艾利克顿三十英里外的画家村。

自那之后，杰夫时不时地在黄昏的时候给她打电话。他也可以在别的时候打来，因为她有一次提到黄昏给她带来的压迫感，他听进去了。还有一个原因就是这个点也是孩子弹钢琴的时间。每天傍晚，孩子从学校接回来，先是做作业，在吃晚饭之前，她争取一段属于自己的时间，看动画片，吃点心，再之后，会坐到钢琴边上，心甘情愿地弹上半个钟头。这个时候，朱利安会躲到另一个房间，接听他的电话。

在电话里，他们很放松很随意地说话。好像说什么并不重要，又好像说什么都非常重要。新英格兰地区的几大球种的规则和几代球星就是他在电话里帮她理清的；也是在电话里，他谈绘画，谈现代派的起源，谈康德、黑格尔、叔本华、尼采等人的哲学思想和弗洛伊德心理学对画家的影响，谈现代派产生的导火索。光是塞尚一个人，他就讲了一个多钟头。你当我是你的学生哪。如果她不抗议，她觉得他可以一直说下去。

西方现代美术已为人类艺术世界构筑了一座庞杂得令人眼花缭乱、变幻莫测的艺术迷宫。不得不挂电话的时候，她说了一句自以为不会出丑的话。这都是在国内艺术培训中心学素描时，老师在课堂上说的。

有一次，孩子的钢琴声一响起，她本能地拿起自己的手机,他在电话里对她说,你出来走走?

走过长长的车道,他的车泊在路边。他并没有什么要紧的事,只是经过这儿,陪她散散步。几句寒暄,他又绕到了"野兽派""表现主义""立体主义"和"抽象主义"。孩子的钢琴声早就停了,她不得不挥手说再见。他的演说戛然而止,大失所望的样子像手上的冰激凌突然掉到地上。

艾利克顿的苦寒,或者不如说艰辛,有所好转。春天即将来临,积雪开始加速融化,四月和风的吹拂,户外的橄榄球场、棒球场和足球场上,开始出现越来越多的孩子们。新英格兰地区的体育非常强盛,凯尔特人、红袜和爱国者的辉煌和光荣挂在旗杆上飘扬,户外体育场上充满着孩子们的厮杀声。下午三四点,朱利安接了孩子往家开车。路边的土地湿润,草尖的新绿压倒枯黄,黄色的迎春花,紫色的鸢尾,红色的郁金香,以及朱利安叫不出名字的花朵,盛开在路边的篱笆下。

天气更好一些时,她开车去公园散步。公园附近的街道整洁清爽,行人很少,每天都像在迎接第二天的卫生大检查。年轻的女孩子牵着健壮的狗,一前一后默契地走。道路两边是高大笔挺的桦树。她喜欢这条街道,它通向这个城市最古老的哥特式的穹顶教堂。顺着教堂,经过空旷的广场,从一排同样古老的商店前穿过,有一个商店的橱柜里,挂着两件长款礼服,透过玻璃的反光,衣服上摇曳的亮片在夜色中闪烁。无法想象,几百年前,它就是今天这个样子。就那么一刻,它变得熟悉起来,夜晚青草的气息也变得亲切起来。她走回房子里,发现自己满身是汗。几个月来,从来没像今天这样轻松,她慢悠悠地朝楼上走去,瞧见一弯清晰的半月和满目温柔的星星。

绿卡的事毫无进展,意味着她没办法见到母亲。她对母亲的承诺多次失效。视频的时候,母亲也不再问了。一旦母亲认定女儿也是受金先生骗的,她的底气上来了,无法回国的事实好像不怎么伤她了。

朱利安在心里对自己说,等待算什么,你看,那些战火纷飞的国家(不知道什么时候起,她开始关注国际新闻了),许多人倾家荡产,甚至失去生命,想一想沙滩上那个叙利亚男孩。

她甚至体会到,住在没有围墙和电子刷卡器出入门的地方,有着一种莫大的愉快和享受。站在任何一扇窗口,无须看到别人晾晒着衣服的阳台,窗外广阔无垠,挺拔的百年大树郁郁葱葱,绿荫盖地,溪流明净,好像从来没有被冻僵过。这景色与冰霜封冻、积雪覆盖时多么不同呀!我应该更加勇敢一点儿,金先生的要求是对的,才不过一年多的时间。忍耐,把最难的一段时间忍耐过去。她好像自动进入到战斗模式。虽然表面上她还是那么沉默、郁郁寡欢,但是,现在,她的心底发出的声音不再像二胡一样低沉,而是像大提琴那样高昂、灵活,甚至有点儿调皮。

这是一个崭新的形象,一个过去跟她挨不着,现在贴着她的皮肉的形象。好像她的精神被拉成两段,一段停留在几个月前,充满着无病呻吟式的惊恐、抱怨;一段就像现在这样,冷静、忍耐,满怀着希望,相信一定会有好的结果。

八

她没有把认识杰夫的事情告诉金先生。她吸取了停车场里法国小哥的教训。那位法国小哥,着实吓得她不轻。她告诉金先生的时候,金先生显得很紧张:他不知道你住在哪里吧?

不知道。

不知道你的车牌号吧?

不知道。她说,但这不是实情,因为她发动汽车的时候,他站在车边。现在,轮到她觉得他过于谨慎了。如果你觉得你这里有这么多变态,你为什么让我独自带着孩子来呢?

金先生充满着父亲的谨慎,他心甘情愿地安排朱利安的生活,她当初是赞许这种谨慎的,并且由此而推断出,他为人稳重,想法深沉,不会随随便便离婚,这使她有安全感。

但这次不一样。

她决定闭口不言。她只是轻描淡写地说,她的车抛锚了,只是一个操作失误。

什么?这么贵的车,这才几个月?

为了避开一头鹿……

就为了一头鹿,差点儿出事故?

对,有时为了一群野鸭过马路,几十辆车就停在那里等着。她想,你不是还向我吹嘘过吗,你能不清楚这些?

谁帮你解决的?他就是这么了解她,知道她肯定不在行。

我打了救援电话，保险里有这一项服务。

你怎么这么聪明。他松了一口气，嘴角松弛下来。

像夸小孩似的夸她曾经让她快乐，如今不了。如果她提到杰夫，他会一直盘问下去，就像他过去一直干的那样，就像隔着太平洋，他也必须要掌控一切。而他本人呢，什么忙也帮不上。这会儿，朱利安一点儿也不在乎。已经搞定了。她用不在意的口气说，我又不是傻瓜。

他又问她艾利克顿的治安。

你看到的，一切都好。

可是他听到一个新闻：一个华裔女子，在洛杉矶的罗兰岗被抢劫捅伤，另一位华人女性在橙县被夺包，之后被嫌犯的车轮碾轧致死。他在微信里喊，小心，出门一定要小心。

离这儿远得很。她打断他。

她已经不渴望他了。她接受了独自在大房子里走来走去的事实。任何事只要习惯就能忍受，她想。广州反而变成了燃烧的火，她现在无法忍受汗液粘在皮肤上的黏稠感。

杰夫与金先生，像两个物种。

杰夫说话，从来没有攻击性，肌肉发达，但骨子里是个绅士。在广州，就算是朱利安这么漂亮的女人，受气也是经常的事。买个什么东西啊，打个车啊，都要严防死守，才没人因为漂亮就不骗你的钱，人与人之间的敌意和戒备，都要时常保持着。但是，杰夫，或者说，表面上的美国人（即使认识杰夫当天他就开始使用蹩脚的普通话，但是朱利安始终认定他是美国人),他们身上没有过多的防备。杰夫也不同于教会里的那些高级知识分子。他沉默但不沉闷,时常会笑,笑起来咧着嘴,眼尾有皱纹,模样却一派天真。他也有艺术上的痛苦和纠结,但完全不同于生存的痛苦和纠结。最关键的是,他没钱,但也不自卑。有时卖掉一幅画,他的手头就明显宽裕;有时则显而易见的窘迫,但他不着急,他的姿态表明他对生活抱着顺其自然的态度。

你吃过饭了吗?她有时打电话第一句就这么问。

你要请我吃饭吗?他很认真。

这就是"How are you",不要假装你不懂中国文化。

哦,他想了一下,恍然大悟地说,原来是这样啊!

又有一次,他们在星巴克喝咖啡,她冷不丁开口,你怎么还没结婚呀?

他想了一想,反问她,在中国文化里,你必须要得到所有问题的答案吗?他抿紧嘴唇,做出一副"拒绝回答"又怕"与文化冲撞"的表情。

她板着脸,拿腔拿调地说,对,如果问了,不回答是一种伤害。

原来是这样啊,他想了一想说,结婚是一件大的事,很大的事,严重的事,不能不想清楚的事。

所以你还没有想清楚?

如果需要特别大力地想,说明就不是对的人。他手臂比画着做了一个努力想问题的表情。

嗯,她说,继续。

他专注地看着她的眼睛,我已经说完了。

说说你的画吧。她转移话题,你画画的目的是什么?

艺术的目的,杰夫说,找到自己。

我们在这里。朱利安装傻地看着他。

找到肉眼和仪器都看不见的最里面的自己。杰夫说,了解之后再去纠正我们恶习以及谬误……

好了,好了!她发现他可以一直说下去。比起这些高深莫测的话,我更想看你的画。

我会带你去我的画室。

我不想等了。今天,现在,马上就要去。

认识杰夫一年多,朱利安才第一次来他的画室。他的画室说白了就是一个堆满杂物的仓库。仓库一分为二,一半是画室,一半是卧室,中间是一排书架隔着。乍一看,很是凌乱,只要稍微熟悉一下就发现其实都有章法。杂志和书在电视边上,电视一直开着,茶壶总是和咖啡壶在一起,一大摞画册凌乱地沿着床四周摊开,衣服到处都有,但是收拾起来快,张开手掌扒拉进塑料篓子。好了,沙发可以坐了。

她看到的第一幅画是一座孤零零的白色小房子坐落在森林的边缘,在它的前方,有一个小小的湖泊。不,没有那么简单,风景似乎是主要题材,但包裹在巨型枝叶下的小房子,色彩突兀而饱满,像个调皮的孩子,把头探出看守也是禁锢他的森林之母。而这房子之前的那湾清澈的湖泊,倒映出天空的云朵。云朵的颜色和房子惊人的一致，湖底的云朵通过同色的房子，与天上的云朵遥相呼应，浑然一体。湖水虽不流动，树叶也不飘拂，然而却能得到它们的灵魂。

像一根线，这幅画把朱利安的心紧紧地牵扯住了。

朱利安看到的第二幅画上是一排新英格兰地区常见的连排别墅。处于画面的右前方的第一幢房屋的灰色外墙非常气派、恢弘，侧面一排六扇弧形窗户，但是，房前的路非常狭窄，道路的两旁堆满了白色的雪，地面有一路凹进去，里面积了水。就在小水坑上方的那扇窗户，却显得格外小，简直不成比例。但是再仔细看，你发现尺寸是无懈可击的，使窗户看上去显得过小的原因是配色。透过玻璃，隐隐约约有位白衣女人的身影。

朱利安情不自禁地脱口而出，天哪，我。

这幅画作于2013年，那时朱利安还没有来到美国，可是，她越看越觉得，那个站在窗口、无比落寞地看着这个世界和画家的正是她自己。这幅画像一双眼睛，窥探到了她刚刚经历过的生活，以及——她过去生活的全部真相。

所有的画都那么随随便便地放在那里。朱利安一幅幅地观赏下去。这些画都带着强烈的新英格兰地区的风情。有时他的对象是拉大提琴的白发苍苍的老先生，有时是个壮硕身躯却有着完美轮廓的黑人小姑娘，有时是花，有时是一头回眸的小鹿。杰夫的画通过粗糙的纹理和微妙的着色，景物之间的比例，像照片一样老老实实地呈现绘画者的目之所及，又远比照片要丰富得多，每一处都仿佛隐含着万千话语。他演绎静止的沸腾，他展示平等与冲突，他描摹对立与和谐。

艺术，是对所存在之物不可描述之处的补偿。原来就算没有语言，也可以消除人与人之间的一切屏障。朱利安感觉到一种难抑的冲动。这种冲动却让她看上去安静极了，她被带入到轻柔安宁的气氛里，内心的漆黑淡开了。

你为什么到现在才带我来你的画室？

什么时候都不晚。他说。

你不知道你画得多好。

你不知道你有多美。

可是美是个无用的东西。她不想假装说自己不美，她说，除了美，我一点儿用都没有。我像个困在笼中的不会飞的鸟。

你不是一般的鸟，你像福尔特湖上的天鹅。

他画过天鹅，并且以一个不错的价钱卖掉了。天鹅的高贵和美丽是无法抗拒的。

杰夫的祖籍是中国江西，后父母搬至上海，他最早的艺术熏陶来自祖父。他的祖父是位书法家和国画大师，可惜在杰夫九岁的时候死于一场意外。一场人为的意外。朱利安想起贝拉的派对上那些意外死亡的故事，像死亡竞赛，但是，杰夫提到的意外唤起了朱利安内心的痛苦。杰夫次年就被独自送来美国，二十三岁毕业于罗得岛设计学院。毕业之后，他跟随理查德·米契学习和研究古典绘画近三年，算是理查德最得意的弟子之一。他的导师非常器重杰夫，认为杰夫的画与现实之间有深刻的相似之处，达到了令人不安的程度，他的画将唤醒人们认识一个比眼前更生动更深刻的世界。理查德在美国美术界影响巨大，但是，至少目前，关于杰夫，似乎还没有太多人响应他的观点。

为了杰夫的话，朱利安特意去了趟福尔特湖。很幸运，不远处的湖面上，一对白天鹅赫然在目。白天鹅用红脚蹼划动着清澈见底的湖水，湖面上荡起一圈圈粼粼的波纹。天鹅时而挺直脖颈，昂首向远方，高贵深沉，时而相互凝视，娇媚柔雅。她沿着湖边小心地走近，想细看看它们的容颜。还没有靠近，天鹅立刻发出嘶嘶的警告声，仿佛在向她宣布禁行区域。她吓了一跳，原来它们的脾性如此火暴和凶狠。天鹅被人这样抬举，并不仅仅因为它的美，天鹅保持着一种稀有的"终身伴侣制"。在南方越冬时不论是取食或休息都成双成对。雌天鹅在产卵时，雄天鹅在旁边守卫着。遇到敌害时，它拍打翅膀上前迎敌，勇敢地与对方搏斗。它们不仅在繁殖期彼此互相帮助，平时也是成双成对，如果一只死亡，另一只也能为之"守节"，终生单独生活。

天鹅还是飞高冠军，高度可达九千米，能飞越世界最高山峰——珠穆朗玛峰。

美散发着力量，力量里蕴藏着高不可攀的美。

我才不是。

她突然蹲下身来，喉咙被堵住了，接着泪水开始往下滑。她听到自己内心有什么东西稀巴烂的声音。她不配。

天鹅

那些成群地夸赞她的美的人,她明白,他们并没有真正的鉴别能力,他们只是看到她姣好的脸蛋,修长的脖颈,及此带给他们的浅表性的愉悦,他们轻易地向愉悦低头。取悦他们简直太容易了。他们抬举了她。

但是杰夫的画销得并不好。他有时不得不靠帮人刷户外广告牌为生,他曾经在西雅图街头给人画肖像。

为什么偏偏是西雅图?朱利安想,那得多浪漫。

我在西雅图花光了钱,没有钱买机票回来。他老老实实地回答。

画室里堆着一桶桶油漆,仓库里甚至有霉菌。有时,他不得不拖延房租,去年一年,他才卖出了十二幅画,并且最高的一幅才八百美金。

也许,你只是缺少一点儿运气,也许还需要炒作,把画价炒上去。

哈,杰夫不这么认为。他说,我的曾祖父曾经在家训里告诫子孙,画画的时候不要考虑钱,钱的事等江郎才尽的时候再考虑。

曾祖父?

对,我的曾祖父也是位有名的国画大师。

江郎才尽的时候考虑还有用吗?朱利安提醒他。

是啊,对啊。杰夫恍然大悟,随后耸耸肩,我无所谓。

在认识朱利安之前,杰夫在一个纯白人的小镇读完小学和中学，后来进了也几乎没有中国人的艺术学院。

等一等，你没交过中国女朋友吗？

我有过女朋友。我追求女朋友是因为我喜欢她。

这句抗议没头没脑似的，朱利安明白他的意思是：我喜欢一个女孩子才去追求她，不是去看她的肤色和国籍。

他完全没料到中国女人可以这么——不同。这是他的原话，他并不常用中文来对话，更别说表达自己的思想。高中的时候，他和班里唯一的韩国女生约会过。他那时不懂得讨女孩欢心，亚洲女孩又太受欢迎了，他失去了她。从大学出来后，他倒是认识了一些有地位的美国女人，她们也照顾过他的生意。有一年他差点儿红起来：他认识了一位画廊老板的太太，经过她的推荐，她的丈夫已经留意他并且要大力推荐他，甚至萌生给他开画展的念头，如果他当时拿捏得好的话。但他搞砸了，他迷恋起这位太太，有一次三个人聚在一起讨论策划画展的事，他却当着这位太太的面，向她的先生坦白对他太太的邪念。

这下好了，人家差点儿把酒倒到他头上。他倒是没让人撵出美术界……此后很长时间，他没有得到过类似的赏识。

就这么把画展搞砸了？这得多傻，至少等画展办完了再表白嘛。朱利安心里说。看到杰夫严肃的脸，她没敢说出口。她心里明白，就算他和画廊老板的太太关系暧昧，那也不是问题。真正的问题可能仅仅因为他是个黄种人。朱利安想象那些自视甚高的女人们是何等复杂地看待杰夫以及他的艺术，她的心都碎了。

现在,她仿佛明白他奇特的灵魂、艺术上的追求和生活的窘迫,以及身处异域世界形成的巨大压力。他用作品诠释他对生活的理解。

她觉得就连他当初从车里下来,对站在街边束手无策的她伸出援手,那也是因为命运之手。他是如此富有魅力,就像是她一直寻找的人。现在,那些从中国运过来的漂亮衣裳终于见天日了。她有装扮自己的兴趣了。在来美国一年半之后,绿卡仍遥遥无期,那个投资项目总算被审查合格,可以开工建设。但是,移民局网站显示,申请人数激增,最乐观也要到明年年底才能拿到绿卡。这意味着彼时她才能离开美国或者金先生被允许入境。在她本应该崩溃的时候(虽然金先生并不同意她崩溃,他觉得一切在向好),她体会到新的别样的快乐。更加奇怪的是,她竟然一点儿愧疚感都没有,她似乎忘记了来美国的使命,她在国内还有一个丈夫。她有时是真的忘记了,不仅忘记了过去,她甚至不敢想象再回到前年刚来的那个秋天。回想之前那样苍白的生活,不敢相信自己竟然奇迹般地忍受过来了。

九

婚姻生活中,朱利安一贯是那个被照顾的一方,她只管闭着眼睛享受着丈夫的照顾和安排——她乐意如此,并且相信这种局面会持续下去。她有这个信心——直到她的闺蜜们的婚姻出现各种危机，比她更年轻、更漂亮、学历和家庭背景更好的朋友莫名其妙地遭遇背叛后，她接受建议，上了一个叫"婚姻保卫"的课程。这是唯一一个背着金先生上的课。课程内容并不值得一提。令人吃惊的人，背叛像早晨的露珠一样，没有一块草地是干燥的。参加课程的人无一不是对男人的忠诚抱有严重怀疑，她们用各种办法来侦查、检验、防范、抗争以及自保自救。这个课程是开放式的，她们把自己的伤口亮出来，分析病情、寻求最佳方案，并且共同渡过难关。人人都说这课程是教人积极乐观，可是朱利安从课堂上得到的是悲观结论：这种事最终将会发生在自己头上。虽然数据分析朱利安在婚姻中拥有优势，但却无人承诺她将不会受到伤害。就算此刻是幸福的，来上这个课程也绝对没错。问题不在于你，问题在于男人。

现在，朱利安想到当初自己兴冲冲去上这些课程，其实并没有那么真的怕失去。她只是觉得自己应该怕失去，像其他人一样。如今，经过近两年的时间，她心里明白，她并不是十分在意金先生是否忠诚。有些事离开之后反而看得清楚，在广州的点点滴滴重新被想起。准备来美国之时，一天在饭桌上，金先生的电话响了。她下意识地看了一眼上面的号码，他也漫不经心地拿起手机瞟了一眼，直接掐断，嘴里嘟囔了一句"卖保险的"，然后把手机设成了静音模式翻到桌面上继续吃饭。骚扰电话无时不在，当时她也没有往心里去。过了两年孤家寡人的生活，有一天孩子在弹钢琴，她坐在边上陪着，猛地回想起金先生掐掉电话的那个夜晚，她的脑子里居然清晰地回忆起那串数字，像一只突然飞到耳边的蚊子，就等着她伸手一捏。她拿起手机毫不犹豫地拨了过去。

一个年轻的女声慵懒地"喂"了一声。

她问，金先生在吗？

谁？谁找他呀？我不认识他。对方说，讨厌！

电话断了。

她久久地盯着自己的手机，比起坐实自己的直觉，她更惊诧于自己能够准确地记住两年前瞟了一眼的电话，并且她的心平静得像是冰封的湖面。她一点儿都没有"挽回课程"里那些女人的反应：痛不欲生，心如刀绞，万念俱灰，几欲寻死……

她没有。

毋庸置疑，中国人也都意识到，投资移民就是朝中国富人头上砍下的血淋淋的一刀。越来越多的项目出事，排期越来越长，甚至达到了十五年之久。但是金先生每次都鼓励朱利安乐观，毕竟花出去的是真金白银，没有弄虚作假，何况项目也通过审查了。

整整两年的时间，维系着这个家庭关系的就是每周的三两次视频。孩子跟爸爸聊天的耐心也越来越少。安珀的句子里开始夹杂着大量的英语单词，遇到着急表达的时候，她叽里呱啦冒出来的全是英文。朱利安在一旁提醒她，中文，中文。这是其他中国妈妈们的建议，在外边，由着她说英文，在家里，则不能由着她，不然，没两年中文就丢光了。

可是视频那头的金先生并不在意。一则他的英文不错；再则，比起维护中文，他更乐意见到一个满口英文的女儿。他对妻子在旁边三番五次的提醒置若罔闻，却情不自禁地夸起孩子的英文：Good，Great！

他本人的发音一点儿不标准，还一个劲地重复。朱利安冷眼看着他，觉得他特别好笑，特别幼稚，特别——崇洋媚外。基于头一年她抱怨得太多，现在，像倒空的酒瓶，没什么往外滴——她变懒了。

那是美国大选结束不久，金先生跟她视频——总是如此，就算朱利安相信自己备受宠爱，但节奏完全不在她手上。金先生想要通电话的时候通电话，想要视频的时候视频，想要来美国的时候来美国，想要生二胎的时候生二胎，都是金先生在计划、评估、拍板。好像他什么都笃定，可是新总统当选，他明显有点儿尴尬。他还在朋友圈里胸有成竹地公开预测过相反的结果。这下闹笑话了。新总统在新英格兰地区明显不受欢迎，朱利安认识的大多数人都对他没有好感，甚至像看笑话一样议论他。同时又有一批老移民，拼命在群里替他说话，大谈他当选后华人和全世界人民的好处，就差拿他当新的救世主。那阵子两派人在微信群里剑拔弩张、一触即发，朱利安这些根本没有投票权的人也被利用起来了。她莫名其妙地被拉进十几个微信群。鼓吹某某当选利于华人的列举了一大堆论据，反对的则预言他"将给世界和美国带来灾难"。还有的人看热闹不嫌事大,趁机搞了一个调研:骗子战胜疯子,还是疯子打败骗子?

金先生在视频里告诉她,他今天和杰西卡沟通谈过了。EB-5的排期有很大的进展,最多半年,她会接到移民局的面试通知。

你去年冬天就这么说过。

后来,情况发生了变化。

情况还会继续发生变化。她的声音里挂着掩饰不住的嘲讽,一说出口,她自己也意识到了,可是讥诮还挂在嘴角,一时收不回去。

我会继续想办法。这世上没有解决不了的事。他面色铁青地说,我跟孩子聊会儿。她说好,把手机给了孩子。

这样不欢而散的情景一再出现,最近更为频繁,像许多天没遛的狗,一放手就拽不回来。

有一天中午,朱利安吃过饭,金先生发来视频请求。看样子,他刚刚从某个饭局回来。他仰着了头,眯着眼睛,脸色通红,衬衫的领子松散着,露出松弛的脖颈。似乎老花得厉害,他看不清手机上的妻子。瞪大眼睛时,额头的皱纹夸张地挤到一起。他本来是坐着的,这会儿站了起来,像是要腾出手,他把手机放到桌子上的一个支架上。这样,他的脸变得更加古怪。一瞬间,朱利安好像突然了解了这个人:这是一个意志坚强、盛气凌人、自以为是的人;这是一个自私的,从不顾及他人感受的人。他们共同生活的许多瞬间,从记忆里涌现。天哪,她心里想,他其实是她从小到大就不喜欢的那类人,可是她竟然欢天喜地地违背了母亲的意志嫁给了他。如今,那些心醉神迷的时刻消失了,爱的火光熄灭了,好像一个更加真实的他,跨越千山万水,重新站到她面前。

金先生开始说话。他先是铺垫了一些细节,然后交代了重点:今晚,他的公司中了一个标,是一个利润丰厚的大项目。他太高兴了,喝了差不多半瓶拉菲。他志得意满地长出一口气,完全没有发现妻子用那种惊诧、迷茫的眼神盯着他好几分钟了。隔着屏幕,朱利安都能闻到那股臭味儿,她把脸侧开。把战果分享完毕之后,他终于支撑不住,和衣睡着了。

朱利安一半是失望、一半是好奇的眼光凝神注视着这位熟悉的陌生人,他翻了一下身,现在,只有他的一只手臂还在屏幕里。听着这只手臂主人发出的并不响亮的鼾声,朱利安惊异地觉得内心有一种豁然开朗之感,她对这张面孔无法产生更多的依赖了,滋长着一种特别想和他说真话的渴望。这种意念非常强烈,非常新奇——这是一种早已磨灭、久已淡忘的意愿——她在课程上学会的最重要的事就是不要用语言去伤害别人,不要说真话——这个班的学员早就知道凡是涉及说真话的,就一定会伤人。

她对着熟睡的他心平气和地说,我看穿你了,你这哪里是爱,你就是想占有我、控制我。来美国不是我的意愿,那是你的意愿,我也是你的规划的一部分,而不是爱的一部分。说完,她仍然没有关闭视频,就那么静静地,甚至是目不转睛地观望着那只手臂，同时审视着自己的心绪和意向。

就在那个周末，她把孩子全天托付给温蒂——最近温蒂打工的饭店关门了，失业的她手头明显紧了起来。她的骄傲好像是断了一根支架的花盆，要立不住了。电话总是秒接，让她周末出来也没什么问题了。

朱利安来到杰夫的画室。杰夫突然来了兴致，决定放下手上的工作，带她一起去博物馆。

那次，博物馆展出了中国盛唐、晚唐、五代到北宋年间的诗画、书画，以及国宝级的唐代卷轴画，虽然为数不多，但也都是难得的了解中国文化的途径。

杰夫以为朱利安比自己见到的多，因而他闭口不言，事实上这是朱利安第一次看到真迹。在国内，她甚至都没有去过真正意义上的博物馆。回来的地铁上，她和杰夫目睹了一件让她目瞪口呆的事。一个中国妇女，带着一堆塑料袋上来。坐了几站之后，从塑料袋里摸出一只粽子。对，就是每年端午，全中国人民都吃的粽子，在地铁上吃了起来。真的，吃粽子，糯米粘在手指上，她用餐巾纸擦，餐巾纸也被粘在手指上。杰夫看了她一眼，没有任何反应。她替杰夫难过，替这些人羞耻。她想，要是有人拍下这个视频，中国妇女旁边的杰夫呢，肯定被人拍在里面。他总不能在身上挂着牌子，表明自己跟他们不一样吧？就算挂了，又有什么用？突然，她觉得她更加懂得了杰夫——为何他的画如此写实又如此迷幻。他有着复杂的体验和感悟能力。

我是你的知音，要是我可以重新选择，我也想做一个画家。出了地铁，朱利安没头没脑地说。

杰夫吃惊地转过头，为什么要重新选择，你随时可以选择，现在就可以，如果你愿意。

可是，你不明白，我已经结婚了，我都快四十岁了，而且需要照顾孩子。

这算什么理由？他用不解的眼神盯着她，四十岁还很年轻，学什么都还来得及。还有，他说，照顾孩子时学画画是不合法的吗？杰夫瓮声瓮气地说。

他的话唤醒了朱利安内心崭新的欲望，就像拿一根棍子把茂盛密林里的灌木挑开，撑开一条蹊径。跟她认识之后，他的中文水平突飞猛进，甚至会大量使用成语。但说中文的能力和理解中国文化是两码事。她想解释几句，却又一时语塞。冷静一想，她又觉得杰夫对她真正的处境并不能准确理解，毕竟他不了解中国人。她想起在教会见到的人，他们自己累死累活，却一下子就能理解朱利安可以把带女儿当成唯一工作，并且住在他们想都不敢想的豪宅里。

我请你吃饭。朱利安拉着他就走。每每遇到什么高兴的事，比如杰夫完成了一幅画或是卖掉了一幅画，她总是提议出去吃顿好的。她也早就发现，一直生活在美国的杰夫也没有吃过多少高档的饭店。有一次，在一家老牌的意大利餐厅，杰夫掏出钱包，招呼服务生买单。

朱利安不想他花钱，他还有许多账单要付。她打趣说，在中国，小白脸不用付饭钱。她欺负杰夫不懂这个里面的暧昧内涵。

杰夫对着玻璃照了一下，又照了一下，然后不确定地说，我怎么也算不上白脸，我太黑了，应该付饭钱。

下一个周末，她又和他一起开车去皮博迪·艾塞克斯博物馆去看馆内收藏的从18世纪至今的全世界艺术品。为了不让杰夫看穿她，每次约会，她都尽可能地做功课。但是，一个重大事件她竟然完全不知道：1997年荫余堂从安徽黄村搬迁到此。拆除费时四个月，部件包括2735个木构件、972块石片和当时屋内摆放的生活、装饰用品，甚至连同鱼池、天井、院墙、地基、门口铺设的石板路和小院子也拆了下来。现在，它原封不动地耸立在皮博迪博物馆。

我好像回到了小时候。杰夫站在荫余堂四水归堂的天井里，说，他每次来，只要这么一站，就觉得漂洋过海，回到了上海的老式石库门的天井里。

朱利安对这样的建筑再熟悉不过，甚至从来没有好好留意过。如今在离家万里的大洋彼岸见着，她想到了家，想到了童年。她还没找到合适的词来解释自己的心情——"amazing""eye-opening""wonder"！近来，她总是会在心里寻找合适的词，无论是英文还是中文。打捞熟悉的词，既像一种痛苦，也像一种挑战。她的眼泪哗哗地淌了下来。杰夫在身边，什么也不说，她相信他深知她此刻的感受。她觉得他们心灵相通。

与其说是家乡的记忆涌起，不如说是她和杰夫之间惊人的默契令她感到震惊。他们把车停在海边，在博物馆附近的一个开放的海滩上漫步。湛蓝的天空下，大海空旷寂寥，无风无浪。这并不是一处特别适合散步的去处：一条浅浅的石子路，两边是野花，沙滩没有养护的痕迹，到处都是奇形怪状的岩石。行至无人处，他们看到一块光滑无棱角的天然岩石，像是被温柔的手掌至少摩挲了一千年，让人忍不住想坐上去。等他们坐定后，惊奇地发现，这是一块私密的幽会之地，坐在岩石上，如同坐在一个隐藏的鸟巢。但是，他们的视野反而变得更开阔。

不知是对这块逍遥之所的超乎想象，还是因为在博物馆引发的强烈的情绪震动，他们纹丝不动地坐着，看着海，听着海浪和自己的心跳。渐渐地，一种完全陌生的体验贯穿他们的身体，他们身心完全松弛了。风声、海水的泼溅声，渐渐地，他们的呼吸声加入进来。她之前和之后都没有过这样的时刻：听自己和一个男人的呼吸，听得忘记了时间，忘记了世上的一切，朱利安觉得自己是海的一部分，是天空的一部分，也是杰夫的一部分。

真安静啊，她侧耳倾听。

真安静啊，她听到杰夫的脉搏在说。

杰夫终于动了一动，把她拥在怀里。一切如此自然，一切都像和天地浑然一体。她一点儿也不觉得惊奇，甚至没有任何的思索。她仿佛从沉睡中醒来，随后又陷入到睡梦之中。一切真实的东西都消失了，声音和光线都消失了，家庭、绿卡、账单、时间和身份，一切都急速后退，只有爱情的愉悦急速地到来，就好像海水一样漫过她的全身。

后来，一切都回到了现实当中，海上的光线又回来了，世界像刷了一遍新漆，粼粼的波光，远方的汽笛在响，雄壮、有力，像又发现了新大陆般。开车回来的路上，太阳正在落山，一辆皮卡拖着一只快艇在一块新铺的沙砾路上蹦跳。

天已经全黑了，海面像黑绸子飘扬，海边的森林像一万只猫聚在一处，时而集中，时而分散。远远的地平线的那端一缕微光亮起来。空气里有盐的气息，同时也有浓烈的花香。车子开动，往回走。一路上，全是白晶晶、红通通的车灯。杰夫一只手握方向盘，另一只手一直握住她的手，简直像捡到一颗珠宝，生怕再遗失。

十

之所以出生在美国，生下来两年又被母亲带回中国，直到十岁时重新回来上小学，杰夫也不知道父母为何如此安排。刚来的时候跟美国同学的想法一致，他觉得自己是中国人，可是他妈妈写信让他扭转这个认识，并且严肃地说，为这个身份，许多人付出了巨大的代价。

我一直到上大学才明白他们究竟付出了多大代价。他告诉朱利安，他在中国的时候也讲英文。

朱利安大吃一惊，跟谁讲？

祖父和父母都讲，除了在幼儿园和学校，其他时候都必须说英文。

你全家都会英文？

对，我爸妈都懂英文和日语，他们后来也是在日本去世的。

如今父母都过世，杰夫更没有机会回中国看一看，但是，那些伙伴、街道、香味、声音和画面都在他梦里，清晰而神秘。杰夫说得磕磕巴巴：有一天，我会回去，甚至不用回去也会自动地把这些带到创作中。

我懂。朱利安说。

她心领神会，让杰夫很感动。他说，向我的朋友们解释这些特别难。

这么说有点儿言过其实。他带朱利安见过两个朋友，一个是本土女画家，另一个是评论家，都是美国人。他们来画室总共停留了三个钟头，有两个半钟头都是站在杰夫的新作前热烈地讨论。

在介绍朱利安的时候，杰夫说是"朋友"。似乎谁也没在意，这可是杰夫交往的第一个中国女性朋友。

但是，认识你，我似乎明白了我的父母，越来越明白。杰夫说。明白到何种程度，他没有再说。朱利安相信他的作品能呈现出来。

第四个冬天来临，第一场雪下完之后，朱利安戴着手套，拿起铲子自己在车道上铲，连安珀都知道，铲雪车十分钟能干完的事，妈妈要铲两个小时。这座曾经寒气逼人的城市，现在母女俩都丝毫不惧怕过冬了。

因为体力劳动，朱利安的额头上闪着晶莹的汗珠，以前从未体会过的生活的意义，在她心头产生了。好像你走着走着，往密林深处，眼看着藤缠枝绕，你就要被困在这没有天日的野蛮之地了。结果呢，走进了没有杂尘的仙境。这里让人满足，什么也不缺。事实上，她的处境并没有改变。随着新总统上任，政策发生剧变，对中国不利的言论滚滚而来。关于贸易战的传言使那些身份未定的中国人惴惴不安。移民局官网上的排期像被点了穴似的纹丝不动，就连金先生也坐不住了。他竟然开始向朱利安抱怨，他在银行汇美金遇到的麻烦。

你的房子不是换美金买成了吗？

现在紧了，不那么容易操作了。他似乎不愿意在这个问题上深谈，只是保证说，过几天就能解决。但是，焦虑明显写在他脸上。朱利安并不觉得自己的开销比在国内大，而且她尽可能使用中国信用卡消费，但每月都有花园养护、地税和医疗保险，这些固定的开销仍然需要用美金支付。

淡定和从容似乎从金先生脸上全面撤退。这个过去高谈阔论的人，显得迷茫不安。朱利安仿佛看到自己、自己的家庭和前途都在旋涡里翻腾摇晃。她深深觉得事情跟自己息息相关的时候，金先生却对此避而不谈。不知什么用意，金先生再次提到小孩，如今国内的二孩政策放开，他的许多朋友也都有了第二个孩子,他本人呢,早有此意,等来到美国,会再孕育一个儿子。

我不会再要小孩了,不是因为我快四十了,而且我觉得把小孩带到这个世界,并不是明智的选择。

你什么时候开始……

我不知道,我只知道这个世界变得越来越糟糕,我在这里感受到的更多、更触目惊心。

那不是因为美国,而是因为你能接触到全世界的信息。

无论如何,我知道得越多,就越悲观。

奇怪的是,她的话和她的行为背道而驰。

抛开过去那慵懒的状态,一有空,她就去花园里干活,拔草、剪枝、翻土。花园里的活儿似乎干不完。有时她累了,就停下来静静地想——在过去十年的婚姻生活里,她扮演的是一个防守者的角色,但是,现在,她竟然成了过去的对立面——一位情感上的背叛者。可是同时,她初来美国的不安渐渐消散,有了一种随遇而安的从容。她甚至觉得今天的时光,好像在补偿她在此之前所遭受的盲目的煎熬一样。

她每天早上把孩子送上学就会驱车去杰夫的工作室。有时他还没有起床,她期盼地往床上走,期望他用亲吻来滋养她。他会亲吻她,然后请她给他做早餐。他的口味完全是美国式的:一个汉堡、一块牛排、几根芦笋。有时她去晚了,他已经在工作中,她就远远地坐着,静静地等他结束。她也会帮他简单地做点儿午餐。她喜欢变点儿花样,韩国烤肉取代三明治。

他没意见,全部吃光。有时候轮到他表现。他煮意大利面蘸牛肉酱和朱利安一起吃。等到下午两点多,她会直接赶到孩子的学校去接孩子。有时他工作起来完全把她忘记了。她久久地等在一边,看着他作画。要说再见了,他也只是过来弯着腰亲她一下。渐渐地,她发现,他的作品有了很大的变化。认识她没有使他的性格发生太大的变化,但某些东西从画里泄露出来,他的作品的色彩变得更明快清新,即便是画面上某个角落里的可有可无的小鸟的翅膀,也有一种无牵无挂的俏皮劲儿。也正是这种变化,她看出了他之前画的特点:过于严谨,过于华丽,但不够随性,甚至可以说——滞重。

他的画作跟他的性格有相似之处,也是最令她着迷的地方。他不过于自我,也没有异常敏感、歇斯底里的性格,这可是有些艺术家的第二张面孔。他似乎也没有什么占有欲,知道她有家庭、有孩子,他尽量不去触摸黄昏到深夜那个时间段。这个时间朱利安属于放学归来的孩子和清晨醒来的中国丈夫。

时间过得实在太快,有时觉得才刚刚见面,接孩子的时间就到了。朱利安就打电话给温蒂。大家都说,新移民往往第一年会花很多的冤枉钱,租车、雇翻译、律师,置办家当。但是现在,和杰夫在一起的渴望使她失去了算计金钱的兴趣,每周都有三四次用得上温蒂,而且给小费也比过去慷慨。

他们交往了差不多一年的时间,她一直想有进一步的发展。她想替他洗衣服,想走得更深入……这差不多就是同性朋友和家人嘛……她一直想听杰夫说:我从见到你的那一刻就爱上你了，我将永远爱你。在中国，这话是爱情的标配，是新篇章的开端。她等着决定性时刻的到来，她都等得太久了。

有一天，杰夫完成一部作品，他们开了一瓶红酒庆祝。她拿着酒杯频频看他。她说，在中国，我也喝红酒，但只是做做样子，我从来没有体会到酒真正的"口感"。到了这里我才知道，好的葡萄酒，首先它是"柔和顺滑"的而不是"单薄粗糙"的，这只是第一层，紧接着是"余味时间"，上好的葡萄酒中，酒的"余味时间"可以超过一分钟甚至更多，创造一种遐想空间。

她举着杯，歪着头，无忧无虑地笑着，像一个孩子，杰夫冲动地伸出手，轻抚她的脸。她的脸有一种动人的单纯。

你真美好。他的声音微微颤抖，气息不稳，他深情地看着她。爱情从里面往外蹿。好像他们从过去到现在和将来都一直在一起，好像他们根本不考虑什么禁忌，好像他们不搂在一起只是因为身上的油彩会弄脏她的衣服……今天，酒帮了大忙，朱利安变得大胆，肆无忌惮地搂着杰夫的肩膀。她撒娇起来了：你是什么时候爱上我的呀，是你第一次见到我的那天吗？一语即出，就像一个弹珠撞到了端在手上的玻璃杯上，他吓了一跳似的笑容僵在脸上。时间一下子凝结了。

她又认认真真地等了一会儿，他还是没有回答。她心里觉得不妙，赶紧起身走开，假装去上个洗手间。一整个下午，杰夫都神情严肃。朱利安体会到一种特别的不安。孩子放学的时候，她匆匆告别。晚上安顿好孩子，大约十点钟，他打来电话：他已经在她的楼下了。

打开门,他站在门前,手里捧着一束玫瑰,很意外地穿着一件西装,西装上一点儿皱褶都没有,像是刚刚从干洗店拿回来。

他双手递上鲜花,并没有走进来。他看着她的眼睛说,我爱你。

她一阵狂喜,上前一步,扑到他怀里:我也爱你,我从来没有像爱你一样爱过任何人。

那么,我希望你离婚,和我在一起,不是像客人一样来我的画室,而是在我的画室招待我的客人。

朱利安愣住了,她的身体渐渐僵硬。杰夫感受到她的变化,开始有点儿不知所措。但他鼓足的勇气还在,支撑着他把话说完,我本来没有结婚的打算,就在半年前……我也早就决定不要小孩,那是巨大的责任……我外祖父留下来的家训说,搞不清状况就把他们放在肚子里比较放心——他的意思是不生出来。

你家里还有什么禁忌?朱利安问。

从我祖父到我父母,都是虔诚的基督徒……

朱利安顿时明白了,他有那么多时间和机会,却没有冒犯她。在他眼前,她不是他过去的那些约会对象,而是邻人之妻。

只有你离婚,我们就可以。只能如此,才可如此。只要你自由,一切都可以。是的,结婚有点儿早,但一旦你是自由的，我愿意和你一起生活，我愿意向这个可能性去，去任何地方都可以。

事情一下子变得复杂了。她进入到一种从来没有领略过的情景之中，充满着爱，却又如此令人——尴尬。

给我一点儿时间，好吗？

多久？

三天。她就那么随口一说。

杰夫离开后，她开车来到天鹅湖。黄昏宁静，松鼠就在离人最近的树上嬉闹，野鸭一群群地游弋。一路上，许多身材健硕的老外在潮湿、肥沃和野花竞相绽放的繁茂丛林中跑步。一棵棵枫树、橡树和北美榆树竞相生长。有些树太靠近水源，树根露在水面上清晰可见。河面好似一面镜子，把所有岸上的风景全部倒映出来。

过去——她至少有十年没有为钱担忧过，她的美貌曾经让她觉得安然无虞。万一金先生背叛她，她一定能找到更加富有的爱慕者。这是极有可能的，男人总愿意为美付出高昂的代价，这是她在众星捧月般的时光中慢慢养成的自信。她过着比一般人更优越的生活，因而生活中的动荡，她早就不曾去想了。尤其是年近四十，至少在她的朋友圈中达成的共识——不算值钱了，她几乎让这个观念深深地扎根在她的脑子里，她甚至都没有想一想这个话是对还是错。总之，她心里有一种自动的警惕性在向四周扩散。就算知道金先生有外遇，她唯一想的还是如何把小三打败。她想的是计谋，而不是决裂。现在，她看到杰夫的表情,她明白,这是一件需要认真考虑的事。杰夫身上的认真劲是不可轻视的。他对待她——虽然她只听到一次"我爱你",但她相信他是严肃对待的。可是,他再严肃,也掩盖不了严峻的事实——他穷。而金先生不会给她钱的,她到现在才意识到,她的名下其实是没有多少资产的,甚至就连她每月刷的信用卡的账单也会寄到金先生的公司。她太安逸,也太——幼稚了。

昨天,她在群里看到一个中餐馆的招聘信息:诚聘前台一名,中英文流利,工作态度亲切周到,薪资待遇高,包饭食,工作环境佳,小费可观。

她也只能去做个前台,可是新的问题是,她只能找兼职。她的时间就好比玻璃碎片,一小块一小块的,周末完全不属于自己,送孩子学画画、踢足球、弹钢琴和学中文。孩子每天下午两点半接送,偶尔还被学校邀请去做志愿者。剩余的时间就像小孩子的储蓄罐,看上去又重又多,其实拢到一起没多少。

那时,靠什么生活呢,如果金先生一怒之下停了她的信用卡?杰夫养不活她的。工作室和住房,是租来的,他名下只有一辆开了七八年的丰田车。除了一些还算昂贵的健身器材,他可以说穷得叮当响,而且这些健身器材,他也从来不许其他人碰。他的颜料也一样。他没钱,就算有,也不见得愿意让她花。她没有试探过,但他们出去吃饭,都是她掏钱,当然,是心甘情愿。他们一起出去看展览,他掏钱的速度也并不比她快。她觉得,最主要的原因是他囊中羞涩,这当然比吝啬好——只好一点点。最关键的一点，杰夫没有求婚。他只是说"在一起"。美国人都知道"在一起"跟结婚，是 Hopkinton 到 Copley Square 的距离，那是马拉松的起点和终点。

离?! 不！她很快就用理智和在学生时代早就养成的自制力把这个念头压抑下去——这种想法太冒险了。杰夫的工作室散发着一股奇怪的味道，她常常被约会的喜悦所笼罩，会忘记这种颜料的气味。可是，有时她回家的时候，孩子会闻到，温蒂也顺口提到过。为了多一点儿时间和杰夫在一起，她甚至会在周末也把孩子交给温蒂，让她开车送孩子去老师家弹钢琴，去打网球。可是，约会是一回事，要是离婚，会失去房子，甚至有可能失去孩子。想到要搬到这个当成家的画室，没有好车没有信用卡没有皮肤护理甚至没有医疗保险——杰夫就没有医疗保险，生活将会是何等憔悴？这么一想，皮肤都好像被灼烫了一下。

但是她是如此真切地喜欢杰夫和他的生活，这是毋庸置疑的。他简单、诚实，从没让她愤慨，从来没有强迫过她，和他在一起，她能感受到平等与尊重，相比之下，金先生多么无趣和虚伪啊！金先生那挺起的脸膛，在司机跟前一副高高在上的亲切，他刻板的床上动作……一切都那么无趣。可是她一直无惊无险地过关了。杰夫是一位勤奋的画家，没有任何理由怀疑他会头脑失灵或灵感枯竭，她相信他会得到机会，成为一个有名的画家。这个念头闪出来，立刻被另一个念头盖过去了：那天，他的朋友在谈到他的时候用了一个词：Excessive moderation。

当时朱利安不懂,后来有一天在一个网站上再次听到这个词语时,她好奇地翻了一下字典。一下子明白了这句话背后的意思。

即使非常含蓄——杰夫的朋友们冒着得罪杰夫的风险,讲了真话。他们对待艺术是严谨和庄重的。也许,"过度节制"正是杰夫的特点,不仅是他画作的特点,也是他这个人的特点。杰夫他身上没有一点儿艺术家的乖张。他的曾祖父是那么赫赫有名的大师,到了祖父那一代几乎不为人所知,杰夫的父母干脆放弃了艺术,到了杰夫,至今也可以说是不名一文。他的身上隐含着一种生命的重压,隐藏着一种深刻的忧伤,也可以说是不安。这不安,朱利安一直以为是属于自己的,但现在,她明白,她为何和杰夫如此相互吸引。甚至可以说,杰夫吸引她的地方,以及她被杰夫欣赏的根基,其实就是他不被美国美术界接纳的真正原因。

杰夫身上的中国性,把杰夫和画家村里的画家区别开来,谁都不敢小觑,将来终有作为。但谁都知道,当下,这只能算是缺陷。那天来的两个朋友早就看出来了。虽然杰夫会一直画下去,直到灵感消失殆尽。但是,这并不表明,他能得到艺术界或市场认可。

就算真的成名了,她恐怕也没法理直气壮地享受他的成果。他似乎并没有要养她或者养其他什么人一辈子的打算。她甚至都没有勇气问他,你会养我吗?就算开玩笑都不敢,不错,他带着他的血统,但他是正宗的美国人,没有存钱习惯和买大房子的欲望,有着美国人对可乐和汉堡的百吃不厌。

当他成为有名画家的时候,她已经从里到外都老了,不像现在,看上去还像一个年轻的女人。她的心抽搐了一下。

她想到正在面临的选择,想到过去和此刻,有恍若隔世之感。有那么一瞬间,她竟然也愿意往"离婚"的路子上继续想。她对自己说,她真正的内里是喜欢新鲜的、有活力的和时刻相伴的男人,但最后还是怀着一阵战栗的心情退缩了。她看到了理想生活和真实生活之间的那道巨大的裂缝,意识到自己畏首畏尾,既没有能力"忘却",也没有能力"抛弃",更没有接受"不确定"爱情的勇气。表面上看她是如此自由,天高任鸟飞,但是,除了她的婚姻和女儿,她可以说一无所有。将在贫穷中老去的情景使她不寒而栗。她想起教会牧师祷告时的结束语:以上祷告不配,是奉我主耶稣的圣名,阿们!

她才是那个真正不配的人,花了四年的时间,她才首次清清楚楚地看到了自己:实实在在一个无能的人,一个软弱的灵魂,除了好看的皮囊别无他物,就连她的艺术感觉,其实都是滥竽充数,她实在是配不上杰夫。如果给她的四年,乃至四十年一个总结,"不配"是不会错的。

十一

来到他的画室的那天,他没有工作。看得出,他在等她。

天鹅

她进门的时候，他走过来，张开双臂，像是这一刻等了远远不止三天。她停在门口的鞋柜旁，几包刚刚到货的颜料令她止步。看着他上前，一股苦涩的，像胆破了之后的苦味涌到舌尖，她情不自禁地做了一个吞咽的动作。他停在离她一米的地方，手里拿着一张抹布，好像这张抹布可以掩饰他的焦虑。一接触到他的眼睛，她就看到了一种真正有价值的东西：爱情。她准备好的措辞——对不起，让你失望了，我觉得我配不上你。她的羞耻心让她没勇气睁着眼睛说瞎话。虚荣到了骨髓，她的心其实已经烂了，发臭了，只有昂贵的奢侈品才能掩盖这臭味，让她在人前招摇。

这么一想，她那压抑和窘迫的感觉消失了，她觉得那么轻松，可以用不着解释了。他问，你决定了吗？他的眼睛里还含着期待，完全没有观察到她脸上的那些复杂痛苦，或者说，他宁愿自己没有看到。

他眼巴巴地等着。

杰夫站在那里，见证着她的软弱。她爱他。

她放空自己的眼睛，一字一句地说，我的丈夫很有钱，他也很霸道，如果我离婚了，他可能会拿走所有的钱和我的孩子。我了解他的为人，我斗不过他，我也过不了苦日子。

说完之后，她不看他，但是羞耻感就那么随着声音消失了。

他惊诧地停住，一动不动。她低着头，不看他的眼睛，就那么等着。

那么，他开始结巴了，他说，给我点儿时间，我去挣钱，更多的钱。这是跟他相识一年多来，他第一次脸红，这完全是他的真实声音，但又完全像是被某种无形的力量逼着说出口的。

她摇摇头说，我已经决定了。

他并没有表现得失望透顶的样子，相反，他显得有点儿迷茫，迷茫清晰地呈现在他的脸上。而一年多前，她就在他的画作上发现了这个东西。她给了他致命一击。他将明白，尊严、自由、美貌和爱情，这些东西加起来都没有金钱的力量重。这就是他称为知己的朱利安向他展示的东西。现在，他大可以痛恨他的中国性，并且将之从生活里甩掉。

临走的时候，他过来抱了抱她。如此突兀的结束，他的手臂的力度和喘息声都不对劲，但他没有挽留。她在心里喊，抱紧一点儿，再抱紧一点儿吧。

像要把滑出手心的沙子捏牢的本能一般，他把她的手握了又握。

对不起。她说。先是用英文，后来又用中文。中文更有重量，却显得很荒谬，她慌忙转身出门。站在拐角，她蹲了下来。她没有勇气离开，也没有勇气留下。她的表情越来越扭曲，越来越滑稽，她甚至都不敢哭出来。

她能想象不久的将来，一旦金先生顺利拿到签证，她的生活是什么样子。他会买一栋更大的大别墅，雇几个人打理院子，他也喜欢花，也会在门面上花钱。在艾利克顿，春天来得晚，但是花的品种很多，金色郁金香、鸢尾、百合，鲜花的香气会持续不断地散发，香气滞留在闪闪发亮的午后。他一定会养一条狗，那是美国人的标配啊！她也会比现在更懂得养生，她会保持着她的美。他俩会相敬如宾，好好相处，但是，在漫长的监禁时光里，她和他的脑子里没有很特别的东西，所谈论的内容是绿卡、孩子的好家长，如何把钱合理而又快速地挪过来，或者假期的时候去罗马还是希腊，就像一切都是她应得的。

温蒂打电话过来，问周几过来搞卫生。

不，我自己来。

什么？

我能搞定。她说。

我失业了？温蒂不情愿地追问。

她就是这样，她看不清形势。她真实的身价是每小时二十到三十美金，她每天在失业和新鲜雇主之间徘徊，等她那完全不可能回到她身边的儿子。她一生都为他而活。

是的，朱利安粗暴地说，你失业了。

来到美国的第五年初夏，她接到贝拉的电话。此时的贝拉已经很有名气，朱利安认识的人几乎都耳闻过贝拉的财富和她的野心。贝拉打电话问朱利安是否愿意一起合作，做一个产业。把中国文化介绍到美国。再简单点儿，搞一个精英女性俱乐部，把在美国的精英女人们团结在一起，教她们修身、养性、品酒和西方礼仪。人家说培养一个贵族需要七代，中国精英们可不缺钱，缺的是修养、贵族气质以及审美能力，甚至那些早年读到博士的中年精英，他们的子女完全不了解中国文化，以为只学了几句中国话，逢年过节表演个传统节目就"回到"了中国。总之，她觉得，朱利安身上才有那种代表中国美的魅力和元素，绝对能够大获成功。

一开始，朱利安还耐心地配合地微笑，推辞说自己并没有钱也没有时间。

钱不是问题，可以回国融资。

贝拉对朱利安说，其实也不需要你做什么，你长得这么漂亮，如果你愿意，你只要打扮得漂漂亮亮地跟我去见见客户，就是帮我的大忙。酒我是不会让你喝的。怎么样？

到美国来对许多人还有一个巨大的吸引力，就是抹掉不喜欢的那一部分，照着喜欢的那部分过下去。可是有一部分人来美国，貌似为了摆脱过去的生活，但是他们带着它，一根汗毛都没有落下。这一套朱利安在广州的时候早就见识过了。这些人又要把它带到国外来祸害别人。想到自己作为一个任凭命运摆弄的软弱愚钝的蠢人，由于意志薄弱，竟然在臭水沟里跳舞。那拍手欢呼、视为视觉盛宴的人能好到哪里去呢？

朱利安说，不，我不适合。

但我们要活出自己的价值……

朱利安挂掉电话。

十二

有一天傍晚，刚刚接了孩子回来，金先生发来视频。朱利安看了一下时间，广州现在才是凌晨四点多钟。他的头发很整齐，既像是还没开始睡，又像是洗漱完毕。她有点儿摸不着头脑。

他说，让我看一看房子，看看你在干什么。她正在煎三文鱼。她把手机对准撒了胡椒粉的三文鱼，告诉他孩子已经习惯了黄油煎的三文鱼。

很鲜美。他心不在焉地说。

你怎么知道？她刚想说出口，意识到这个程序又要重复了，她闭住嘴。

可是来不及了，金先生已经捕捉到了。

怎么样才能让你的心情变好一些呢？

她端着盘子伸过头看视频里的他，他的嘴角结痂。前几天上火了，他说。不知什么缘故，今天的金先生眼袋特别重，皮肤松弛，气色很差，他连保持自己的好心情也做不到了。她轻声地说，给我时间，我自己可以做到。

过去那个喜欢和他生闷气、冷战，跟他对峙的朱利安已经消失不见。在和杰夫分手之后，她发现，对金先生不需要讨好和用心思，这种相处有一种邪恶的自在，不动感情，不动脑子，经历了那样刻骨铭心的恋情，回到这种状态里，朱利安时不时有一种全身被掏空的感觉。像是一根线随着杰夫的离去而从她背部被抽走了，就像她常常从海虾的背处抽出来虾线一样。无论海虾是死是活，那根线总之是被抽走了。

她找到那家招聘的寿司店。老板和朱利安聊了几句就断定她英文不好。他们那里人流量大，什么人都有，尤其是拉丁裔。老板是好意，觉得她英文不好，很可惜，但又夸她形象特别好，建议她快点儿把英文练好。一冲动，朱利安决定去端盘子——以练听力和口语的名义。

错开接送孩子的时间，其实都不是问题。问题是你愿意。她现在可愿意找活干。挣钱。

钱比她想象的难挣。第一天，她就把客人的一瓶啤酒洒了。她负责三张桌子，闲的时候无所事事，忙的时候会显得手脚不够用，一天下来，两条腿像肿大了一倍。这不是她应该吃的苦，所有人都这么说。她不这么想。像是要证明所有人的错，她把车停得远远的，摘下一切贵重的首饰，帽子和制服把全身裹住。她想吃这苦。因为吃这苦，能减轻她心头的恍惚。

她没有告诉金先生。金先生会说，你挣的钱根本不够车开出去的油钱哪。

她决定什么也不说。

你今天去哪里了？她把手机支在支架上，坐在椅子上听他说话。

我去博物馆看了一个画展。

中国人的？

全世界的。

你最近对看画展有不一般的兴致？金先生看上去发福了，不应该啊，这是个特别懂得养生和管理身材的人，视频里，他的眼袋更重——长久的离别，独自生活的习惯，让这个人变得更加陌生了。

是的，有时候。

你是不是认识了一些搞艺术的？他终于忍不住摊牌，这些搞艺术的都很复杂，你了解他们的底细吗？出于保全自己的体面，他加了一个"们"。朱利安明白，他知道了应该知道的。

我有脑子。她平静地说。

小红，金先生绷紧脸说道，你真是一点儿也没有成熟。你甚至比以前更加幼稚了。

我不幼稚，会愿意接受今天的局面吗？

这是多少人梦寐以求的生活。

不是我的。

你当时可以提出来。

就算提出来你也会说服我。

你就没有自己的主见吗？

我现在有了。

你们发展到哪一步了？金先生一下子提高音量，他在手机屏幕上晃了一晃后不动了。

你胡说什么，什么哪一步，哪一步都没有，就是一般的朋友。在感情问题上，人有本能的撒谎能力，她不仅一口否认，甚至,她的态度出现了悲愤,她的声音显得因为受辱才出现的急促和震惊,并且凑近着手机镜头,让自己的表情显得更夸张。

金先生的面色开始缓和,看不出他信还是不信,但是,至少场面开始有所缓和。

他说,我一直在替我们一家人的前途做长远规划,我一直在尽可能地做最好的储备,保证我们将来的生活可以不为金钱忧虑。

她不吭声。但是皱着的眉头有意地放松,表示对他的回应。

但是事后,她再一次被一种深深的羞耻——装作杰夫从来没有存在过,这不仅是否定一种所谓的婚外情,她否定的是这一年多来焕发出新活力的每一个清晨和每一个因为甜蜜而入睡的夜晚。

她明白,是温蒂干的。

有些人,以为自己变成新人,其实还是旧人。她本来想指温蒂,后来觉得用在自己身上更合适。

看不清自己的局限,是一种悲哀;看得清自己的局限,无从突破,就不光是一种悲哀,而是一种不幸了。

有一天寿司店休息,她一时兴起,去了波士顿的"自由之路"。刚来的那年,她和金先生带着孩子,去过一次,当时请了一个会中文的司机帮他们讲解。道路地面是由红色砖块铺成,一路曲折蜿蜒,一直延伸在三公里外的街道上。她当时一点儿都听不进去导游讲的什么"倾倒茶叶"事件和那片简陋的墓地有什么特别。但是,现在,经过了三年多,她明白这条观光线的历史韵味,感受到了这条路对于美国历史的意味。她沿着波士顿公园的游客中心,走过金顶的马萨诸塞州议会大厦、古旧的国王礼拜堂和以美食闻名的昆西市场等教堂和独立战争遗址。在富兰克林的雕像前,她遇到一群吵吵闹闹的游客,正在排队合影。他们用不懂的语言快活地叫嚷。有那么一会儿,刺耳、粗鲁,但是很快,他们安静下来,反而使周边获得了一种异乎寻常的寂静和庄严。

差不多走了整整半天时间,经过高高耸立的邦克山纪念碑,接近了闪闪发亮的查尔斯河时,她已大汗淋漓,一阵瞬间的战栗和神秘的伤感突然袭上心头。她甚至想到了遥远的过去,贫穷的童年,那时她的内心充满着许多真正属于自己的渴望。如今,她觉得自己如此贫穷,只有一颗苍白的心;她甚至能预知到自己将如何默默无言地消逝掉其余的生命。

就在那天,她见到了一只天鹅。这是她第一次看到打单的天鹅。她怀疑自己看错了。没错。整个河面一览无余,没有第二只,甚至连只鸭子都没有。不是说天鹅永远成双成对吗,不是说它们是神仙眷侣,相互照顾、永不离分吗?

现实就是,河面上只有一只天鹅,它缩在那里,没有一点儿声音,看不出是在享受孤独还是在伺机出动,谁也不可能知道在它身上究竟发生了什么。

查尔斯河是许多重要的划船赛事举办地。听说,有一年,比赛进行时,一只凶悍的天鹅一次次俯冲攻击划船队员,奇怪的是，它的生命没有因此受到威胁，反而得到了大批粉丝。粉丝们给它取名为"BEST"。人们说它勇敢有性格，呼吁给它生存空间。真相是，它更加为所欲为，使受害船只数量大幅上升。政府不得不把"BEST"转移到了别处。不过，第二年，人们又在查尔斯河上发现一只刚刚长大的天鹅，与"BEST"体形和性格都极为相似。它开始追打小孩，强夺他们的玩具，甚至冲到河边的马路，撞击过往汽车，这时，就连"BEST"的拥趸都意识到自己有些想当然了。在查尔斯河，喜欢天鹅的人没有想象的多。

整整有十天，她没有接到金先生的视频。她视之为冷战。一无所知的安珀嚷嚷着要跟爸爸视频。她要代表自己的班级上台表演钢琴独奏。她的钢琴学得不错，得益于在国内时金先生请了一位非常有经验的钢琴老师培养了她的兴趣。去年的圣诞节，安珀在晚会上一曲惊人，让老师和同学都刮目相看。

和安珀没聊几句，金先生让安珀把手机递给妈妈。

目送孩子去了自己的房间后，他眼睛死死地盯着她，一字一句地问，你和他上过床吗？

这么粗鲁，这么——不留余地。她的脑海浮现出杰夫的脸，她的心抽搐了一下。这种情况下这种丑陋的方式频繁提到杰夫，就是对他的一种亵渎，也是对自己的亵渎她把脸转到一边，抿住嘴，不再说话。

你这个蠢女人，我给了你这么多的好东西，你还嫌不够吗？

她没有吭声，但是侧过脸用余光看着他。他的脸狰狞可怕，嘴巴咧开，往日的风度荡然无存。如果不是隔着屏幕，他都可能把她撕了。

蠢货，他喊着，你怎么变得这么轻浮，难道我辛辛苦苦把你送到美国，就为了让你变得这么轻浮吗？

我轻浮?! 朱利安惊呆了。难道他曾经不就喜欢她那不染世故、冷若冰霜的性格吗？

也许这家伙觊觎你的房子，会绑架你的孩子。你不检点，到头来可能会害了我的小孩。他直勾勾地，眼珠快要从眼睛里蹦出来似的看着她，暴怒地喊道，你这个荡妇！

第一次听到这么直接而羞耻的诅咒，她的脸慢慢地红了，你闭嘴！你这个——她说不下去了。从她到达美国的那一天起，她就已经发现他们正在分道扬镳，因为正是从那天起，她已经脱离了他来思考问题。

她顿了一顿，一字一句地说，你有什么资格教训我？如果我脏，你比我脏一百倍；如果我是个荡妇，你也只配这个荡妇，你甚至都配不上——荡妇。

你把别的国家当成你的避难所，你把自己的意志强加给别人，而你，假装自己是救世主。就凭认识到这些，我也不会再惧怕你！

这个人总是喜欢用大话把他真正的意思包起来，无论他的生活里有多少压力、纠结和不适。他受伤成这样，还在放大话，他连去跟她平等对话的能力都没有。他只会按着自己的规划来。不知道过去跟他在一块儿生活时她是怎么忍受下来的。

就算是奴隶，也有反抗的一天。她脱离了他的语境，找到了自己的立场。

过了一个星期，一天中午，她独自在家，他又发来视频请求，她立即就接了。冷战和沉默已经让她快呼吸不过来了，她觉得应该有个了断。一开始，他们相对无言，谁也不说话。她好像大病一场，他也好不到哪里去——两个受侮辱受伤害的人。前几天的记忆还未散去，就像开过聚会的厨房，尽管帮手们把表面打扫整洁，但垃圾桶里装的是食物的残渣，洗碗机里大量的刀叉和碗碟还没归位，只有主人知道原来的厨房不是如此。他们一直非常小心，不去触碰那敏感的部位。他们沉默着，以便镇定心神。越是这样，气氛越是古怪，就像他们之间有一个马上就会被触发的着火点，却都选择小心翼翼地绕开，战战兢兢地忍受。沉默越久，真相就越近：他们都会妥协——他们彼此都再清楚不过了。

挂掉视频，她孤零零地立在客厅中央，现在，她是战场上的胜利者。这是她所经历的最艰难的一场战斗，也是第一次获得胜利。站在这幢空荡荡的、仍然残留着贵族气息的房子，站在四千多美金的地毯上，她先是一阵畅快，感到压抑在胸口的淤积的气全部消散，甚至想找个人分享一下，但是这种狂喜和舒畅很快就消退了。她第一次认真地回想自己的人生。无论是自主的选择或者是被动的选择，这选择里并没有真正的成就感可言。她被生活带到了这里，或是幸运之地，或是伤心之地。苦涩和甜蜜，如今她都体会过了。她心里明白，自己内心的某种东西长成了,这被禁锢也被放逐的生活激起她天性中不安分的东西,她变成了另外一个人。

她再次来到天鹅湖。灌木丛中一片沉寂,没有天鹅。它们还没有到来,它们还在天上飞呢。凝望着空无一物的湖面,没有觅食的飞鸟、野鸭,只有安然的、粗犷的、等待严冬的参天大树。一只真正的天鹅可是会越过高山和大海,经历风暴、离别和死亡的威胁,世人只是站在远远的地方驻足欣赏,他们并不会见证那无法言喻的一切。而且,就算她等来天鹅的身影,这将不可能是她去年见到的那一对。她站立着,一遍又一遍悄悄对自己说:我怎么办呢?我怎么办呢?

接安珀的时候,她遇到了杰夫。

最初,她没认出是他,他从她身边走过了几步。蓦然间,她的心一阵剧烈地跳动,她回过头。他看上去瘦了许多,衣服都空了。看到她发现了他,他立定了,转过身来。她一阵哆嗦,好像被人打了一下,可是她继续往前走着,好像冒着极大的危险似的,其实周围一张华人面孔都没有。她那天刚好穿着一件黑色夹克,戴着一顶小小的帽子,尽量身姿不动地向前走。她听到身后放缓的脚步,听到他的脚步声,她就能感知到他身上那庄重的、仍旧过于节制的性格,那仿佛闪着珠光的表达……她知道,那是她一生的挚爱。新鲜的力量生长出来了似的,她挺了挺脖子。低头的时候,她看到了自己的影子,下午三点半的影子又高又直,像是被光注进了更多的力量。

十三

站在传送带的边上,看着各种类型的行李,从黑色口子里出来。这个机场太熟悉了,朱利安不由自主回想他们全家一起度过的那些时光,一起的旅行。他带她从这里出发,去过欧洲、亚洲的日本等地,最后一次去的北美,他曾经对她体贴入微,他至少说过上千次爱她,那时,这一切都好像属于她,而她多么无忧无虑……一切都太久远了。

过完春假,她把安珀送进了私立学校才买了回广州的机票。她向女儿承诺,她会回来,就算她回不来,她也能保证爸爸妈妈的爱一点儿不会减少。

你十一岁了,必须要独立,一定要坚强。她撂下这句话,反复说了几遍,确定安珀真正记到了脑子里。

一个男孩拿到了他的行李,向朱利安挥手告别。这是一位被父母安排到美国留学的大学生,准备回国享受一个星期的春假,犒劳一下自己的胃。他们十多个小时前坐在同一排,刚刚认识。整个飞行,他们聊过的话不超过十句。

你喜欢美国吗?看着神情落寞的朱利安,他好心地没话找话。

很高兴你这么问,朱利安转过头看着他说,我喜欢美国,我喜欢蓝天,我也喜欢大房子和钱,但是,我更喜欢自由地选择。

这个回答似乎超过这孩子的预期,他礼貌地笑笑,把头转向窗口,不再说话。

天鹅

现在，他的身影消失在出关处。有可能永远也见不到了，朱利安想。

一大群老年旅客拥进来，他们头上还戴着旅行社发的小黄帽，他们嬉笑着，闹哄哄的，显得精神饱满。每个群体中总有活泼的、能带动气氛的人，老年人也是，他们每说一个字，都使好大的劲，甚至辅以手脚。

她把行李箱从传送带上取下来，没有拿推车，她发现自己的臂力足可以支撑。

出了机场大厅，外面的天雾蒙蒙的，好像还是四年前走的那一天的样子，并没有改变。在机场坐上出租车，一路向市中心去。她知道自己脸色不好，不仅是坐了十几个小时的飞机，而是她自己内心那无法安放的茫然，她能想象他见到自己这副模样的反应。也许，也许一切都是错的，这几年全部都是个错误。他把她送到美国，极有可能是摆脱她的一个方法，他会说成是对孩子的教育有利，也有可能他从来没在机场被遣返过，也许他早就和另一个女人生了一个小孩。她想起他以前在合作谈好之后更改合同细节时还暗暗崇拜过他呢，这样做少费许多口舌。甚至也许——她今天的路，还是在沿着他的规划进行：走下飞机，走回谈判桌前。

她甩甩头。她想摧毁这个节奏，让它稀巴烂，重新搓揉，让它重新归整，变成如今自己想要的样子。

回城的路比她想象的似乎更堵、更漫长。到白云湖附近的时候，前方高速路上发生了交通事故。滞堵严重。司机回头问朱利安可不可以下高速从白云湖边绕行？

白云湖有天鹅吗？朱利安心不在焉地问。

哪里还有天鹅？司机哈哈大笑，就是有，也被怪鱼吃掉了。前阵子湖里有条墨西哥湾的"鳄雀鳝"快把白云湖的鱼吃完了。政府花了一个多月才把它捉住，花掉的钱数不清呢。

那去长隆飞鸟乐园。

看天鹅？司机好心地说，这得绕多少路啊，再说天鹅应该在飞往北方的路上。你来得太迟了呢。

朱利安沉默下去。想到那些正在长途跋涉的天鹅，想到远在艾利克顿市焦急等待她回去的女儿，想到接下来的场景，克制地争吵，怨恨地冷战，再或冷峻地，像陌生人那样公事公办。无论哪一种，都意味着要耗尽全力，她想起金先生那张冷峻的、聪明的、深沉的脸，她心里十分烦躁——可别忘了，他的掌握一切的决心还在那里，而她的软弱也蛰伏在那儿。稍一动弹，就会使它们复活过来。她想起远在合肥的母亲，一别四年，她眼巴巴地盼到的，也许是更多的失望。

她感觉到汽车发动机的声音都那么刺耳，好似一场惊天动地的大战就要上演，她仿佛看到了战战兢兢、畏畏缩缩的自己。她摁下车窗按钮，深吸一口气：空气、风、广告，熟悉的感觉回来了，一切有关广州的记忆正在复苏。

她突然觉得一股冷意袭来，汗毛都竖起来了，这座过去从来没有让她觉得有一丝寒意的城市，此刻令她微微颤抖。她疲劳至极，勇气快要耗尽了。

长　　夜

这个夏天，是我在麻省首府一所大学攻读博士学位的最后时光。我的女友不久前离开了我，我退掉了原来在学校附近和她一起租的公寓房，搬到了艾尔克顿。

我和前女友是大学同窗。我是班上的学霸，而她则是侥幸录取的漂亮学渣。我们来自同一座三线城市，又同在学生会。其貌不扬的学霸被漂亮姑娘喜欢上，印证了"知识就是财富"。这个故事虽然老套但却常常令人羡慕不已。大学毕业没多久，我们同时申请出国读研。那时我们如胶似漆，她愿意和我一起继续读书——然而只有伊利诺伊州的一所不知名的学校给了她录取通知书，所以我放弃了加州一所知名大学，选择和她去同一个城市。事实证明，这样的牺牲是完全值得的——这个大学所在的小镇人迹稀少，古老的房屋、小小的超市，物价低廉，只有在星期天的教堂里才能看到上百人聚集的情景，人们都很友好。这让我们两个从人头攒动的城市出来的人乐坏了。

头两年我们尽情享受二人世界，忙碌而又甜蜜。要是听了我妈妈的话就好了——动身来美国之前，我妈妈期期艾艾地建议说，要不然先把结婚证领了再去美国读书？她知道我女友眼巴巴地盼着这一时刻。我一下看穿了妈妈的心思，对于她的提议我觉得相当于"乘人之危"。我的家境很一般，我母亲是个普通的工人。在我很小的时候，她就告诫过我：我们这样的家庭没有捷径，想要改变自己的命运，唯一能做的就是好好学习，上一个好大学。我牢记妈妈的话，一直专心读书，高中和大学本科阶段，我代表我的大学、我们市甚至我们省参加各种智力和数学比赛，获得了不少荣誉；我的画像挂在学校的优秀校友展示厅里。我凭着优异的成绩得到了一个又一个机会，甚至远远超过了母亲的预期，她对此相当自豪和满足。她心甘情愿地卖掉了外公的房子送我来美国读研。但对于结婚一事，我没有赞同母亲，我踌躇满志，相信自己将来有能力为女友办一个浪漫的婚礼，也有能力给母亲想要的一切。

研究生毕业之后，我们已经爱上了这里的氛围和环境，决定留下来，当然也明白光有研究生学历，未必能找到一份好的工作；也清楚学校排名对于研究和择业的重要性。基于此，我申请了现在的这所著名的大学继续攻读数学博士学位。我女友深表赞同，她随后也申请了跟我毗邻的一所学校继续学业。如果不搬来麻省也就好了——我总算见识了美国的最发达城市，这里是艺术和科学的前沿，既古老又崭新，世界各地的人都有。不过，物价也比原来高出一倍以上。我们租住在沿街的老公寓里，学业繁重加上生活成本激增——就目前而言，我的前途还不明朗，结婚的计划再次搁浅。我每天去图书馆查资料、做研究。我的女友通常都能照顾好自己，晚上回来的时候，餐桌上摆好简单的晚餐。来麻省之后,我发现女友所在的学校华人数目惊人的多,我于是常常听到她感叹中国同学的慷慨。她们班有一位留学生喜欢在高级公寓打游戏,因为不隔音的房子招来许多投诉,为了避免麻烦,他竟然把左右邻居的房子全部租下来,免费邀请喜欢游戏的同学去玩——既有了同好,又避免了邻居的投诉和抱怨。还有其他许多挥金如土的小故事,不时会在我们的餐桌上提起。但真正的理想生活图景却渐渐在我心里形成:用体面的成绩在大学里拿到一份教职或者在某个研究所建立研究团队,三十岁之前办一场浪漫的婚礼,四十岁前生两个孩子,养一条狗;平常好好工作,周末的时候,全家开车去海边捡捡贝壳,打打水仗,实在是幸福至极。总而言之,努力在新的国家用自己的智慧和勤劳勇敢开疆辟土!不幸的是,两个月前,我的女友离开了我。我们在麻省的三年多时间,她一共提过三次分手,但我一次也没有当真。直到她给我看她回国的机票,我才明白一切都结束了。这个打击深重,以至于我很长时间无法正常思考。女友离开时,我的公寓租约还没有到期,可是,每天看到我们共同去的街区、比萨店和健身房,每次想到我俩共同经历的那些时光,都令我异常烦躁,长时间陷在低落和沮丧之中。痛苦留在了我的脸上,我已经留意到自己不知不觉皱起眉头,一副百思不得其解的表情。在我未来几十年的人生规划里,一直都有她的一席之地。我深信自己一定是犯了什么难以原谅的错,才令她放弃了五年的感情。我试图找到症结所在。回忆越来越久远,以至现在已经开始回顾刚认识时的情景。我在想,是不是从那个时候起,我就一直在犯错,以至于分手成了一个注定的结局。坦白地说,我并没有彻底死心,幻想着在这个暑假找到自己的错误所在以及一条挽回的路径,期待下学期开学她回来时能和我重归于好。

最终,我怪这间靠马路的房子:窗外昼夜不歇的地铁和过路汽车以及过于熙攘的人群,才是扰乱我们生活节奏、破坏我们关系的罪魁祸首;而今我更是彻夜难眠,专注力下降,健康受损。我的同乡董先生帮了我一个忙,他把我引见给眼下这个房子的房东,令我得以在远离喧嚣的郊外安顿下来。

艾尔克顿是座有两百年历史的古老小城,远离麻省首府,挨着一个游轮终日进进出出的港口,既没有火车站也没有大型购物商场,只有数家租赁游艇和船舶设备的小店开在码头附近。海岸边是连绵不断的森林和绿地,镶嵌在绿地里的是一幢幢气派考究的度假别墅。在许多房子的露台上,可以看到蓝色大海的某一区域,大多数时候海水温柔地颤动,像连绵的轻音乐一样沁人心脾。过去这里白人居多,近几年流行起外地甚至外国人来买房子,用于养老或投资。按理说这里几乎没有便宜房屋出租,但什么事都不是绝对的,因为远在异国的房东不能及时过来打理,只好转给熟人或代理公司以低廉的价格出租。当然对承租人的要求也会相当古怪。我因为不养宠物、丢了女朋友、作息规律,并承诺修葺草坪,幸运地租到了这幢房子当中的一间卧室。

我比预想的更快地适应了这孤独生活。

天鹅

夏日清晨,我常常会在阳台上眺望海滩,森林、大地与海水之间的热气氤氲袅袅,风声、鸟声和海水翻腾声合而为一,仿佛世外桃源。这里,有各种肤色的游人,美国人、墨西哥人、巴西人、亚洲人……这些人带着太阳伞和啤酒来海边享受夏日清凉。人们穿梭不息,每天都有完全陌生的面孔。但是,短短一个月,我竟然连续两次碰到了同一对华人夫妻,这令我万般惊异——光碰见不足以令我"万般惊异",使我感兴趣的是他们过于悬殊的外表。

第一次是在艾尔克顿邻镇的一家四川饭馆吃晚餐。这里的中餐馆屈指可数。饭馆里除了两三桌筷子拿不利索的老美之外,其余的都是从几十英里外驱车而来的中国人。

坐在我斜对面的这个男人额头弧度圆润、亮堂,两鬓可见白发;他穿一件黑色的丝质衬衫,身姿挺拔、骨架清奇,不胖不瘦,使衬衫看上去很有型。他身边的女人——乍一看你会以为是他的母亲。她的头发很短,露出粗短的脖颈,胸脯丰满——对于年轻的美女来说,这是特别吸睛的地方,但是,对于一个有了年纪的妇女来说,说是累赘也未尝不可。从我的角度看不太清她的五官,但能清晰地看到她健康饱满的腮部、她夹菜的动作,她在男子跟前随便放松的吃相让我很快判断她是妻子而不是母亲。后来,再留意她仰起头跟他说话的样子,更确定这是一个妻子对丈夫的神情和语调。这两位真不般配啊!我想。这位太太虽然长相粗鄙、衣着随便,却是相当豪爽。服务员递上账单,这位太太直接用一张百元现钞付了账,摆手表示不用找零。服务员道谢的时候，她还微微颔首。他们出门后，没有马上离开，而是在楼下的花丛边站了一会儿。这位先生点了一支烟，不疾不徐地抽完，然后坐上了副驾驶座。这位太太开车，似乎更加印证了我的判断。

第二次见到他们，是在市里唯一的超市。我去买市里统一使用的垃圾袋，这两位又出现在我的视野里。这一次，这位先生穿得更加讲究，上身着淡青色的薄开司米外套，里面是件同色的T恤衫，脚上一双棕色的软牛皮平跟鞋。他身材笔直，衣服的下摆轻轻摆动，我看到经过的人都为之侧目。这里的人通常都穿运动休闲装。我上次见到精致优雅的男士，似乎还是在去年学校组织的一个大型的庆祝会上。这位男士，容易使人想到那些自小就养尊处优的公子哥。站在他边上挑选物品的，是一个穿着大短裤、露出厚重腿毛的外国男士，两相对比，更显出他风度不凡。那晚吃饭的太太跟在他身后。经过她的身边，我看清了她的长相：她长着一张方方正正的脸，上唇有清晰的竖纹。她表现出一副像是对她丈夫的路线不很满意，却又死活不会说出来的样子。他们两位在一起的形象又让我想起了一位长相英俊的著名影星娶了一位资产雄厚但相貌丑陋的女人的新闻。报上说那有可能是一场交易。总之，这对男女相貌上的差异，很容易在像我这样阴郁而苦涩的心灵里升起一股无端的恶意来。

两个星期之后，帮我租房的董先生打电话问我前天晚上有没有去观看国庆烟花——他在国内事业有成，来美时间不长，有强烈的创业和投资热情,已经创办了一个公司。如果不是我的专业不对口,在他这里谋份工作完全不成问题。正是因为他的热心介绍和担保,我才得以住到艾尔克顿。

没有。

并不可惜,他说,几年前他和几个朋友去查尔斯河边看了一会儿,不明白那么平常的烟花怎么吸引了那么多人,今年也没有兴趣凑热闹了。他对我说,还是在国内的时候有意思,人多,现在凑一个牌局都要几个月,不过,从前年开始,他倒是学会了寻开心。

他接着说,他和几位中国来的老朋友,每年的七月份,国庆日也好,哪个周末也好,都会约一场。喝酒的喝酒、打牌的打牌,不到天亮不会散场。到了天亮,谁能从车道边的石阶上走一趟不掉下来的话,谁就能在他的酒窖选一瓶上好的葡萄酒。他酒窖里的酒每瓶至少一千美金哟。

他问我有没有兴趣参加。

车道边的石阶很窄,目测只有八厘米宽,一米二左右的高度,石阶可能是为了隔开与邻居的地界,但正常情况下,在上面行走是不会掉下来的。我拿不准这个游戏有什么意义。

哎呀,不是每一件事都有意义,自娱自乐而已。看我一脸茫然,我的同乡拍拍我的肩说,不要给每一件事命名,这又不是数学研究,一定需要理由的话,就算是考验意志的比赛好了。老外玩的那些我们都不懂,我们就按自己的想法创造玩法。你加入吗?

如果是个游戏，这也太简单了。

对你来说简单，对于我们这个年纪的人来说，那又另当别论了。去年，没有一个人做得到。

他对我说，他人即课堂。带着一颗学习的心，研究任何东西都能学到许多知识。自从失恋之后，消化这些痛苦，已经耗干了我身上的水分，我有一种想往身体里注入点儿什么的渴望。我点了点头。

我之前来过董先生的家。这幢房子坐落在一个隐秘的位置，前门与主路之间隔着一大排密集重叠呈扇形的香脂冷杉，与靠近房屋草坪附近的短叶松和红松合力形成一个天然屏障，巧妙地隔绝了主路上的噪音。房屋砖石结构、坚固气派，我相信即使真的通宵达旦地饮酒欢歌，也不会因扰邻而被投诉。我记得第一次来的时候，看到地下室有几幅前主人留在这里的油画。其中有一幅正是这幢房子的前廊。纹理清晰的砖墙，砖墙上的壁灯，以及走廊上的罗马石柱上落着的午后的树影，斑驳陆离、温暖又宁静，再看，又似乎听得到鸟雀啼鸣，我一下子爱上了这幅画，久久观摩。

董先生说，前主人去了养老院，这些画带不走，想当礼物留给他。可是这画跟他的装修风格不搭啊，再说，画框都旧成这样，快散了吧，挂哪儿呀？他无奈地耸了耸肩，表示难却好意的无奈。我在想如今这幅画去了哪里，仍旧在地下室还是去了旧货市场？

天鹅

我还记得那一次我女友也一同前来,我们站在偌大的后院,看着绵延到海边的草坪,赞叹不已。我女友没头没脑地说,董先生家的房子一年要交好几万美金的税吧?

我傻乎乎地接腔说,啊,不用替他们着急,他们的实力很强。

草地这么大,很难打理哟。

那时,距离现在也才一年多,我傻乎乎地安慰她:打理房子也是一种乐趣呢。

下午五点半,我到的时候车道上已经停了好几辆车。这是夏日一天中最好的时光,热气消散、夕阳温柔,花园里开放着百合、鸢尾和芍药,还有几只不惧人类的鸟儿在栅栏边踱步。我又看了一眼即将用来游戏的那一排石阶:石块砌得齐整,缝隙适中,也就十五六米长。我已经想到自己手握一瓶上好葡萄酒往回走的情景了。此刻,四个五十岁左右的中年男子,手持扑克,坐在走廊上的方形桌前。桌边放着茶水和香烟,牌局已经开始。其中就有我的同乡大哥董先生,他向我挥挥手,指了指自己手上的牌,表示走不开,他又指了指门,欢快地对我说,自己进去,请像在家里一样随意。

我走进屋。中国式茶几上摆着成套的工夫茶具。三个十来岁的男孩正围坐在客厅的壁炉边打游戏,边玩边笑。他们的笑声清甜,我好像听见一湾清澈的溪水在流淌。但那不是全部的孩子,楼上有重重的脚步声,客厅的吊灯在微微震动,显示至少还有两个孩子在楼上追逐呢。我走进厨房,董太太——比我上一次见到时更瘦更白，她看到我，眼睛四周聚焦起浓浓的笑意，接过我手上的点心。谢天谢地，她没有打听我女友为何没同来。另外几个准备晚餐的、差不多年纪的妇女，也停下手上的活儿打了招呼。几乎是清一色的中国人。这很像我小时候经常见到的场景：男人们赌钱饮酒，女人们忙碌，孩子们玩耍。

就在这时，我看到了那位太太——那位我两次偶遇的英俊男士身边的太太，她竟然也系着围裙，在水池边洗芹菜。水池边的烤箱敞开着，里面是一排红通通的龙虾。这位太太的刘海儿粘在额头，面色因为烤箱的热气而绯红。她没有认出我来，但给我一个微笑——跟她迟钝的眼睛和古板的面相相反，她的声音有一种出乎意料的亲切：男的都在打牌，我先生一个人在后院呢，你可以去后院找他聊聊天。

我立刻明白她指的是谁。后院比前院更加开阔。挨着厨房的是一个更大的露台，后院的草地也更青郁浓密。再向前的白色栅栏外，是一片灌木，我们的眼睛掠过整洁的草坪以及矮坡下的灌木丛——另一侧的树木和海滩被遮挡在视线之外，使人觉得大海紧靠着灌木，而且纹丝不动，当然那是错觉——我在港口伫立过，常常看到一人多高的浪头打在礁石上，发出"砰砰"的撞击声。走近，才知道海浪有多凶悍。

后院，那位男士独自端着酒杯坐在藤椅上。今天晚上他穿着一件浅灰色麻布对襟大褂，这种衣服我原以为只在中国的艺术家，诸如国学大师、国画大师们之间才流行。他下身穿一件质地光滑的阔腿裤，脚上是一双浅棕色羊皮拖鞋，鞋面干干净净。前院赢家的喝彩声冷不丁传过来,他的背影在灿烂阳光的阴影里,显得越发寂寥。我推开门,走到他跟前,他站起来表示欢迎,好像专门等我出现似的。他问我是不是董先生说的"小老乡"?目前来看,这里只有我的年纪还能称之为"小老乡",我愣了一下,点点头。

听说去年的聚会,董先生请了十来个小年轻,没想到他们闹腾得太凶,跳舞唱卡拉OK,玩真心话大冒险,又喝了太多的酒,天亮的时候竟然没有一个能从石阶上走一趟,有的到第二天下午还没法从沙发上站起来。那感觉不太好,把董老板累坏了,所以今年他没有打算找年轻人。

他的话里丝毫不带恶意,是一种就事论事的态度。他说,人一过五十岁,人的性格就会发生许多变化,最明显的就是对于年轻人那种咋咋呼呼的闹腾,已经吃不消了。

也许到了七十岁的时候,又会重新喜欢和不管不顾不节制的年轻人在一起。

我想起了我女友的话——她第一次引见董先生给我时说,这些国内来的有钱人,比美国人更顽固、傲慢,排斥新鲜的血液,他们一眼就能看出你的来头,并且还不露声色。

这位优雅的先生姓冷,冷热的冷。这一次我看得更清楚:他的头发和脸庞都富有光泽,可能因为酒的缘故;没有胡须的面庞上,闪动着一双明亮、单纯、毫无倦意的眼睛,使我产生了一种好感。我也介绍了自己的名字和就读的学校。

二十四五岁就读博士了。他赞叹着说。

不，我已经二十八了。

但你是个博士，他加重语气强调说。

仿佛因为我比他以为的更大一些，又因为我是个博士，使他很满意。他热情地建议我也来一杯来自南加州的葡萄酒，这些酒的口感一点儿也不逊色于法国那些动辄上千块的大品牌。

他说，他人生中最大的遗憾就是没有读什么书，所以，他看到我这样的年轻人，真是很羡慕，他觉得我们真是前途无量。

这个人的长相和声音都有一种很特别的亲切。他一开口，全身就好像都散发着一种号召：嗨，我要开始说什么有趣的事了呢。你说话的时候，他看着你，整个姿态都好像在说，嗨，我听着呢，说吧。他的快乐和随和鼓励了我。我告诉他，我已经"认识"他有三个礼拜了，第一次和第二次分别在哪里。他听了快活地笑了起来，迎着夕阳的眼睛微微眯起来。他说，世界真的很小啊。

我冒失地问他，厨房里那位短头发的真是你太太？

哈哈，他大笑起来，好久才停住笑声说，我刚刚听到你的脚步声时，就在猜想，这个小伙子最感兴趣的话题会是什么。我赌是关于我太太的事。哈，我又猜对了。

我只不过……我结结巴巴地说，可是我的脸却不适当地红了。

郎才女貌的故事永远没有过时的时候，反之亦然。他自嘲地说，他早就习惯了人们的好奇心。他的直率感动了我，很快我们熟稔起来。我似乎在他身上看到了什么熟悉的东西,到底是什么呢?我百思不得其解,情不自禁地在他旁边的椅子上坐下来。他变魔术一样拿出一个空酒杯,倒了一杯红酒,示意我尝一尝。在美国,并没有劝酒的习惯,加上他的衣着,都跟周围的环境格格不入。我斗胆猜测他刚来不久。他点头认可。三个月,他笑着补充说,正是对这个国家充满好奇心的时候。

随后他告诉我他的趣事:前几天,一个中国小女孩,在他们夫妇散步的时候跟他们打招呼,问候他"叔叔好",问候他太太"奶奶好";还有一次,他和太太一起去购物,一个营业员在他太太买单的时候热情地对她说,太太,你的儿子真帅。

你瞧,这种冒失的错误美国人并不常犯,不过,在我身上,已经见怪不怪了。

我都五十出头了,他话还没说完,咧开嘴,发出快乐的笑声。我被感染了,也情不自禁跟着笑了起来……

突然,我们一扭头,同时留意到厨房的窗户上印着两只眼睛。我认出那是他太太。

你看,他朝我眨眨眼说,她对我不放心呢,就好像我是才学会走路的小孩,会从后院的栅栏上摔下去呢。他脸上仍然带着那种快快乐乐的表情,可是,他的声音里有着隐隐的不悦。说完,将杯中的酒一饮而尽。

我留意到茶几上的酒瓶中已经所剩不多的红酒,以及他脸上那不合年龄的红晕。

也许,她只是担心你喝得太多。

哈哈，他找到知音一样夸张地笑起来，所有的母亲担心儿子不成材，所有的太太担心丈夫贪杯……

你想象不到这里的樱桃多么甜……

我们猛一回头，冷太太的声音冷不丁地在背后响起，她手里端着一盘水果拼盘，樱桃、西瓜和蓝莓。冷先生歪着头，目不转睛地看着她，像要接受，又像要拒绝。

冷太太进屋时，顺手带走了桌上的酒瓶。我和冷先生，我们又谈了一会儿东北部的水果、天气和家乡的小食。突然，冷先生把脸凑过来，我敢打赌，要不了五分钟，她还会站在窗口……我们沉默了一下，仿佛专门腾出时间等他太太再露一次脸。直至我的余光真的感觉到窗口有阴影掠过。冷先生朝我心领神会地一笑——这一笑，好像不只这一刻，而是更多的方面达成了默契。他使我对这个房子、这个后院的陌生感顿时化为乌有，他甚至使我觉得有趣极了。这莫名其妙的轻松是我这几个月难得的一次。

他碰也没有碰那盘西瓜和樱桃。有关他太太的趣事，却一桩又一桩想起来，直到追溯到他年轻的时候——

其实我太太是个大好人。我们认识差不多已经快三十年了。她是城里人，我是 20 世纪 90 年代初那批最早到那座城市闯荡的乡下人之一。我在一家私营铸铁厂做热处理工。热处理厂在东郊，和主城区隔着一条护城河。我跟我的工友们一样，白天上班，晚上喜欢在堤岸上溜达消磨时光。那是一条正在受污染的小河。污水横流，河床发臭，水流过的石块发黑发霉，一棵树都没有。河的对岸则是一排排五六层的居民楼,楼下种着一排排有年头的梧桐,树叶在月光下影影绰绰,月色撩人。成双成对的人在那里散步,好像这世上所有人都能在那样的月色下找到心仪的另一半。我们也常常绕道几公里,跨过那座木桥,跑到对岸的某个阴暗的地方坐下来。想象能邂逅几个理解我们的姑娘谈场恋爱,觉得只有恋爱了的生命才算有那么一点儿意思。

但是能接近的漂亮姑娘并不是很多,我们遇到的大多是和我们一样地位低下、朝不保夕的服装厂或纺织厂女工。她们的心思也不在我们身上。和我的朋友不一样,我有一张跟我的身份不符的脸。我自小的时候就容易招来亲戚邻居的赞扬,他们总说我是"长得福相",是有福之人。事情好像确实如此,我十几岁时就容易招来女孩的好感——许多女孩子很容易迷上我的外表,乍见之下,立刻对我表现出很大的兴趣,我也就渐渐有点儿自命不凡。但是在那个年代,你知道,户口非常重要,人们交往非常讲究门当户对。我虽然大饱眼福,跟不少可爱的女孩子打过照面,但是最终,我没有得到一个真正的女朋友。这些有头无尾的空欢喜带来的挫折,尤其是在劳作一天、洗去铁屑的黄昏时刻,使我更觉得寂寞难以排遣。我的伙伴们也有同感——那些在河堤上抽烟喝酒、打打闹闹,或是在打烊的橱窗面前踯躅的穷光蛋们,到处听闻发财传说——大路敞开,机会万千,然而,对于缺乏根基、缺乏人脉、缺乏眼光的我们来说,只有这护城河发臭的沟渠映照出来的微弱光芒才是真正属于我们的。许多个夜晚，我们对着这摇曳的水波开着玩笑，共同虚度着大把青春和充满饥渴的夜晚。

年轻时的恋爱经验，就是认识社会和自己的大课堂。这就是我为什么现在鼓励我的女儿多谈几次恋爱。谈情说爱的机会最容易让你知道自己真正拥有什么，配得上什么。但是，对我来说，我那时拼命追求女孩子，只是单纯地想找一个结婚对象，但是现实回以一次次暴击。经过三次疑似失恋之后，我基本明白了许多人一生才能明白的事：就好像有的人早就在宽阔的大路上随时准备搭乘去往明亮天地的汽车，而有的人甚至连"这世上有一条通向明亮前程的大道"这个概念都没有。不是谁都能白手起家。大多数时候我们的面前虽然空旷无垠，但又有无形的屏障阻拦我们去任何地方。有时我呆呆地坐在街角的一块水泥墩上，或是靠在一根电线杆上，看着一个个打扮入时的姑娘骑着自行车经过我的身边。城市的夜空闪烁着幽暗的路灯，每一盏灯的背后都是一个神秘的世界。有时，我幻想着跳上她们的自行车后座，搂住她们的腰，跟她们进入那些像鸽子笼一样的楼房，进入黑暗的楼梯然后到达温暖的卧房。卧房到底什么样子？影院、商场、书店我们大可以随意进出那么几次，可是真正的城里人的卧室和书房的布局，我就无法想象了。我特别渴望看一看那些丑陋又庄重的房子里到底是怎样的摆设。我想去里面观摩参观一下，那装在家里的厕所究竟有没有臭味？这种渴望越来越强烈，好像我大老远地跑到这里来，了解了这些，才算是触碰了真实的城市；了解了这些，我才有资格说,我活在这人世间。

人与人生来不同,因而一直到死,也将与任何人不同。对我来说,"一分耕耘一分收获"是一种天大的误解。

这就是我那段时间在那条寂寥的小路上苦苦思考得到的顿悟。

后来我决定调整战略。我跟我的朋友们分开,把每个月省下来的饭钱都拿去买进高档舞厅的门票。我去那里撞运气,寻找不存在的出路。但是,这样的冒险也被证明是幼稚的。此后几次挫败让我领悟到一个更惊人的真相——使我不受待见的不单单是"穷",伴随着贫穷的是我对这个社会一无所知。除了漂亮的外表,我一无所有,一无所用,这才是我真实的处境。就算我攒到了舞厅的门票钱,也买了一套穿得出去的行头,可那有什么用呢?舞厅里的地砖光溜顺滑,鞋底轻轻滑过,人不由自主地想要欢乐。越是幽暗的地方越是充满着莫名升腾的愉悦。所有舞厅的曲调都那样温柔和哀伤,经过调拨的忧伤让身体无限膨胀。跳迪斯科的时候,所有人扭在一起,灯光不规则地摇晃,经过每一个人的脸,瞬间又跳到另一处,每一个人都那么新鲜,又那么亲切。天地都在震动。

一曲终了,舞厅中央的旋转彩球还在无声地吐着火焰;姑娘们笑笑闹闹、气喘吁吁地拿手扇着风,看似漫不经心地左右看。可是她们眼睛毒着呢:你有没有再买一杯茶水的钱、你有没有请漂亮女人跳舞的勇气、你有没有取悦女人的技巧、你有没有体面的工作等,她们总能很快搞清楚,也总能很快决定接受不接受你下一支邀舞。总之，就算有人真的对我有最初的好感，我也会在接下来的一个钟头内把自己的短处和底细暴露无遗。

等到曲终人散，一切打回原形。

那天我坐在一个角落里，身侧音响里的剧烈音乐声振聋发聩，鼓点好像在我的心头敲击，把我心头的灰尘扑得四处飞扬。就在这时，一个姑娘向我伸出手。那是一只圆乎乎的手，手指又短又粗。一种麻木的状态下，我捏住了这只手。这只手的主人，你明白了吧，就是我太太，长得可真壮实呢。我礼节性地陪她跳舞，其间几乎不做交谈。没想到接下来的一支又一支舞，她都走过来请我跳。直到最后一支舞结束的时候，她还贴在我身上，不肯松开。在黑魆魆的舞池里，什么都看不见，我却能感觉到她死死地盯着我，像大山一样密实有力，我简直不能呼吸。我在心里说，这女的长得真丑啊，再怎么着我也不会娶这样的女人做老婆。这是我实实在在的心里话。男人都好色嘛，就算又穷又无知，我也丝毫没有追求她的冲动。

出了舞厅，我不打招呼就要离开。我甚至不想让人在有灯光的地方看到我和一个这么丑的人有什么瓜葛。但是，她对我说，她想送送我。

什么？我以为她想让我送她回家。

我的司机在路边的车里，我想让他送你回家。

就这样，我第一次坐上了小轿车，之前我连出租车都没有坐过。我紧张地坐在汽车里，听着她对司机交代怎么走怎么走。根据我之前给她的假地址，她把我送到市中心电影城附近一个黑洞洞的房子前。我站在离我的工厂七八公里的地方，哭笑不得。公交车早就停了，我身上的现金不够打辆出租车。我不得不摸索着往厂里步行。许多地方黑灯瞎火，中间好几次走错路，一直到凌晨三四点才一身露水地回到职工宿舍。

对我来说，那天晚上就是个笑话。但这个笑话很快变成了我对她的第一次感动。从那之后她经常到厂里来找我。就像我说的，不只"穷"是我身上的标签，"无知""无用"也是。她不仅知道我穷，也看过我装腔作势——我年轻时有一个毛病——聊天时喜欢引用名人名言。我发现，就算我张冠李戴，她也毫不在意，并不是因为她无知，相反，她是本市的高考状元。之所以没有到大城市去发展，是因为她对自己的家族负有使命。她的父亲，是近几年发了大财的有钱人。那时候，人们有钱，不是靠拆迁和投机，而是凭实实在在的真本事赚来的。她父亲经营棉纱厂和电缆厂，后来还染指房地产。遗憾的是，他只有两个女儿，而且自己还是个鳏夫，这使他的女儿们都很警觉，双双自愿留在他身边，保护他和他的财产。

我太太，自打第一次跟我跳了一场舞，她对我的来历基本就一清二楚了。她不仅接受了我的穷，还接受了我没有知识也没有像样的工作以及农村出身。她知道了我的真实地址后，仍然孜孜不倦地来找我，隔三岔五送礼物过来。有一次，我偶然跟她说起我们老板要裁员了，我猜测自己是那个倒霉的家伙。

她说，你是热爱你的工作呢还是热爱你生活的这个地方呢？

我当然说我热爱这块土地。

她为难地说，可我不希望你继续在热处理厂工作，在高温下作业，你会很快烤成干巴小老头儿。她可不是随便说说。她让她爸把这个厂买了下来，拆了，在这个地址上又建了一个电线电缆厂。电线电缆厂在任何地方都可以建，何必费这么大劲呢，又是拆迁赔偿又是安置工人。她讲了让我十分感动的话。她说，建在与你有密切记忆的地方，这就会变成你自己的文化和经验。这真叫人心里一动。当然我并没有真的爱上她，那仅仅是一种温柔的感动的心情：天真的人遇到欣赏的人。

凭着这样的感动，在等着拆迁的热处理厂楼下，因为天黑没有路灯，我试着把手从她衣服的领口伸进去。她轻轻地哼哼，声音还算好听，我激动了。后面的事都很顺利，并没我想象的那么难。男人其实可以很简单。

接下来，她带我回去见她的父亲。说到我的准岳父大人，在我去之前，我就做了许多心理准备。我知道他和他另外一个女儿不会顺顺当当地接受我的。他们会像这城里的其他人一样嘲笑我、质疑我，甚至羞辱我。果然一见到我，她姐姐就对我出言不逊，喊我吃软饭的。话音刚落，她妹妹一个酒杯砸向她姐姐，她姐姐的嘴角顿时血流如注。她父亲、家里的阿姨和她姐姐，全部愣在那里，连血都忘记擦。

我太太淡定地说，流血，有疤最好，你就不会那么快忘记。

我的准岳父大人，他是最有资格嘲笑我的人，毕竟，我这个乡下来的穷光蛋将要占他的便宜。可惜他还没来得及发作，就被我太太那气势镇住了。经过这次，这家人对我的态度收敛许多，甚至，后来情况向相反的方向发展。就是说，我时不时地可以开开有钱人的玩笑，讲几个关于吝啬鬼的段子。因为我发现，我嘲讽岳父这个事情，一点儿也不会破坏我太太对我的感情和我们之间的关系。我的准岳父果然也置若罔闻。这个家庭有意思的现象就是姐妹俩的长相和性格。我那个大姨子，爱打扮，长相漂亮，还挥金如土，尤其酷爱收集世界排名前十的各款名表，什么百达翡丽、欧米茄、宝玑她几乎全有。我的太太呢，十分沉默寡言，又吃苦耐劳，衣着随便，有时候浑身衣饰加起来不超过一百块钱。站在她姐姐身边，就像一个专职的女佣。她俩在家谁更受宠可以说是一目了然。但我太太这个人，相当执着有韧劲。我起先认为我俩交往、结婚的难度跟中百万大奖一样。她呢，硬是迎难而上，朝她姐姐来了那么一下子，把不可能变成了可能。自从我俩恋爱之后，她坚定地站在我背后，应对包括其他亲戚、朋友和社会圈子对我的刁难，决绝果断、毫无保留。我那阵子晕晕乎乎的，处理这些未曾体验过的事情让我身体里的每个细胞都满满的，挥发出跳跃的质素。一句话，我忘乎所以，真心不在乎她长什么样。

结婚的时候我这边的家人是缺席的。我和我太太的想法是一致的，两个身高、体形、身份上的各种反差如此大的人，并排站在一起，我的没见过世面的亲戚们一定会当场失态。我们在一起的时候，那些跟在我们身后的陌生人的目光已经无数次像麦芒一样刺向她了。农村人又不是很懂得礼数，他们一定会窃窃私语，在背后把这个事盘算来盘算去，打探个不停，议论个没完。忘了跟你说，我有一个哥哥，因为小时候得了脑膜炎，落下了些残疾，二十七岁了还没有结婚。对于他能找到对象，我家人是完全不敢指望的，传宗接代的大任落在我身上。这些都会使我们遭受更多的猜疑和议论。经过商量，我们一切从简，来了个旅行结婚。那也是我第一次坐飞机。飞机往上攀升的时候，机身剧烈颠簸，令我头晕目眩，恶心想吐，再加上我太太搂得我有点儿紧，不一会儿产生了一种莫名其妙的失重感，呼吸越来越困难，差不多快要窒息，后来我竟不能自控地贴在机窗玻璃上颤抖。我太太轻声安抚我，马上就好，马上就好！她执着地贴着我，告诉我第一次这样很正常。她的温柔让我如此感动，以至于那一瞬间我反而愿意让这一时刻成为我人生的终点：不能同生，但求同死！

一直到飞机降落，来到了天堂般的海南三亚，在临海的酒店里洗了个澡，吃了顿海鲜大餐，我才从求死的强烈欲望中缓和过来，并且明白了一个道理：美景治愈一切消极的情绪。

以我当时的智力和见识，我也能意识到这一点：尽管她长得不算好看，但找个跟她经济状态差不多、长相周正的肯定也不在话下，毕竟我的条件接近"零下"了。要说优势，我唯一的优势就是跟她的生活毫不相干，不合她所有家庭成员的心意。她对跟她般配的男人、她父亲满意的男人、能促进她家族生意的男人统统没兴趣。如她所言，她奋斗的乐趣、她生命的意义就是与家庭战斗，并获得胜利。而我现在是她最信得过的战友。

从认识她一直到现在，她对穿着打扮方面从来都很不在意，什么名牌包包和时髦首饰她统统不感兴趣。即使后来减肥、整容成了一种时尚，她也绝不动摇。

你以为是她审美差没见识那可大错特错，因为我的衣着品位就是在她帮助之下变得越来越进步。什么牛仔裤配皮鞋、西装裤配夹克衫的笑话一开始我也经常闹呢。可是，渐渐地，她的指导加上从偶像剧和时尚刊物上摸出的门道，我对色彩搭配和潮流渐渐有了自己的心得。我去年还以潮流的引领人的身份上过许多国内杂志的时尚专栏呢。我太太以前总是会对我说，建国，你是我这一生见到过的最帅的男人，没有之一。只要一看到你优雅地站在我跟前，一天的疲劳就去少了一多半。

她还说，好马应该配好鞍，否则是暴殄天物。她相信钱花得越多，人就越令人瞩目。

她喜欢每时每刻都看到我宝石一样闪耀，她自己呢，则愿意做我的陪衬。

有时我怂恿她做些改变。她却坚决地说，她的心情好坏来自于我，而不是来自于她自身。她还说，真正在意外表的人，是不会在自己身上做文章的。这话令人费解。

一套衣服就能让人挺直腰杆，抛弃过去。华丽的衣服能够吸引到过去不正眼看你的人，获得意外的尊重。实不相瞒，我后来变得有点儿过度关注外表。靠着一表人才，我安然度过了最初的艰难时期，后来也习惯了每天穿着质地精良的体面衣裳出入一些大型的商务会谈等重要场合，纵然我不参与家族的生意投资，也总是愿意抛个头露个面。

说到衣着搭配，也是一门学问哪。穿衣的高妙之处，不是让你万众瞩目，有时候恰恰相反，要让人完全忽视你。再或者说，衣着是另外一种语言艺术。它能召唤到同类的人，也能驱赶不相干的人；它能让你充满威信，或者表现出毫无攻击性……

打个比方，真正有能力成为鹤立鸡群的那一个，色彩方面反而特别简单。把事情搞复杂容易，把事情搞简单了难。扯远了，总之穿衣的最高境界其实是舒服。不过你看，到如今我也没有做到。我除了舒服，还喜欢小小的炫耀……

冷先生的话被一阵警车"嘟嘟嘟"的鸣叫打断，那声音雄浑、粗犷，突破冷杉的屏障，坚决地冲进你的耳膜。冷先生顿时停住。

一般都不是大事，即使只是查个超速，也会动静很大。我轻声安慰冷先生。

是啊是啊，不像我的老家，许多事都是悄悄地发生的。他幽默地回应。

总之简单来说，我命运中的大反转，都得益于我太太，也可以说，借着她的力量，我在年轻的时候打了一个漂亮的翻身仗。那几乎是我人生当中的第一次感动。此后很长时间，有个声音一直在我脑子里提醒自己：你甩掉"穷"这个鬼东西了，你不一样了。这样的提醒督促我十分珍惜我的婚姻。既然这世上有许多关系是建立在深深的爱情上,就会有许多关系建立在其他的因素上,而我的婚姻实实在在基于这样的感动。

警车的鸣笛声又持续响了几声,不过,似乎渐行渐远。

我是不是说得太多了?他像从别人的故事中回过神来,感到不安似的开始道歉。经过这么长时间的说话,他脸上的醉意出乎意料地消失了。现在,他好像有点儿靠近他的真实年龄——变得有点儿严肃了。

并没有,我赶紧表态,我很喜欢听。这是实话。冷先生的故事,使我几乎忘记自己是一个沉湎在失恋痛苦中的穷光蛋。

这时,董先生推门出来,招呼我们进屋。原来客人们已经到齐,他要给我们介绍。一进入厨房,佳肴的香气就扑鼻而来。在摆满食物的餐桌边,我和刚才打牌的几位握了手,又对着几位更加陌生的眼睛点头致意,晚餐正式开始。

中国人的聚会上菜肴通常都是这样丰富:本地龙虾和牛肉整盘从烤箱中端出来,摆在餐桌的中央;炸得酥脆的鸡翅闪着亮油油的光;比萨已被孩子们瓜分得少了一多半;豆腐和水煮鱼则是正宗的四川烧法,麻辣香味弥漫整个屋子;还有客人带了自己包的韭菜馅饺子,可爱地立在瓷白盘子里。这些中西不同的菜品混杂在一起,加上还得照顾孩子们的口味,一大块比萨占了一角。刀叉是先前摆好了的,有人不习惯,去厨房找了一双筷子;另一个人也要求带一双来。不一会儿,几乎人手一双筷子摆在面前。混合的餐桌我见过太多,有中国人的聚会上一直如此,它会变成永远的特色。

孩子们既是黏合器又是分散剂,一阵旋风般的操作后,他们各自端着盘子到另一个房间去了。董太太追出去,小声叮嘱他们别去客厅边摆设了佛堂佛龛的那间房。董先生信佛,每逢初一、十五和相关佛教节日,都按时在家烧香拜佛。他见佛就拜,进庙就塞钱。即使环境变了,他也保持住了他的信仰。董太太的叮嘱声特别小心谨慎,一则怕他们逆反心理作怪,二则怕他们不理解,毕竟有些在这里受教育的孩子觉得上帝是唯一真神。大家举起酒杯向董太太道谢。准备这么一大桌菜费了太多的时间和精力,值得大家真诚地赞美。客套之后,大人们并没有端坐在一起,有的人只顾品酒,有的人则只对龙虾有兴致。气氛一度有点儿尴尬。我也终于发现,并不只有我是陌生人,其他人彼此也并不熟悉。比如那四个牌桌上的对手和搭档,竟然也是初次见面。冷先生和冷太太坐在一处,董先生介绍他们是一对时,大家都假装对冷先生和他妻子如此不般配的外表毫不在意。这些人表现得过于不露声色,反而令我生疑。我突然想起自己第一次见面时对他们怀揣的恶意的好奇心,认定这位太太有不俗的背景,我相信另外这些人持有同样看法。他们对冷太太格外尊重,感谢她亲自帮厨,又感谢她递纸巾过来。

牌桌上一位先生,胳膊上还有文身,面孔肥胖而黝黑,乍

天鹅

一看以为他是个粗人，他却细心地拿出手机，给每一道菜一个特写，又拍了一张十多人的合影。我留意到他用的是美颜相机，加了滤镜。我本以为自己的忧心忡忡和懵懵懂懂都被镜头逮住，还好，高科技之下，加上这位先生显然学过摄影，他的镜头稍稍上扬，每个人的脸色都看上去特别滋润；每个人都比自身更高，最高的快要接近天花板似的。身后的满桌佳肴像无声的语言，让我们看上去其乐融融。

这一顿花费是我一个月的生活费，可能还不止。我不愿意想得太多，这只会使我变得拘谨。

我的女友说得没错，有钱人聚集在旧金山、硅谷、西雅图、纽约和波士顿等大城市。我跟富人素无交集。我读研究生学的是基础数学，后来发现自己一直对理论比较有兴趣，所以来麻省后顺理成章地选了数理逻辑。我对自己的专业很有热情，计划将来去大学任教或者做科研。女友一度非常支持我，她说，做自己喜欢做的工作是一件幸福的事。基于同样的原则，她选择的课业相对轻松。加上她的学校中国人多，她很快交到了一大帮朋友，这让她的性格变得更加活泼，她比以前更喜欢打扮得漂漂亮亮地出门。要说坏处，就是社交占用了她太多的时间。但我相信她能调整好，如同她从恋爱时就一直对我的承诺和前途抱有信心一样。

她半年前第一次跟我提分手的头天晚上，我们有过小小的争执。当时已经是深夜，她突然问我：如果我当时反对你学数理逻辑和计算数学，你会听吗？

我想了一想，回答说，这一直是我的学习兴趣所在。

她坚持问，如果我当时让你改学金融工程、商业分析、数据科学、精算诸如此类的学科呢？

我仍然坚持说，我还是更喜欢数理逻辑。在我看来，至少在学业方面，从我们刚开始认识的时候，她是带着坚定的崇拜来看待我的学习能力的，无论在哪个学校，我都能拿到全额奖学金，我相信自己的魅力包含着天生的学习和专注能力，但这一次，她沉默了。她说，要是别人，一定会顾及女朋友的感受。

这件事，被我理解成自己不够甜蜜、不够浪漫的指证。我立刻向她道歉，但没有改变自己的说法。第二天她提出分手的时候，我本能地以为是因为昨天的争执造成了不愉快。我跟她解释说计算数学是可以直接应用的。工程里很多的问题需要数学来建模，比如数值模拟技术是石油开采行业中的重要工具，是确定剩余油分布和提高采收率的主要手段之一；即使工作一时难找，转行也是比较容易的。

我现在在谈分手，你的专业跟我们的分手并没有关系，她打断了我。

啊，我觉得你是不是对我就业赚钱的信心不足！

并没有。她说。你为什么会觉得这跟钱有关呢？我们虽然过得清苦一点儿，但是这世上并不是没有钱就没有幸福，幸福跟钱是不相干的。

我再次向她道歉，当时的气氛激发了我内心的愧疚感，我为自己不解风情道歉，为简陋的公寓道歉，为寒酸的屋内设施道歉，她都一一拒绝接受，因为她不是因为这个想与我分手。

她用行动证明了她的话：我们和好了。分手风波之后，我继续埋头写论文。但是，我的同门师兄告诉我，他在与几家大公司的接触中，意识到这个专业的局限性，收入没有我们想象的那么高，可供选择的公司并不多，作为一个外国人的身份也使他不那么敢理直气壮地提合理的要求。虽然也有漂亮的履历和推荐信，也有论文发表，但是，每当他积蓄着优势面对面试官的眼睛时，无名的怯意突然爬上他的额头。他仿佛不是坐在椅子上，而是坐在城门之上，他伸直双臂，试图发力，但是，那些貌似可以轻松推开的铁门，竟然纹丝不动，甚至每推一下，就更牢固一点儿。

我师兄跟我聊这些的时候，没有回避我的女朋友。我女友冷眼看着我师兄的窘境，等他走后，她不客气地说：我就说嘛，像他那样的人，想必压根不知道自己有多么寒酸、多么窝囊，前途又是多么渺茫，还自我感觉良好，一点儿不愿意改变自己。

师兄的挫败并没有影响到我的信心。但是，现在，我好像明白了些什么：我女友可能听到我师兄在电话里的叹息，对我所学专业的质疑和"分手"的话并不是一时负气，这些事一定使她对前途感到不安，而我因为过于自信，竟完完全全地忽视了她的感受。

刀子切牛肉摩擦盘底的声音，汤锅里散发出来的热气，脆饼在嘴里的咯吱声，满足的笑声……大家竭力赞扬食物美味。来美国时间长了就知道这些未必能当真。见识过冷太太在川菜馆的重口味，我认为她未必满意。冷先生吃得很少，却也连连附和他太太。与刚才的表现相比，现在的他不过是想显得与大家很投缘罢了。一轮寒暄、敬酒之后，人们开始放松。聊天的继续聊天，抽烟的抽烟。不一会儿，餐厅里充斥中国烟草的味儿。刚才打牌的那几位从出国旅行聊到赌场里的二十一点，后来又聊到他们吃过的美食，这里面有人竟然吃过腌酸蚱蜢、油炸蝗虫、盐水龙虱、香酥蟋蟀、甜炒蝶蛹……那位先生随随便便地说，我吃过的可不止这些……

　　我的胃一阵翻滚。我看了一眼冷先生。他正在吃冷太太夹过来的一块牛排。坐在后院讲故事时的放松和自得完全消失。说来奇怪，一直没有适合我们插进来的话题。倒是冷太太，说起了她的企业在过去数年中的好几次危机。我看了看冷先生，一个调羹在他手上无声地转过来翻过去。后来，董先生谈到孩子们在学校的处境、贸易战带来的困扰以及遇到邻居时的沟通障碍等。他们谈，似乎只是谈出来，并不为寻求什么意见和解决方案。多种话题搅和在一起，有时接话的人会弄混淆。似乎大家都有一种默契，懂得如何维持一种平衡状态——不轻易表态，也不随便下结论。

　　一阵孩子的欢呼传来。几位女士起身说去看看。趁着这时机，冷先生和我也站起身来，一前一后悄然离开餐厅回到后院。黑暗像一张网,逐渐地铺陈下来。坐回原来的椅子上,酒杯像个顽皮孩子一样跟在他手上出来了。

感应灯被惊动,照亮了草地上的翩翩飞虫,数以万计,原地起舞。欢快的气氛以及盘子和筷子的磕碰声从窗户、从门缝里往外倾泻,显得格外刺耳;感应灯"倏"地悄然熄灭,黑暗顿时裹住我们,屋内仍然灯光透明。夜色渐渐成了一个分界线,把我们和屋内客人分隔开来。那些笑声却并不像是真正的开心。有时他们笑得特别大声,好像只是有意为了让屋外的人听见罢了。我和冷先生像被黑暗招安的叛徒,脱离了屋内,成了他们的背景。不久,黑暗里涌动着一股暗流,在我和冷先生之间搭了一条联结线,我们一动不动,似乎都很享受这种身在其中的隐形感,甚至有一瞬间,俨然游戏里的盟军。即使是像我这样的书呆子,也明白冷先生不属于屋内那个团体。

远处一星倏忽的光闪了一闪,像是疾驰而过的车灯,又像是流星划过。他说,再过半个月,这个时辰就要穿外套才能坐在月光下了。他说话的声音充满着诗意。他的酒杯又空了,颤动着的摇椅以及他似乎略有点儿把持不住的手腕,据此我猜测他醉意很深了。正因为如此,才更凸显出他的风度。他清楚自己想说的话。

我情不自禁地把失恋的故事告诉了他。

他听完只是默默地点了点头说,历史总是重复上演。

他的话使我一头雾水,明明他刚刚讲了一个圆满的感动,而我,是被抛弃的那一个。我怀疑地看了他一眼,但他的表情格外认真——挂着仿佛自己讲了句真理似的等着我点头。我受到感染,下意识地点了点头。

一阵笑声扑出来,我本能地回头朝屋里看。冷太太正在和女主人一起为孩子们切水果冰蛋糕。她的刀子猛地插下去,又重又狠地捞出一大块,孩子们的纸杯沉甸甸的。从这个角度看,十足一个宠溺又过度操心儿孙的老祖母。

我是一个有点儿死脑筋的人,我女友一直这样说。从前她觉得这是好的,因为我思想单纯,满脑子清规戒律,使她很有安全感。就像现在,明知冷太太担心冷先生会多喝,我便不能假装毫不在意。我时不时地回头,总觉得冷太太又会冷不丁地出现,端过来一碟甜点。我的分神被他留意到了,但他的叙述语调保持着平和,也可以说,尽量不被醉意和外在因素所左右的腔调。他的用词——有时你觉得是在寻找跟别人相同的词,以获得别人的理解;有时候,他想找到完全独一无二的词,以免跟别人的故事混淆。

他轻声地说,我说得对吧,她实在是一个大好人呢,好到一般人难以理解的程度。

后来呢?我及时打断他的抒情,既然他说历史重复上演,他肯定会给我揭开谜底。这正合他意。他找到了自己舒适的坐姿,继续讲述——

自从结婚起,从20世纪90年代中期到新世纪,这日子像坐火箭一样嗖嗖地向前,眨眼工夫,五年过去了。

这五年时间,我们办婚礼、装修房子、生了女儿,我到岳父的家族企业去打工。另一方面，我用我的私房钱帮我哥哥找了个外地女人。实不相瞒，这个嫂子长得不丑，人也算机灵，就是家庭条件太差，选择我哥哥也是为了她的家庭考虑。我妈第一次看到我嫂子不仅没有高兴，反而为此忧心忡忡。实在不般配，她说。她担心人家是骗彩礼的，过几天就会跑掉。我安慰她说有结婚证。她说，有结婚证跑掉的女人我们村里还少吗？

一直到我的侄子出生，我妈才松了一口气，明白我嫂子发下的毒誓不光是走走过场。我也尽力照顾他们的生活，帮我哥哥在婚姻里争取一点点主动权。

我女儿开始上幼儿园的时候，我基本不用上班了。我太太说，我们这家境实在犯不着为了三四千块钱一个月的工资起早贪黑——这是实情。我岳父没有给我什么重要职位。以我当时的能力，并没有丝毫野心。想要担当更大的职责，对我来说也是头疼的事，我干脆挂着一份闲职，拿点儿零花钱，倒也心安理得。

至于她家族里的纠纷，从我出现之前到现在都没有停歇过。我大姨子一如既往地挥金如土，基本上啥也不干，每个月去一趟财务核查监督一下账务；我太太的经营能力显而易见，我岳父的心却从没有往正中间挪一挪。老爷子扬言过世的时候，财产一分为二。我太太甚为恼火，一是因为她在家族生意上操心比较多，另外就是那块因为我而买的地皮价格暴涨。我太太觉得这种增值应该算在我的头上。我的岳父没有采纳她的意见，这些事，似乎加重了姐妹间的裂隙。

俗话一点儿不假：富贵不还乡，如锦衣夜行。所以我渐渐和少年时代的伙伴和青年时代的工友恢复了联系。有一次，我被邀请参加一个同乡的聚会。我少年时代的一个很玩得来的伙伴，叫陈涛。虽然他也是在各个城市迁徙，受了不少苦，但如今也买了房、娶了妻，有稳定的生活。喝了几杯酒之后，他吹嘘自己至少和二十多个女人上过床。他的话令我震惊不已。

什么？

不要告诉我你这个大帅哥没有去过那些场所吧？他脸上挂着猥亵的笑拍着我的肩膀说。我这才知道他是个风月高手。上高中的时候，就有过男女方面的经验，用他自己的话说，人要有什么爱好，就算穷得叮当响，也总是能想出办法让自己如愿以偿。

当时坐在左边的一直抿着嘴的年轻男孩，他们喊他江一飞，竟然有一位姑娘为他喝了农药自杀，最后虽然救了过来，但也变得不那么正常了。这个男孩，在别人讲他故事的时候微笑不语，算是默认。我急切地问他，那你们结婚了吗？

当然没有，他得意地解释说，因为她父母反对她跟他在一起，两家人打过数次架，她绝望了才喝的药。

哦，总不能她好好的时候不许我们在一起，喝残废了才愿意嫁给我吧，这也太欺负人了吧。这家人，大概巴不得我早点儿死吧！他被自己的幽默给逗乐了，终于咧开嘴。我看到他缺了一颗门牙。

所以，那个自杀未遂的女孩最终也没有嫁给爱情？

我正纠结这个故事的时候，其他人又开始讲述自己的各种艳遇，这个缺了门牙的男孩又讲了一段最近才发生的爱情，但这一个显然不够传奇，很快被别的声音压了下去。

而我，自以为幸福的生活，在他们眼里，竟然显得那样无足轻重。不知道是出于嫉妒，还是真正的心里话，他们居然断言说我过得"苦涩"。

"苦涩"这个词一经他们说出口，一下子败坏了我的胃口，后面上的菜我竟然真的觉得味同嚼蜡、毫无食欲。

那次聚会结束，回来的路上，我心情复杂，很不是滋味。

都快十二点了，可是街面上新冒出来的酒店、KTV和电影院都是一片繁忙景象，就连很远方的房屋都沐浴在金色的光圈中。经过一个夜市的时候，露出长腿的姑娘们在那里游逛。不只是我，我看到街边无所事事的摊主也盯着她们看。一时间，某种东西从我的体内苏醒。五年多的时间，我完全没有出轨的打算，光是享受生活中得到的这些，已经让我够激动的。就在那天晚上，似乎白天还让我兴致盎然的一切都失去了魅力，昨天还在我体内驻扎着的对家庭的满足感、对财务自由的庆幸感，都突然之间烟消云散了，或者说，像是一盆凉水浇了下来，我哆嗦了一下，像从梦里醒了过来。过去的幸福仿佛全部变成了错觉，像是一种自我麻痹，仿佛这会儿的感觉才是货真价实的。

诚实地说，我的婚姻生活中，从来没有什么心醉神迷的时刻，当然也没有猜忌、没有担忧、没有嫉妒；我会常常告诫自己，这一切得来并非易事，也不是人人都有这样的好运。但这次聚会，让我意识到自己的盲区——在我得到这一部分好运的同时，我可能失去的是作为一个男人本应该得到的一些东西，比如坠入爱河，比如失恋，比如邪恶——原来人可以活得这样五花八门、别开生面。

那是我结婚五年来第一次失眠。我无心抚摸我的妻子。过去这几年，我兢兢业业，每晚给她足够的抚慰后，让她酣睡在我的臂弯。这会儿她浑然不觉，并不知道这次聚会对我带来的冲击，放松地躺直了，自信和坦然地等我上来……我看着她的脸，过去几年积累起来的感动，一夜之间竟然消失得无影无踪。有个声音一直提醒我，睡在我身边的是一个长得极其粗鄙的女人，一个棉纺厂的女厂长，一个身形巨大、翻身都有点儿困难的胖子。并且，更可气的是，我的女儿长得跟她几乎一模一样，这一点，也让我暗生怨恨。就算再生一个，也有可能继承她的基因——基因这个东西完全会被强者吸引。

我边琢磨边卖力地表现着。那天晚上，我终因体力不支倒下来，没有让她睡在我怀里。

后来我又参加过一次类似的兄弟聚会，又重逢了旧同事王强。据他自己讲，他也有过很多女人，仿佛为了验证我少年伙伴陈涛的话，他对我形容这些风尘女人的妙不可言，放荡，时时如你所愿。

我跟着王强第一次去了KTV。那里的姑娘，我不得不说，

天鹅

那真是非常不一样。她们放得开,喜欢甜言蜜语,一点点钱就让她们笑逐颜开。她们带给我一种轻飘飘的快乐,无拘无束的快乐。

我觉得家庭不再是温暖的中心,而是变成了一个遗憾。你想一想,你原以为生活是一层烙饼。你掀开一层,发现了另一层,又发现了一层,虽然没有到掀不完的程度,但也绝不是当初想的那样单薄。

我的身体焕发出一种新的活力。我庆幸自己内心仍然有对美好东西的向往,有怜香惜玉的本能,这个东西过去几年消失殆尽,我差点儿就未老先衰了。

有过这样的经历——据我的朋友们说,他们的力气使完了之后,回家只能做些面子上的表演工作,比如做家务、把私房钱掏出来等。但是我跟别人不同,我也有补偿家庭的心理。我会在饭桌上谈笑风生;调动我的幽默细胞,逗老婆发笑;陪岳父下下棋;送孩子去学琴。但是对于我太太来说这是远远不够的,她基本上每天晚上都需要足量的爱抚才能安心入睡。这项习惯性的义务说断就断的可能性几乎没有。她甚至都不关心我白天去了哪里,和哪些人在一起,花了多少钱,喝了多少酒。她不是一个喜欢事无巨细、喋喋不休盘查的女人。她不问。她就躺在那里,等着我过来爱抚她一番,好让她消除一天的疲劳。

别人在外干了不清不楚的事,恨不得擦得干干净净回来。我吧,每次从KTV和酒吧回来,都兴致勃勃,充满活力,恨不得露出浑身的破绽,让她当天戳穿我——怄个气、拌个嘴、吵几句,然后分床睡——我几乎从来没有得逞过。

我不得不偷偷吃些市面上流行的伟哥之类的药。

有一次,我明知衣服上沾了一个女人的口红,我甚至都没有想擦一擦,让那个嘴唇的形状带到卧室里,算是摊牌。这一回,她没法回避了,她死盯着我,射出冰锥一样的目光,我觉得她就要跟我撕破脸了……她没有。她的声音很平静,她说洗洗睡吧。

我感觉自己要被吸干了,开始有了一种想要逃脱生活的冲动。

我很快爱上了一个比我小十岁的护士。说来有意思,我太太陪我去看急诊,这个护士为我量体温、打点滴。我太太去缴费的时候,她拿药棉在我的手背上反复摩擦。持续消毒了很长时间后,她用近乎耳语般的声音说:你是一个多么能忍的人啊!她说话时表情没有变化,这些字的声调也没有起伏,但是恰恰因为她是个陌生人,又是一位穿着白大褂的护士。白色的灯光打在她的额头上,使她看起来更加温柔。她又重复了她的意思——她同情我,看我那样病弱又斯文又帅气的外表,却由一个如此丑陋的女人陪伴,她真心替我愤愤不平。她年轻的脸上带着夸张的怒气,反而加重了她话语里的善意——完全剔除掉了恶意和玩笑的意味。这善意里有一种不可抗拒的偏爱,藏着一种坚定的永恒。她的话就像在为我的昨日洗罪——无论我做过什么,都是理所当然的。

天鹅

趁我太太拿药快回来时,她快速地把传呼号码写在我病历的最后一页。

这个情景让我十分着迷,到如今我都记忆犹新。你可以想象这样一幅画面,我躺在病床上,打着点滴,我太太庞大的身躯拦在我和护士们之间——但是不久,她不得不离开医院——她有许多事情需要操心,我被理所当然地交到这位护士手上。后来我又生了好几次病,有两次是头疼,也有一次是不知名的神经官能症,剩下的几次是失眠。

关于如何坠入爱河以及在其中的煎熬挣扎,总之就是神魂颠倒。那段日子,我脑子里全是与钱红相关的画面:穿着护士服弯下纤细的腰,她扎针的动作,医院里消毒水的味道,就连瘸腿走路的病人在我眼里都仿佛是美好的人间。我们见缝插针地在病人睡过的钢丝床上肢体缠绵。啊,恋爱者的眼睛里,连死亡的痕迹都充满着美感……恋爱究竟是怎么回事,我完完整整、全心全意地亲身体验了。

有一个画面牢牢印在我脑子里:有一天,我带着这个年轻的姑娘一起去参加朋友们的聚会,他们扭转了对我的看法,那时我得到了应有的尊重。

另一方面,虽然服了药也无法对太太的身体感兴趣,偶尔为之也是苦不堪言、应付了事。这样一来,就连维持面子上的和平都难以为继了。

我开口提出了离婚。

我太太开出的条件令我惊讶,热处理厂的那整块地——那时我的岳父还没有过世,也没有分家产,她竟然自作主张地说要全部给我。因为我的回忆和青春在那里,也因为在那里我第一次抚摸了她。

这样的离婚谈判自然是轻松和略带伤感的,我们甚至都没有大声地嚷嚷一声。出于补偿,即使是谈判的当晚,我也尽心尽责地履行了丈夫的职责,十分卖力地表现……

就在我们开始谈这些细节的过程中,有一天,我太太匆匆出门,她的电脑开着,QQ一直在闪烁,克制不住的好奇心使我打开了她的电脑。

我先看了一下她和她的闺蜜昨天的聊天记录,里面抱怨了一些她姐姐的事。比如她姐姐去年光花在一块表上的钱就有三十几万。这个信息让我大吃一惊。家里的生意,我没有刻意打探,但是能拿出几十万买一块手表,可见他们的财富远远高过我猜测的那个层面。换句话说,我太太千万身家,不,亿万身家也是可能的。毕竟电线电缆和棉纱的利润这么高。我看完这一段聊天记录,发现自己全身上下竟然汗津津的。我又点开我太太和另外一个闺蜜的聊天记录,这一回,她们聊到了我,聊到了我的婚外情。

我太太告诉她的闺蜜说,钱红是郊区的一个农民的女儿,她上面有一个残疾的哥哥,腿脚不方便干农活,快三十了还没有讨到老婆(这也是我和钱红能够惺惺相惜的原因)。而郊区的风气是,讨老婆必须先盖三层小洋楼,尤其像钱红哥哥这样身有残疾的,必须还得有更多的彩礼才能娶到一个普通人家的

女孩,我当然知道这也是事实。我太太在QQ上对她的闺蜜说:

我算了一笔细账:钱红一个月两千多块,她父亲还有风湿,手脚都变形了(这一点我也听钱红提起过),而且重男轻女的思想格外严重。每月钱红的工资一发,她父亲就打电话催个不停,让她交钱回去(这些情况属实)。钱红这几年简直被钱逼疯了,谁都知道这些个事啊!

我太太在电脑上打出一连串哭丧着的脸,接着说,可怜我老公这个人,过于单纯,不会算计,已经享惯了福,就算离婚他能分到一笔钱,这笔钱很快会被钱红拿去帮她哥哥盖房结婚;就算我不要他给女儿的抚养费,他自己的父母兄弟还在伸手等他接济呢。这个社会对他,本来就不公平,这些担子太重了。没有人为他撑腰。就算他去卖血,也维持不了多久啊……他得找一份月收入两万的工作才能应付得过来。往后余生,我老公都有得苦头吃了。我都梦到他被这些人活活榨干了,穿得破破烂烂,缩在护城河边的桥底下,苍蝇臭虫在咬他!

看完这些聊天记录,我最初的反应是气愤不已。第一个念头是她一定找私家侦探了,因为她看上去比我了解得更多(而且也更准确)。我一心想着去责问她,可是又觉得昏头昏脑,胸口发闷。我站到阳台上想透口气,正好一辆汽车从门口开过去,一道强光射进房间,像是一把刀子,正好扎进我的眼里,我晃了几晃,才没摔倒在地。

那天晚上的情景我也是历历在目啊。

我冲出家门时，刚下过一场冬雨。街上冷冷清清，偶尔一辆大货车从身边呼啸而过，大货车掀起大片泥浆溅得我浑身潮乎乎的。一幢幢楼房拔地而起，灰暗的围墙，冰冷的窗户，这些房子让城市一天一个模样，只要三五天不出门就有迷路的可能。我漫无目的、身不由己地走，不知不觉到了钱红的医院。我知道她正在上夜班，但我没有进去。我心里有种说不出的滋味，不知不觉转换方向，向我曾经工作过的热处理厂走去。就是我太太在网上提到的护城河边，曾经昏暗的河道上竖起了路灯，河道两旁砾石堆成小山似的，巨大的起重机的阴影覆盖住我的影子，沟渠正在被逐渐填埋。这里有我太太的产业，相信将来会建立新的商业区……说来奇怪，这块我生活过的地方，这会儿让我有一种病态的恐惧，远观这一片已经陌生的土地让我感到毛骨悚然。我好像看到自己缩在角落里，就等着一铲土把我埋进去。我停在河堤上，当时正是严冬，地面上结着白白的冰霜，像铁一样硬。一阵冷风，我感觉有一种新鲜的暖乎乎的东西从胸口往我的喉咙乱窜，这是一种无法言喻的东西。一开始，仿佛是绝望，似乎无路可走，再后来，我以为是爱的思念，但最终，我突然明白过来，这是一种深深的感动。换位思考一下：如果你是一位受到背叛的丈夫，你会不会静下心来，还想着妻子的将来如何保障？你会不会被愤怒占满整个灵魂，你有没有想到要报复，甚至同归于尽？但是，我太太，她担心的是我的生活，是我能否获得幸福。

这是我从她身上获得的第二次感动。这感动使我泪流满面，情不自禁地蹲在地上，久久哽咽不已。

屋里一阵剧烈的笑声响起，感应灯又亮了。冷先生抬起闷闷不乐的眼睛，停住了。我保持着倾听的姿势没有动，我觉得此时动来动去是对他的冒犯。我也没有催促他。像没有刹车的自行车遇到了下坡路，他的故事不会就此打住。

我回到家的时候已经下半夜了。我太太一见到我，立刻扑过来，她捧着我的脸对我说，啊，我以为你出什么事了，我太担心了，刚才新闻里还说街上出了一场车祸，有人被大货车卷进车底去了。

说着，她掩面哭了起来。如果我没记错的话，这是她第一次在我跟前放声大哭。她的哭声越来越响亮，几乎声嘶力竭。这时，我才开始仔细地端详她。与刚认识时相比，她看上去更强壮——发黄长斑的皮肤，有力的臂膀绷住了衣服。不，她是多么脆弱啊。这可是我第一次见到她哭。她稀里哗啦地哭，看上去却有一种柔和的感觉。她在哭，可你能感觉她的动人，她的脸尽管比刚认识时更老，但那种丑的感觉却消失了，是的，她哭的时候一点儿也不丑，相反，露出的软弱和痛苦，使她变得很有魅力。客厅里有一面镜子，在她痛哭的间隙我一抬头，看到了自己年轻的身影和英俊的脸庞。我的肤色苍白，看上去病了一场，但完全没有年轻时的营养不良，也没有过去的愤世嫉俗，相反，是保养得当的精致。那也是我第一次差点儿爱上自己呢。过后，我几乎毫无睡意，在房子里四处走动。看看客厅里的欧式家具、大背投彩电、厨房里德国进口的不锈钢锅具、浴室的按摩浴缸，这一切，突然变得无比可爱。同时，从自己的眼睛里，我终于确定了：我处于一种深深的感动之中，我感动于她的爱，感动于她的痛苦。表面上，她是受害者，但她脱离了她的外表，也脱离了我。她让我敬佩起来。

很奇怪，感动升起的地方，爱情消失了，你看，多少人可以谈情说爱，但又有几个人在这个时候这样从对方的角度看问题呢。

我毅然决然地跟钱红分了手。我是打心眼儿里没有想见她的兴致，我又有勇气面对眼前的生活了——陪女儿做作业、去老裁缝那里拿定制的西装，给厨房里缺损的挂钩重新上一个螺丝。虽然想起钱红的模样还能唤起强烈的欲望，但过去的意乱情迷、挥之不去的紧迫与无力感消失殆尽：带一个漂亮姑娘回乡下显摆，在朋友面前的吹嘘——不过是浅薄的虚荣心。像我这样没有能力的人，离开钱红也许是她的幸运，她一定能找到更有担当的男人。这样一想，我彻底释然了。

事情就是这样，一个世界只有一个位置留给你：你是一个享乐的人，你就不能同时做一个勤奋的人；正如你不能是一个令人感动的丈夫，同时是一个信守诺言的情人。我后来再也没见过钱红。有意思的是，离开钱红，过去那种寻欢作乐的欲望好像也潮水一样退去了，我之后好长时间对其他女人也失去了兴致。

生活回归了平静之后,我的思想发生了巨大的变化。我算是领悟到了期待与结果之间惊人的差距。你想一想,还有什么比我这种婚姻更自由?我周围那些结了又离的,大动元气之后还不是重复着经历新欢旧爱。只要看一看身边那些把自己弄得灰头土脸的人,我就打消了重新来过的念头。

冷先生讲到这里的时候,屋内竟然有人轻声哼唱起《鸿雁》的调子来。有人在拍掌附和,有人发出叹息,有人大声地提议举杯——像是为这种伤感难为情。我们静静地听着,以为这酒局恐怕还得持续一阵子,可是突然,刚才打牌的一位先生竟然向主人告辞了,理由是孩子们明天还有小提琴和跆拳道课,有人发出不乐意的嘘声。可欢乐过后总是离别,大家跟他挥手,他挨个儿说"再见"。我们也站起来站在屋角与之挥手道别。车门关住,汽车发动。汽车掉头时灯光呼一下照过来。就那么一小会儿,我一眼瞥见了冷先生。似乎他步态不稳,背部有佝偻的迹象,看上去像个老头。我心里"咯噔"一下,竟然有种大失所望的感觉。重新落座后不久,董先生探出头来邀请冷先生和我们其中的一个去补缺。冷太太则站在董先生身后,微微往外探头。

哈,我是什么牌也不会玩的。冷先生温和而又无动于衷地拒绝了。

我也是。此时此刻,除了坚定地陪他坐在这里,我似乎退无可退。

我们谁也没有先开口，好像轻易开口就破坏了什么似的，只是静静地听着屋内的动静。

不一会儿，我们听到某位女士被拖到桌前，牌局又开始了。有了女人的牌局，话题零乱起来。那位有文身的先生——据说在国内有一家大企业，因为他包的饺子大受欢迎，加上他喜欢钓鱼，后来嫌剖鱼太麻烦，经常把钓到的鱼放生，他准备开一家中餐馆。那位女士温柔地批评他歇不下来，说没见过一个腰缠万贯的大老板变成一个中餐馆小老板的。再说，中餐馆的钱可难挣了，不是光会包饺子钓鱼就成。他不屑地反驳说，其他的可以学嘛，再说先亏点儿钱也不是大事。要不然，坐在家里等死吗？

世界冠军变成装修工人，大学教授在幼儿园看孩子……到美国来之后，总能听到奇奇怪怪、不太平常的故事。譬如昨天我就听到办公室的同事说在地铁上看到了某位明星——从理论上说这是不可能的，可是基于这位明星这样容易辨认，他被认错的可能性也很小——唯一的解释，人有时会混淆真实和虚构。譬如我的一位邻居，明明是个单身汉，不知出于什么缘故，他虚构出一个妻子和一对双胞胎留在国内。这个虚构故事除了让他失去一次又一次爱情的机会外，对他的好处到底在哪里呢？

"爱情"这两个字一下子触动了我的神经。我想起女友第二次提出分手的情景。那次分手说起来跟董先生有点儿关系。此前我通过女友结识了这位老乡。董先生对我的印象很好，他

天鹅

正准备和我的导师达成一个项目上的合作。之后他委托我帮他完成一些申请资料的补充和翻译。他给出的价钱很诱人。临近我女朋友的生日,我很想帮她买一条亨廷顿大道上爱马仕橱窗里的那条"H"形项链,这是她名字的第一个字母。我知道她很喜欢。

董先生对我的工作很满意。但是在项目快要接近尾声的时候,他向我提出了一个我难以允诺的请求:透露一些另外几位申请者的情况给他。我的确听我导师提过,但这与我的工作范畴不相干,也违背了公平竞争原则。我毫不犹豫地拒绝了。当他再一次提出来的时候,我果断提出中止合作。

这个赚点儿快钱的好机会,就这样被我浪费了。

当天晚上,我女友突然向我提出分手。然后在我想说点儿什么的时候,坚决地伸出手示意我停止。她说,你不要又以为我是因为你买不了项链而跟你分手,如果你那样看我,就是对我的侮辱。

她的话这么坚决,我看着她的眼睛,听她说分手的理由。

她说,我觉得你的情商很低,这么多年来,你从来没有浪漫过一次。

这不是她第一次对此抱怨。每每她一开口,我马上就会认错。因为,我长时间在资料室流连,甚至经常忘记吃饭、忘记她,这样的事都时有发生。但我牢记"认错"是必须的。

她接着说,你岂止不懂得浪漫,你甚至都不会做人。你想一想,我们不在原来的城市、原来的国家,这里人生地不熟,一点儿人脉都没有，好不容易遇到一个这么有成就的老乡，你却这样轻而易举地得罪了他！

可这是原则问题。这对其他的竞标者不公平，我的导师知道了，也会对我失望的。

这世上不公平的事太多了，何止多这一桩。我女朋友说，你应该清醒清醒！要是五年前，你这样有原则，我觉得很好，可是现在，我们算什么呀，哪有资格讲什么原则和公平……你为什么还没有学会变通？你看看那些成功的人，一定有高情商和变通能力……我承认你是一个有正义感的人，但你不能完全脱离现实来考虑问题。

现实是如果我真的那么干了，董先生也会瞧不起我。

他们那些人，只会瞧不起穷人！

说完她停了下来，她比较介意我认为她嫌弃我穷，所以急急地补充说，他们尊重你的才华和知识，这就是为什么他雇用了你。如果你不得罪他，他一定会回报你的，他至少会给你一些机会。

我不需要他给我工作，我找工作不成问题。

机会不是工作，为什么你不懂呢？

啊，我真是太生气了，你竟然一直以为我为那条项链生气。我并不在乎那条项链，那根本不算什么。从此以后，都不要这么简单地看问题了……你竟然完全不明白你自己的处境。

在此之前，我们之间不曾有过什么敌意。一想到她用过去少见的批评和嘲弄的眼光直视着我，到现在我还感到不安。

天鹅

你，为什么，为什么木讷到不可理喻的程度呢?！你都二十七岁了，应该醒醒了！

如果我没有记错，这是她对我最严重的指控。我有点儿发蒙。出于求和的本能，我再一次道了歉，但是，那项有点儿违背我人品的资料，我仍然没有向董先生提供。事实证明，董先生并没有往心里去。后来我们一直时有联系。比如像今天这样的夜晚，我竟然在董先生家交到了朋友，还能够推心置腹。

这一次分手，更像一次冷战。她说去她的闺蜜家住几天。我从来没有想过会跟她分开。我的人生中早就确定了两件事：一件是好好学习，另一件是给她幸福。我不停地给她打电话，一心想着挽回她。那时看来，所有的误会都会化解。也许是我的执着，也许我的电话让她不胜其烦——三天之后，她回来了。

那次短暂的分开，使我品尝了过去几年都没有品尝过的痛苦，我意识到她在我生命中的地位。之后，我加倍珍惜她，甚至准备在毕业之前就向她求婚。但是，她之后的态度变得很陌生，很难以接近，有时候我半夜从图书馆回来的时候，她还没有回来，一回来就喊着累；有时候早上醒来，就看到她呆呆地凝视天花板，变得深沉又忧伤，令我深感不安。这个情景没持续多久，等待我的是第三次——也是最终的分手通知，以及一张回国机票。

回忆使我的情绪越发低落，我把目光转向冷先生——只有他的故事能让我暂时忘记自己的处境。

冷先生等我提出来,已经等了很久。他清了清嗓子——

说到我太太给我的第三次感动,是在我四十岁生日过后。那时我女儿已经来到美国念高中,我的生活更加安逸。外面那些艳遇对我的吸引力越来越小。究其原因,如果有一个女人,你仅仅贪慕她的肉体,你知道也没几天新鲜劲,可是人家非要海誓山盟,或者有强烈的意愿嫁给你,你要怎么办?再比如你送给她一千块的礼物,本指望她满心欢喜,可她却念念不忘那一万块的包包,你又要怎么办?还比如,你奉上你的真心,一心一意地想让她快乐,她却根本不在乎,只是想着用一个漂亮男人来填补她内心的空虚,你能怎么着呢?哎呀,这种令人大失所望的落差时有发生。有时,看到漂亮的姑娘释放出爱情的信号,我也有心好好爱一场。可是一想到要学会不脸红地撒谎,找各种借口出门约会,还要在时间上精确计算才能确保平安无事,实在难以应付,让人烦不胜烦。为了避免麻烦,偶尔碰到个顺眼的女人,再开心我也不会失去理智,不要说电话号码,就连姓名都不会轻易透露。我变得越来越挑剔,越来越不合群了。

并且我发现身边的有钱人越来越多。不管走过多少弯路,经历了什么风波,无论是早年买房子发财的,还是炒股跌了大跟头的,即使婚姻失败的,大家都各有成就。比如王强,经营着三个连锁饭店。这家伙有多少本事我是一清二楚的。现在老朋友见面,大家都是王总王总地叫他。而我呢,说得过去的外表、殷实的家境啦,说到底,都太普通了。人生过半,发现自

天鹅

己站在一条一望到底的玻璃桥上,既看得清怎么走来的,到哪里去也是一望到底,一点点惊喜都没有。我有一种被生活欺骗的感觉。我常常开着车到僻静无人的地方,打开车门,看着浩瀚的星空,想着自己一事无成,成功人士的尊贵感,我只能靠想象来完成,想着想着竟有万念俱灰之感。

我太太很快看穿了我的心思。她说,虽然我不赞成你出去吃苦,你不应该活在压力之下,毕竟我们的条件还好,但是,你愁眉不展,她也不开心。她主动提出给我五十万:如果你喜欢,就去创业,怎么样?还能怎么样,世界上真有这样的女人,能力非凡、性格果断,愿意付出、懂得怜悯,能够和我感同身受。她从来没有让我失望过。她是我的知己。我在心里暗下决心,打定主意开创一个新事业,让人刮目相看。这个念头牢牢抓住了我。

你可能想不到,用了不到两年时间,我的创业宣告失败,前前后后亏空了上百万。我失败的原因总结起来有三个。

第一个是我对创业的艰难估计不足。我根据自己十几年来的经验,决定做一个高端男装品牌。我亲力亲为,从寻找高端面料到请设计师裁剪缝制,甚至连代加工厂的工人素质培养,都一一操心,比如我的服装工人每天工作不得超过十个小时。我非常清楚疲劳作业对产品的损害,怀着愤恨和不满的心情做出来的产品是缺少灵魂的。我要求工厂允许工人听音乐、久坐之后起来做做拉伸运动,我想赋予我设计的产品非凡的气质。这一切都没问题。问题出在租店面的时候缺少经验,精心装修不到两个月,拆迁令就到了,富丽堂皇的地方很快就变成了一片废墟。这一变故,让我白白损失了三十多万。

第二次找门面的时候,稳妥起见,我入驻本市大牌云集的德基商城。我做过市场调研,只要这个城市有一百个像我这样有衣品的男士,我就能盈利,继而名扬全国,到其他城市开开分公司是不成问题的。事实真是讽刺。门店开业的时候,我在报纸上连续投了一个星期的整版图片广告,收效卓越!我的品牌可算是尽人皆知,我的衣着款式、面料材质,都得到了认可。多少人慕名前来,拍照发朋友圈。形势看着不错吧?结果呢,人人都嫌贵!看的人多,买的人少;更有钻营的小人,拍照仿制,那个时候正遇网络购物兴起。一件五千元的衣服上架才三天,一模一样的就能在网上买到,价格还不到我店里的十分之一,真让人瞠目结舌。开业半个月,我的销售额竟然不到五万元钱。这些钱维持一个店面和背后的设计团队肯定是远远不够的。

第三个也是最要命的,在这节骨眼上,我太太和她姐姐的矛盾开始激化。我太太毫不客气地讥笑她姐姐"喜欢那些没有生命的死物",她姐姐则拿我的创业说事。眼看着她们不和的传言愈演愈烈,以至于企业里的员工开始公开站队。在我老岳父的干预下,姐妹俩坐下来谈判,最后达成妥协:谁也不能动用公款办自家的私事,任何人动用公司超过一万元的资金挪作私用,即算自动放弃财产处置权。表面上,可以治一治我大姨子花钱如流水的习性,事实上,真正受到冲击的是我的事业。就这样,创业不到一年,品牌建设刚刚完成,我的店铺就因为资金链断裂而关门大吉。

我大姨子呢,不满我太太说她的表是"没有生命的死物",她开始热衷养狗。她养的可不是一般的狗,像什么埃及的皇家狗萨路基猎犬、秘鲁印加兰花犬和日本秋田犬。且不说这些狗买来要花大价钱,听我太太说,这些狗一个月的伙食费是我家保姆一家全年的伙食费。养狗的费用高过了她的预期,为了从公司拿钱,她绞尽脑汁,甚至不惜把我太太告到法院,还把会计师请到公司来查账。我岳父后来完全控制不了局势,连病带气,很快过世了。老人过世之后,姐妹俩就把公司一分为二,老死不相往来了。

你可能要说,你太太这个时候可以继续扶持你了吧。唉,事与愿违,这个时候我却变得消沉起来了,就算她愿意继续帮我,我也无心继续挣扎了。

实不相瞒,要是换了我太太来经营我的店,不要说我这三次危机,再加三十次她也能安然度过。我心里清楚得很。

那些日子我消沉得很,整晚孤零零地坐在自家的阳台上发呆,一待就是几个钟头,看着天一点儿一点儿地变黑。我看着马路边的大排档摆出来,看着邻居家孩子的三轮车骨碌碌地滚过门外的车道,看到路灯亮起,又看到一切消失。我淹没在颓废的气息中。说起来还挺有意思,坐得越久不动弹,越觉得自己像迷途的游客,又像个要饭的穷人。我还发现,只要坐在那里两个钟头不动,脸上的胡子就会噌噌地疯长,不一会儿,就能把我整个脸都包住。

经过这次失败，我对这个城市厌恶透顶。这里再也不是过去我向往的模样了。到处是工地，围绕着城区的护城河已经被填埋，百年梧桐都被砍得差不多了，我刚来时的老街老店也都基本消失得干干净净了，取而代之的是网吧啊、奶茶店啊这些完全不熟悉的东西。人越来越稠密，天气也越来越坏。这一切似乎都是造成我萎靡不振的原因。我像吸入了一种剧毒农药，不仅对创业没了兴致，对喝酒也没有了兴致，对美食、对身边的人，更对自己的外表统统产生了一种极度讨厌的心情，甚至觉得活着一点儿意思都没有。我开始不修边幅、衣着随便，无心吃喝和健身，任凭头发大把地脱落。我经常整夜失眠，睁着眼睛到天亮；我渐渐变成了自己年少时最不喜欢的那一类人。不久，我开始有一种将遁入黑暗的想法……好几回，我站在阳台上，真有纵身一跃跳下去的冲动……

我太太被我吓着了。她带我去各个大城市去看心理医生。有的说是厌食症，有的说是神经衰弱，也有的诊断说是抑郁症……

现在我要说说我太太给我的第三次感动。

有一天早上，我睁开眼，天色已经大亮，我太太已经衣着整齐地坐在床边。她在等我醒来。

她拿出一沓材料来给我看。原来她已经进行过资产评估和股份转让协议，只等着我稍稍振作一点儿去工商管理局注册。

什么呀，我有气无力地说，我都是要死的人了，你还想让我经营公司，再说，我也没这个能力呀。

不用你经营，你只管拥有这些公司，是这个公司的法人和董事长，其余的事我来打理。

这算什么事呀，有意思吗？

有意思呀！往后，家里的钱都在你的名下，处置权和管理权都真正属于你。你什么时候好利索了，就参与进来，咱们一起管。

就是说，我签了字，公司变更公告一发布，过去那些把我当客人的前台呀、秘书啊、主管啊，个个对我换了称呼，我不再是过去的冷先生，我是冷老板了。

振作起来吧，想一想这个世界美好的地方……

她摇晃着我的双肩，我无法动弹。她伏到我身上，令我更加透不过气……实不相瞒，在我所有厌恶的人和事中，就包括了她呀！她的厚实的肩膀、她的黑得发亮的脸膛、她那多肉而勒住丝袜的脚背……她的脸看上去多么索然无味，却又包含着一切深意。她是阻挡风雨的铜墙，是庇护所。我看着她的眼睛，她眼皮垂下来，裹住这精通世故的眼睛，好像看穿一切，又好像什么都不知道。她的脸已然悄悄变得丰富起来，但即使她老了，某一部分年轻时的模样，仍然保持着，似乎是一个记号，让我认得出她，让我能够回忆起来一切……她不常说什么刻薄话，可是她身上每一处都在提醒我要改掉那些不切实际的幻想……我终于看清自己身上那可笑的优越感和伤感——我是配不上我太太的。

这么一想，自尊心带来的烦恼消失了，我的厌世和厌食都奇迹般地不治而愈了。

我现在身体各方面都很好。能吃能喝，一点儿毛病都没有，跟你这个年纪的人几乎没多少差别呢！他向我伸出胳膊，他的小臂紧致有力。自信加上财务自由，这是他能够赶上这个浪潮，到这里来养老的原因之一。

一钩弯月挂在天边，从我们的角度，影影绰绰的树梢拦住了月光；黑夜之中的树梢仿佛比月亮更神秘，更有威力。

冷先生笑着总结说，因为这三次感动，使他相信了一点，人与人能够在一起，绝不能只是因为爱情，相反，是因为至少三次的感动，爱情调动着你的情绪，可是感动，却能让情绪归于平静。

美国是一个环境优美的国家，也是个文明的世界。我小时候，会打架的男人有气场，这里呢，男人的风度是不跟人争执、不居高临下地对待服务人员和女性。即使遇到不公的事，也尽量心平气和、客客气气地说话。所以说，环境和审美标准都变了，我理解得没错吧？

他端着酒杯轻轻摇了两下。我看不清他的脸，但他的声音显得不确定，可能是醉了，也可能带着夸张和表演的成分：你看，我现在每天喝点儿红酒，欣赏欣赏这里的美景，高兴的时候陪太太四处走一走。人活一世……人哪，活到我这份儿上，虽未读万卷书，可是算行了万里路。

明月已经高悬，露水打湿了我们的脚背。我突然感觉到饥肠辘辘。原来我从进门到现在只喝了一杯酒呢。我向冷先生打了个招呼，起身到厨房寻找食物。灶台上堆满了用过的盘子，冷太太正在厨房里收拾。见我进来，她从冰箱里拿出一块完整的蛋糕。我接过来，道了一声谢。此时我发现对她的印象发生了奇妙的变化，我从她的脸上看到了一种此前不曾留意到的生动之处。这种生动一时很难用语言形容，但绝不是"美"和"丑"这些简单的词所能概括。从我傍晚进门之前怀着那种奇怪的偏见时起，时间似乎有一年那么长。我不再觉得他们过于神秘和怪异，甚至高不可攀了。她如今似乎与她先生那俊美的模样不能分隔了。

我整个人起了一种变化，像是突然亢奋了。趁着自己心情激动，我带着一种谦卑而快乐的表情再次跟她打了一次招呼。我凑近她，对她说，我跟您的先生谈了很久，我觉得您大可不必对他不放心，就算喝多了，他也是一个心里很有数的人。

像是对她先生跟我的谈话了然于心，她笑了一笑，算是向我表示感谢。

她说，我并不担心他喝得太多，也不在乎他喝多了乱说话……他不是个有破坏力的人，要说这个屋子里谁最没有攻击性和防备心，就是他了。我也不是担心他喝坏身体，我这样做，纯粹是多年来的一种习惯。

我们还说一些其他的很有礼貌的话。这时，又有一对夫妇带着他们的两个七八岁的男孩准备离开。这两个男孩身高、脸型都差不多，像是双胞胎，但是一个略胖，另一个很瘦小。胖的那个活泼爱笑，瘦的那个则沉默害羞。有点儿奇怪的是，他们没有出现在饭桌上，没有出现在我的整个晚上的视线里。我今晚竟然第一次见到这两个男孩。他们在门口道别的片刻，冷太太向那位沉默害羞的男孩挥了挥手，然后转过头来，对我说，很多家庭都有这种现象，孩子们刚开始的时候都是一样的，但是长着长着就变得完全不一样。我像他们这么大的时候，我记得，我父亲带我和我姐姐到乡下去看亲戚。亲戚给了我们一个水蜜桃。不知道你有没有尝过无锡的水蜜桃，那是世界上最好吃的水蜜桃，皮韧易剥、汁多甘厚、味浓香溢、入口即化。但是，我那天没有尝到。我父亲把水蜜桃捧在手上，指着前面的一个池塘，笑着对我说，你不是想要玩水吗？去吧，去玩一会儿。

我边走边回头看。我看到他小心地剥开水蜜桃的皮，捏着两端，让我姐姐一口一口地咬到嘴里。我这一辈子都忘不了我姐姐闭着眼享受水蜜桃的样子。真的太诱人了。但是，我父亲一点儿没有想分给我一些的意思，我姐姐同样如此。后来我直挺挺地站到她眼前，表现出特别想吃的渴望，她也丝毫不为所动，干干净净地吃完了一整个水蜜桃，把光溜溜的核在嘴里嘬了好一会儿，才吐掉。

我还没有反应过来，冷太太话锋一转说，所以啊，这些年，我再忙都会专程开车去无锡买正宗的水蜜桃。现在市面上假的无锡水蜜桃那么多，我尝一口就能知真假。但是，我姐姐就不一样了，什么是好东西什么是坏东西，她根本分不清。她特别喜欢那些没有生命的死的东西，把那些瑞士名表当成心头好。她以为是值钱的东西，我可一点儿也不稀罕呢。她不愿意带着这些值钱的东西出门，又不敢把这些东西单独放在家里，所以她哪儿也去不了。

她一口气把这些话说完，就好像她整个晚上一直在忙碌、在帮厨、在收拾屋子，就是为了到头来，像这样的时候，把这些话一字不落地说出来似的。

她的话使我不由自主地挺直了身体。我一下子记住了她强壮的意志力，与她的身躯是成正比的"Strong"。今天晚上——这之前我觉得整个艾尔克顿的华人之夜像一幅乡愁深浓的意味深长的油画，此刻——在这幅成品上面，有两条浓重、另类的深色油彩，使这幅画变得相当古怪、深不可测。

后来她又用轻快的、我刚进门时的那种亲切声音补充了一句说，她姐姐沉湎于这些物件，对于真正的生活，是不了解的。她后来竟然喜欢起狗来，可是，这些狗也只是增加了她的负担。她以为是慰藉，但无论是钱也好，狗也好，对于理解真正的人生是远远不够的。

在那个完全被冷先生占领的聚会上，冷太太的话，就算我当时没有听错，也很快被冷先生的话语所覆盖。她先生进屋的时候，她停止说话，牵起他的手，与主人握手告别。他们在门口也停留了不短时间，我听到冷先生客气地跟主人约定下一次在他家的聚会日期。我现在仍然能回想起他柔软的语音以及柔软的眼神和额头,他的太太温柔地点着头。转身的时候,他特意给了我一个亲切的微笑,叮嘱我到时也把时间腾出来。他跟在太太身后踏下一个台阶的一瞬,他的后背显得孤零零、可怜巴巴,甚至有点儿踉踉跄跄。

他的形象就这么突兀地发生了逆转。现在的他,掩盖住了我第一次见到的印象;刚刚出门的形象又掩盖了下午的形象。变化如此之大,令我有点儿错乱。他走后好几个钟头,他的喃喃的声调仿佛还停留在我的耳边。他的离开,唤起我内心的孤独,使我比刚来时还要不适。随着他的离开,他激起的某种涟漪——那微微的、颤动着的涟漪慢慢消散,最终,他带来的气息彻底消失了。

另一间屋里的人,只剩下先前几个打牌的还在。他们的声音很是疲倦,即使打出了一张好牌、发出夸张的喊声,这喊声里也有一丝勉强。孩子们不知去向,可能上楼睡觉,或者被女士们先带走了。

我坐在客厅的沙发上。茶几上有孩子们的玩具,客厅的墙壁上竟然是空的。虽然嫌弃前主人留下的画,可董先生还没有来得及为房子配上符合心意的装饰。可见,这世上符合心意的东西并不太多。

这样的夜晚,我的记忆却异常清晰,我想起前女友提出的第三次分手,也是正式分手的那次。

跟头两次一样,也是那样突如其来。我们在学校附近的公园散步,听到两个印度人在用英语交谈。

他们的口音非常重，声音还特别大，因为彼此听不明白而着急上火。我想起了网上关于印度人口音的段子，我看了一眼女友，以前我们看到不寻常的事情时也会这样相视一笑。这一次，她假装没有听到也没有看到。一直到远离了两位印度人之后，快到家门口时，她突然停下来说，你是不是觉得自己的口语很好呢？

这种挑衅的口气并不常见。我一听就来者不善，一下红了脸，我支支吾吾地说，还行吧！

其实并不好，她的目光变得严厉，嘴唇紧紧地抿住了。她说，你的单词量和听力的确很好，但你的口音有时候很好笑呢。听你在重要场合说英语，我每次都捏一把汗，生怕别人会笑出声来。

我当时的反应——现在还记得一清二楚，一阵酸楚袭击了我，我的喉咙发出了吞咽声。如果她在日常生活或者在为人处世方面打击我，我都会欣然接受，毕竟我不觉得这是特别重要的事。但是，说到口语，来美国这么久，英语已经成为我身体的一部分，是我安身立命的本钱。与其说我的自尊心受伤，不如说我被搞得不知所措。

趁着那种尴尬的气氛，她再一次提出分手。她说，我们之间三观不合，你喜欢做研究，我喜欢热闹的生活；你向往儿女双全，而我，一直想做个丁克呢。她顿了一顿，继续说，我觉得这样下去自己越来越不快乐了。请你尊重我的决定。

趁我没有回过神来，她收拾了自己的行李，搬了出去。我意识到情况不妙，想着如何沟通的那几天，她发来机票信息，让我不要找她，她已经回国。她说如果我下学期再去纠缠她，她就会转学。

我突然回过神来：她宣称分手的时候，带走的行李是那样少，简直连一只小小的行李箱都塞不满。那么，她冬天的衣服呢，她的雪地靴呢，她的小熊抱枕呢？直到今天，我才发现，这些东西早就无缘无故地不见了。

在这万籁俱寂的别墅，只闻蛙鸣如鼓，令我错愕不已的更多细节一一清晰地出现。比如面对董先生家的草坪，质疑打理困难的女友，我安慰她说，董先生付得起。如今我才听出自己当时多么心虚。而这心虚，我的女友，她早在当时就有清楚的认识，并且，对我的前途有了不乐观的判断。

这些细节从来没有消失过，只不过一向只以为把书读好最重要的我，没有真正的勇气面对它们罢了。

一切幻想都已破灭。无论我做了多少努力，其实早在第一次分手时就已经无可挽回了。失去她是早就注定的事，甚至在我还不知爱情为何物而不是决定来麻省的时候就已经注定了。我一度痛心疾首，认为是自己对学业的过于专注导致了我们关系的破裂。事实上，这是一个方向性的大错误。在今夜之前我的反思都走错了方向。我的前女友一定察觉了我至今才承认的事实，那就是——我一直承诺要给她的生活，已经不是，或者本来就不是她想要的那种生活，我的承诺，对她，甚至是一种折磨。

我听到自己的心脏剧烈地跳动,我突然开窍了:对于我的失恋,今天在场的每一个人都假装不知道,他们都像对待冷先生一样,装作对我的失恋和失败置若罔闻,其实他们可能比我了解得更早、更多。

就在昨天下午,我还抱着同情的目光看着眼前这些人。他们带着不知从什么行业赚来的钱,年纪大了、英文不好、假装自己和在国内一样充实风光,是故事的主角,搞不定就美其名曰是"文化冲突"。他们还不在文化里,只在边缘踱步、沉湎于新鲜景致,哪里有什么冲突呢。他们的生活乏味着呢,他们在这里摸索商机,享受空气和酒;他们常常有大把的时间不知如何消磨。我呢,还当自己与众不同而沾沾自喜。多么可笑!说什么知识已经改变了命运,假装不知道女朋友离开的真实原因,似乎自己的黑头发黄皮肤不是什么事,仿佛所有一切都是自己决定的。

就算是七月,凌晨仍然是一天中最冷的时候。我的腿瑟瑟发抖。周围一片陌生。我的意识开始混沌,随时有遁入虚空的可能。在他乡暂旅的微光之中,某种在被遮蔽状态中的情绪悄然显露:她并不是抛弃我,她其实是在否定我,如同当年她对我的崇拜,肯定着我从小到大的努力;如今她的离去,不仅否定了我们的感情,也否定了我的目标和方向。仿佛一道闪电,照亮了一切。这一刻变得令人不能忍受,再也没有比这一夜更漫长、更折磨人的了。这就是我现在的处境;这也可能是我的将来,像被镶嵌在水泥里的事实一样很难更换的未来。

我很后悔没有留住冷先生，不然的话，现在分享故事的就应该是我了。想到这里，冷先生那微醺的脸再次出现在我眼前，他仿佛正摇头晃脑地用一种冷式温柔总结说：

我真是感动啊，她那么年轻，却甘愿过那么清贫的生活，真是了不起。你读博士的第一年她可能就已经看到你的专业不占优势，后来认识了那么多的有钱人，却要每日回到跟你合租的嘈杂的小公寓，她一定独自承受了你意料不到的压力，不得已才做出了离开你的决定。

我好像真的听到了冷先生一板一眼的分析，扑哧笑出了声。我起身走向窗口，有一种想夺门而出的冲动，但是我的破车停在靠里的位置，外面有两辆车挡住了车道。那些信誓旦旦坚守到天亮的人，所有人都没有兑现他们的诺言。或驾车而去，或倚靠在沙发上睡着了。打过的残牌散落在桌面上，陪着几杯未尽的残茶。

不知道过了多久，窗口渐渐发白，曙光出现了。我走出后门。天空雾气浓重，无声地贴在树梢，跟昨天黄昏的感觉刚好相反。遥远的海面上巨大的浪头在翻滚。置身这昏白无声的海港小城的黎明，这座房屋和它旁边的那些更大的房屋完全不同，甚至屋前开放的花朵也跟昨天完全不同了。对于天空来讲，就是个完全不起眼的边角，我比我以为的还要渺小，即使"微不足道"也无法形容我身处的位置。我走到马路边，朝两头看了看，树木向远方延伸，道路画了一条坚挺的弧形之后也向远处而去。我觉得脑子里乱糟糟的，昨晚的一切都不像是真

天鹅

的，不，过去的一切都不像是真的。

我独自走向那个石阶，现在，它孤零零地立在清晨的雾气里。我呼了一口气，踩上去，试着走了起来。才走了五六步，突然一个趔趄，猛地失去平衡，掉到了另一侧。我完全没有思想准备，貌似柔软的草地比想象的要生硬得多，腰和臀部受到了重重的撞击。我爬起来的时候，鞋和裤腿上沾满了露珠和草屑，甚至脸颊上也沾上了凉丝丝的露水。发现自己错判了形势，高估了自己，我左右看看，希望自己狼狈的样子没人看见。我可是品尝了露珠的滋味——如果这会儿某个晨跑的人发现我跌了这么一跤，我大可以这么自嘲一番。突然，树枝一阵颤动，一只窥见了秘密的松鼠"呼"地跑走了。过了一会儿，它又在草地另一侧探出头，看来想看热闹的心不死。我回到石阶的起点，但却没有意愿跨上去。抵抗漫漫长夜，并非坚持不昏睡，而是正确预估难度。而眼下，我这样的状态，就算再给我一次机会，我也无法保证不从石阶上掉下来。

太阳仿佛被什么弹了一下，腾地跳出地平线，紧贴在大海的边缘。金色的光芒在树尖上闪亮。层层树叶密密实实，眼前的一切罩在阴影之中。

伙　　伴

一

耀祖关在苏南一个看守所已经有一年多了。十二月的南方已经很冷了。尤其是昨天突如其来的那一场雪。雪花柔软细小、无声无息，但很快铺天盖地，把整个世界全部包裹进去。树梢、屋顶、马路、草地，工人们的清洁桶和睫毛上全都挂着冷冰冰的雪。看守所应该比家里更冷。南方没有暖气，虽然许多人家也不舍得整日开着空调，人们还是有各种办法抵御严寒，然而，看守所就不一样了。我想到看守所的时候就想到冰冷的石墙和铁栅栏。我想到关在那里的人一定在瑟瑟发抖。许多电影里都有这样的镜头。我曾经参观过一所女子监狱。从表面上看，高墙大院，跟普通的工厂没什么区别，可是进门的时候，没有指令，那些门根本打不开；而且最外层的门又高又重，拉开的时候故意发出刺耳的声音；进了大门，从逼仄的走道拐几道弯，之后，要站在两扇厚重的铁门跟前等很久。陪同人员为了缓解客人的压抑，会向你解释这个程序为什么这么复杂。傻瓜也心知肚明。进去之后，供参观的犯人宿舍都非常整洁，没有一样尖锐的东西；车间也跟普通服装厂没有区别。普通服装厂有男有女,但这里,只有清一色的女人。我注意到一个非常漂亮的女孩坐在缝纫机前。在我们参观的十来分钟里,她的眼皮一次都没有抬。她让我想起上学时最漂亮的女同学,公司里最受欢迎的女同事以及电影里的女主角。她的冷漠而年轻的脸让我十分好奇,我盯了很久,但没有机会跟她说话。

如果没有这个消息,耀祖将从我的日常中被忽略,到了逢年过节思乡心切的时候,他会屹立不倒。但现在,耀祖令我回想起见过的那座监狱,想起缝纫车间里高高的玻璃窗口闪烁着冷酷无情的光芒,想起记忆存储的各种真真假假的监狱画面,当初的好奇心荡然无存,留下来的是深重的苦涩的滋味。每天早上,我起床后就感到苦涩,每晚入睡前,我仍然被苦涩的感觉包裹着。然而,我一点儿侥幸心都没有,没有像正常人那样问一句,是真的吗?会不会是一场误会?我的内心丝毫没有替耀祖辩解的意思。盗窃、抢劫、打人都是有罪的。耀祖有罪这件事渐渐变得像石头一样,坚硬顽固,无可挪动。后来,我明白了,耀祖的人生,无论经过多少流转,不过是从前那个世界的延伸,跟想象的一样糟。从很小的时候起,他的脸上就明明白白地写着那些信息——我因为年纪小,因而无从表达,但我隐隐有预感,关于耀祖,关于耀祖的命运,早有定局。

我无法称耀祖为朋友——如果一个人你二十年里只见过三次面,说话没超过十句,也许不能将之称为朋友。他也不是我的前男友、不是亲戚,我们没有血缘关系。

他是我的童年伙伴。他的父亲也是我父亲的童年伙伴。我们两家比邻而居差不多七十年了。我们同一年出生，一同在那个小孤岛上长大。十五岁起，我们去不同的地方上高中，之后只有逢年过节才见面。又过了几年，我们各自在不同的城市讨生活，见面的次数变成三五年一次。算是兄妹也是可以的，但我们到底不是兄妹，如果是兄妹，我得到他进监狱的消息，这个时候应该站出来想办法，而不是仅仅缩在这里掉眼泪。但是真切的眼泪提醒我，耀祖，比我以为的对我还要重要，以至于我束手无策，如困兽在屋中团团打转。

二

耀祖被抓进去的当天晚上，我试着联系儿子。就今天而言，我的脑子里只有两个人：耀祖和儿子。我儿子对我的家乡非常生疏，不像我们小时候，经常会去外婆家一住就是整个夏天，现在的孩子生命金贵，时间也金贵，适应不了农村的酷暑和苦寒。他一岁那年春节，我带他回乡下过年，正月格外寒冷，冰锥子挂在屋檐上。到娘家头一天，怕他冻着，我们把他裹得像粽子，他很不自在，嗷嗷直叫唤，谁哄都不行，直到耀祖抱着的时候才停止哭闹。这是他和耀祖的第一次见面，他整整纠缠了耀祖一个下午。我们围坐在桌边打麻将，耀祖带着儿子东跑西荡。这就应该是耀祖，沉默无言，值得信赖，吃得了亏。到了晚上，孩子适应了江边的气候，也适应了耀祖，发出咯咯咯的欢笑声。之后我数次带他回乡，他仍然谁也不亲近，唯有见到耀祖，却能大大方方地走到他跟前，喊他"舅舅"，甚至他长大之后，只要提到外婆家，童年和妈妈的好朋友，我儿子总是说，妈，那个耀祖舅舅……

如今，耀祖身陷囹圄，我的儿子远在异国，我已年过四十，我以为一切翻天覆地，可是令我牵挂、折磨我的还是这仅有的几个人，我的内心无比苦涩。冷战了五天之后，我在微信上留言问儿子 A-level 的考试成绩出来没有。其实这只是个借口，我并不期望他的成绩突然好到天上去，我只是希望这种冷战有理由结束，并且不是以我的道歉——要是道歉的话，冷战结束就容易得多。但道歉是个坏的开始，即使道歉，也应该由他向我道歉。无论如何，我要坚持自己的立场。我在养育他，我在挣钱供他读书，奋斗了半辈子，现在还租住着别人的一居室呢。我甚至也没有继续沟通的欲望，因为我不管说什么，他都会顶回来。有时候搞得我灰头土脸，都不知道手往哪里摆。我一片忙乱，脑子就不转了。等我理顺了，又想争执点儿什么的时候，人家发来语音说，我们都觉得自己是对的，我改变不了你，你也改变不了我，不如暂时什么也不要说了。

总之，我已经五天没有跟他联系了。但我知道他的动态。我知道他今天早上吃了两块可颂面包，喝了一杯牛奶；我还知道他昨晚凌晨一点还在跟别人打语音电话。他的笑声通过他在英国监护人的手机传送给我，使我的心里既酸楚又欣喜。

我已经一年多没有见到他了。上一个暑假因为疫情他没有回来，我去英国的签证也过期了。回想他的模样，我的儿子最让我倾心的地方，就是他有一种从容不迫的气质。这种淡定和稳重，我以为是一种教养，也像是一种基因突变。我跟他父亲，我们这代人，这个家族里都没有这东西。我第一次发现他如此与众不同是在伦敦的街头。那是我第一次去英国，我们在街头走了很久。经过一条小巷时，天已经黑了，行人稀少，路灯昏暗，我很紧张，担心迷路、担心遇到电影里的黑帮火拼、担心招停的出租车司机会抢劫我们。

不会的，妈妈。他说，有我呢，你什么也不用担心。说完不疾不徐地往前走。我现在回想起来，他也没有那么笃定，对这个地区也很陌生，四周没有参照物，但是，他没让我看出他一筹莫展。他的脚步不紧不慢，一直到灯火通明的地铁站，脸上才露出喜色，呼出一口气。

但这只是他在人前的样子，进了屋，安顿好，他一声不吭地走进自己的房间。房门很快锁起来。说我们母子零交流，完全不是夸张；说他恨我，更不是空穴来风。现在，我多想跟他说说耀祖的遭遇，可是他没有给我这个机会。

三

在耀祖被抓进去的前一个月，我才见过他。在我小时候长大的村子，正月初三，到处都有疫情的消息，我们已经准备马上动身回城里去，以免道路被封。突然，我看到一辆红色的旧奔驰停在我们两家房子的过道上。我听到耀祖的屋子里有孩子的声音。还能是谁？直觉告诉我是耀祖带老婆孩子回来了。我朝着他的大门口喊了起来，像我小时候经常做的那样。长大了之后我们不会大喊大叫，但是回到村子里我们还是会情不自禁地放大音量说话。耀祖从门里走了出来。距离上一次见面，已经七八年了。但是他认出了我，我从来没有怀疑他认不出我。他叫了一声我的小名，然后就那样看着我。他老得有点儿狠，头顶已经秃了。一个小男孩站在身边，我知道是他的儿子，但是外人肯定会说这像他的孙子。我相信我在他眼里同样老了，但我们都觉得那不是个事。他问我说，你一个人回来的吗，你的孩子呢？

他在国外上学呢，这是你儿子吧？我假装才刚刚发现这一点。

是啊是啊，五岁。小瑞都出国了吧？他的口气里有着掩饰不住的羡慕，以及更加复杂的情绪。他说话的时候就那么直愣愣地看着我。我装着没听出异样，轻描淡写地说，小瑞成绩不好，在国内上不了好高中。

可是那要好多钱。他还是直愣愣地看着我。他小时候就喜欢那样直愣愣地看人。我假装看不见那辆奔驰旧得跟什么似的，反而提高嗓音很惊喜似的说，你买车了呀？

是啊，耀祖买车了。耀祖妈妈正等着我提起车的事呢。她喜滋滋地埋怨说，人家十年前就买车了，耀祖到现在才买车，还这么旧。

什么时候都不晚，我说，反正都有车了。

以后回来方便了。他妈妈说。他妈妈真的欢喜,去年她还在责备他没有开车回来,如今,因为车,似乎和城市、和儿子的距离更近了,她的面色很舒展。耀祖没有说话。

耀祖的儿子在叫爸爸,之后我回到自己的家,毕竟门外太冷了,我们都只穿着件毛衣。

但是,等我吃过饭站到门口,门口那辆破旧的奔驰车不见了,耀祖也不见了。

临时有事,老板让他马上回去。他妈妈告诉邻居们,一并也告诉我。他过几天还回来,他的老婆儿子还在这儿呢。

耀祖母亲脸上的光还在。光是一种很特别的东西。昨天她脸上还没有这种光,前天,以及之前的许多天,我们大家过年相见打招呼的时候,都没有,但是,在耀祖回来的这半个钟头,光来到她脸上。她已经很老了,大约七十七岁,但她脸上的光让她神采奕奕,看上去精力旺盛。

直到我离开的时候耀祖也没有回来。他五岁的儿子独自看着江面,脸上隐隐约约有一种耀祖小时候的模样,如果不算冒犯的话,就是那种傻呵呵、直愣愣的神情。这个东西被原封不动地继承下来了。

四

关于耀祖妈妈脸上的光,我一路都在回味。我本人,并没有享受过这样的时刻,作为家里的长女,我的成长是无波无澜

天鹅

的，没有创造过什么奇迹，也没有遭遇过重大挫折。我不记得妈妈因为我而充满了光，并且，我也没有从儿子身上感受到什么光荣的时刻。承认这一点很难为情，但并不妨碍我相信，即使一百岁的人，也渴望看到妈妈脸上的光以及为儿女而感到光荣。

我儿子长到十八岁，我只有在他出生后前七年享受了一个做母亲的快乐，后来十多年，基本上就是不愉快和烦心事居多了。不，这里面还有许多快乐的东西，但那些东西藏得很深，被其他东西覆盖了。

在他七岁之前，我相信我们都是真正快乐的。那时，我的想法开放，不拘泥于那些粗糙的成功学经验，信奉快乐高于一切，希望儿子在自然中锤炼出坚强的性格，我还希望他有爱的能力，懂得给予、分享，总之，我有自己的一套。我把房子买在近郊，虽然上班有点儿不方便，但近郊有更多的绿化、科技馆和露天公园。别的孩子小小年纪去学钢琴、跆拳道，我则教我儿子快乐和玩耍。他每天骑脚踏车在公园里快乐游戏，并且结识了一个叫陈逸的童年玩伴。陈逸的父母在教育方面与我们不谋而合，大人小孩都非常投缘。我们两家都没有刻意选择重点小学，两个孩子同一年上了小区附近的一所普通学校。

一进小学，王嘉瑞就显示出跟别人的差距。他成绩不佳，显然不属于那种有着惊人记忆力和学习兴趣的孩子，但这没有引起我特别大的警惕。有一次，我看到儿子考了83分的试卷右上角画了一个圆，里面是一个"40"。这是什么？我问儿子。

这是我的学号。儿子声音响亮地回答我。

但是,下一张考了79分的试卷上赫然画了一个44。你的学号会变吗?

不会呀。儿子歪着头打量着试卷。我意识到这不是学号,可能是排名。班上总共45个学生,这意味着我儿子的成绩在全班垫底。我有一种隐隐的不安。

第二天下午放学,我试着走到教室门口接孩子,主动和他的语文老师聊了几句。她证实了我的猜测:那的确是排名而不是学号。她很高兴我终于来找她谈话了。她告诉我,别的孩子都在上小学之前完成了拼音和百位数之内的加减,王嘉瑞这方面基础的确很差。但是,她接着说,可以通过周末上补习班的形式让他追赶上学校的进度。

他不是笨,他只是基础差,只要家长用点儿心就可以了。

见我一副不是特别在意的样子,老师面露不悦:高考制度摆在这里,成功或者失败,一目了然。上重点中学,成为一个有用的、体面的、成功的人,表面上成年才能决定,事实上决定因素在起跑线上,在小学、在每一天、在家长的观念里。她说得很有哲学意味。这是一位三十五六岁的年轻老师,她的脸上写满了世故和阅历。她的神情里有一种"非此不可""别无选择"的意思。她脸上还有另一层意思:你,和你的孩子已经滑在了某种危险的边缘。我一阵心慌。

直到第一次参加家长会,我更真切意识到一个成绩不好的孩子在学校里的处境。我儿子应该还是懵懂无知的，看到妈妈坐在他的位置上，兴奋地咧嘴一笑，把书包往我身边一丢就逃开了。他在操场上做游戏，等我开完家长会带他一起回家。

数年之后想起那次家长会，我仍然感到毛骨悚然。

似乎上一秒还有和我一样的家长们，他们轻松愉快地交流，像我一样坚定地沉浸在给孩子一个"快乐自然健康"成长的理想中，决心当与众不同的家长。但是，班主任开口的一瞬间，就给乱糟糟兴奋着的家长们一个下马威。她简洁地问了声好，就步入正题。她列举了这个班同学的毛病和问题，说到自己承受的压力和劳累，她特别说到有些孩子，给班级带来了很大的挑战。家长们停止交头接耳，端正坐姿。班主任说话的时候不与我们的目光对视，无法断定她在说谁的孩子。气氛很快变得相当沉闷，甚至令人心慌。紧接着，她开始表扬起几个孩子。她指着在一旁帮忙的孩子，列数他们的优点。她一再提到这几个孩子的名字，说他们有很高的学习自觉性，不让人操心，起到了带头作用。这些孩子被挑选出来在黑板上写欢迎致辞，他们穿梭在坐满了家长的学生位置上，把老师提到的注意事项发到每位家长手上。他们表现得相当自信，有点儿像社会上的成功人士。很明显，这几个孩子家长的表情松弛了。总之，令她稍感安慰的是，在这个糟糕的班级，仍然被打捞出五六个近乎完美的孩子，多少让她轻松了一些。不得不承认，这世上是有天赋异禀的孩子，他们在这么短的时间内就用突出的表现征服了老师，赢得了关注。

我渐渐发现，老师所有的批评和担忧里，都有针对我儿子的部分。但王嘉瑞根本感觉不到他就是老师嘴里那一类"粗枝大叶，上课容易分心，态度不端正，喜欢交头接耳"的亟待家长重视和修理的差生。家长会刚结束，他就蹿过来喜滋滋地牵起我的手。他的手热乎乎的，额头上有残留的汗珠。他不知道我的心情已经跌到了谷底。老师说了，孩子的问题就是家长的问题，学习的问题就是命运的问题。上升到这个高度，让我觉得胸闷。我的儿子是个笨蛋，这个念头开始蹦出来，我的快乐教育的理论这会儿也不那么笃定了。我妥协地想，我也不想做一个天才的妈妈，我只想做个普通孩子的妈妈，至少不会让老师觉得我的孩子是个麻烦，在其他的妈妈听到我的自我介绍时，不会"嗯嗯"地打着哈哈，而那些明星学生的妈妈周围全是赞叹的声音，这个场面太伤人了。

这算是我们人生的新篇章。我隐约感到王嘉瑞不是我希望成为的那种人：活泼、机灵、乐观，有主见、有好胜心。他不是。他调皮、爱玩，特别爱热闹的场合，可是见到大人却不会主动礼貌地打招呼，也似乎对成为一个坚强的人不感兴趣，不敢看恐怖片，也没有拆卸电视机的好奇心。四岁之前他只有两个创举：一次是把他爸爸的新手机放到装满水的茶杯里，另一次是剪碎了一床被子。关于被子，我逼问过他。他用有限的语言，表达了他的想法：他很想知道剪刀能不能把被子剪碎。他一解释我就原谅他了，不，甚至更爱他了。

但他是个笨蛋。这很让人沮丧，这似乎是个事实，有各种试卷上的排名为证。

这样的情绪随着学期的深入越来越深。我对这个小学产生了一种恶感。我和陈逸的母亲做了一个简短的交流。她儿子的问题跟王嘉瑞一样,她本人压抑和受辱的感觉也和我一样,即使她面对的是另外一个班级、另一个班主任和另一群优秀的学生。

我和他爸都是名牌大学的学生会主席,年年拿奖学金,对我们来说,学习是自然而然的事,没想到我儿子从一年级就被认为是差生,在班上连个小组长都当不上。她的声音明显不够淡定了。

你本来就不稀罕什么组长……

我不稀罕是一回事,当不上是另一回事。

看得出,她的教育理念已经在转变。她的话让我对学校的看法也在改变。

快乐童年带来的后果没有因为我的重视而消逝,仿佛我不是让我的儿子享受了学龄前快乐自由的时光,而是透支了人生的信用卡,要连本带息地加倍偿还一样。老师把班上的家长组成一个QQ群,每天从这里布置作业。一开始还只是布置作业。到后来,除了布置作业,就是班主任老师的训诫。班主任老师说,家长们想一想,我们这个学校本来排名就不靠前,升好中学的概率就不大,如果再成不了尖子生,这样一路下去,连个普通的三本都上不了。这些都是用数据说话的,不是我们凭空捏造的。这些话隔三岔五就重复一回。许多家长点头称是，也有些家长无动于衷，我则被说得心灰意冷。数学老师好像长了千里眼，看到我不是滋味的样子，她在群里补充说，其实并不难，教育，任何时候行动起来都不晚。他们就这样前后矛盾又配合默契地夹攻我。基于自己是如此容易受人干扰，我决定打起精神，试着准备按照老师的意愿来教导孩子。负责任地说，这也是违背我自己的意愿的。每天晚上我逼迫他弹琴——既然他的同学都各有特长，这一点他似乎也应该跟上去。其余时间，我督促他写作业。我坐在他对面，算是寸步不离，直挺挺地看着他的手，间或用些空洞的话来鼓励他。一旦他的笔尖在纸上绕来绕去，不落下去，我就意识到他在开小差。那时我们尚可称为朋友。我常用感情来诱导他。我告诉他，就算全世界都背叛他，我也不会。但是，越来越多的冲突则无可避免，一旦他拿回来一张排名倒数的试卷，一旦他的老师在我跟前讲他又犯了什么错误，一旦我参加过一次家长会……如此多的一旦，对我的耐心和爱心都是致命的摧毁。

而且，毫无悬念地，情况没有改善，他没有变成我和老师期待的那样的小孩，仅有的几次好的表现，数学考了满分。体育测试得了"优"，我们全家就出门庆祝，就是为了强化他对此事的记忆和愉悦感以及追求成就的决心。遗憾的是，这样的时候非常少，少得可怜。无论我用了多少心思，他回报我的是更差的成绩。试卷上出现他没有学过的东西，但别人同样能得到高分。毫无疑问，他的同学们不仅在学龄前就开始学习，现在仍在加速度进步。这使我无法去跟老师理论、辩解。我知道他们有一大套现成的理论在等着修正我，她们期待的是我狼狈不堪地点头称是。就算我如丧家之犬，他们也不会满足、不会原谅，最后还是放弃不管。儿子的成绩变成了我的弱点，我有时像他的同谋，是学校的破坏者和后腿，我开始躲躲藏藏。遇到他们班长的妈妈，我也装着没有看见。那些意气风发的家长让我自惭形秽。到后来，我每天像贼一样猫在学校围墙后面，等他出来，带他回家。最折磨人的是每天傍晚，孩子们在校门口和老师们告别，但在那些欢声笑语背后，藏着很难体会的残忍。另外就是陪伴做作业的时刻，我明显能感觉到孩子的疲倦。他不勤于思考，对明明白白的答案也不知情，有时明显是想装糊涂混过去。仿佛他觉得，只要他做得够快，妈妈会布置更多的作业。别的家长的确是这么做的：如果孩子在学校把作业做完，他们晚上会拿出来更多的练习题。但我没有这样的机会。我再三向王嘉瑞保证，早做完早休息。他不抵抗，只是消极地摆弄着作业本，这样磨蹭到夜色已深，我们彼此都疲倦不堪为止。这个交涉过程给我带来了极大的痛苦。我心里明白，比起一个快乐的童年，我更希望他成为一个优秀的、有出息的人。而他正用实际行动证明自己有可能朝相反的方向走。我常常忍着忍着，很想一跃而起，一巴掌扇过去，打到他目瞪口呆为止。

五

我爸爸退休之后，就生活在过去的老宅子里。他偶尔会来我们兄妹几个家里转一转。他成了我了解老家人事的唯一通道。在我把儿子送到英国读书的那一年,我爸爸带给我一个消息:小林回村做善事来了。

这是村子里出的一件比较轰动的大事。这个事从我爸爸、从我同学和亲戚那里分别以多种版本传到了我的耳边:小林那年腊月向村里每位年过六旬的老人捐赠了一千块钱。有人说捐赠会年年持续,还有人说即将每人每年给一万块。

政府都没有他那么大方,而且不需要啰里啰唆,左手摁个手印,右手就拿到了钱。

都说现在的世道坏了,我看却是更加好了。我爸爸补充说。

我们的村庄一直以来是一个边缘的、没有受到过任何重视的小岛。堤坝是泥土垒建的,房屋也是泥土墙壁。在我长大之后,许多房子重建后改用青砖,不过就那些青砖,都是村里人自己挖土、建模,在村口的小土窑里烧出来的。我见过许多孩子在这里出生,虽然现在他们都不知道去了哪里;我也见过许多老人在这里死亡,埋在村头的坟岗。我经历过发洪水,水位跟门槛齐平,武警们扛着沙包从大船上跳下来;我也见过江心里一闪而过的江豚。后来,人多数年轻人陆陆续续离开,出外谋生,留下老人和孩子,但是,严格来说,至今这个村子里的人没有享受过任何福利,也没领过任何救济。小林的壮举让村子里充满了欢乐。

后来又听人说小林在村口圈了一块地,说要造一幢五层的楼房,把村里行动不便的老人都拢在一起住,免费。

天鹅

那年春节回去的时候,村里人都在说这个事。

我对小林的记忆已经很模糊了。我只记得他是耀祖的表弟。他仅比我和耀祖小两岁,小时候,他就是个大大咧咧、生性温和,最喜欢玩弹弓的小屁孩。他的家境也是一团糟,至少不比耀祖家好。他的父亲是一个驼着背的、整天愁眉苦脸的老实人。小林没有朋友,只有跟在耀祖后面,可耀祖对小林的态度不好,因为小林身材矮小,常受欺负,又没有自己的主见。不管去哪里玩,闯了什么祸,最后来承担责罚的总是耀祖。没有迹象表明,小林将来会与众不同,有大成就。但在成年后我们各自分开近二十年,他衣锦还乡,并且成了一个大善人。那年正月我也见到了他。他穿着看上去昂贵的西装,迈着气定神闲的步子,对着菜地、荒坡和芦苇荡指指点点,像是在回忆,也像是要赋予这些事物新的意义。他后面跟着两个小伙子,像在陪他视察自己的江山。而我们这些同辈,仍然在各自的城市里过着平凡的生活,想到这里,我闪回屋子里。他走过来,邻居们跟他打着招呼,感谢他;他走过去之后,邻居们在背后继续夸奖他。

他跟耀祖一起长大的,耀祖就没这个出息。耀祖的妈妈本来坐在门前的石阶上,她突然站起身来,颤抖着捂住自己的胸口,走回了屋。她非常瘦,她走过我们身边的时候没有发出一点儿响声。小林是她出了五服的远房侄子,就在刚才,小林经过她的房子,还亲热地问候她。她问小林要不要进来喝杯茶,小林说再找机会来专门看望她。可是突然之间,她表现出这样激烈的情绪。在场的人面面相觑，各自散开。

等到吃晚饭时，我妈妈告诉我，年前小林来发钱的时候，全村只有耀祖的妈妈没有要。

小林自己并没有亲自来发钱。他的几个下属来操作这件事，他们挨家挨户发钱和油。带着印章，领过钱的只需要大拇指上蘸一点儿红泥，盖个手印就好。

他们并不清楚耀祖妈妈和小林的亲戚关系。他们把钱递给耀祖妈妈的时候，耀祖妈妈一口回绝了。

我有儿子。不需要救济。

这不是救济，有儿子也可以领。小林的下属解释说。

有儿子怎么能要别人的钱呢！耀祖妈妈早有准备，仍然客客气气地摆了摆手。

小林的下属并不喜欢强人所难。他们继续向前，去寻找下一户符合条件的老人。

村子里的人都不欣赏耀祖妈妈的做法。如果欣赏了，就等于承认自己的钱拿错了。因为没有儿子的孤寡老人才三五个，可是，现在领了钱的有五六十位。他们一致责备耀祖的妈妈"老顽固"。

"老顽固"没有悔改，她放出话来，就算小林建了房子，她也不会搬进去。她没有理由让别人给她养老。给她养老是耀祖的事。

这样一来，又像是对那些指望从自家房子搬出去的老年人又是一次嘲讽。老年人过来跟耀祖妈妈争辩说，这些剩在村子的老人零零散散地分住在埂上，有一个突发意外，其他人好几天才能知道，住到一起有利于大家相互照顾。

可是耀祖妈妈不肯就范，小林的房子还没有影子，她和邻里之间已经就此拌了好几次嘴。

她似乎一心一意对善良和关爱关上大门，主动脱离一种慈悲和照应，甚至和一辈子的老伙伴们公然对立。她卓尔不群的样子几近可憎。

真顽固，我爸爸说，我都不好意思责备她，她都过得那么苦。

我相信我爸爸说的苦，是对耀祖的思念，现在，唯有对儿女的思念是他们共同的东西。

我爸爸说，做长辈那样做是不对的。

那次他来我小妹妹家，我妹妹三十岁生日那天，我们在一起说着闲话，相信我们姐妹俩目光对视了一眼，被我爸爸捕捉到了，他急忙补充了一句：我会跟孩子们商量着决定，而不是自己一个人说了算。

他的话，显示他与耀祖妈妈巨大而本质的区别。

我爸爸比我年长二十四岁，他竭力保持智慧犹存的样子。像年轻时一样，他每天都从生活的经验、从子女、从新闻、从各种突发事件中学习新的东西。但是，我相信他仍然有许多无法理解的东西。我的意思是说，我们能避免别人的错误，却未必能避免自己的错误。

六

既百思不解，又心有不甘，我的疑虑越来越重。出于对糟糕心情的改善，以及对儿子智力的疑虑，当然老师的暗示也有些影响，我带王嘉瑞去了医院，检查他是否有多动症。诊断结果显示他一切正常，相当健康。脱离了学校，他和我都是正常的，连医生也说着正常的话。他说大多数孩子其实都不爱学习。不爱学习是人的天性。所有的学习和知识都是成人在对抗人类自身的弱点，不是所有的孩子都能无故障地接受安排。

这位医生年纪已经很大了，两鬓斑白，面容慈祥。他说，他经常要接待像王嘉瑞这样正常的孩子，因为在学校表现不好而被送来检查。现在人都太聪明了，智力正常的也被怀疑有病。

的确，有些人应付压力的能力强，有些人应付压力的能力弱。有些人适应当前的节奏，有些人就是跟不上。

老师可不这么善解人意。

起码做妈妈的要善解人意。他微笑着说。看来，这样的情况他不是第一次见了。

最后，医生叮嘱我说：强行让他跟着别人的节拍，只会扰乱孩子正常的心智，现在看不到后果，但总有一天，那些揠苗助长的后果会显露出来。

医生的话像拨开了一道迷雾。我冷静下来，好受了些。算

天鹅

是检讨自己带孩子看医生的疯狂念头，我又开始周末带他去公园、去乡下、去科技馆。王嘉瑞奔跑在草地上，聚精会神地看科幻片，脸上有一种迷人的专注，他的兴趣包括搭建城堡、收集卡通片和漫画书；他还对新款的汽车特别着迷；遇到球场，也表现得兴致盎然。在雾气弥漫的早晨，我们骑电动车去上学。他坐在后座上，身上的热气通过我的外套传导到我背上。这是真实的生活。这个时刻我总会消除对他的怀疑，对人生的怀疑。但是，他的成绩仍旧不见提高，频繁犯一些低级的错误：上课有小动作、字不好看、在课堂上顶撞老师。有次测试，他一道题都没有做错，却因为字迹不端正而被扣了五分。奖状和赞美与他无缘，并且有迹象表明，他受到过体罚。有一天放学，我看到王嘉瑞的右腮明显肿起来，而且还有青紫色。我问他怎么搞的，他回答说不知道。如果他自己撞到什么地方，他不会不知道。我打电话给陈逸妈妈。她一诱导，陈逸就和盘托出：王嘉瑞亲口向他抱怨，上课时插了一句嘴，被老师拧住面颊拖到教室外面。他脸上的青紫是这样留下来的。

王辉冲动地说去找老师理论，去找校长告状，甚至到教育局投诉。我让他冷静一下，我先去和老师谈一谈。

隔天我特意去王嘉瑞的教室接他，故意等到所有的学生都离开，抓住一个和老师单独交流的机会，试探地提到王嘉瑞挨打的事。我说话的时候接触到老师的眼睛，她象征性地睨了我一眼，即使我暗示她，我已经知道关于孩子脸颊的青紫是怎么回事的时候，她的眼睛里仍然明明白白地写着"哎呀，你找到解决你儿子麻烦的主意了吗"这种显而易见的责备之意。我心里顿时明白，指望她意识到对我儿子造成了伤害并且道歉，这是万万不会发生的事。她的心灵已经非常顽固，相比之下，我显得天真可笑和充满罪过。

我听到过许多关于老师报复家长的行为。她被训斥一顿，她写检查，扣奖金，然后呢？她不会再打你的孩子，但她也不会再管他，何止如此，她还会暗示其他孩子来孤立他。你虽然出了一口气，但你的儿子会生活在孤岛上。王辉还在想着对策，我却已经做出把这口气吞回去的打算。得知我的阻挡，王辉露出匪夷所思的表情，他的额头上的纹理写着无处发泄的愤怒。

就算选择忍气吞声，老师们对待我儿子仍然是他们那一套：批评、怒骂、罚站、抄作业。老师们把他们认为应该做的步骤完成之后，把我儿子扔在教室的最后一排，忽视他、羞辱他，直到放学铃响起。一开始，还有人同情他，后来大多数同学经过他身旁，也变得无动于衷，甚至幸灾乐祸。

这些事情，令我处于巨大的痛苦之中，王辉也变得很焦躁。他坐在沙发上看球赛，对电视机里所有人的表现都不满意，嘴里一直骂骂咧咧。我也是，蹲在厨房里择菜时，想到儿子的脸颊被人揪着往外拖，眼泪常常情不自禁地从眼眶里溢出来，很快，那泪珠遮住了眼前的一切。

有天我去接儿子放学。他说他们班上有个同学得了区里的奥数冠军。

天鹅

你想当奥数冠军吗？

他毫不犹豫地回答，想。他的回答出其不意地干脆爽快，不仅把我，把旁边等红灯的骑车人都吓了一跳。

那你怎么不好好学习呢？

我想好好学习的呀！儿子瞪大眼睛，露出委屈的神情。或许他也像我一样，只是不知道把"想"和"做"统一起来。

那时候我醒悟过来，就连我的儿子自己都已经被熏陶感染，做好进入角色的打算，而我，还停留在原地。我下定决心要推他一把。

儿子四年级的时候，他的好伙伴陈逸转到了一所国际私立学校。他妈妈来告别时说，儿子的成绩很差，不太适应中国的教育。"别人家的孩子"让他们怀疑人生，他们不得不重新规划下一步的发展。他们让他念私立学校，然后送出国。陈逸的母亲表现得很振作，很有头脑，看上去也有这个经济实力。

半年过后，陈逸的妈妈打电话告诉我：陈逸适应环境的能力很强，学习成绩大幅提高。现在，她谈起儿子来不那么唉声叹气了，对自己下的这一步棋，她非常满意。甚至为了照顾我的情绪，她还微微压抑着自己的轻松和喜悦。

陈逸的转学，对我和儿子打击都很大。我很沮丧没有能力跟他们做一样的安排。我儿子再也不能经常和小伙伴坐在一起看漫画和骑脚踏车了。很长一段时间，只要我们提到陈逸的名字，他就会变得暴躁和易怒。他似乎恨着陈逸，也似乎还不明白他的小伙伴并没法决定自己的命运。

有一天我突然有了新的念想：虽然我没有能力把儿子送到私立学校，因为伴随着高昂的学费之外还有要送出国的实力，但也不能坐以待毙。既然在这个班级他坏学生的形象定型了，老师也基本放弃他了，不如让他换个学校，重新开始。我的心一动：如果我们去一个陌生的地方，以新的形式和状态，有机会见到更高素质的老师和同学，也许可以摆脱这老地方带来的颓丧之气。

换到重点小学，先得换到重点小学所在的学区房。王辉竭力反对。他说，我们现在每个月还几千块的贷款，已经很吃力了，再换贵的房子，压力会更大，再说眼下这个小区宽敞明亮，绿化很好，住在这里还是蛮舒服的，换房之后要换邻居还要重新装修，太折腾了。

但我被新生活的幻影迷住了，想象儿子能摆脱这窘迫的处境，消除过去的阴影，精神面貌焕然一新，像陈逸一样变成优秀生。我回想陈逸妈妈清脆的声音，羡慕不已。这些都让我变得顽固而亢奋，像被什么东西追赶一样，每天心无旁骛地盘算这个事。似乎只要我咬咬牙，冲过去，我们的生活就能重新开始了。最终王辉拗不过我，默许了我的意愿，也陪我去看房。看着一套又一套价格昂贵的房子，我体会到一种隐隐的下坠感，一种正在犯错的令人恐惧的直觉。但随着心意越来越坚定，我们已经很难后退。最终我如愿以偿地换了一套重点小学的学区房。我们换房差不多贴进去全部储蓄，房子少了一个房间不说，还多欠了银行二十多万元的贷款，一共多花了一百多万元。这一百万忠实地显示了我对儿子的爱。

新房子到手后,我把朝南的最好的房间给了王嘉瑞,房间里配了书桌、书橱、席梦思、电脑。当然我知道,光换环境不管用,我必须从精神上、从习惯上、从思想上都紧张起来,带动王嘉瑞也紧张起来。

我每天晚上读故事书给他听,说一次我爱你,虽然说的时候我的心里充满了疲倦和困意。他拥有比我更好的生活,使我得到许多安慰。我希望他明白,这不是随便得来的,这是父母全部的能量。我向他形容我的童年:在微弱灯光下写作业,蚊子整晚吸我的血,早上空着肚子去上课,中午回来的时候头晕眼花,就这样我仍然考上了大学,希望他能珍惜今天的条件。但我发现这些话都是对牛弹琴。他无法感同身受,也没有兴趣去体会。遇到他不感兴趣的话题,他放空自己,两眼发直,这是他的抵抗方式。他不太使用激烈的语言,大多数时候很温和,唯命是从。但显然,他已经不止一次采取这样的方式逃开他不能理解或不愿服从的说教。

奇迹没有发生。新的学校仍然有一帮格外优秀的孩子,他们品行端正、发挥稳定、礼貌待人。作为良好的典范,他们的名字一直出现在荣誉榜上和老师的嘴里。他们像一面面镜子,把王嘉瑞身上的毛病照得清清楚楚。王嘉瑞的新班主任第一时间猜到王嘉瑞转学的原因。好在他没有一棍子打死。这位老师算是位教育专家。他让我把"硬"和"软"的度掌握好。他说每个孩子都是天使也都是恶魔,他们的身体里都住着"懒惰和自私的小人"，在培养他优秀品质的时候，不能心软，因为你对付的不是儿子，而是他体内的小人。如果你们的心慈手软被他体内的小人觉察到，他就会利用这一点，放纵他自己。他教给我许多技巧。比如，想让孩子学什么，都不要直接提出来，而是要营造一种假象，要让他深信那都是他自己的选择，同时还要让他觉得荣誉感是个好东西，是可贵的东西，让这个东西激发他的积极性，这比成天盯着他要好许多。

比如我想让孩子去学钢琴——我深信钢琴对他手指和脑子都有帮助，但并不急于怂恿他，而是先煞有介事地"沉醉"在莫扎特和贝多芬的曲子中，还带他去听了一场刘诗昆的现场演奏会，让他领略万众站起来鼓掌五分钟的盛况。趁着那种氛围，我对着他耳边说，瞧，多伟大、多了不起的音乐家，多少人喜欢他、羡慕他呀。他两眼发直，如坐针毡，一直吵着要去上厕所。演奏会一结束，他就蹿到马路边上的小吃摊等着烤鱿鱼。他喜欢蘸甜面酱，糊了一嘴，黑乎乎一片，回到家，往床上一扑就睡着了，拖起来洗澡都是不可能的。

但是，要不露声色，不要抱怨。老师说了，这是一场气场和能量的较量，谁坚持下去，谁占有主导权。你想要什么样的孩子，就得有多么大的智慧。

我假装不经意地买来些画笔和画纸，没事的时候自己就在那里画画写写，就盼着他一时兴起，也过来培养一下兴趣。我还找了一家死贵的英语培训机构，里面有一个金发碧眼的老外，幽默、风趣，亲切地又蹦又跳又唱。

效果不是很好。

经过高智商老师的技术手法诱导之后,王嘉瑞仍然当仁不让地包揽市二小四年级二班的倒数前三名。

你这次考试考了77分啊!放学的路上我问他。

是的。他说。

会不会觉得有点儿遗憾呢?

太难。他说,过了一会儿,怕我不信似的,他又补充了一句,陈泽宇也说难。陈泽宇是新学校的学霸。他也没考到满分。

同样出于技术原因,我没有责备他,甚至表现得更爱他。当然我也担心考砸了表现出更爱他会不会让他自己考砸更多次来获得我的特别关注。专家让我放心。他说,只要他能,他还是愿意考高分。就算考砸妈妈也爱他,他一定更在乎同学和老师对他的评价。

事实确实如此。他用尽了全身的力气,还是将考砸的结果交到我手上。

我的心里充满疲倦。因为一直以来对儿子的教育方式,既不是我一贯的做派,也不符合我的性格,都是专家传授给我的。我就像在操作一台精密仪器,而我对这台机器又完全一无所知。所以我虽然机械地做着,却同样是麻木不堪的。

除了上班,我几乎把所有的精力都投到他身上。每天早上起来变着花样做早餐,下午做好点心去学校门口接他,带他一起去辅导老师家补课,回到家做夜宵,陪着他做作业。直到他上床,我还会在门外侧耳听一听里面有什么动静,确定他睡着之后，我的一天才算正式结束。可是，剩下我一个人的时候，我的心情抑郁极了，觉得生活没有什么快乐可言，只剩下和这股劲拧着的力气。

王嘉瑞的长相也不像我的家人。我的家人都身材魁梧，王辉也是个高个子，可是我的儿子身材一直没有发育，背有点儿驼，手臂纤细，两颊瘦削，更突出的特点是，他不自信，他也不掩饰他的甘愿渺小和胆怯的神情。当我试图鼓励他的时候，他的眼睛里会流露出一种不可思议的古怪神情。可是，当我责备他的时候，他同样表现出一种不可思议的表情，好像在说，你不是我妈吗，怎么像个坏人？

怎么会是这样呢？要是生了一个智力超群的孩子多好，或者一点儿不在乎他的前途也好。可是，一想到如果我就此松手，他势必会失去种种进步的可能性，他将沦落社会的最底层，想到他衣衫褴褛地搬砖扫街，我的心揪住了。可是一待我准备更紧地催促他时，我面对的是一张无措和疲倦的脸，一阵深深的怜悯袭来，我的心柔软起来。

每天半夜，我会将身体放直，躺在无声的房间里，阵阵睡意拂面，白天一切的难题，渐渐融化在夜里。

七

耀祖近四十的时候才结了婚，对方是一个丧偶的寡妇，带着一个女儿，和耀祖结婚后生了一个儿子。可是村子里人提到他，还是会说"光棍耀祖"。其实早在耀祖三十出头时，村子里就有人背地里喊他光棍了，尤其在他父亲过世之后。听说娘家村子里有一两户身有残疾的儿子在遥远的四川"娶"回了儿媳，耀祖妈妈不知道私底下琢磨了多久、经过多少痛苦的挣扎之后，开始频繁地拜望山里的娘家。她到处打听谁家有待嫁的姑娘——太多的没有，但几千块、万把块她能拿得出来。她甚至可以凭她一贯的好名声去借一些。她频频对外宣称，不放过任何一个有做媒天赋的人。她说了，她不买儿媳妇。她不买，她只是在找特别需要为了钱而草率嫁女儿的比她更穷的家庭。

也许陌生人看到的是苦难，或者令人感到不安的忧虑，但熟悉的人看到的是另外一种东西：是那种经过一日又一日的忍耐和劳累积攒起来的苦相和倔强。她从来没有停止过劳作。她的庄稼从不缺水，从不长杂草。总之，她就是一个循规蹈矩的农村妇女，天晴戴草帽，下雨撑雨伞，春播秋收，一直跟从季节和别人的步伐。她还有小林这样的侄子，也有友林那样的外甥，这些多多少少有点儿血缘关系的人替她加分，成了她的资本。她的行为越来越疯狂。确定地说，都不像她了。有一天，她突然兴冲冲地从远方走回来。一路上，她都在散播着一个好消息。

有个姑娘看中了我家耀祖。

多大？

三十二。

年纪增加了事情的可信度。人们立刻想起那样的形象，古板的、木讷的、说话不利索的，甚至长相有点儿瑕疵的大龄姑娘。

那赶紧呀！邻居们异口同声地催促她。

可是多少还是需要点儿彩礼的，不能让人家穿旧衣裳进门呀。

说的是啊。大伙都赞同她的看法，也希望耀祖不要错过这次结婚的机会。

她开始借钱。一开始，她去了娘家，去了耀祖的叔叔家，她带回来一半好消息一半坏消息：借到了一半的钱，还缺另一半。

我爸爸慷慨解囊，还有四五户邻居也破天荒地大方相助。等到耀祖妈妈再次离开去接儿媳妇，邻居们端着饭碗在门口闲聊时发现了一个不对劲的地方：这个婚礼一直都是耀祖妈妈在唱独角戏，耀祖还没有露面和点头呢。

耀祖反对什么呢？有人这样反驳了一句，紧接着发现这样有点儿太看不起人了，所以讪讪地笑了一声。

事情果然不是这么简单。第三天，耀祖妈妈回来了。

远远出现在视野里的她面色苍白，额头上全是汗，头发也水淋淋的，迈步的样子显示已经用尽了所有的力气，每一步都像是最后一步。她谁也没有看，直接进门倒在床上。

真相很快被猜测出来。她遇到的是一对骗子。做丈夫的把老婆说成自己的女儿，四处找待娶的光棍。耀祖妈妈交出了八千块之后，那个女人跟着她走了十几里路，在一个叫"十里"的街上把耀祖妈妈甩了。

一开始，她以为人家脑子不好迷了路。她等在那姑娘上厕所的街口，从中午等到傍晚，最后把厕所里里外外找了个遍后，六神无主地哭了起来。等她哭着把来龙去脉告诉看热闹的人时，立刻有人指出她是遇到骗婚的了。

跑远了，追不上了，你这么大年龄。

她仍然不死心地追到了县城的汽车站。来来回回兜了几十圈。等她找到派出所门口的时候，好心的路人劝她算了：她花钱买儿媳本身也是犯法的，可能因此被当成人贩子关起来。

那是个夏天，岛上的风景还说得过去。虽然杂树枝无人打理，垃圾袋散落在路边，无人收集，被江水冲垮的护堤，堤下的江面上漂浮着来自千里之外的塑料瓶。那时候，我们村子里至少还有五分之一的人留在那里，可是现在人们完全离开的迹象已经显现了。

那次，她病了很长时间，因为羞愧，她拒绝把自己生病的消息告诉儿子。时值中秋，我回老家时看过她一次。她穿着旧花布衫，躺在床上。空气里弥漫着一股酸楚和陈旧的气味。老年人的家里样样东西都是冷色的，就连堂屋中间的一块匾都发出冷飕飕的寒光，我看看她，又看看自己的脚。屋外的泥从我的脚尖上滑落，沾到她家的地面上，显得很扎眼。我说了几句空洞的安慰话。她脸上松弛的肌肉抖动着——她难堪、她自责，她不是欠债不还的人，没人逼她，但她仍然羞愧地、重复地诅咒自己。我告别的时候,她说,耀祖要有你这样我就死都瞑目了。

我那时才生了王嘉瑞不久,还很穷,过着朝九晚五的上班族生活,毫无优越感可言。可是,在这里,我陡然间又成了他人羡慕的对象,一时无所适从,只好又客气了几句,离开了。

八

王嘉瑞小学毕业的时候,我和他爸爸分居了。他与单位一个年轻的文员有染,被发现后,我一直在扮演受害者的角色。这当然是实情,但等我冷静下来,却能看到不一样的东西。这些东西当时是绝对看不到的。就是他对我以及对我们一起的生活感到彻底失望。我和王辉都来自同一个小镇,好不容易读了大学,各自找到一份待遇不错的工作,买了一套房。在别人看来,这些平平常常的生活,其实已经透支了我们前半生太多的体力和激情。结婚后,我们胸无大志,愿意过平淡无奇的生活,况且婚后头几年也的确能从朴素的生活中找到乐趣。直到孩子的问题出现,我做出换学区房这样的超出承受力的举措,以及平常过多的精力和情绪都用在了孩子身上,属于"我俩"的生活才慢慢消失。但感情破裂的真正导火索并不是王嘉瑞的成绩。孩子是我们共同的,好也罢、歹也罢,他身上有我俩的基因,都得认。问题还是出在那套房。买房不久他在单位得罪了一位领导,失去了升迁的可能性,他守着无望的工作坚持了很久，因为高额的贷款要还，他不敢轻易辞职；也可能为了保全自尊，他也不太愿意把受的委屈全部倒出来……这个家事实上早已失去了欢乐，被一股淡淡的看不见的忧愁笼罩。事情到这样微妙的地步，我想王辉的心里仍然清楚：这不是我一个人的错。有次邻居送来两张演奏会的门票——他的孩子有一个独奏节目在省大剧院表演。王辉接过票，连连感谢、连连赞叹，可是人家一走，他的脸色立刻变得很难看。他看上去严肃而阴郁，就是那种突然被什么东西撞了一下，疼痛又猛又烈。他大口喘着气，喘了好一会儿，才开始说话：不知道人家的神童是怎么培养出来的。

我明白他也倒戈了。当初也是他主张不剥夺孩子的童年快乐，不把孩子送到各种智力开发培训班，声称小孩长成一个健康平凡的人就可以。可现在，他看上去比我更脆弱、更失落。他说，王嘉瑞，你在班上进不了前十名，就肯定考不上好的中学；考不到好的中学就进不了好大学。你从小学起就是差生，就只能交到更差的朋友；将来你的朋友圈里都是维修工、清洁工和扛沙包的，我辛苦几十年改变家族地位，到你这里付诸东流、前功尽弃。

他捶胸顿足，焦虑万分。

王嘉瑞能否承受，他管不了了，因为他急需一个管道来消化自己消极和沮丧的情绪。过去扮演两面三刀的角色，软硬兼施、说大话狠话的都是我，王辉一直在说什么做一个淡泊名利的人。他出尔反尔的表现着实把王嘉瑞吓着了。孩子在父亲的训斥下连连后退。那是一个冬天，气温在零摄氏度左右。南方的冬天屋里屋外一样冷，在家里我们也穿着厚厚的棉袄。王嘉瑞的牙齿开始打战。我发现他不对头，赶紧打开空调。通常来讲，下雪的时候才会开空调。

开着空调的房间已经热乎起来，可是王嘉瑞还像打摆子一样抖动不已，王辉这才偃旗息鼓。那天晚上，王嘉瑞缩在床上到凌晨三四点才睡着，睡着时佝偻着身体，保持着防御戒备的姿势。自那之后，家里充斥着紧张的急迫成功的气味，我们都被熏得昏头昏脑。我们对待王嘉瑞，或暴怒，或劝导，软硬兼施，可是一等孩子疲劳过度生病的时候，我们又会开始深深地忏悔。那时真想放弃得了，随他去吧，自然生长，长成什么样就什么样。可是，他到底不是一块木头，偶尔又像金子一样放射出些许光芒，唤醒我们沉下去的希望。只要他表现好一点点，我们就大肆宣扬，大加褒扬，各种夸大其词，希望他吃这一套。

到后来，我觉得我们全家都像小丑一样，我们母子都是一根无形的线上的木偶。怎么样动，往哪里动，其实不是由我们自己说了算，我们自己的心意算不了什么。

那次发作之后，王辉开始频频晚归，一开始跟朋友喝酒唱歌，最后发展到移情别恋。直至他的小情人的电话打到我手机上跟我叫板，他不得不跟我摊牌。与其说他变心，不如说他在自我防卫，防卫自己一日又一日地被儿子拖到一个深不见底的坏情绪的大坑里爬不出来。他把因儿子而生出的沮丧和失落统统甩给我。好像这样一来，他就能得到另外的人生。没办法，我只能尽力扮演好受害者的角色才能争取到更多的优势。后来我也想，是不是我的决策失误才毁了这个家？不过我很快自我安慰：换房上重点小学看上去是偶然，其实也是必然，更是环境使然。到处都是无形的看不见的影响力在起作用。别人都把谈论房子、汽车品牌和孩子的教育理所当然地当成头等大事严肃对待的时候，我们这些意志不坚定的人，过去秉持的观点，很容易摇摇摆摆，直到自我否定，去服从大家的标准。同事的孩子多么优秀，亲戚的孩子多么优秀，这些优秀的别人家的孩子把我们的孩子比下去，刺激着我们的神经，像四处发射过来无声的嘲讽，促使我们变得疑虑重重。王辉内心里早就认同老师和同事的那一套了：学习成绩无比重要，考不上好学校，整个人生就输掉了一大半。

我们名存实亡的婚姻持续了两年。之所以一直拖着没有离婚，是怕对王嘉瑞造成伤害。王辉早就有离婚的意愿，但在儿子跟前还要拼命演戏，时不时出现在晚上的饭桌上，习惯性地教育儿子做一个勇敢、正常、诚实的人。这些话不走心，张口就来，本能告诉他要这样教育下一代，但这些话却和他本人的行为背道而驰。

双方的老人都已经知道我们的事，都还抱着幻想，做着各种无望的努力，试图帮我们挽回婚姻。在我父母从乡下来我家的那几天，他借口出差，跑出去住进了他女友的家。有一就有二，那之后，他有时是出差，有时陪领导，有时在打牌，各种各样的理由使他消失不见。

有一天晚上,我带着儿子外出吃饭。经过夫子庙的时候,孩子看到了惊人的一幕:他的父亲,那个满口正义道德的男人搂着他的女友正在牌楼下面玩自拍呢。

我儿子傻呵呵地盯着这个早上收拾行李说要出差,关照他听妈妈话的男人举着手机摆出各种姿态。王嘉瑞眨巴眨巴眼睛,像是等着自己从梦里醒来,直到他父亲的笑声真切地传来,他仍然怔怔地看着那个愉快的场景,完全没有一丝的惊讶和愤怒。我赶紧拉起儿子的手,把他拽离现场。王嘉瑞顺从地跟随着我的脚步,可是他的脸上保持着那种狐疑的表情,就像出现在他眼前的是一座海市蜃楼,是魔术,是电影镜头。可是我相信那个在家已经难得一见的欢快的父亲的笑脸,已经深深地刻在了王嘉瑞的脑子里。

协议离婚的过程中,我父母和王辉的父母数次恶语相向,纠缠了许久。一开始为了划分责任和罪过,后来为了房子的归属权。

拉锯战开始时,为了鼓舞士气,我爸妈来陪我们一阵子。我听到我爸悄声对我儿子说,好好读书,长大了赚大钱孝敬你妈。你妈才三十多岁为你愁白了头,你外婆的头发还没有白。

我赶紧上前阻止他。我说,怎么能这么讲呢,好好读书不是为了挣大钱。好好读书是为了有能力选择生活。钱不是最重要的东西,不要为了钱而丧失了生活的乐趣。

我们争执的时候,王嘉瑞就静静地站在一旁,眼珠子在我和我爸爸之间扫来扫去，好像我们说的跟他完全不相干，他只是个看热闹的路人。

王嘉瑞的爷爷奶奶也时不时地来看孩子，我每次都会借故回避，不跟他们正面相处。凭良心说，爷爷奶奶对王嘉瑞很好，嘘寒问暖、疼爱有加。他们自己的经济并不宽裕，却给王嘉瑞买了一部智能手机。王嘉瑞懵懵懂懂地享受着他们的疼爱，甚至溺爱，没有负担、没有索求，也没有说教。可是只要他在外公外婆面前提到爷爷奶奶，外公外婆就会一脸嫌恶地转过脸去，眼皮耷拉下来。仿佛因为王辉的背叛，他们的女儿变得十分不幸，世上的一切都是不对的：手机不对，爱的表达不对，孙子的高兴也是不对的……离婚家庭的孩子之所以更脆弱，就是因为这样的斗争和敌意。王嘉瑞被亲人的爱和恨牵扯着，父亲那头的爱越拉越纤细，脆弱得随时要断的样子；可是母亲的爱越来越粗厚，像麻绳一样捆住他的时时刻刻。久而久之，王嘉瑞的脸上好像贴着一张招牌，招牌上标明他父母所犯下的过错，他贴着父母的错误走来走去，他更加内向，更加沉默，更加慵懒。生活已然失去了平衡。

九

我们的村子就是这么神奇的地方，许多地方都面目全非了，可它没有变。最新的房子也是三十年前造的。人们不回来造新的房子，而没有人住的旧房子一直保留在那里，没人去拆它，也没有人去修缮，因为修缮了也没有人住。零零碎碎的垃圾堆在堤坡下，平常掩映在灌木丛中，到了冬天，全部裸露出来，显得更冷、更丑、更旧。

耀祖三十二岁的时候经历过一次剧烈的人生动荡。那时候，是小林向他伸出手。小林在省城搞海鲜批发，请耀祖过去帮他。耀祖在小林那里工作了一年，离开了。

离开小林的鱼铺子时，耀祖来南京停留了一个晚上。他从我家打了个弯，也许是来求王辉找一份工作的。王辉跟我回娘家过年时他们见过面、聊过天。王辉聊天时喜欢吹牛，经常会把道听途说的大事件描述得如身临其境，让人觉得他很有来头。耀祖坐在我家的沙发上，那是我见过他最瘦的一次。他的腿很长，穿一条薄裤子，膝盖头从裤子里抻出来，脚踝也裸露在外。他有点儿紧张，生怕弄脏我的沙发。我叫他不要见外。我们自少年时代分别后又各自经历了十几年风雨。不管多少年没有见面，见了面我还是像能够一眼看穿他。手还是那双手，脚也是那双脚，可是褪了无数层皮。他坐着，显现出他生活的所有信息。王嘉瑞被他奶奶接走，王辉又冠冕堂皇地住在他的女友家里，我的婚姻虽然快完蛋了，但名义上还有个丈夫。我不停地跟耀祖道歉，因为家里没人陪他喝两杯。我做了鱼、虾和几个素菜，两个人坐在客厅的沙发上吃饭。耀祖的筷子绕过放在他跟前的鱼，夹着我这边的素菜。我客气地让他吃鱼。他说他一年里把一辈子的鱼都吃完了。我这才后悔没买肉。吃过饭我给他泡了一杯茶，我问他为什么在小林那里做了一年就不做了。

他没有正面回答，只说想换个工作。后来我回老家的时候才听说小林把赚来的钱拿去炒房，耀祖给他帮忙的那一年，小林买了五个门面房。为了买房，工人工资也不发。他做这些事不避讳耀祖，觉得耀祖是他表哥的缘故。其余两个工人拿着杀鱼刀大吵大闹，小林怕他们有什么出格的举动，借钱给他们发了工资，因为耀祖是亲戚，一起长大，反而空着手离开。

耀祖并不想太多人知道他帮小林打工。他们是表兄弟，生活境况差别太大，对耀祖是很大的压力。要是远处的人发了财，只是一个传奇；要是身边的人发了财，会显得自己格外差劲。我理解这种感受，我尤其明白，一开始，耀祖不想离小林太近，尤其不想杀鱼。但是小林打电话催他过去，很亲近、很理所当然的口气。谁听了都有一种幻想：一个有能力关照自己的人的亲切是能给人希望和期待的。耀祖以为到小林那边能担当重任，就像电影里的江湖弟兄一样。但小林只让他早上去鱼市把鱼拉回来，再从车上卸载下来。后来耀祖知道小林是受妈妈所托，妈妈拜托小林帮帮耀祖别让他颓废下去。因此小林完全忽视了耀祖的期望，随随便便地使唤他。一开始耀祖搬鱼，后来杀鱼的那个伙计辞职不干了，小林就让耀祖杀鱼。耀祖以超常的忍耐应承下来，结果一杀就是整整一年。后来小林发现耀祖晚上也没什么重要安排，反正闲着也是闲着，就让他帮着喂养他的几条大狗。小林怎么想的我不知道，但耀祖在小林那里一年瘦了十几斤，我见到他的时候一开始都没敢直接喊出来,要不是他直直的眼神和粗粗的嗓音,我还真不敢确定是他。

他只是抱怨了一下觉不够睡,早上四点多起来,一直要忙到晚上八九点,一点儿时间都没有。

我们一直话不多。我有心事藏着掖着,所以有点儿紧张,后来想想,他显然比我更紧张。他的乡音很重,虽然也用了别扭的普通话。他的话和我的话一直不太对得上。在老家的时候,我们像在同一个世界,可是在这里,电视机开着,里面随便放着一个娱乐节目。耀祖的眼神告诉我他不熟悉里面的导师、不熟悉嘉宾,也不熟悉里面的歌,那是他不熟悉的世界。我们的世界都只有花生粒那么大,一旦超过,就一片茫然。他的这种茫然就像我在科技馆看遥感技术连连惊叹是一样的道理。只有播放奥运广告的时候,他显得有点儿激动:更快更高更强,图片上着红色运动服的中国短跑运动员举着国旗高声呐喊。耀祖朝我会心地笑了一下,搓了搓手心:不得了。我立刻回到我们童年的夏天:我们赛跑,最先到达栅栏的会站上土墩制作的领奖台,以一捧狗尾巴草作为奖品,但那让我们对外部的生活产生无限憧憬。他和我一样对遥远的友情有强烈的印象。他的茶杯空了,我帮他去添水,他站起来,一定要自己动手。可是他站在饮水机面前,不知道按哪个按钮,又恢复成拘谨的客人模样。

吃完饭的时候,他略略活泼了一些。

小林又买了一辆雷克萨斯,不得了。他说,他喜欢用这句口头禅。我说到我们共同认识的其他人时,他插话说,听说你哥哥有好几艘大船。不得了。

并没有好几艘。我纠正他,造了一只大的,先抵押了小的,然后又卖掉小的,现在还欠了一大笔贷款。

还是不得了。他的鼻音很重,他的脸上那种憨憨的,一看就是欠缺思考的神气从小到大都没有消散过。小林变得大腹便便,整个人从上到下无一处同小时候相似,可是耀祖,除了更长更干巴一点儿之外,无处不是小时候的样子。他把"羡慕别人"几个字写在脸上,好像这几个字影子一样天生就跟着他。自打我认识他,就觉得他是一个安全的、没有攻击性的人。现在,他还是拘谨的,他那么高,膝盖并在一起,手脚不知道放到何处,脸上带着惊扰了他人的歉意。他的手关节都是肿的,那是因为长年在水里泡着,从早到晚手都是湿的,就算现在脱离了水,皮肉还是红肿,关节也红肿。

我从来没有见过耀祖杀鱼,但那天晚上,我想象耀祖弯着腰,在臭烘烘的鱼摊前,一条鱼一条鱼地宰杀,我对小林产生了一种莫名其妙的憎恶——不公的感觉如此实实在在,甚至,从某种意义上说,这种不公非常有分量、有质地、有味道——就是像各种活鱼死鱼摆在一起散发出来的腥臭味。

我仍然没有把我快要离婚的事告诉他。我们小时候无话不谈,但今天局面显然与从前大不同。因为即使我离婚了,至少还有个儿子,可是耀祖是一条一无所有的光棍。他的处境使我不忍心抱怨。

晚上八点多钟的时候，他突然站起身来说，我要走了。

这么晚了，没有车了呢。

我很吃惊，那时不像现在这么方便，我再三挽留他，让他明天一大早再走。小瑞和王辉都不在家，有空房间。

不了，他说，不了。

后来我才明白，恰恰是王辉和王嘉瑞都不在家，他觉得一个人在我家不合适。至于他那天晚上究竟在哪里过夜的，我到现在也不知道。经过火车站和汽车站的时候，我经常遇见睡在长廊和花坛边上的人，旁边放着邋遢的行李。我想，他如果挤在那样的地方也不奇怪，只是我当时没有意识到这一点。我固然也不宽裕，但我不知道他可能一分钱也没有。

不了不了。这是他边走边重复着的话。

耀祖的背影消失在楼下。急匆匆的，到最后，甚至开始小跑起来。记忆里小时候的耀祖一直都慢吞吞的。有一次，有一个疯子在打人，跑得快的躲开了，跑得慢的耀祖被揪住好一顿揍。

你为什么不跑呢？

看着耀祖身上青一块紫一块的，耀祖妈妈斥责过儿子后，还是牵着他的手去疯子家讨一个说法。她把耀祖的衣服掀开，让疯子的妈妈和亲戚看他的伤痕。

你为什么不跑呢？

疯子的妈妈责备耀祖说，别人都跑了，就你一个人不跑，怪谁呢？

吵闹声把邻居们都惊动了。大家捧着饭碗，拿着扫帚，或是抱着娃娃来看热闹。听到前因后果之后，大家也都异口同声地责问耀祖：看到疯子为什么不跑？

这样一来，他妈妈的声音被杂七杂八的声音覆盖了，实在难以抵挡。末了，耀祖一瘸一拐地跟在边走边抹眼泪的妈妈后面回来，连一个鸡蛋都没有要回来。他脸上的伤半个月后才恢复，而他的腿瘸了更长时间。

他这么匆匆地往前冲，比他小时候灵活多了。他那么生怕我喊住他。他是多么怕麻烦到我。我转过脸，忍住瞬间的心酸。

十

可是，我记得，彼时的耀祖仍然是我教育王嘉瑞的反面教材。

你的耀祖舅舅，他在卖鱼。

嗯？

卖鱼，天天弯腰驼背，身上全是鱼腥味，还拿不到钱。

嗯？

所以要好好读书……

令人感到不可思议的是，我和王辉正式离婚后的第一次期中考试，王嘉瑞拿回来一张 93 分的数学测试卷。他假装随随便便把书包摊在饭桌上。之前每一次需要签字，他都会指着签字的空白处说，这里。我也假装看不到大红的"×"。这次，他把整张卷面摊开，扔过来一支笔，假装漫不经心地说，妈，签个字。

我签上"已阅"之后，好奇地扫了一眼清爽的卷面，以及上面不容忽视的分数。

怎么考得这么好啊？

以后都会考得这么好！

嗯？

我听到他粗重的喘息声，诧异地一回头，他咬住下唇，眼睛里已经浸满了泪水。

外婆说你是为了我才被爸爸抛弃的，因为我太不争气，爸爸怪你。

我一惊，抬起眼睛，刚想说责备外婆的话，结果一下子看到了自己在窗玻璃上的形象：头发凌乱，面色憔悴，明知这就是自己，还是被吓了一跳。

都是我的错，以后我会给你争气，为你报仇。王嘉瑞说着说着，哽咽起来，眼泪收不住似的流淌出来。我走过去帮他擦拭，擦掉一颗又出来一颗，像散了线的珍珠似的，晶莹发亮。

初二下学期和初三上学期，王嘉瑞的成绩直线上升，让我惊喜连连。

本来我只想着他做一个普通的小孩，不让我难堪就行了。但是，他不仅不让我难堪，他让我感受到了风光。他的名字开始在教室黑板的光荣榜上展示了。

妈妈太高兴了。说明妈妈对你的安排没有错,说明妈妈买学区房、把你的潜能都激发出来了。每次我夸他的时候,也忍不住夸一夸自己的英明决定,仿佛这样一来,受过的苦都得到了报偿。

是不是我成绩好了爸爸就回来了?王嘉瑞看着我,认真地问。原来这孩子还在做破镜重圆的梦。

我再傻也知道这个时候不能让他泄气。我半推半就地说,你再努力一下,他不是说过了吗,如果你拼到年级前三,你可以提一切要求。

但是,王嘉瑞的成绩始终没有冲到年级前三,甚至班级前三都没有达到过。初三的下学期,他几乎没有一个晚上睡觉超过六个小时。他的黑眼圈重重的,因为疲于打理,头发乱糟糟地支在头上。他做题也很认真,有时跟他讲话,他好半天都反应不过来。他让我一再想起耀祖。但是耀祖在这里只能成为一个反面的榜样:

你的耀祖舅舅,因为不努力读书,一米八的大高个子,因为没有文化,一天到晚蹲在地上杀鱼,忙了一年,黑心老板都没有给他工钱,让他空着手回老家过年。

每次说到这里,我的声音哽咽,心里升起隐隐的疼痛,和耀祖见面的时候被忽视的细节和情节一再地涌现出来,每一次,都有新的内容填充进来。我终于明白,他是真的过得不好、很窘迫、很累、很无助,才到南京来走了这么一趟。

知道了,知道了。不好好学习,就会像他一样给人家卖鱼。儿子不耐烦地快速报出了标准答案。

十一

耀祖在投靠小林之前，有过一阵子好的生活。我的意思是正常的生活。他在南京郊区六合打工。还交到了一个从云南来的在理发店洗头的女朋友。这么一个内向的人，竟然跟人家女孩子吹牛皮说，他的家乡是个桃花岛一样的地方。

像黄药师住的岛？

一样。

真的一样？

真的。

过年的时候耀祖带她一起回来。甜甜二十出头，瘦瘦的，皮肤惊人的白，特别挑食，不喜欢吃饭，喜欢听人家说她瘦：我喜欢瘦成一道闪电。耀祖妈妈每次都爱怜地端汤给她喝。她喝着耀祖妈妈的汤，嘴里说着瘦成闪电的愿望。

她还是个小话痨：你们这个岛上真穷，可是我为什么不跟他分手呢？因为我喜欢比我大十来岁的大叔啊，而且大叔的妈妈对我太好了。她说这话的时候拿腔拿调，一听就知道韩剧没少看，她虽然不算漂亮，但眼睛亮晶晶的。

耀祖妈妈捏着围裙一角不好意思地笑。她因为儿子找到了女朋友而扬眉吐气，她也丝毫不掩饰自己的扬眉吐气。我们那个年过得真是欢乐，那时候儿子还没上小学，并没有任何迹象表明我们会因此而饱受困苦。我把他丢给我妈,自己和耀祖他们一起打扑克,到沙滩上追浪,各自讲过去偷黄瓜的黑历史。虽然几天假期一结束,我们都得会被塞回到笼子里继续当困兽,但那快乐的姑娘让我印象深刻。她无拘无束,喜气洋洋。就是她把云南的段子带到了小岛上。她说,她家的亲戚就住在靠缅甸的边境,晚上在树林的吊床上睡觉,翻着身就到了别的国家。那时候我们虽然去了城市,见过一些世面,听到这个离奇的事还是乐不可支,哈哈大笑。

云南对我们来说太远了,但甜甜的形象是那样生动、那样美丽,我敢说她的出现让我们整个村对云南都充满了向往。

那是耀祖一生中笑得最多的时候。他毫不避讳地带着女友在江滩上玩沙子、堆房子、拔芦笋。每当甜甜挖到一根又长又肥的芦笋,耀祖的赞叹声就会响起:

不得了,不得了!

他的衣着也发生了变化。他穿着鹅黄色的直筒裤,雪白的衬衫外穿一件白色双层夹克。人人心里有数,这行头不值多少钱,但一点儿也不土气。他举止变得轻松,好像身上一种东西被卸掉了似的,让人生出一些好感来。我们惊异地发现,耀祖可以是跟他完全相反的样子:活泼的、爱笑的、奔跑的,挺着自信的脸膛,像一颗星星……大家知道这是甜甜的杰作,她让耀祖不像昨天的耀祖,不像童年的耀祖。像一个新人。

但是,过完年,噩耗传来。甜甜从四楼跳下去,死了。

她死得毫无预兆。正月里,她爸爸从云南给她的工厂打电话,让她和耀祖分手。她爸爸的态度非常坚决,因为他摸到了耀祖的底牌:耀祖根本拿不出一分钱彩礼。甜甜的爸爸耍了一个小把戏,说他自己病危,想见女儿最后一面。甜甜根本没有怀疑这是一场处心积虑的算计。也许她被教育要防备外人,但她没有做好防备父亲的打算。回到云南当天她就被软禁了。耀祖赶过去,守了好几天都没获准进屋。无奈之下,耀祖回到六合上班,但是,等待他的却是女友跳窗逃跑,头部着地身亡的消息。

耀祖在收发室接到电话通知。他放下电话往车间走。收发室到车间有五十米,耀祖似乎走完这五十米才意识到发生了什么,他一头栽倒在车间的卷闸门上。卷闸门发出尖锐的、颤抖的响声,随后,人们把耀祖扒拉起来,让他的脸朝上。他的脸完全扭曲了,像有钉子正缓缓扎进头颅。

伤心的耀祖无法在车间工作。因为难过的情绪会让他分神,机器会切掉他的手。他被好心的工友送回小岛。耀祖在床上躺了好几个月,他不怎么出声,也不抱怨,就那么整天昏睡着。

有一天,我回娘家给妈妈送几件衣服,刚刚下过雨,雨后的太阳光洒在草叶和树尖上,堤坝上湿漉漉的,到处是人们经过时留下的泥泞。老远我看到耀祖摇摇晃晃地从门外往屋里走,他步履蹒跚,可能有点儿虚弱,他的胳膊肘撞到了门环上。我吃惊于他这个季节也在老家,大声喊了他一声,他没有应答。

进了家门，妈妈才偷偷告诉我甜甜的事。我被惊呆了，但是我妈妈阻止我去看他。因为耀祖谁也不想见，什么话也不想说。

他也不帮他妈妈下地干活。三亩地的麦子都是他妈妈一个人收割的。

他似乎什么都不在乎，他的筋像被抽掉了似的，什么事也做不了，但半夜里经常能听到他的哭吼。

耀祖妈妈经过我的门口，我妈妈絮絮叨叨地说耀祖没搭理我的事。耀祖妈妈一个劲儿地给我道歉。她说耀祖是没脸见人。混得太差了，样样都不如人，连个老婆都没守住。

别这么说，只是运气不好。

就是那次，她说到了小林，说到了她娘家一个岛上的能人，造了一个千人大厂。而这些能人，她都是看着他们出生长大的。

耀祖太没用了。也是自己命不好，怪不得别人。她说着，眼泪淌了下来。

她走之后，我问我妈，耀祖不肯干活，怎么有钱花呢？

手头紧得很，吃得不怎么样啊。我妈妈皱着眉头，耀祖妈妈偶尔会买半斤肉，用咸菜混在一起烧好给儿子吃，再就是地里的茄子扁豆，偶尔能煮个鸡蛋。能怎么样呢，麦子能卖几个钱？

第二天我再一次看到了耀祖的背影。他的身上散发出浓烈的悲伤的味道，那种无所顾忌的、无视前后的悲伤，换句话说，是如果有人举着刀向他冲来，他也懒得躲闪的万念俱灰的姿态。

那时候我还没有遇到婚姻问题，生活还算安稳，对耀祖的遭遇感到震惊，觉得他的痛苦真实却又遥远。有几次我想强冲进去，说一些诸如"为了母亲，振作起来"的话，可是站在他家的门前，门里一点儿动静都没有，门上的对联上的红纸被雨打褪了色，惨白惨白，一戳就破的样子，我退缩了。

我走后他又睡了很长时间。他用昏睡来抵挡自己想死的欲望。一直到冬天，积雪开始融化，枯草在行人践踏之后又长出新芽。邻居们议论纷纷，最初同情他的人也都开始责备他，甚至有人在窗口向他发出劝告。只有耀祖妈妈坚决支持儿子睡觉。宁愿他睡，也不希望他想不开。儿子睡觉的时候，她坐在旁边祷告。从那年起，她由信菩萨改信上帝。

十二

王嘉瑞成绩有了意外的提升，这是离婚带来的唯一好处。

这个事固然令我异常兴奋，同时也让我无比困惑。我们绞尽脑汁、穷凶极恶地算计他，玩心眼儿，耍花腔，希望把他培养成一个优秀的人，可现在，在我萎靡不振、几近放弃的时候，他悄悄地把自己变成了我们一直以来期望的样子。此后我经常接到莫名其妙的电话，都是一些留学中介机构打来的。一开始，我不胜其烦，一听到来意就粗暴地挂掉电话。直到有一

天鹅

天,我在家长群里看到一个家长气愤地指责学校竟然把优秀学生的信息都卖给中介了,让她不断地接到骚扰电话。一种自豪感顿时油然而生:原来我接到电话是因为我的孩子成了优秀生。

我还被王嘉瑞的班主任请到学校,在家长会上做了一次半小时讲座,题目已经拟定:"如何快速提高孩子的成绩"。我本来想拒绝,但是听说去谈成功的经验向来只是那些优秀学生父母的独享荣耀,虚荣心一时作祟,我应承下来。我第一次坐在台上,看到学生的位置上坐着的家长们,看到他们眼巴巴期待的眼神,我内心充满着滑稽和荒唐的感觉,因为虽然我分享的经验是真实的,但效果是虚构的。王嘉瑞成绩的提高对我其实也是一个谜。

当初离婚时说好房子给我和儿子,所幸贷款还得差不多了。另外,协议还写明王辉每个月给儿子五千块生活补助费,直到他大学毕业。但是离婚之后,王辉每次来看儿子,都流露出眷恋和愧疚的心理,我们之间因而变得客客气气,我也就没有催促过生活费的事。

直到有一天,王嘉瑞需要交数学补习费,我手头有点儿紧,才想起来问王辉讨儿子的生活费。

还有什么生活费?他表现得一脸茫然。

就是咱们合同上约定的每月五千的生活费。

什么合同约定,房子给了你!

我一时有点儿发蒙。赶紧跑到卧室去翻看合同,没想到,原来的第二页最后一行的那句关于生活费的话竟然不翼而飞。过了半天我才意识到他在签字的时候把协议调包了。

你竟然这么无耻失德,太卑鄙了!我气得浑身发抖,直接把合同摔到他脸上。使我愤怒的不仅是生活费凭空消失,生活了这么多年的人竟然如此做派,实在令人作呕。

他装着无辜的样子矢口否认,还连连诅咒发誓。他越说我越觉得荒唐透顶,忍不住向他扔了一只杯子,他躲了过去,但扬言再这样就不客气。直到王嘉瑞哭了起来,我们才作罢。吵闹声把邻居都惊动了,清洁工也蹲在门外偷听。也可以说,整个小区都知道了。

之后,我不断地给朋友打电话,把我认为"奇葩"的事散播出去,以泄怒火。

这件事也引发了双方家庭更强烈的争斗。我父母每次在镇上遇到王辉的父母,必是把这个事拿出来控诉一番。我爸爸和王嘉瑞的爷爷甚至还动过一次手,他把人家买菜的篮子掼到地上,踩了几脚。王辉的父亲也向我爸爸吐口水。本来藏着掖着的事就这么不顾体面地张扬出去了。我每天下班回来打电话接电话就是谈这个事,甚至把之前的一些不堪的事也拿出来反复说,控诉王辉以及他全家的人品,甚至跟王嘉瑞的小姑也撕破了脸。王嘉瑞小姑是王家我唯一愿意离婚后继续来往沟通的人,我俩有亲戚关系之外的同性友谊,但是在王辉的父亲朝我爸爸吐口水之后,她也成了我怨恨的对象。王嘉瑞过生日的时候,出于报复,我没有接受她送来的蛋糕,此后一年时间都没有让王嘉瑞的爷爷奶奶看见过孩子。

一切真面目在王嘉瑞面前暴露出来：父亲找了别的女人，可能生了别的小孩，调包离婚协议，爷爷朝外公吐口水，现在连小姑也断绝来往，做妈妈的经常半夜睡在床上哭醒，根本无心管他的生活和成绩。所有这些对王嘉瑞来说都是难以承受的打击。几天后一场重要的摸底考试，王嘉瑞结结实实地考砸了。看着我拿着他的试卷大惊失色的脸，王嘉瑞耸耸肩膀，对我说，不是你让我平常心，考出真实水平就可以了吗？

这不是你的真实水平呀！

这就是我的真实水平。

那也不应该是这样啊！

生气了对吧，翻脸真快，虚伪！

我儿子站起来，轻蔑地投来一瞥，不疾不徐地走进自己的房间，把房门关上了。

所谓的叛逆期就这样突然到来。此后，不管我问他什么，他都抿紧嘴，不吭声。每天放学后，他再也不做卷子背单词弹钢琴了。他常常瞪着猜疑的眼神，坐在课桌边发呆。他学习的热情变魔术般地消失了。现在，不是成绩不成绩的问题，王嘉瑞变成了另外一个孩子。他突然对甜食特别感兴趣。吃粽子要蘸上左一层右一层的白糖。冬天也喜欢吃冰激凌，以前那些奶油蛋糕根本碰也不碰，现在，他大口大口地吞吃，头也不抬。

一个多月时间，他长胖了十四斤。

他心理明显出现了问题，好像一只受了伤的流浪猫，即使妈妈的爱无处不在，他仍然想通过其他方式寻找安慰。

但是，这时，我反而没有勇气带他去看医生了。

十三

十五岁时，我和耀祖在不同的学校上高中。但他的学费是借来的，他妈妈把翻身的希望寄托在他身上。我们这一代受穷我们认了，孩子不上学就要受穷一辈子。邻居们也觉得耀祖妈妈比一般人更明事理。我们村里许多户都借过一些钱给她。我爸爸也借过。公平地说，那个时期耀祖表现得很勤奋。他在区里的学校寄宿，每周回来拿一次粮和咸菜。五十多里路，他全凭双脚步行。他常常天黑透了才能到家。他进门的时候，左右邻居都会听到他妈妈欢快的声音响起来，他妈的欢乐在夜里被放大，会把卧在坡下的一条野狗惊醒。

承载翻身希望的少年耀祖性情上并没有多少变化。周末上午见到他，他呆呆地坐在门槛上，端着一本书。人们经过他的身边，他惊觉周围有响声，却要等到人们的背影渐行渐远、快要消失的时候，他才抬起头。他迟钝，这一时期似乎更迟钝，好像眉毛和眉心都打了结；他的面色很黄，眼睛里有一种昏暗的凝重感，这凝重感钳制了他的手脚；他的书也显得很重，但他的样子被认为是一个有前途的读书人应该有的样子。他妈妈竭力弄有营养的东西喂养他。花生米炖得稀烂，里面放些红糖，据说补血。晒干的霉干菜泡开，煮得烂烂的，浇上一勺猪油，装在洗干净的罐头瓶里，他用网兜拎在手上去学校。他拎着这些罐头，但我们都知道他在挨饿。这就是实情。许多住校的学生都挨饿，都营养不良，他应该是最饿的，也是最营养不良的。

他的笑话不断传回来。据说他比别人落后太多。他不会打篮球，不会打乒乓球。班级演个话剧，让他当根木头，本以为他会胜任，结果他在台上瑟瑟发抖，导致主演们笑了场。吝啬，据说他被评为全校最吝啬的人，现在我们这个年纪很容易理解的一切，当时的年纪却似乎完全不能够，他被嘲笑了很久。

他向家里隐瞒了这一切。为了避免撒谎，他什么也不说，回来的时候，我们站在门口向水里扔石子，他闷声不响，扔出去的石子划出决绝的弧线。

他用他的沉默展示着他的忍耐。他不笑。几乎不笑。那时我不能理解他怎么变成这样。他整天穿着那条不合身的裤子，有时赤着脚，我经常看到他把鞋拿在手上，听说快到学校了才穿上。可是，有人回来反映说，他在学校也赤脚，脚指甲里全是泥；他床上的被子是黑色的，这些也遭到取笑。所有别人不能理解的事他们就笑，反正笑笑又不要钱。他的那股怪异的样子最终使他的朋友极度匮乏。

按理说，声名狼藉的耀祖应该很懂事。其实不。有一个周末，我也回来了，吃过晚饭做作业的时候听到他妈妈大声地说话。

我哪里有钱买白球鞋，我做的鞋不比球鞋跟脚吗？

别人都有球鞋，为什么就我没有白球鞋？是耀祖的声音，他的音量时高时低，像一杯端不平的水摇摇晃晃，最后一个字是冲出来的，就像水杯最后被掼碎一样，水洒了一地。

这件事的结果比耀祖妈妈想的更坏。耀祖出于羞怯不愿意站在高中的操场上做操，他不解释。三次之后，他被记了一过，但他一直没有解释。甚至连老师也猜出他不出操是因为球鞋的事，准备放过他了，可他就是不解释，他的态度使老师觉得受到冒犯，他最后被记了一次大过。

高三的时候，许多同学周末都不回家了。要么父母给点儿菜金，要么家里人送菜到学校。但耀祖必须回来，一则回来拿咸菜，二则他必须周末回家帮忙做农活。

周六晚上，鸡鸭入笼，江水平息，一切都安静下来，我们听到耀祖妈妈的声音响起来。

我哪里有钱给你买自行车？

不买不去上学。声音瓮声瓮气，显然，他的体内有愤怒的火苗在往外蹿，但是，这股愤怒的火苗在目测到母亲的目光时是有退缩和犹疑的。

怎么？我爸爸惊呼。这小子上个高中就学坏了。一瞬间，似乎那个木讷的、甘愿服从的、一句完整的话都说不出来的耀祖不见了。我爸爸似乎忘记了，他才刚刚给我买过一辆自行车，甚至在我还没有开口的情况下。

不去更好，反正你考上大学我也供不起。你爸病成这样，你正好回来挑大粪。

挑就挑。说完这句话之后,一只鸡下了蛋,"咯咯咯""咯咯咯""咯咯咯",掩盖了耀祖的吸气声和他妈妈的反击声。

呀呀呀!我们家的大人小孩都把耳朵竖起来,听大逆不道的耀祖顶撞人。

第二天早上,我在门口刷牙的时候,看到耀祖家的鸡还没有放笼。耀祖妈妈似乎不在家。我跑到耀祖的窗底下,从碎了的玻璃窗往里看。耀祖躺在床上,头捂在被子里,没有动静。

到了十点来钟,我们看到耀祖起床了。他支着凌乱的头发,嘟着嘴坐在门前,到了下午两三点的时候,他还没有动身去学校的样子。

耀祖,我先走了!

我骑上自行车,向他摆了一下手就动身了。我当时想,如果我们在同一所学校,我完全可以让给他骑。他带着我,到了学校附近再把我放下来,这样就没人知道了。

这个念头就这么一闪,没有阻止我绝尘而去的速度。

下个星期我回来的时候,竟然看到一辆崭新的自行车摆在耀祖家门口。

我惊喜地"咦"了一声,我妈妈立刻给出了答案:他妈妈上个星期卖血给他买的。你瞧瞧,脸白得跟纸一样,瞒不住谁!

我妈妈说完,大声地对着耀祖家的方向说,耀祖你一定要孝顺哟,你要比别人强,你可以自己争口气,还要帮你妈争口气,骑着高头大马回来把她接走享福。

没有人搭腔。

当年高考，耀祖落榜。我考上了一所师范院校。一切都在意料之中。

十四

这是一个肉眼可见的分水岭。儿子的体重继续飙升，但成绩一路下滑，和成绩一起坏下去的还有他的态度。明明是他爸爸做了缺德事，到头来他连我一起恨上了。他没有恶言恶语，但就是软抵抗。你让他写作业，他当没听见；你让他少吃点儿甜食，他当没听见；你让他出门跑个步，他仍然当没听见。他的体积有我两倍大了，我就算有打他的冲动，也不知道往哪里下手才能让他有痛感。

考完雅思之后没多久，是中考。

我发现了一件奇怪的现象：当你有一个中考的儿子的时候，你会发现围绕在你周围的全都是跟中考有关的人和事。这些人和事就像早就预备好的，从其他各个角落钻出来与你会合。

我轻而易举地打开了一扇看上去不起眼的奇特大门。大门背后是无限的新鲜知识——加分项、特长生、招生班、留学中介、奥数班、一等奖……如此充满诱惑力的东西，其中的任何一项后面都挤满了想攫取它的人，而我的儿子在这个人群中的最末端。不管冲在前面的人究竟能捞到什么已被证实的切实好处,光是末端这个位置就够让人沮丧和自卑。

王嘉瑞中考分数出来了,不出所料,惨不忍睹,等了半个多月,没有一所普通高中发来录取通知。王辉再婚的消息到底传到我的耳边。老伤新痛,我的感觉糟透了。正当我觉得世界一片灰暗的时候,王嘉瑞的雅思成绩出来了:六分!远超我的预期,也成了我最后一根稻草。

就我个人来讲,我非常希望孩子留在我身边。失去婚姻之后再失去孩子,恐怕后面的生活很艰难,所以没考虑让孩子留学的事。但是,王嘉瑞无学可上,只剩下拿得出手的雅思成绩。一想到中考结束,孩子们大人们都在谈论这个事,觉悟好的,已经提前在学高中的课本。每天都有更优秀孩子的传奇故事传来:某某的儿子进京参加奥数比赛,获得全国一等奖;谁的女儿竟然通过了"最强大脑"的初选;谁的孩子上了央视英语擂台……这些新闻从手机、邮箱、电话、老师和其他家长的口中源源不断地传来。人人疯魔一样想进好高中、好大学;人人都怕当底层人,怕扫大街,怕当快递员,又假惺惺地说劳动最光荣。

我心里明白,这往后我儿子将一直生活在不如别人的境地里,我必须得接受这个现实了。有一阵子,我说服儿子和我一起跑步,孩子艰难地跟在我身后,双腿发出摩擦的声响,使我无比心烦。我失眠很严重,有时走在户外,都觉得透不过气来。有一天,我们母子俩走在小区外面的人行道上,天不知不觉黑了,儿子被我落在身后,渐渐地,他的身躯模糊成一座小山似的。我停下来等他走近,他站在原地迟迟不动,我只好往回走,快到跟前的时候,我看到他的脸色阴沉,张大嘴巴直喘气。

跑不动了吗?再坚持一会儿。

他没有理我。我耐住性子,站在他身边,再给他一点儿时间。

突然,他口齿不清地说,陈逸进南外了。

什么?

你明明听见了。说完,儿子艰难地迈开腿,往前挪去。

南外意味着什么?南外在所有人心目中,意味着大好前程:不用参加国内高考,直接被国外的名校提前录取,然后进入到世界一流的大学去学习,那个时候,就不是一份稳定的工作、一个脸面的问题,是实实在在的大好前程摆在他面前……

一阵心酸涌上心头,一个声音突然在我脑子里回响:快想办法,不然就晚了!我突然生发了孤注一掷的决心,让孩子出国留学,让他摆脱这无边无际的压力,远离无处不在的同伴压力、升学压力。

这个念头像用手拨开了森林里茂密的枝杈,看到了远处炊烟袅袅升起一样令我兴奋不已。

我知道自己的经济能力没有达到这一步,可是这个念头就是驱赶不了,脑子里那个声音还在对我说:快想办法,不然就晚了。

一种莫名的悲壮感升起来。我隐隐明白,王嘉瑞才是我生活跌入谷底的根源,我不是光指经济,包括精神的苦闷。从他上小学,我的生活方式改变了;他上中学,我的婚姻破灭了;现在,他中考结束了,失败的虚线变成实影飘在眼前,一大片,无处躲闪。我知道,解决这烦恼,必须要大力一搏。

果然,我把这个想法告诉王辉,他用一种"你一定疯了"的眼光打量了我一会儿,然后坚决表态说,他的第二个孩子即将出生,他才刚刚贷款买了一个两居室,根本无力承担任何费用。他让我"后果自负"。

他的态度是意料之中,却也触怒了我,使我确定王嘉瑞需要摆脱这样的父亲和这样的环境。我甚至想象王嘉瑞成功之后,王辉对背叛家庭和儿子感到"后悔莫及"。八月份,我和一家中介机构签署了留学协议,委托他们把王嘉瑞送到英国去上夏令营。如我所料,王嘉瑞喜欢国外的环境和气氛。我趁机告诉他:如果你喜欢英国,就不要在国内上高中了。直接上英国的 A-Level 课程。

那得多少钱?王嘉瑞瞪大了眼睛。

钱的事你不要管。其余的什么事情你都不要管,念好你的书就行了。

不会吧,妈妈你彩票中奖了?孩子总算有心思跟我说说话了。他眼睛里闪着光,期待地盯着我。此前我们看过电视新闻:一个很有钱的爸爸为了教育自己的孩子装扮成穷人,直到孩子大学毕业,直接向他揭开谜底,孩子感动而泣。还有就是身世显赫的父母继承了不明遗产,就像我小时候常常做这样的白日梦。

保密！我故意装出神秘莫测的样子，不正面回答他，我想，兴许这样一来，他能摆脱"什么都不如别人"的感觉，重新做人。

无论如何，王嘉瑞相信钱不是问题之后，他答应去英国。

王嘉瑞刚刚办好留学手续之时，我则以迅雷不及掩耳之势卖掉了这套价格翻倍的学区房。我算准了，这笔钱够王嘉瑞读完高中和大学。如果王嘉瑞受到了好的教育，上了名校，将来到大城市发展，我在这里有没有房都不那么要紧。王嘉瑞的脚还没有踏上英国国土，我从市中心的一品家园搬到了郊区的出租屋里。

这个决定跟我当初要买这套学区房时一样坚决、果断。可以说，把儿子送到英国去上高中，是我的最后一搏。我每天都幻想他能脱胎换骨，一蹴而就，把不堪的家庭记忆甩到脑后，在新的环境里激发出深不可测的能量。不过，我也做好了他更差的打算。类似的故事我也打听到许多，一个优异的中国留学生到了美国上高中，离开家长的监督和管束之后失去控制力，一年激增五十磅体重，而成绩下滑到不合格要被学校除名的程度，盖因中国孩子习惯了严厉的填鸭式教育，而美国老师却不愿像赶牛马一样鞭策学生……

儿子离开之后我有机会回顾自己近乎病态的好胜心，也经常觉得自己变得不像自己。但周围却没有任何人觉得我做错了。相反，有孩子的父母过来跟我打听，我收获了许多友谊和赞美。我相信自己给了别人一些错觉。他们想，连李连秋这种条件的人都有能力有决心送孩子出国留学，他们还有什么理由不送呢！他们甚至因此而觉得自己不如我有心机有胆识。

如我自己所言，我孤注一掷，也做好了王嘉瑞一跃成为学霸和继续成为学渣的两手准备，唯独没有想到第三种情况发生了：儿子在情感上一天天疏离我。出国前短暂的融洽相处之后，儿子变得更加冷漠。我有时候想和他视频聊聊天，无论我说什么，他总是会"嗯""好""是"。能少说几个字就少说几个字。我父母也联系不上他。我妈说，这孩子不会是白眼儿狼吧，站到他爸爸那边去了吧？他妈妈算是把天上的星星都摘下来递到他手上了呀。

王嘉瑞比我想象的更忙也是真的，除了学科课程之外，学校会有非常多的活动提供给学生参加，比如马术、高尔夫、丛林探险、滑雪，等等。从他的英国监护人那里，我知道他爱上了踢足球，每周有三个下午都在球场。

那怎么行，他应该加强英文，他的英文……

可是运动更重要啊，那位未曾谋面过的台湾监护人完全不理解我的焦虑，我要求她帮我把足球课换成英文补习时，她在电话里笑着回敬我说，那是王嘉瑞自己的选择呀！

那么他的成绩……

不算差，还不错，很顺利。每次都这样，让我有一种把握不住什么的感觉，同时让我真正头疼的是每个月的费用。除了中介费、学费和学校各种杂费之外，我还要付他的住家开出来的日常开销。包括王嘉瑞的足球课、运动服、聚会时分摊的饮料钱,这些费用远远超过我当初的预算。每当信箱里收到繁体字的问候,我的头皮就发麻。

有一次,我跟王嘉瑞视频,婉转地让他节约开销,不必要的钱尽量不要花。

我已经很节约了,就因为我花钱过于算计,其他人都不带我玩了。我们学校的中国同学,他们每个月的零花钱至少五百英镑。

中介证实了王嘉瑞的话。和他同时去的五个来自中国的同学,但是王嘉瑞几乎不跟他们其中的任何一个来往。

他们太有钱了,他们出去逛街,花钱眼睛都不眨,他们从头到脚,浑身都是名牌。

听出王嘉瑞的声音里既有羡慕,也有委屈。

你不能跟他们比,如果不想占人家的便宜就离远点儿吧。

我正是这么做的,因为觉得我小气,其他人都不带我玩了。

不要自寻烦恼,你要跟你初中的同学比、小学的同学比,他们有几个出国了?

我只能跟站在我身边的人比。

有什么好比的?

让我跟人比的是你们呀。他小声地嘀咕一声就不再说话。他并没有吼叫、争执,或者怄气。但这个程度,已足够让我们的谈话不欢而散。我本来期望,王嘉瑞得到了留学的机会,应该更珍惜更感动更幸福才是。但事实表明,他并没有摆脱同伴的压力,相反,同伴给他的压力不是减小,而是加大了。

他似乎正在一步步脱离我的节奏,但也并没有走向我期望的那个方向,因为距离,使我觉得他越来越捉摸不定。这是可怕的全新体验,倾其所有,却未能得到任何回报。我不想夸大经济上的拮据,我还没有沦落到捡菜场的菜叶吃。不过,剩下我孑然一身的时候,窗外呼呼而过的车辆都在提醒我的落寞和失败,我未来的虚无和抗争的无效。

十五

在我们各自去外地上高中之前,我和耀祖一直是最好的玩伴。

那时候我们的世界只有这个小岛。一条清澈却又深不见底的河流阻隔了我们与外部世界的联系。我们不能够触摸外面的世界,我们不知道知识、希望、爱情和永恒。我们只有鱼叉、鹅卵石,捉迷藏和捉弄一条不知谁家的看热闹的老猫。除了赛跑、打水仗,我们还做过家家的游戏。耀祖扮演坐在桌边陪来访亲戚的丈夫,而我是那个勤快的妻子。一片碎瓦片代表一只碗,一片树叶代表一个菜,泥巴代表肉圆。而小林和小翠,则是游戏里被我们招待的亲戚。他的责任是吸溜嘴,表示稀饭很烫嘴。

小林吸溜了两下停了下来,耀祖像大人一样客气地说,多吃点儿,别客气。来,夹块肉。

我也在旁边附和，再夹块鱼干。鱼干是一根折断的细枝条。

你们俩玩得这么好，长大了结婚吧。小翠说。

耀祖抬起眼，还在回味着这句话。小林，这个一贯胆小的跟屁虫，却迅速做出了反应。他轻蔑地看了耀祖一眼，像一个真正的长者那样训斥道：你家是草房，她家是大瓦房，她怎么会跟你结婚？

当时的耀祖脸上没有表情。从来都慢人一拍的耀祖需要更多的时间去消化外部世界的击打。在他的头转过去之后，我看到他的脖子根突然通红，他的脸颊抽搐了一下。在他不提防的时候，痛苦已经从他的脖子和脸颊展现出来。他什么都没说，但是我后来相信，他的童年伙伴朝他划了一道看不见也难以愈合的伤口。他始终什么也没有说。这是一贯的他，毫无攻击性，也毫无战斗力的他。

但我对他的痛苦置若罔闻，我还没那份领悟力。他的傻乎乎的麻木助长了我的自以为是。长大后回想起来，我甚至觉得那一段是我一生中最快乐的时光。我不缺吃穿，父亲不打母亲，唯一让我不开心的是，我个头矮小，在课间各种游戏时总被人推来挡去。拔河游戏、捉小鸡、跳房子，我都因为不灵巧而成为累赘。被孤立的时候，我会四处张望，寻找耀祖。他一定会在不远处站着，就好像等着有脏水泼过来的时候挡到我前面。但我知道他其实不会那样做。远远看着我出丑，偶尔转移别人的视线，他能做的就这么多。

当然我不能说自己对他就毫无用处。也有许多时候,我陪着他躲在黑夜里。他的父亲正在打他母亲,他缩在墙角久久不敢进屋。

他用麻绳抽她。她抽泣着。耀祖的爸爸脾气特别火暴,喜欢毫无理由地打老婆——只要他在外头受了委屈或者没有按时吃到晚饭。

你哥哥会帮她。我说。

他不敢。他帮过一回,也挨了拳头。

他的牙齿不整齐,还有点儿黄,那时我们已经有了属于自己的牙刷,他还没有。他做什么事都慢我们一拍。我有书包的时候,他还只能把书用一块旧毛巾裹住搂在胸口去上学。他借我的橡皮擦和削笔刀,如果他去借别人的,只会受到训斥,没有人会心软。尽管只有十来岁,我们知道谁可以欺负,谁可不能得罪。他的人生似乎从那时起就已经被预置:一切都慢人一拍,一直在追赶别人。而他也很快适应了这一切:每天处于混乱、失望之中,接受被羞辱、被轻视、被遗忘的事实。但我喜欢这个软弱的人、迟钝的人、懦弱的人。我对他知根知底;他对我极有耐心,从来没有挑剔过我任何方面,即使在其他同学嘲笑我的时候,他会坚定、毫无悬念地选择站在我身边,虽然他所能做的就是直愣愣地旁观,看着别人对我的质疑和嘲笑。他从来没有为我反抗过,如同我从来没指望他一样。不为什么,这就是他——比我渺小,比我更受歧视。我接受这样一个朋友,从他的身上可以获得安全感和优越感,他的存在可以抚慰我不时受到的小小的排挤和伤害。我当时不知道他的存在对我意义重大，直到我在外地上中学之后成了孤家寡人，在被嘲笑的时候根本无人帮着转移注意力的时候，我才发现自己十分想念耀祖。但此时我们已经开始长年不能见面。这时没有任何迹象表明他会成为一个抢劫犯。

经过漫长的几十年，如今我突然明白，我如今遭受来自同伴的压力，但在很早很早之前，自己就已经是同伴压力的施行者。在我不知不觉的时候，我的优越感，我身边小伙伴的恶毒早就压住了耀祖。在他成长的路上，在他成人的路上，一直有这样的恶出现在他身边，颠覆他对生活的想象，磨灭他的天真和奢求，让他品尝到无法用语言表达的撕裂和痛楚，他被打磨成一个不自信、不反抗、诚惶诚恐的人。同伴们组成一把长剑，插进去，拔出来，因为没有红色的血，人人都以为自己没有犯错。

十六

在王嘉瑞去英国一年多之后，我去了一趟英国。在飞机上，我仍旧不死心，幻想着自己成功地改变了他，并在脑中勾画一个乐观上进、充满感激和爱意的儿子，他魔术般地变得振奋和积极……在希思罗机场，我见到的王嘉瑞如一个几近陌生的青年。他留着长长的头发，眼睛开始略略有些近视，佩戴了一副眼镜。他的身材长成了我认为应该的高度，但看上去竟然很瘦。我知道他瘦了，但不知道竟然瘦成了这样，简直判若两人。或许是身材发生了巨变，他的面容也发生了巨变。此刻是伦敦凌晨两点，加上陌生的建筑和面孔，我疲倦而僵硬地看着他。我们之间有一种跟过去不同的生分。我如此思念他，但此刻竟然不知道怎么样表达才好。他只是朝我笑了一笑，拎起行李箱就往出口走。

就在那次见面，我从他身上看到了一种不同的风度，令我暗暗惊异。

他像个大人一样带我认识他的监护人，带我去他的学校参观。在明亮而漫长的黄昏，他在路边的咖啡店买一杯咖啡让我尝尝。清晨的时候，我们坐在敞开的巴士上层去看大本钟。他沿途指指点点，把觉得有趣的地方介绍给我。我们迷路的时候，他没有为我的焦躁和惶恐而难为情，他气定神闲，步伐坦然从容。从他的举手投足我看到了一个孩子经过一年的神秘旅程，到达了少年世界。

这个眼花缭乱的陌生世界，令我想起坐在我家沙发上手足无措的耀祖，我此刻就跟他当年一模一样啊。我一阵心酸，但这回，我什么也没有说。

比起学习，王嘉瑞的全部兴趣和热情其实在踢球上，这也是他一年多迅速瘦下来的原因。他邀请我去看他的训练。他起步晚，动作不是很规范，但很有热情，用英语和教练沟通。我实在忍不住又问了他申请大学的情况，他的学分，以及他将来的打算。

还没有想好，有名的学校肯定考不上，毕竟咱成绩一般嘛。

知道一般，是不是因为你的心思都在踢球上？

是的，妈妈，踢球让我快乐。

他公然地说出了"快乐"这个词。

快乐以后会有的。

现在没有，以后怎么会有？

可是现在不努力……

他快速地打断我：最多就是普通人，普通人也有自己的快乐。你们自己也是普通人，可总是歧视普通人。

但是，我希望你过上好的生活。

好的生活有许多不同的定义。

受异域影响的教养显现出来，他的声音很平静，但明明白白表露出对规则和母亲意愿的公然漠视。他的神情像是在说，你的人生没有什么成功之处，就不要灌输什么宝贵的准则了。

他赢了。我不想和他争执，我不忍心他输。但是，再往下了解，我认为，踢球，不过是用来回避无法与人交往的尴尬。换句话说，如果他在中国是边缘的，在这里，他仍然是边缘的。他没挤进富二代的行列，也没挤进学霸的行列，我们眼里的学渣们也瞧不上他。用他的话说，他不够酷，没资本。他说这些的时候，声音很平静，但是，我却听出点儿责备之意。我清了一下嗓子。就算我明白他在抱怨家境不好，我也只能眼睁睁地看着了。

有一天，我帮他收拾宿舍，无意中翻到了一个笔记本，这个笔记本是出国的时候，他的初中同学赠送给他的。我随便一翻开，里面赫然写着：我爸爸是个混蛋，可是我时常想念这个混蛋。

我妈妈不肯接受我是一个普通人的现实，她希望我成为一个她认为必须成为的人。

不要给自己制造牢笼。

不要沿着别人的错误继续前进。

体验，体验，体验生活！

我吓得一激灵，好像闯进了陌生的房间，赶紧合上笔记本，不敢再往下看。

从英国回来，带给我两种截然不同的心情。孩子健康有教养有思想的样子，他也比我想象的更成熟、更复杂，也更有思想，笔记本里有他自我挣扎的痕迹，他似乎也正在学着成长，这一点让我安心，但同时又觉得哪里不对劲。他对成绩对前途表现出来的无动于衷很不合适。他应该像我身边一切面临高考的孩子一样紧迫、焦虑，心无旁骛，这才是一个学生应有的状态。

出于一种矛盾的心理，我给他发了一条微信。我告诉他卖掉了房子的事，或许他会像当初发现我和他爸爸离婚一样，一次压力成就一次反弹。

没想到，他只是回了一段话：我早就知道了，爸爸说你疯了。

他没有表示愧疚，也没有表示感恩。他表现得过分冷静而漠然。换句话说，我这样的牺牲他笑纳了，也并不准备回报——我要求的回报无非是希望他一跃而起，加倍奋斗。他没有，崩溃的是我。我被某种观念控制住、牵着走，但我没有带动任何人。他甚至都没有说：妈，你在用爱和牺牲绑架我。他没说。他接受爱和奉献，但也没有被绑架。他只顾着寻找他自己。

当初留学中介广告上可说了：英国是培养绅士的国家。你送给我一个少年，我还你一个绅士。可是，王嘉瑞的不客气、不亲近、不买账使我震惊不已。他按照他自己的意志在成长。我当了十八年妈妈，还是不知道怎么当妈妈，甚至不知道怎么当自己。

眼下，我们的关系如此冷淡，比陌生人好不到哪里去。

十七

我以为耀祖会坚持下来，他的母亲会坚持下来。但是，他落到了坐牢的下场。他被判得很重，十五年。大家都瞒着他妈妈，说只判了三年。他们估摸着三年之后，耀祖妈妈差不多也不在人世了，但她至少可以揣一个儿子能够重获自由的梦想。

我的儿子犯了错，耀祖妈妈坐在门槛上声嘶力竭地哭喊：都是为了我呀，都是因为去年的时候他向我保证要开辆车回来呀！

一辆旧车要判十五年？我再三在微信里跟提供消息的人核

实。真的吗,有没有弄错,搞错了对不对?

并没有。

他的供词特别可笑,不像真的。他不知道自己是抢劫。他说他知道这家人有四辆车。这辆车是最旧的,最用不着的,平常都不怎么开,而且这家人出国度假去了,过完年才回来。他跟他们熟悉着呢。他一定会在他们回来之前把这辆车还回去。他这么盘算。甚至他还会加满油,放两包香烟在车上。他的供词像在说梦话。但是主人提前回来,报警,并且,更糟的是,这辆车里放有女主人的钻石戒指,现在它不见了。他说没见着,他甚至不知道有这东西的存在。

听说他在法庭上一言不发,像是认罪,又像是事不关己、无动于衷的样子。倒是他的大哥,放下手里的活去旁听。听到十五年的刑期,当场哭了起来,一个劲地喊,不公平!不公平!

有什么不公平呢?到底是什么不公平呢,是说判决还是生活?

我仿佛看到他被铐起的双手并在一起。在被押走的时候步履蹒跚,但努力跟押送他的人保持一致。他一贯怕麻烦别人。他是个老实人。他是个好人。到这时我仍然这么认为。他到那时也许还不明白:他想从那辆车、从那个城市得到的东西,一直以来都不过是存在于他脑海里的缥缈的幻想。

就在他被判决的时候,小林的生活也出了很大的变故,因为经常没日没夜地赚钱,装货卸货、开网店、炒房,小林的心脏出了问题,差点儿没救过来。

而我呢，四十多岁了，连一套住房都没有，房子在我卖掉之后价格又翻了一倍，如果不是那个失心疯的决定，现在我至少有一套价值数百万元的房子。而我每个月的收入不要说重新买房，连儿子一个月的伙食费都很勉强。如果耀祖知道这些，他心里是不是平衡一些，他会不会放弃铤而走险，偷什么劳什子破奔驰回家显摆，或者仅仅是为了让妈妈高兴一下？

十八

因为犯罪和疫情，耀祖和儿子，我都一年多没有见到了。我浑浑噩噩地工作，每天戴着口罩，但心里，并不害怕死。这是我人生中最失落、最迷茫的时期，某些东西在我心里粉碎了。我感到孤立无援，一无所有。临近过年的时候，我妈妈打来电话。听着妈妈的唉声叹气的声音，我知道她没有怪我疏于关心她和我爸，而且完全能理解我正在遭受的一切，恨不得替我分担。挂掉电话，突然一阵风，窗帘被吹起一角。窗外下起无声的小雨，雨水混杂着灰尘的味道飘进来。我辗转难眠，实在忍不住拨通了儿子的微信。很意外，他接了。听到他喊了一声"妈妈"，我立刻放声大哭。我不停地哭啊哭啊，好像要把我心底里所有的眼泪都哭出来。

妈妈是不是错了？我应该怎么办？我哽咽地问儿子。

妈妈，那个少年在电话里说，发生了什么事？

耀祖因为抢劫被抓进去，判了十五年。

耀祖舅舅？那个成天被人笑话的耀祖？

是他。

妈妈，你是不是想对我说，他是因为没好好读书，没有学历，所以只能卖鱼，还被人骗。

不，我喃喃地说，事情哪有这么简单。但他不应该去抢劫啊，他妈妈怎么能承受啊，她对耀祖有那么多的期待！说到激动处，我的声音有点儿变形。

就是因为你们的期待，他都不敢大大方方地穷，他去抢劫，不是因为他穷到无法生存，而是他以为他的这种穷是耻辱的，是见不得人的，是需要藏起来的。他可以大大方方地穷。

是别人容不下他的穷，他才成了一个罪人。妈妈只是希望你能避免这样的遭遇，不让别人有机会给你难堪。

妈妈，如果你不允许别人让你难堪，他们就给不了你难堪。他说得很认真，像是为这句话思考了很久。

你觉得是这样的吗？我喃喃地说，我很虚弱，无力反驳。

你试一试换个角度想一想。还有，妈妈，我知道你爱我，但是，你一定要先爱你自己。

但愿我会。

我在心里说，可是我所有的力气都已经拿去爱你了。如果我只爱自己，你现在就得滚回来。我的钱还够在郊区买一个安身之处。我当然没有把这些说出口。

雨在天亮的时候停了。窗外是浓重的雾气覆盖的楼房，一切都湿漉漉的，里里外外。那个时候我突然想起从前。想起我第一次去上学的那个清晨,想起我蜜月旅行的那个旅馆,想起小时候的那条河,想起我和耀祖过家家时装模作样的待客姿势,以及捕风捉影时的无端笑声,这些已经离开太久了。现在,时间似乎变慢了,大地似乎变得沉重了。

良　霞

一

江心洲人不愿意动脑筋，生儿养女取名字都喜欢抄袭加套用。男的非军即宝，非贵即富；姑娘们呢，霞呀英呀，凤呀梅呀，反反复复用来用去。不过，那都是三四十年前的旧习了。

一九八八年的暑天，棉花刚到结桃期，靠了锄，地里没什么活儿。一大早，摆渡的阿三一船载着两位姑娘到镇上去。一个是三大队的腊梅，这小姑娘才初中毕业，学生气没褪，拿不动锄又坐不住板凳，妈妈说家里没有老姜了，她就自告奋勇到镇上称，其实就是想寻点儿新鲜。这小姑娘嘴张着，显得有点儿憨，出门也不戴个帽子，脚上拖着一双塑料拖鞋，鞋尖翘在船舱里，晃荡着。另一侧船沿上坐着八大队的良霞，良霞穿一件无袖的淡青色连衣裙，太阳还没出来，良霞戴着白色的凉帽，一撮头发从帽檐里露出来，她手里捏一只花手帕，时不时擦一下额头的细汗珠。她腰身苗条，胳膊圆润白皙，肩膀上挎一只黑色人造革包，脚上穿一双白色的高跟凉鞋，这种款式不算稀奇，可是她脚上还有一双薄薄的透明丝袜，这就显得洋气了。两位姑娘面对面坐在两侧船沿上，良霞抬几次眼，都撞到腊梅直愣愣的目光，腊梅几近呆滞了。阿三虽然憨，也瞧出腊梅自惭形秽，他咧开嘴，短舌头打着卷儿开始嘀咕。他一嘀咕，破了凝结在江面上的尴尬，腊梅索性长了勇气，她问良霞：

你打扮得这么漂亮，要去哪儿？

良霞温和地朝她笑一笑：

去趟县城。

听说你在县里交了男朋友是不是？

人家瞎说，没呢！良霞还是那么微微笑的模样，不疾不徐。腊梅被她的和气吸引住，胆子大了，紧追着说，我跟你去逛一逛好不好？

腊梅口袋里只有五块钱。她不晓得住一晚旅馆就要五块，她还当真以为自己不是人家的拖累，可是良霞也没拒绝，只是说：你不回去，不怕你妈妈急？

船还没有靠岸，凤凰镇的街铺就露出眉目了，街道上，有挑着粮食和大白菜的农民，也有骑自行车下班的女工。腊梅一眼就看出镇上人和乡下人的区别。她看到自己的塑料鞋上沾满了泥巴，裤子是她妈妈手工缝的，屁股后头能塞两只鸡，裤腿还皱巴巴的，她突然心虚了：

我还是回去吧。

良霞也没有坚持，可是懂了她的意思：

没有关系，慢慢来。以后注意少晒点儿太阳。有钱的时候再买几尺布，做条裙子，买得巧，一条裙子也就三四块钱，人马上就不一样。

这些知识太新鲜了，腊梅听着，觉得十分渺茫，沮丧地把脸别过去。她的眼被繁华和美给刺着了，眼泪哗地淌了出来。

那年良霞刚刚二十。江心洲"胡""范""张"三大家族都想娶她做儿媳。胡家老六是牛贩子出身，贩了十多年的牛，已经把大公子的楼房盖起来了。大公子正在做木材生意，走南闯北，赚多亏少，就等娶妻生子，过美满生活。范家二儿子刚刚高中毕业，跟村里的领导班子来往密切，有望接下一任村长或会计。张家的儿子是独子，虽然没上过学，可有一条一百吨的水泥船。小船长皮肤黑，可良心白，都说他为人厚道，举止稳重，掌舵技术一流，大风大浪跟前比五十多岁的人更沉着、勇敢。

这三户人家轮番到良霞家去试运气。因为知道彼此的意图，三户人家在路上碰到都有点儿横眉竖目了。良霞爸爸是个厚道人，媒人不论何时登门，他都耐住性子，要下地时放下锄头，要吃饭时放下碗筷，要睡觉时他套上衣裳、烧壶水，陪来人坐着闲聊。被这些人家请来的说客都不是等闲之辈，嘴巴能说，大话敢吹。在他们嘴里，这些早不见晚不见的人，个个性情温良，敬老爱幼，前程似锦，良霞若是答应了呢，一过门就是王母娘娘的待遇。江心洲巴掌大，家家知根知底，可经他们一规划，就像在听书。他们画出来的饼，良霞的妈妈在门里回回听得眉毛竖起来。她坐在门里仿佛不怎么管事，其实屏气凝神，句句不落。

那些被委派来的人总想多探些情报回去交差，经常边说话边往良霞的闺房里瞧。良霞家有三间睡房，良霞睡朝南的大房间，两个哥哥睡在朝北的那间。良霞房里的墙也是老式的土坯墙，可是墙上贴满了明星画。最大的一张是带年历的邓丽君像，还有一张山口百惠、三浦友和夫妇相拥在一起的招贴画贴在良霞的枕头上方。窗帘不是一块花布，是奶糖纸拼接起来的帘子。她床上的蚊帐里头贴着她请人用金纸剪的展翅凤凰。江心洲还没有通电，可是良霞的桌子上已经有了一个台灯，粉红色灯罩，一看就是有心人送她的礼物，一等电线杆架上之后就能派上用场。

良霞家西墙边靠着一条路，既通往镇上的夹江渡口，又通向屋前头的大江滩。屋基旁有块沙地，不适合盖屋，做了菜园。菜园的栅栏边种满了美人蕉，一株一株，一簇一簇，既好闻又好看。种了茄子的那一块地边上还有一棵栀子树，一朵一朵白色的栀子花羞答答地猫在栀子叶里。

因为跟良霞打过那么一次交道，腊梅经过她家门口时，总喜欢瞧一瞧那挂在窗边的糖纸帘子。一个人要有多巧的手和多大的耐心，才把这些帘子穿得这么好看、这么齐整？

江心洲的父母声称自己男女平等，其实都是嘴上说说。良霞家的男女平等，也是嘴上说说——良霞念到初三，两个哥哥都只念到初二。良霞没法继续念，那些她瞧不上眼的同学，每天给她递条子、送礼物，不胜其烦，而且她英语成绩好，经常被喊起来做领读。她领读的时候，窗户外头挤满了社会青年，他们吹口哨，用假嗓子发出细长的叫声，严重扰乱了学校的教学。老师们气得哼哧哼哧，怒目而视不敢言。良霞自觉，三五回后，她扛起板凳回了家。

不念书情况也好不到哪里去，村子里只要有良霞的地方，就有年轻男女，男孩子个个想做到最斯文、最突出，女孩们自动当配角，所有的话题都只会围绕着良霞：良霞的眼睛好看，良霞的皮肤好看，良霞的手绢花色好看。良霞站在那里，轻轻一扭，抿嘴一笑，这个样子立刻就有人模仿，有的人像，有的不像，像不像横竖都是良霞最好看。可是良霞不在意，见谁都微微笑，温柔地笑。

这年入秋，良霞终于跟父母坦白，她在县城里确实处成了一个对象。对方要良霞回来传话，问他们何时来上门提亲妥当。对方全家都是县棉纺厂的正式工，城镇户口，男孩子一米八的身高，还是高中毕业生，他迫切地想要两家父母见面，把亲事定下来。

意料之中，也是意料之外。良霞爸爸一时不知如何是好。

他说要定下来才能名正言顺托人帮她弄进棉纺厂上班。良霞羞涩地解释说。

定下来当然好，良霞爸爸面有难色，可是人要脸，树要皮，家里的房子旧成这样，乡里乡亲也就算了，见外头人实在拿不出手。这样吧，等棉花收上来，买些石灰把外墙刷刷白，屋顶上的瓦换一换，再给家里人里里外外添一身新衣裳，让他们来吧。

爸爸不想让她丢脸，她懂。她默认了。

天不遂人愿。

巴巴地入了秋，棉花结桃期，一连下了二十多天雨，棉花地里水流成河，沟沟壑壑到处都是水，白茫茫一片，水往低处流，进来出不去。江心洲人眼睁睁地看着棉花一株株被雨浇得蔫头蔫脑，东倒西歪。天一放晴，上头晒，下头淹，不几天，江心洲几百亩地里，快一人高的棉秆全部七零八落，枯死败光。

良霞订婚的事拖了下来。

一直到入冬，家里没称过半斤肉，良霞一个劲儿收到城里的信。爸爸到老师家里讨了些考过的试卷来，说是给良霞妈妈剪鞋样，良霞不好意思在试卷反面写信，她收到许多信都没法回。过年的时候，妈妈见不得良霞失魂落魄，抠出十块钱，让她到镇上买身衣裳，良霞拿这些钱全去买了邮票和信纸。信纸上写得密密麻麻，都不像她一贯讲究的样子了。二哥晓得她积攒了一肚子情话要讲，站在门外笑话她：话比江水还多。

良霞甜蜜地抗议，威胁要喊妈妈来捶他们。

过完年，冰锥子还挂在屋檐上，良霞莫名其妙地发起烧来，请了赤脚医生开了点儿药，三天都没退。旁人要是感冒发烧，总是喝喝开水，吃两粒药罢了，良霞发烧，紧张的不光是妈妈，大哥一天要进来摸她三回头，二哥也靠在门口，直盯着她问好些没好些没，爸爸本来忙着挑土整地基，给两个儿子一鼓动，也跑到良霞床边来问她：

送你到镇上去瞧瞧？

不用。良霞回答爸爸时，把被子从脖颈往下拽了拽，想把头抬高一点儿，一张苍白小脸，睫毛上像是闪着泪珠。四目一对，爸爸脱口而出：送县里，一天也不拖。两个哥哥积极响应，一人背一段路，一直背到镇上坐上了三轮车。三轮车上，两个哥哥四条腿四只胳膊合成一张床，哥哥的棉袄脱下来垫着妹妹，生怕妹妹被颠疼，两个人的脸都绷得紧紧的，一路护到县医院。车上坐着个认识他们的人，瞅着这几个紧张过头的大男人好心好意地笑。

本来想让良霞快速退烧，可是医生扭过脸来告诉良霞爸爸：腰子上长了东西，赶紧加大处方退烧，尽快安排手术，不然有生命危险。

爸爸和二哥留在医院，大哥连夜回家筹钱，通知妈妈，带来的这点儿只够当晚用。

县医院医生下药准，没几天烧退了。烧一退良霞就写起信来，信里交代男朋友到医院来看自己。写完信，她从病床上起来找厕所，经过医生办公室，听到爸爸在向医生打听她的病情。她在外头比爸爸早一些听懂了医生拐弯抹角的话里的意思，晓得自己不是普通的伤风感冒，她把写好的信当场折起来，塞到枕头底下。

那个男孩子到底得了消息。手术前，他来到良霞的病床前，良霞一见他，就把头扭过去说，分手吧，分手！

虽然发了几天烧，可那说话的劲道还在，口气坚决得很，一看就知道他俩平常交往，她能占上风。

我不走，我不会离开你。男孩用肩膀抵住床头的板，哄了三个小时，请良霞把头转过来让他瞧一眼。

我不想连累你，我是农村的，现在又生了病。你走吧。

撂出这一句话来，偏就不转头让他瞧。

医生来查房，劝男孩子让病人休息，男孩子退到病房的走廊上，蹲下，抱住头，忧心忡忡。吃饭的时候，良霞爸爸买几个白馒头递给他，他不肯接，一声不吭。病房里的人七嘴八舌地发表看法，有人敬重良霞有骨气，有人评价外头走廊上那个是一个痴心汉。最后一致认为病床上的姑娘还真有福。

这些人个个嗓门儿大、心眼儿直，床上的姑娘何尝听不到这些议论？越听她的后背越发绷得紧，仿佛转过头来，接受那个伤心人的安慰，就是大大地让人失望，大大地对不起旁观者。

还是做妈妈的疼女儿，又怕那个男孩子真的走掉，趁女儿睡着了，她伏下身子轻声告诉走廊上的准女婿：没怎么吃过苦，突然受了这些罪，心里不自在，又要强，明天肯定就顺了。

第二天又守了半天，男孩子爸妈差厂子里同事找到他，告诉他再不去上班，厂里要把他开除了，他这才怏怏离去。他真的走掉了，良霞又努力想把头探出来往窗外瞧，怕他会躲在医院楼下柏树的绿荫里，傻傻朝这间房张望。

不过，她嘴还是很硬：

换病房，下次不要让他再见我。

第三天,小伙子把医院翻了个遍,也没见到良霞的影子。良霞在手术室,手术做了七个小时。

术后,她身上插满了管子,刚能开口,就交代家人:

不要让他看见我这个丑样子!

她不知道还有比丑更大的麻烦,妈妈点点头,泪珠子一颗追着一颗往下砸。

可是他没有来,一点儿消息也没有。

七天后,良霞拆了线,钱也用光了,爸爸借了板车拖她回江心洲。临走时县里的医生招呼家里人:尽量多依她,多给她吃点儿往年没吃过的,不要让她受刺激。如此这般。良霞卧床不起了。

每天晚上,她妈妈便会端一盆水来帮她擦洗身体,妈妈沾湿一块毛巾,让热气冒一会儿,先是从脸脖子开始,再来到女儿脸庞两侧,妈妈绕开女儿微闭的两眼,也绕开前腰下那道红色的刀口。那个地方愈合得不好,可没有听到她叫唤。还有些地方,女儿也不让碰,伸出无力小手,轻轻一拨,做妈妈的懂。她说:

不怕,我是妈。

妈妈一天天擦,觉得女儿一天天往下陷,有几次,她喊来良霞爸爸一起把女儿往上拖,让她坐起来,这个时候,她总觉得女儿的眼神木木的,身子抗拒地往下沉,像是用身体挖掘一口深井。她的头发,不是一根一根,而是一缕一缕地往下脱落,妈妈整理床铺时,悄然把头发拢在手心带出去,再后来,女儿瘦得薄薄的，做妈妈的不劳别人帮忙，轻轻从腋下一提，女儿就能坐起来。可是很快，她会再度陷下去，女孩儿胳膊松软，她看着妈妈——定定地。当妈妈告诉她想帮她翻个身，她那发呆的目光试着听懂妈妈的话，神情是茫然的，仿佛陷入迷雾之中，妈妈刻意不去碰女儿的眼神，听到女儿急促而微弱的喘息，她把脸转过去，害怕听到心酸的抱怨。有一回，在帮女儿擦洗时她听到女儿喃喃说了一句。

什么？她本能地直起身子，问道。

良霞抬起厚重的睫毛，大而黑深的眼睛直视着她。

他怎么想的？两个月来，她头一回开腔。

做妈妈的答不上来，又不习惯作假，只好急急忙忙端出盆去把水泼掉，又不放心，拿着空盆回到女儿床边来，伸手把煤油灯芯捻了捻，让屋子里亮一些。

二

江心洲其实有两个名，另一个印在红头文件和五洲镇地图上的名字叫太白村。太白行政村有八个自然村。八个自然村绕着江沿堤坝，各占一个方位。八大队地处东南。良霞的窗口可以望到刚刚升起来的太阳。天气晴朗的日子，从窗口可以看到东方影影绰绰的扁担洲和八卦洲，江面平静，半个钟头会有一只拖船经过，拖船上或装满沙石，或装满煤炭。它们缓缓地从地平线开到视野里来，等你眼睛疲乏了，便又缓缓地从视野里开出去。

陪伴她的，是一段段翻来覆去的往事。她站在严井湖边的亭子里。说是湖，只是巴掌大的水库。他俩就在这里认识的。她没什么别的好炫耀的，只是告诉他，她家门前的水比这儿大几千几万倍。

这湖，不是多么稀罕的事。

到底不一样嘛。他热烈地望着她，带着小小的优越感和试探。他在离这条湖不远的国营棉纺厂上班。

你不像县城里的人。乡下人最怕听的就这句，她的脸一红，正待转身离开，听到他接着说：

你像北京来的。

他说这话时，周围是蔓生的蔷薇花和垂柳的枝条。她知道自己好看，从小到大，因她长得好，她被告知将来能吃香喝辣，享荣华富贵——江心洲人所谓的荣华富贵无非就是嫁给城镇人，吃商品粮，住楼房，喝自来水，拿工资。良霞的蓝图就是如此。旁人从渡口往县城里去，摆渡的就会问三问四，做什么事，什么时候回。可是良霞要是三天不到渡口来，摆渡的才会问三问四，出了什么事，良霞怎么不到城里去。良霞晓得她就是这个命，天生丽质，高人一等。

家里的经济不宽裕，良霞进城的钱，有时就是紧巴巴地够两趟路费。她呢，会瞧瞧城里姑娘的打扮、衣裳的样式，记在心里，手头宽裕时买几尺削价的布料照着样子做，大多数时候，她只是来逛一逛免费的严井湖公园。

就是在这里,他把脸凑过来,她闻到芳草牙膏清新的香味。他的牙齿贴着她的牙齿,他的胸口贴着她的胸口。他说:一生一世。

疼痛的间隙她能回忆起搭乘渡船时听到的潺潺流水声和鸟鸣。她去过他家一回。县东城一个巷子里,院墙一人多高,院墙边靠着三辆自行车,一家三口每人一辆,锃光瓦亮的。院子里有七八盆花草,还有一间屋大的空地,可以种茄子,搭葡萄架,既可遮阳,又能吃水果。那样的生活印在她脑子里:微微的呢喃声,多样的色彩,有力的胳臂,还有他的气息,温热而浓情,又真又切。现在,她的脸被病症的面罩蒙住了,他远得像一场白日梦。

来看望她的乡里乡亲一进房门就开始装假,假装没瞧见她瘦脱了形,净跟她说些好了之后如何如何的话。她冷冷的,没有表情。她不是傲慢,只是心在别处。她心里晓得他们的好意——所有的问题都在这里——她从来没想过人人都来同情她。这些日日经过她窗口的人:扛着锄头下地的,到镇上去采买的,挑着担子的,空着手的,拿着玉米棒子边走边啃的,有活力、风风火火的。朝她窗口的眼神没有一点儿恶意,也不带任何挑衅和嫉妒——过去的东西被他们一笔勾销了,除了怜悯——这个东西太新鲜了,她一撞到就不自在,只好把眼睛闭得死死的,闭到满头是汗才睁开。

躺了差不多一个月,那个男孩突然来了。到底来了。他没在堂屋跟她家人寒暄,直接问她在哪间房,然后扑了进来。她已经挪到北边房里,她大嫂要过门。家里原先就数她的房间朝向好,还宽敞。琢磨着这间房能放得下高低床和五斗橱,外加一个缝纫机,都是女方的陪嫁。这桩婚事,大哥原来不肯点头,大哥是想法多、野心勃勃又乐观不掩饰的人。他想到镇上开理发店,或者跟人合伙买条船,甚至想到村干部那里批块大的地皮把楼房盖起来再考虑结婚。妹妹这一病,用掉了所有的家底不算,还借了债,女方竟不嫌,他的婚事自然加了速度。那个姑娘一口龅牙,现在看上去却不那么当紧了。筹备婚礼这些日子,大哥变得有点儿反常。有时他脚步声、呼气声都特别重,有时又听不到他半点儿动静,再仔细听,才晓得他就坐在堂屋里。

良霞挪到大哥二哥原来的屋里睡。二哥夜夜在堂屋打地铺,他的被褥和衣裳,白天用绳子绑好,摆在屋角,晚上摊开来。

扶她换房间那天,妈妈没忘记把窗帘和邓丽君的画挪过来,可是山口百惠和她丈夫抱在一起的那张被扯坏了。这个窗口,不如南边的暖和,光线也不怎么好,不过还是能望到惯常走的一条路:下地的背着锄头,进城的挎着篮子;有时是四条腿的牛,不紧不慢地过去;有时是两条腿的鸡,低头觅食。

家里人和亲戚都在忙着大哥的婚事,脚步乱糟糟的,可是妇女们说话都不像一贯那样大声大气,她们体恤房里有病人,还体恤病人的心情,说到"新娘""喜钱""嫁妆"的时候,声音都主动压低。良霞头发掉得差不多了,也不要人扶她起来梳头什么的了。那天她格外清醒，没垫枕头，仰面平躺在床上，眼睛里的余光能望到窗户外头的树叶、树冠和那片蓝莹莹的天。

听到有人推她的门，她一转过头，看到他雪白的衬衫一下子映照得房间都亮了，她一急，想摸点儿什么把头蒙住，可是来不及了。她看到他的脸色慢慢地变了，嘴巴错愕地张着，他没料到朝思暮想的人如今是这个模样。明知是她，他眼睛还加快速度眨巴眨巴地想看清楚。那么一会儿工夫，她整个人都哆嗦起来了。她揪起身上的被子，遮住了自己的头，拽得太多，还因为激动，那双脚脖子露出来，抻得老高的脚踝骨，随着她情绪的波动，皮下的骨头一动一动，像是要戳破那层皮。她意识到脚露出来了，双脚想找地方藏，脚背慌张地撞到床头，发出啪一声响，他吓得倒退一步。

他背着一个鼓鼓囊囊的大包，里头是换洗衣裳和一些私人物品。他费了许多劲儿才逃出来，他准备不走了，跟家庭决裂，工作也不要了，留下来陪着她、照顾她，把他全部的爱情献给她。他揣来的满满当当的柔情想包围这轮明月，可是他眼前望到的只有一摊枯树枝。他抱住头，蹲在地上放声大哭了起来。外头的人以为他心疼，想不到他如此有情有义，挤在房门口偷听，个个鼻子发酸，有人开始感谢老天开眼。城里来的人哭得很激烈，然后冷不丁拉开门，垂着头，从挤在门口的人缝里钻了出去。他的背包绊在谁的手臂上，也不管了，使劲儿一拉。一家人目送他往渡口去,背影没在埂下才回过神,全部拥进良霞的房间,良霞的头还没有从被子里露出来,只是带着哭腔一遍遍地喊:

不要看我,不要看我!

家人把她被子掀开,她大口地喘着气,好久才明白人已经走掉了。

当天晚上,她又发起烧来。这个病一高烧就重,烧不退就坏事。

爸妈不敢怠慢,又送了一回县医院。人家抽了血,又把她拖到机器上测了测,说不大管用了,让家里人拖回来。到了第五天,她仍然粒米未进,时而清醒些,更多的时候迷迷糊糊的。她断断续续地听到妈妈的哭声。有回妈妈许是坐到菜园的栅栏边上哭,身子发抖,带着栅栏摇晃,栅栏里有她前年系着的一个唬鸡的小铃铛,久不管它,锈了,惊出嘶哑的颤音。

男人们比女人沉着。爸爸成天泡在地里,中饭有时都忘记回来吃;二哥守在良霞床边,一声不吭,良霞动一动,他就动一动,良霞昏迷的时候,他就支在墙边,眼珠子牢牢地盯着妹妹,生怕眨眼眨出事故。

有回半夜她有些意识,天一片漆黑,她听到隔壁房间大哥从床上往下摸,灯都不点,他在小心地拉抽屉,乡下男人最多靠捕点儿小鱼小虾、卖点儿劳力攒些零钱,良霞心里晓得,哥哥的抽屉里最多也就几张毛票子,估计他又要出门找偏方。但凡听说哪里有偏方,他就往哪里跑,他跟妈妈说的那些地名,最近的来回都要走七八个钟头，家里的草药都是他求偏方抓来的。妈妈把哥哥带回来的草药煎好，早中晚煎上五六碗，方子里有黄连苦胆，喝一碗能吐两碗。有天晚上，她用手背挡，打碎了药碗。妈妈给她跪下了：儿啊，药苦就有盼头，你有盼头妈妈就有盼头。

伏在床头哭泣的妈妈身子发抖，怕被外人听到，她把头埋到自己胸前，想把声音拢在自己怀里，可是床头柜上一个瓷杯子里放的勺子却在不停地抖动，瓷杯碰撞勺子的声音越来越快，越来越响，响到让良霞的喘气声也跟着越来越重，越来越急。

哭停的妈妈又炖好药端进来，良霞看都不看，由着他们灌，灌完就抿住嘴，硬生生把胃里翻到嘴边的药汁一口口再咽回去。

烧奇迹般地退了。

可是草药一天不敢断，先是到县里的药铺子里抓的，后来，就全家抽空到山里野外去采，一采几十斤。沉甸甸的草药挑回来，到江边洗，太阳底下晒，晒干了切碎，装进蛇皮袋，挂在房梁上，每天从里头抓不同的几把到锅里煎。大半年的工夫，她真的好了一些。

她居然能起床了，站到门前，倚靠着门框，身上渐渐感觉到有些冷。家里人都下地了，只有大哥刚刚挑水回来，正蹲在门口剔球鞋上的泥，鞋帮子上补得已经没有原色了。大哥的后脑勺上的头发乱糟糟地纠在一块儿，感觉到妹妹在看，大哥一抬头，朝她一笑，他的目光有些呆滞，额头上抬头纹那么重，看上去哪里像刚结婚的男人，哪里像二十多岁的小伙子，哪里像意气风发的哥哥？良霞胸口一阵紧缩，就像一只猫腾地蹿到她跟前，细小的爪子透过薄薄的皮肤压到她的心上。

一阵急风起来，门前一株梧桐的叶子一下擦到一起，发出刺啦啦的声响。又刮起了一阵大风，空中响起一阵闷雷，江面黑棉绸一样，柔柔地摇摆。

她想都没有想，就奔着江里去，下了坡，爬过一道矮墙，就拐到了到江边芦柴滩上的小路。她身子太虚，快接近沙滩了，一粒汤团大小的石块刮了一下脚背，她扑通倒了下去，再爬起来的时候，胳膊和膝盖都火辣辣地疼，她的脸上没有表情，只是用手背抹掉了嘴上的土，继续往江边去。眼看就望到平平整整的江面了，哪晓得大哥却比风更急地扑来，一把抱住她。她挣扎的胳膊举到空中，雨点打在裸露的臂上。哥哥不说话，光是抱住她的腰，又怕触到她的伤口，手臂时紧时松，稍一松，她就往前挣脱，把手紧一紧，就看到她脸色发白，嘴唇也发白。拉拉扯扯，转眼脚尖沾到了江水。她盯着江面，神情很平静，虽然身体被大哥抱住，却仿佛获得了自由，她恨不得马上扑进去，与大江融为一体，痛苦转瞬间消失不见了。

她转过脸，对着大哥说，为我好，就让我去。

她讲这话的口气，不像她的性格，也不像她的年纪。

大哥不跟她讲道理，他只是箍住她，不松手。她瞧见大哥的手指缝里，全是污垢。他去年还那样讲究体面，如今搞成这副样子却浑然不觉，他甚至不瞧她，只是箍着她。她头回感到大哥怀抱阔大厚实，那心跳却快得吓人，眼珠子瞪着，带着哀求，好像妹妹再往前一步，先栽下的是他。他的模样把良霞惊住了，她的力气一下子全消失了。看热闹的人已经站在堤岸上了，他们眼里就像看一张画报。画报上的两个人，一个要腾飞，另一个人在托举。

雷声渐远，良霞的脖子软下来，贴住大哥的头，不再抵抗。

三

家里人的心思全在攒钱。她只剩一个腰子，还不合格。医生说得明白。随时随地要往医院送，这回花钱比上回更多，更没底。

可是钱这个东西怎么也存不住，总是左手进，右手出。大嫂进门的时候买了几样家具，给大哥添置了里外各一身衣裳。酒水礼金好歹紧巴巴对付过去了。大嫂一进门就有了，整天吐啊吐啊。都猜怀的是男孩子，她更娇气了。五六毛一斤的苹果一天要吃两个。

躺着过和走着过日子完全不一样。走着过日子的时候，她心里只有自己，只有未来，最大的烦心事是怎么把字写得漂亮些，衣裳怎么配时尚，除了爱情，再无困扰；等到她躺下来的时候，世界也歪了似的。房子是笨重的，奔来跑去的脚步声七零八落的，家里人都变重了似的。她原本以为地球是围着她转的，可是现在，她的身子浮沉在自己和他人之中，经常一阵剧痛来袭，之后就能体验到别人的生活。她闻到爸爸劣质烟叶的味道，往年爸爸见到她就笑，如今也天天伸头往她房里瞧，张开嘴，露出牙，发出的声音却不怎么像笑；大哥的嗓音低沉浑厚，说什么话字都少而精，声音还小，就像过去那些特点见不得人似的；她听到二哥在门口跺脚，以前她是不留意的，原来二哥是个暴脾气。

二哥叫承明，只比她大一岁。她一病，承明一下子摆脱了年少无知的模样，往年，他为了一条牛仔裤还跟老头子顶嘴。家里有这么一个方圆百里难得一见的妹妹，巴结他的朋友一拨接一拨，他好结四朋，难免学会了大手大脚，还爱热闹，喜欢跟风，看到人家有双卡录音机，也在家里吵了几回，他跟爸爸要钱要了几回，老头子硬是没松口，那时只有良霞站在他一边，她还许诺他：我要是进了棉纺厂，第一个月工资就帮你买录音机。

这些，远得像上辈子。

妹妹这一病，二哥的朋友全受了惊，不敢来找他出去玩。因为一开始有谣言说这病传染。真是荒唐，他那么爱热闹有想法的人，因为傲气，憋着劲儿待在家里，还时不时进妹妹房里逗她说会儿话。他穿着大哥的旧裤子，他个子高，裤脚高出脚背五六厘米，他满不在乎地进进出出。

爸爸劝他谋个出路，家里这六七亩地，他们老两口和大哥承亮就能忙得过来。承明同意了，愿意跟人后头做木材买卖。

爸爸去跟胡老六一说，人家不在意过去三番五次碰过钉子，既往不咎，答应让儿子胡大奎带承明下江西，教他买卖的门道。

做买卖才算是正式接触社会。机会给了承明，可他把不住。胡老六在地里抱怨了几回。想必是大奎回家说的，承明傲气太重，又不怎么晓得看人眼色，有九成把握的生意到他手里也能黄。有时说少了一句客气话，有时说多了一句狠话，反正就是不灵活，不是做买卖的料。胡老六零零碎碎地说了四五回，良霞爸爸都不顶嘴。二儿子小时候望着调皮，越长越像他，现在，差不多定型了，就是他的翻版。到年底分红时，承明本来本钱就少，一年下来，拿到手的红利还不如在家里种地。其他人都吃了惊，可良霞爸爸早就心里有了底。村里万元户不少，到底还是有经验肯吃苦性子活泛的居多。爸爸又惦念起大儿子来。大儿子承亮能忍得住事，跟人打交道也算活泛，奉承话他也能说几句。老二太像他爸，太实诚了。这年头，夸哪个人实诚就代表这个人没出息。

承明被发现不是做买卖的料，身价陡然下跌了不少。他比大哥弹，还想依自己的眼光挑姑娘，可是没有三间瓦房，谁家的姑娘也不肯。这对做父母的来说，是个大难题。

良霞虽不能动，营养还不能缺。原来肉一块二毛多一斤，过了个年一块八了。不动脑筋，赶不上这往上猛蹿的物价。爸爸把靠近水源的一块地整出来，搭了大棚，种反季蔬菜：西红柿、青椒和黄瓜。整个县上，搞上大棚的屈指可数，有风险，可利润肯定不错。还没立春，那红彤彤的西红柿就结成了。每

天鹅

天不亮就到镇上卖,爸爸起床的动静尽量地轻,拉门闩像电影里的慢镜头。天大亮东西就卖光了,他坐在门槛上理毛票子。这个时候良霞能看到爸爸花花的白头发。五十多岁的人了,还得学栽种新技术,这在江心洲真是新鲜事。他自己也振奋了许多,有天晚上他打了一斤散酒,跟两个儿子坐在堂屋里喝。上一回喝酒,差不多两年前的事了。两个儿子坐在下首,孙子在桌子下面学走路。这情形,也其乐融融。

喝了两杯之后,爸爸在外头鼓励良霞:能出来坐一小会儿吗?

良霞晓得他们在意自己。平日都看她的脸色。她脸色好一些,要水喝,喊冷或是热,他们就能放下心,要是她一声不哼,既不喊疼,也不说话,他们就提心吊胆,吃饭干活都不敢有声响。她披件外套,把着墙走到房门口,在小板凳上坐了刻把钟。

桌上真没什么菜。几块豆腐乳,一碟花生米,一盘腌菜,他们个个都不望菜,半天啜一口酒,然后就是说他们的计划。

她听爸爸说他的打算,干个一年半载到村里申请一块地皮,再盖两间屋,一间大点儿的给二哥娶个媳妇,另一间也要朝南,让良霞住。她现在住的地方不采光,不利于健康。爸爸的额头黝黑,半脸胡子密密匝匝,遮住下巴,他张开嘴,露出白牙。

她头晕。妈妈也有点儿紧张,站到她身后,两条腿贴住女儿后背给她当椅子靠。大嫂盛了碗豆腐汤递到她手里,热气腾腾的。

跟往年一样,她一直受到大家的宠爱,可没有往常的驰心旁骛,她晓得他们个个疼她,她甚至想说一句感激的话,可是她在家娇气惯了,从小到大,没开过这种口。

大棚菜利润是高些,可不如想象的那么好卖,开头也吸引一些尝新鲜的,越卖却越不顺手,爸爸挑回来的剩菜越来越多。爸爸也不笨,他总结说,镇上的人吃惯了便宜的菜,五毛钱买一根黄瓜,他们也晓得算账呢:再添五毛,能买三两肉了。仿佛为了原谅自己的判断失误,他摩挲着筐子里的西红柿,自言自语:换了我,也不舍得买。

有天晚上,良霞口干,睡不着。生病前她也总嫌时间过得慢,有时下雨出不了门,有时县城里的信几天不来,她免不了轻声抱怨。现在,她知道什么是真正的慢,反而一句怨声也没有。她到堂屋找热水瓶,走出房门,听到爸妈在谈心。

是帮二哥找对象的事。村子里差不多大的姑娘被捋了两个来回,最后妈妈想请人到宝霞家提亲。宝霞个头矮,眼睛有点儿小,都二十三了,肯定能说成。

妈妈说,说成就要用钱,钱用掉了,怎么带良霞到县里检查呢?手上没钱我心里不踏实。

爸爸说,承明也不能拖,形势一年一个样,去年王老六的儿子结婚,彩礼一千六就成,今年涨到二千八了,还另加酒水钱。

他们俩轮换着翻身,床板吱吱地叫,夹杂着粗重的叹息。

天鹅

妈妈说腰疼,爸爸想帮她揉,可是膀子疼得抻不过来,肩周炎不是一日两日了。

良霞的耳边出现嗡嗡的声音,她内心里的怨怼被更阔大的恐惧盖住:一场病把我身上的都拿走了,我又夺走了我大哥的前途,还拿走了我爸妈的安生。她胸口一阵发紧,晃一下头,想把这个情景赶走,却又瞧见自己成了凶手,她腰上揣着刀,紧追着二哥,直把二哥追成了一个老光棍,蓬头垢面,衣衫褴褛,鞋子拖在脚上,一副邋里邋遢的样儿……

她轻轻地拉开门,三月天还冷得很,她平日是要十分当心的,就算上一趟茅房,妈也要给她披件外套,可是今晚,拉开门的时候,有意把夹袄脱在屋里,她在门前小心地踱着步,一阵小风一吹,她有点儿冷,双臂抱紧,却不肯进屋子。

门前的场地这么小,走几步就到墙脚,靠着路的外墙脚有处地势很低,先是长满了青苔,后来砖块碎了,到下雨天,水渍渗到墙里,又晒不到太阳,久而久之,那地方越来越潮湿。要是往年,家里人是顾得到这些的,怎么着也运些砖来补补的,这几年,家里人个个累到喘不上气,就由着它了。今天晚上,湿气特别重,带着腐烂的霉味,良霞的心上泛起了一阵阵的恶心。像有什么东西堵在喉咙口,吐又吐不出什么,吞又吞不下。她打了一个冷战。要是现在切断自己手上的筋,那一定不会惊动任何人,而且,淌出来的血并不会是红的,月亮底下的任何东西,都没有颜色。她想这世上有没有一种药,往嘴里一吞,面目不改,头一歪就死掉,根本看不出是寻死的。

她缩起肩膀，眼睛闭起来。听到模糊不清的树枝打在屋角，发出"钱钱钱"的节拍声。天灰灰的，窗户也灰灰的，她睁开眼，感觉到灰灰的手指上没有力气，全身都没有力气，又像什么东西拽住她的脚，进又进不得，退又退不得。

过一会儿，腰就撑不住了，她轻轻地跪到地上，两只脚相互帮忙，蹭掉了自己的拖鞋。寒气顺着她的膝盖往两头走，她把手臂贴住地面，额头也贴住地面，乍一看像是朝拜，事实上是她冷得撑不住了。

到底母女连心。妈妈不多久就到良霞房间瞧女儿，才找到支在墙脚的姑娘，整个身子冰凉发硬。妈妈的尖叫把一屋子人都叫醒了，她不是小题大做。良霞真快不行了。

这回她烧到四十摄氏度。赤脚医生一趟一趟跑，一来二去，到底又花掉了爸爸好不容易积攒下来的全部积蓄。她一万个不想叫家里再破费的，她心里清楚自己这错没法补救了。她不喝水，水喂进去，从嘴角两侧淌出来。她也不饿，她也不疼。她直挺挺地躺着，她等着。

当不了英雄，也不做拖累。

江心洲有两个拖累。一个是方达林，得了肝腹水，肚大如鼓，可又死不掉，一天到晚要人服侍，他的哑巴老婆里里外外都要忙，累得像狗一样舌头吐出来喘气。还有一个是陈五常。他没儿女，自己又死不掉，经常觍着脸东家借西家摸，头上长疮，腿上流脓，人见人嫌，狗见狗躲。

妈妈揪住根稻草不肯松手。她附在女儿耳边，摸着女儿的头发,她的脸抽搐得变了形,吐出来的字被哽咽和泪水糊在一起,明知女儿听都听不见了,她反而越发想说话了:我的儿,这个年纪就走,再怎么说体面,也不是体面,活到老就是体面人,是娘老子的体面,是一大家子的体面。我的儿,老话说,三十年河东,三十年河西,明天的事难讲得很。

到底男人更理智。爸爸不知道从哪里又搞到一笔钱,请了木匠在打棺材。刨子锯子斧子那些声音一直在响。

良霞的意识模模糊糊,手心被拉到妈妈胸口,她手背上的骨头戳到妈妈胸上的皮。那里曾经奶过她,如今薄得兜不住心脏。女儿死在娘的前头,说到底,没有比这更大的不幸了,女儿这口气快接不上了。神志不清的临终之人别的都看不清,独独看清了妈妈胸口的那个窟窿,她奋力呼出了一口气。

棺材打好后用塑料袋子扎得严严实实地摆在西侧屋檐下。

第二年年底,承明在山里头寻着了个姑娘。姑娘皮肤黑,身子短,比二哥矮了一个半头,还胖,下巴贴在胸口。二哥站在门口望江面上的拖船,妈妈就站在他身后做工作,叫他学着点儿大哥,让他想一想妹妹。妈妈的背影佝偻,白花花的头发随随便便地绕在脑后,她当初也是大美人。良霞爸爸经常说孩子们都有福,都像妈,其实他自己也相貌堂堂。如今,这些都显得微不足道了。怕夜长梦多,没等村上批下来地皮盖新屋,就急急地操办了婚礼。

爸爸妈妈想让出睡了一辈子的那间给儿子做新房,新娘子挑剔,要良霞的这间,良霞搬到妈妈房里睡,打地铺的变成了爸爸。打地铺不是个事。兄弟两个看不过去，把东边菜园子整出来一大块，接了间偏屋。里头勉强放得下一张三尺宽的窄床，爸爸进去绕一圈，头要弯下去一尺多，越往里，腰弯得越深，坐到床上，头顶住屋架。良霞不声不响地把自己的身体挪了过去。爸爸过来喊她回大屋，良霞说，妈跟我睡，脚都伸不直。我也怕她翻身踹到我，我情愿一个人睡。

跟惯常一样，良霞的话，爸妈都依着。

这回挪地方，那张邓丽君的像没保住，糖纸做的帘子也灰了。不过，她早就不计较了。江心洲刚通上电，大伙都不内行，不敢乱接电线过来，她仍旧用煤油灯照明。床头放着收拾整齐的人造革箱子，箱子里放着一些信件、几件前几年还时兴的衣服和一个装着发夹和粉饼的饼干盒子，另外还有一本硬皮笔记本。初中她就带在身边的，里头抄着几首喜欢的歌词、几首诗，还有对几篇文章的读后感——不成熟，尽是憧憬和惆怅，都旧了。可是这个房间，更容易闻到花香。她刚刚闭上眼睛，就听到了丝瓜藤的沙沙声——黑暗之中微弱的低语，像情人的呢喃。到了天亮，新鲜泥土的香气芬芳、清新，二十多年，像是第一次闻到。妈妈到菜园里浇水，一瓢瓢夹着粪液的肥水泼到菜叶上，这是生命的气息，生活的气息。有一回她梦见自己突然能走了，脚步轻盈，从这个门口弯腰出去，经过栅栏上了小路，径直奔向渡口，三轮车也不要，靠了两条腿，停在那个人的窗口。在她身后是初升太阳的亮光，在烟雾和尘沙中闪烁着柔和的色彩。

没过多久,她就习惯了矮和暗。移除一些念想,人就到达自由。说真的,她觉得没什么好害怕的。屋子虽小,还不停地有东西往里塞,一个床头柜,二哥给的。大哥的境况也有了变化,他跟大奎合作得很愉快,两个人很谈得来。不过家里说了算的是大嫂。她在困难时候进了这个家门,不能忘恩负义。她把赚到的钱拢在手心里,心思还在申请地皮上,想搬出去单过。地皮的事一拖再拖,她就先买了电视机,房里不用的旧东西放到良霞屋里来。每天下午的夕阳照进来一阵子,照耀着静如止水的脸庞、发了霉的旧书和生了锈的铁架子。

有一阵子,二哥二嫂干架干得厉害。起因是一件小事。他们到镇上赶集,承明一个人甩开步子走,他走得贼快,二嫂想拉一下手都拉不到,好不容易赶上了,他又不愿意跟她肩并肩。一回两回,做妻子的明白,丈夫是嫌她。最可恨的是晚上他不碰她,拿脊梁背对着她,一开始她忍着,后来开始抱怨。抱怨能有什么好结果呢?事情摊开就跟脸皮撕开一样,她疼得半夜在床上尖叫,摔热水瓶和灯罩,男人懒得应战,怒气让女人更强大。她把全家和邻居都吵醒,大家都清醒起来了,她自己却倒头就能睡着,第二天,她起得还特别早,撒玉米粒在地上喂鸡。咯咯咯……鸡们欢快地啄她的手,她夸张地躲闪,哈哈大笑。这样一来,家里没一个睡得好,二哥更是变得蔫头蔫脑。有一回,良霞看到他踢翻一只猪食盆子。什么×日子。他嘀咕。二嫂几年没生出一男半女,换了旁人,会急,会惭愧。她没有。大嫂又生了二胎,是个女孩,被罚了两千多块。大嫂心疼钱，坐在床上垂泪，不肯给孩子喂奶。二嫂帮着洗尿布，哄小婴儿睡觉。

过了几个月，良霞见着了二嫂的爸爸，他过来借钱买肥料。二十里的路，他走了四个钟头。良霞那天能起来，她坐到门边的竹椅上晒点儿太阳，看着老年人摇摆着肩膀一纵跨进门槛，原来老人家得过小儿麻痹症，一条腿又细又短，走起路来瘸得厉害。良霞望着他用手背抹脸上的汗珠子，想得到他这一生走得多么艰难。吃过午饭，绕了半天弯子，才说出是来找亲家借钱买化肥，田里的稻秧等着肥料养。良霞心想，难怪这门亲结得这么顺：瘸腿家的女儿懂得将就家里有腰子病妹妹的男人。这才是门当户对。

二嫂吵来吵去，爱情没要到，怨恨却更深，再后来，吵闹成了家常功课。这样一来，全家每个缺觉的人脸色都发灰，个个白天都没精打采的，到了晚上，都快快地上床，想在这两口吵架前先睡上一觉。没人站出来说话，旁人都等着这家人跳起来，说理，咒骂，可是经历了生死的徐家人，并不怎么在意小吵小闹。良霞心里清楚，自己能活，对家人才是大事，旁的都是小事。

其他人都是等他们一吵歇，赶紧闭眼睡一睡，可是最需要马上休息的良霞，每回在二哥二嫂吵完后，静静地想上半天。她不像人家以为的那样一味地站在二哥一边，她晓得二嫂心里难受，可是，一想到二哥这样心高的男人搂着这么个人睡，她也替他抱屈。她想想就叹气。人世间的苦，哪里只是病得卧床这一桩?

火药味弥漫,病人反而被忽视了些,被忽视反而自在,有一阵子,良霞能出来走走坐坐了。见到门前有几泡鸡屎,也能拿起扫帚扫两下。

有一天,妈妈心血来潮,要带良霞到大棚里看看。麦苗和油菜都散发出清香,麻雀叽叽喳喳的,她克制住腰上的疼痛,想多停留片刻,妈妈怕她腿上没力,扯了根树枝,让良霞拿着撑一撑地。良霞看了一眼,抿了一下嘴,把脸让过去,妈妈只好放下挑篓,跟在女儿后头,关键时候扶她一下。

快要到家的时候,良霞一抬头,瞧见了三大队的腊梅正往渡口方向走。几年工夫,那姑娘大变了样。头发烫成了爆炸头,穿了条勒得很紧的裤子,腿形一览无余,可是不直,也不细。完全的模仿。她手里拿着一把黑色的雨伞,那天看不出要下雨,太阳也不辣,那雨伞使她显得不伦不类。腊梅也瞧到良霞,好像被吓着了,两只眼睛瞪得大大的,看上去还是愣头愣脑的。到底年纪还轻,看到跟自己想象不一样的都会大惊小怪,良霞想。很快,良霞就明白腊梅认出自己来了,她脑袋向两边转了转,想找到藏身的地方,可是庄稼地里正空旷,她来不及了,两只脚只在原地动了一下,然后索性停了下来。良霞经过她的身体左侧,感觉到这姑娘的呼吸声特别重。

有一天,二嫂跟二哥又在床上吵。爸爸被吵醒了,见天黑漆漆的,以为天快亮了,就起来挑担子去卖菜。走到渡口把摆渡的喊起来,天还没透白光,船是黑的,水面也是黑的,他估摸着往前一跨，一脚踏空，一头栽到水里，菜篓子翻到他身上，把他罩在水底下。船上又没旁人，只有摆渡的憨老三，憨老三并非浪得虚名，他乐了半天，对着水里说起话来：菜撒了吗？天亮我捞起来归我。

没人搭腔，等了半天，才觉得有异，他放下桨，跳下去把人拽上来。跌下去的时候，良霞爸爸的脑门儿刮到锚上，一道筷子长的大口子。他被抬到镇上的卫生院包起来，又抬回来，打了消炎针，灌了消炎药，却一直没有醒过来。

良霞耳朵尖。大家想瞒着她，她自己爬下床，扑到爸爸身上。

良霞爸爸死的时候脸肿得不像个人，一句话没交代，只在最后一刻喊了两个字：良霞！

良霞紧接着昏死过去。爸爸的衣裳被剥下来挂在门口晒，有细心的人到口袋里掏粘在一起湿淋淋的毛票子和硬币出来，送良霞到县里住院。

她被板车拖回来的时候，爸爸和屋檐下的棺材都不见了。

四

爸爸死后，妈妈待良霞比往年更好。热天要帮她擦三回澡，怕她长痱子。冬天两天晒一次被子，夜里她起来给良霞换三回水焐子。她本来想把良霞从偏屋里挪到正屋里跟她一起睡，大孙子被他妈妈赶到了奶奶床上。小孩子在她脚头哭着睡去，又哭着醒来。她用老皮皱拉的手摸摸孙子的小鼻子小额头。她又有什么法子呢？她本来就不是个喜欢找事的人。

她一句话也不多说，她本来就不管事，何况还有个生着病的女儿。这个媳妇还算厚道，换了厉害的，早就摆臭脸给她们看了。

真正揪心的还是钱，她年纪大了，又不当家，现在的重任也是带孙子孙女，往年手上没攒到什么，想到良霞哪天又要发作，常常会陷入一筹莫展之中。正在这时，村里许多人又开始信佛，她也跟着去了趟九华山。回家后，每月初一和十五，鸡叫三遍就起床，嘴里念念有词一番，开始是一刻钟，可能是不晓得怎么样跟菩萨沟通，又去了一趟之后，了解了一些典故，对菩萨有了更多的期待，跪在地上的时间也就长了，有时一跪能跪一个时辰，忘记煮早饭。

她求菩萨保佑的事情经常有矛盾。她有时想求菩萨再给女儿十年的寿命，想到女儿年纪轻轻，荣华没见，富贵未享，就这么早早地去了，她心头难受。可是转念又想，她怕自己过几年没了，女儿在世上，谁来给她洗衣，谁来给她晒被，谁给她倒水，谁帮她抹身子？这个时候她又恨不得女儿死在自己前头自己才敢闭目。她就是这样左右为难。有时想叫菩萨给自己多活几年，能照顾女儿，又能照看儿孙，可是又怕菩萨怪她贪心。她时不时又会说：我们家良霞，从小没碰过桶，不晓得柴米重，不晓得油盐贵；我们良霞，没瞧过人脸色，向来都是人哄她，她不晓得拿话哄旁人，不是我贪图，是我放心不下。期期艾艾,欲言又止,便不像另外的信徒那样坚定,求菩萨保佑发财、平安和富贵,永远不更改。

有一阵子,良霞很愿意配合妈妈。她被扶起来双手合十朝着堂屋上的三炷袅袅烟雾躬身三拜。

她虽然不像她妈妈那样崇敬之情挂在脸上,但她口中念出"菩萨保佑"时仍觉有一道奇异的光芒,贯穿她的身体。

有几天,她神清气爽时寻思着是不是她的诚意感动了菩萨,可是她没来得及更虔诚时,一场雨一下,她又直不起身子了。

良霞身上还有许多其他症状。比如耳鸣,却又不是通常的嗡嗡声,像是有人在耳边嘀咕,又像是远处有人在呼喊,侧耳听,侧身等,却又什么都没有。无法明白那是什么声音,也不知道那声音来自何方。

有一阵子,她在黑暗里自言自语。妈妈等在一边,想听到与吃喝冷热等有关的词,可良霞的声音不是向外发出的,也不是说给她听的。

逢初一和十五,她妈妈再喊她起来烧香拜佛时,她会把被子往上拉一拉,做妈妈的明白,这就是不肯的意思了。

做妈妈的不死心,她劝女儿说,她昨天还觉得头疼,今天早上拜了一拜之后感觉好了许多,还有她的腿,前几天一直酸痛,今天也不痛了。

那些其实都不是她真正的痛,她真正的痛处在她自己身体外头,在她的眼皮底下。良霞懂。她听话地侧过头,挨着妈妈的臂膀，下床，跪下膝盖，双手合十。

有天夜里，妈妈听到良霞在唱歌。一年多来，这是良霞第一次开口唱歌。她的声音虚弱，歌声飞进寂静无声的黑暗，绕过枝繁叶茂的梧桐，撒向黑压压无边的苍穹，然后，又被婉转地带回来。

没有人留意到她字正腔圆的发声，那嗓音的优美也没有被肯定。他们只会就环绕在黑暗中的动静发出评价：脑子烧坏了。

妈妈听到有邻居给出另外的总结：可能药吃多了，更有可能是心里太难受。

突然有一天，家里来了一个老婆婆，坐在板凳上闲扯了很久，吃午饭的时候还不走。妈妈急了，家里又没什么好菜。老婆婆讲了实话。一大队陈宝发，看中了良霞，想娶她回去。

哪里是个宝啊，好吃懒做，偷鸡摸狗。娶过一个四川的，没过上两个月，活活被他气跑了。

良霞是要死的人呀！妈妈的脑子里兴许想到了光棍的邋遢相，声音不免悲凉，夹杂些愤怒，她并不真的觉得良霞快了，可是她本性良善，不想伤人，一时口急，就说了出来。

来人早有话说：他说了，不在乎，良霞这么漂亮，能做一日夫妻就做一日夫妻。做半天夫妻都是他的福气……他愿意替良霞送终。

她们都以为良霞没听到。

病着的人耳朵好，良霞在自己房里好半天才把那光棍跟自己钩上。她记起先前他娶过的四川女的进了那光棍的房,哭哭啼啼地走出来,对着江滩喊那个光棍:找不到舀水的瓢,你家的瓢呢?

老子烧水都是拎起桶往锅里倒,哪里用得着瓢?

他瞧不起四川女的,在人前要装得跟大爷似的,一直到四川女的走掉之后,才悔不当初,穷得叮当响,还端着假模假式的大爷气派,现在,他四十了。

良霞只感到有人往她的脸上挠,把她脸上的皮都撕掉了,脸上只剩下血和肉;又仿佛睡着了被人拖起来,往她的脸上扇巴掌,扇得她一时摸不着方向,头晕目眩。这个世道,一不小心,就被剥落得一点儿不剩。她的身子抖动起来了。

二哥本来在他自己房里,突然冲将出来,拎起墙边的锄头就要砸这个老太婆,妈妈一把拽住。他气咻咻地发出一声吼叫:滚!

老婆婆还是小脚,见势站起来走人。她说,我不过是传个话,我是说不该来,不该来,作孽,我都这么大年纪了……

那天夜里,良霞坐在床上,一再回想二哥血红的那双眼睛,发抖的怒吼,他自己过得那么糟心,有人接手这个药罐子,他还像宝一样护。她一再地回想,想到心里麻麻的,脖子和手腕都麻麻的。麻麻的感觉从外往里,不一会儿,把人就裹住了。巴掌大的小窗户外,远远的天上有飘移的云彩和闪烁的星辰。她死盯住偏房外的芦柴草堆,草堆里挤着一条狗,狗身上沾着树叶、粪便和邋遢人的鼻涕。菜园边的栅栏朽了好多地方，鸡鸭们都从空隙里钻进去吃菜，妈妈不会修栅栏，哥哥忙得没空，只在菜园里竖了一个稻草人，给它穿一件透明的旧雨衣。他们不晓得，夜里风大，旧雨衣掀来掀去的，良霞听那声音心里就发怵。现在，她的心反而感觉轻松许多，她的身体紧缩而敞亮，生发出一种无言的力量，让她又惊又喜。

不久后的一天，两个嫂子吃过饭都下地去了，妈妈也背着侄子到地里帮忙，良霞迷迷糊糊正睡着，听到雷声隆隆，她刚坐起来探到窗口一看，豆大的雨点儿就砸下来。

小侄女的摇床就放在门口，本来是想给她凉快凉快，雷声把她惊醒了，雨点让她的小眼睛睁不开，急得哇哇大哭。良霞一急，掀开被子就下了床。拖回侄女的摇床，望到门前还晒着棉花。棉花淋雨就变黑，一级变三级，三级降五级。还有一家人的衣裳还晒在屋外。她拿只篓子，三把两把将棉花拢进篓子。篓子卡在门外，良霞试了几次还是拖不动，眼看雨点直往棉花上砸，她一阵急火往上攻：蚂蚁尚且搬粮食，我却在这里干瞪眼？

一发狠，篓子被拽动了。

衣裳也都从晾衣绳上扯进屋。

妈妈气喘吁吁地赶到门口时，良霞已经回到床上，脸色苍白，浑身发抖。

良霞，摇床是你拖回去的？

嗯。

棉花和衣裳也是你收回去的？

良霞点点头。

没人帮你搭把手?

没人。

谁说我良霞不中用了?妈妈突然两眼放出光来,对着随后进门的大嫂连声说,我回来的时候她已经全收进屋了,一滴雨点也没淋到。

良霞心想,真是会夸大,几滴雨点还是淋到了。

她瞧见妈妈脸上那光持续着。妈妈的光一直被遮挡着,如今却突然地露出来,唇角露出了自豪。妈妈高兴,那光变得沉默而明亮。

再过几个月,说不定她就能洗衣做饭了呢,妈妈真敢想,这话都脱口而出了。大嫂也觉得高兴。她说,以后大孩子不用往地里带了,妈妈你还能腾出手帮一把。

是的,是的。妈妈高兴得跟什么似的,连声答应。屋外风声四起,雨点打在空空的芦柴席上,发出啪啪啪的声响,清脆,明亮。

良霞尝试着给他们更多的惊喜。有次她到江边淘米做饭,摔倒在坝下;还有一次,缸里没有水,她提一只桶到江边拎水,勉强拎回小半桶,躺在床上三顿没吃。

有好心的邻居透信给良霞妈妈,良霞这情况是可以领救济的——

一年一百多呢!

这笔钱不是小数目。要是不用写申请,她自己就能偷偷办,可是要打申请,儿子又不在家。这家人几十年没有跟任何人伸过手了。尤其是公开地,让整个江心洲人都见证他们伸手。妈妈晓得良霞自尊心强,费了好大的劲儿,才敢把这意思说给良霞听。

妈妈身上的衣裳,件件大得挂不住肩。她那苦涩的眼睛,佝偻的背,良霞不想瞧也得瞧。什么脸面,什么意义,哪一样有比让妈妈的痛苦少一些重要?就是那一瞬间,她明白有一种看上去了不起的东西其实没那么大不了,那所谓最值钱的并不比此刻妈妈想让她去要的更值钱。

找支笔来。她轻声地告诉妈妈。写的字出乎意料的难看,已经很努力了,誊了两三遍,看上去却还是像小学时候的字。

专心致志的时候,她忘记想那什么过去和将来,写完了之后心里头跟腰部一样麻,时钟的嘀嗒声却不那么刺耳了。

救济款没有办下来,妈妈就去了。有天夜里,良霞听到妈妈轻声的呼喊。她扶着墙到了妈妈房间。一拉开灯,瞧到妈妈惨白的面色,良霞愣了好大一会儿,才慢慢蹲到床边,她问,妈,你怎么啦?

妈妈咧了咧嘴,聚了聚气,才小声地说,妈妈不中了。

良霞一副没有听懂的样子。这么久了,家里正式等着的都是自己的死讯,她经常会想到妈妈伏在自己身上哭泣的模样,从来也没把"死"摁到妈妈头上。那天夜里,外头的风又大,她脑子一时转不过来,只是怔怔地望着妈妈。妈妈接着说,以前我不放心你,现在我晓得你能管好自己了。说完又是顿了半天，才接着说完了下半句：现在我不放心你爸了。

她把手伸出来，想摸摸女儿的脸，手没到良霞脸上就耷拉下去了。

江心洲实行火葬了，妈妈被抬过江装上一辆拖拉机，突突突开到火葬场。回来的时候，哥哥手里捧着只坛子。

后来良霞一直在回想，也没想明白妈妈哪天开始病的，没见她哼哼，也没见她歇过半天。她只是猜测，妈妈喂她吃药的时候，自己的胃正疼着；妈妈帮她擦身子的时候，自己的胸口难受着；妈妈为她煎一个鸡蛋，盯着女儿吃进去才转身，她自己正需要营养。她年纪并不老，可是已经不顾及自身了，开春也好，严冬也罢，她总是有许多事要忙，除此之外，就是陪伴女儿。她守在床边，好似仆人，让她的女儿，即使奄奄一息，仍然像个公主。

妈妈烧成灰的那天晚上，她进了妈妈的房间。没有开灯。江心洲早通电了，可妈妈舍不得用。她的床头有一盒火柴，良霞在黑暗里划着了一根火柴，一点儿火花照耀着她的胸口，她把光亮拢在手心，火光穿透指缝，照亮了她的手背。

头七过后，大嫂帮着良霞收拾东西，床铺上，旧桌子底下，扫不出半点儿灰，旧报纸码得整整齐齐的。大嫂当时夸她说，你生着病，居然拾掇得这么清爽，其实往后家里有这一半干净就行了。这看似无心的话，良霞听出了两层意思：一层是肯定，一层是收留。想到往后还有地方收拾，她感到了自己的运气。

这以后她但凡有点儿力气,就惦记着针头线脑的位置。有天想把鸡笼清理干净些,掏到一半,她没力气了,蹲在地上,她感觉到自己像棉花一样柔软的臂膀,鼻子发酸,把脸埋到胸口,轻轻地抽泣几声,哭比笑更费力气,她忍住了。要生蛋的鸡观望了半天终于等不及了,从她胳膊上扒拉过去,坐进窝里生蛋。

家里没人时,她倚靠在床上,身子微微探出来,床边放着把锄和刀,她会用一下午的时间,把它们擦得亮铮铮的,她喜欢这种清爽。只要想着他人会欢喜,她就有了些干劲儿。

五

两个哥哥都想搬出这老屋,可结果还是二哥得了机会,七大队有一户人家到上海开理发店去了。这户人家立志不回来,坝上两间旧屋,连地皮和菜园子作价五千就卖。二哥二话不说,跑到村主任家里,请他做中间人,准他一个月,然后东挪西借,在规定时间内把钱送到人家手里,从家里搬出去了。

搬家那天,乱糟糟的。承明只搬走了自己房里的东西,大哥提醒他屋檐下几棵树能带走打几样家具,二哥没接话,妈妈房间里两个旧箱子,大哥搬出来递给二哥,二哥瞅了瞅,摇了摇头。碗筷总要带几个吧?大哥急了。

二嫂正想接茬儿,二哥瓮声瓮气地顶回去一句:我自己买。

你哪里还有钱？良霞心里也急，这几千块还不知道怎么筹到的。

妈妈床上一盖一垫两床被子，大嫂让二哥带一床走。

给良霞盖。二哥声音粗声大气的。

这么正式地听到自己的名字，良霞愣了愣，装着没听见，把脸别过去。

没过两天，二哥突然回来了。送过来一台砖头大的录音机，还有几盒流行磁带。

听厌了你就开收音机，二哥边说边教她怎么在收音机和录音机之间切换。自始至终，他弯着腰专注地摆弄着这个机器，并不与妹妹的目光交会。结婚之后，他就几乎不与妹妹说话，妈妈在的时候，猜测说承明娶了这么个老婆，害得全家不宁，妹妹不宁，他是觉得对不住人，又自卑。直到要走了，承明抬起黝黑的脸庞，他的眼光落在她身上马上又转开，他的眼睛忧郁而深沉，与几年前判若两人。她一下子明白他不敢看自己，她跟当年也完全不是一个人了。

这个收录机帮了她大忙，感到自己动弹不得时，收录机是通往外界唯一的门。她需要一些韵律、节奏和远方的传奇来驱赶或埋葬某些固定住的时刻、出其不意的疼痛，帮助她建立某种信任，或者验证某种怀疑。收音机成了她的朋友。她坐在床头桌前，侧着耳，听。

搬家搬出了机会，卖房子的那户人家需要帮手，二哥立刻拍拍屁股也去了上海，干起了理发行当，把二嫂一个人留在家里，让她吵架时找不到对手，也找不到听众。

大哥的日子也明显好过起来，他跟大奎等八个人合伙买了一条打沙船，月月能分红。他给老婆买了一条金灿灿的链子套在脖子上。大嫂也是实在人，她到小姑房里扫地，腰一弯，那条链子露出来，晃悠晃悠。她咧开嘴笑，喜人的。天一热，他们买了电风扇、彩色电视机。大嫂喊冬天洗衣裳手冷，大哥又拖回来一台洗衣机。良霞装着不知道花了好几千，她不点破，为了省电，自己的衣裳还是用手搓。大哥身板壮了一些，胸膛挺得高了些，说话的口气也跟往年大不同，底气足，有劲道。

大家都以为他要盖楼房了，结果大哥自有打算。他不在江心洲盖房，他要到县里买房。他叫儿子好好念书。儿子小声地顶了一句嘴，良霞听到大哥幽默地对他儿子说，嗯，你说得有理，要不，就依你？

口气挺和气，却自有威严，没有半点儿回旋的余地。那小子晓得这关过不了，老老实实到镇上念初中去了。

大哥家那个超生的小姑娘叫若曦，一天比一天漂亮，她的眼睛黑白分明，睫毛又密又长，她的鼻子秀挺，皮肤雪白，她一张口，稚嫩的嗓音带着微微的娇嗔，既天真又傲慢。人人见到她，都想过来亲她一口，都想着给点儿饼干什么的讨好她。美是有无限的力量的。大人们抚摸她的脸蛋，拿最温柔的眼神瞅着她，赞叹不已，甚至有许多经过的陌生人，不由自主地，停下脚步，看着她，深深地看着她。

跟她差不多大正处在调皮阶段的男孩子也一样，一见到她,都显得比大人还矜持,这样的事不是一回两回,差不多个个如此。门前下过一场雨,有个地方有些泥泞,那孩子想出门玩,却又舍不得她的鞋被弄脏,她站在那里,比画了一下,就有个孩子噔噔噔奔将过来,不管自己的小腿也跨不过那个坑,抱着她趔趔趄趄地走。

良霞目睹了美的号召力,她第一次对于容貌上的美有了新鲜的体验。她甚至自己也在心里奔了过去,搂住那个小仙女,不让她沾到一点点的污泥。

这个待遇和她的童年何其相似。

到现在还没有人对她的要求置之不理。那孩子一天天地明白了自己的美。她的小胸脯自觉地往前挺起来,她把她的所求放在她的脸上、她的眼睛上、她的嘴唇上,她为着某个目的撒娇的时候,自己都感到了一种谜一样的吸引力,并且这吸引力带给她许多幻想。有人的时候,她总是扑闪着她的大眼睛,等待怜爱,仿佛想不断地、不断地因为这美而得到更多。

有一天,这漂亮孩子走到她床边,想让姑姑帮她拧开可乐瓶子的瓶盖。

谁给的?她问。

他们。

她说话的时候并没有在思考,她是心不在焉的。良霞一接触到她的眼神,就知道她真没记住是谁给的。对她来说,谁给不重要,到手的就是自己的。良霞突然感觉到一种难堪。她接过可乐瓶子,并不急着拧开瓶盖,却只是对着瓶口闻了一闻,然后小声地对小姑娘说，这瓶里的水有毒。

那孩子疑惑地看着她，过了半天，突然害怕了似的，哇的一声哭着跑开了。

这之后她们开始交恶。良霞不许小姑娘吃任何旁人给的，就连赞美的话，她也会乘其不备地将它夺走：他们统统在骗人。

这个时候，孩子是抗拒的，她不只是抗拒，简直是惊慌了。她本来心情甚好的，到了姑姑这里，都被排挤，甚至是被蛮力驱赶掉。

她毫不掩饰自己的不满，颠颠地跑开了。

那孩子，不是一般的聪明，深深晓得自己有别人没有的。但她以为这就是永远的，谁都夺不走的，可是有一天，她要是晓得自己错了，可有多难熬？瞧着那孩子躲避她的目光，一种微妙的近乎羞耻和惶恐不安的恐惧压倒了良霞。这恐惧跟以往不同，良霞自己都摸不到门道，更说不出口。

夏天的时候，她妈妈开始每天早上煮一个鸡蛋给她增加营养。可她挑剔，只肯吃蛋白，蛋黄闻也不闻。遇到这种时候，她妈妈总是哄几下，可是小姑娘已经深深懂得自己的魅力了，她会抬起那楚楚可怜的眼睛，微微地仰起尖尖的小下巴，微微张开嘴，轻轻地哼一声，她的妈妈立刻就会败下阵来：好吧好吧，那明天一定要吃。

终于有一天早上，帮她剥蛋壳的是良霞。吃完蛋白之后，小姑娘的嘴不肯动了，可良霞没有歇手的意思，继续往她嘴边递。那个孩子凭着往日的经验，抿住嘴，在姑姑的手想强行塞的时候,她先是抗拒地把头扭转到一旁,然后一步步地往门外退,试图逃跑。

良霞一转身堵在了门口,以平常从没有过的严厉口吻命令小姑娘:吃。

求饶不能求饶,叫喊不能叫喊,那孩子左顾右盼,门口一个救兵也没有,她只好张开嘴,接过姑姑掰开的鸡蛋,嚼也不嚼,全部吞进了喉咙,委屈的泪水顺着粉嫩的面颊大颗大颗地往下滴。良霞几乎也被打动了,她终究板着脸,一句话也没说。

良霞看着小姑娘嘴里一点儿也不剩下了,才让过身子。

这件事,直接影响了她跟大嫂的感情。她不知道小姑娘怎么到妈妈跟前哭诉,最有可能她是一个字都没有说,她可能只是掉了几滴眼泪,大人的心就碎了。大嫂也不来问原委,原委也显得不重要,她只是交代良霞,以后不要让她哭啊!

大侄子到县里念书那几年,风平浪静。大嫂把地转给别人种,别人代缴农业税。她自己,带着女儿三天两头到县里看儿子。手里牵着天仙一样的姑娘,时不时就有人侧目,甚至有人问她们是不是母女。世态炎凉,她的自尊心受了好几回伤,不知不觉学会了打扮。最碍事的是那口牙,女儿在手上牵着的时候,她尽量不笑,可是哪里忍得住,总有人上来夸那小天仙,她笑着笑着就不好意思,就抿住嘴。

好日子也不是没有惊险的。良霞又犯了几回,有一回是从椅子上跌下来,倒地时,她拉住了椅子背,椅子被扳倒,是那种老柳树打下的结实椅子,椅子砸破了她的额头。那天家里,只有她自己。那时搞全民医疗,不远处有一户的房子,改成医疗室,她捂着额头去了医疗室,坐在一群拄着拐杖和一口等不得一口咳嗽的老年人中,她包扎了额头,慢慢地往回走。那些老年人,她个个都认识,其中有些人,说过大话,一定要娶她过门做儿媳妇,其中有一个,嘴角全是疱疹,口水沾在胡子里,可是他的目光掠过她裹了纱布的额头,还是那么不忍看。

头上的痂才结,紧接着又犯了一回,上门的赤脚医生说起了大话,他说熬不过今晚,让家里人守她最后一夜。她听见了,赌着气似的,身子紧紧地贴着床板,全神贯注地有节奏地呼吸,一声又一声。你不是更软弱,就能更坚强。她目睹时光从窗口经过,使窗帘的格子图案一点点地清晰起来。医生睡眼惺忪地过来看她,惊喜地咦了一声,她碰到对方的目光,顿时有一种胜利的自豪。

不过,即使脸色苍白,疼得豆大的汗珠子往下滴,她也不像别人那样哼哼唧唧,她不唉声叹气,也不做出痛不欲生的样子来折磨人。有次脸肿得变了形,正好大哥的船回来了,大哥瞧她憔悴得厉害,担心大嫂虐待她,不给她治,不停地问长问短。良霞一声也不吭,既不替大嫂说好话,也不详细说明自己身体内的动静。

时间和思考改变了她的性情或想法,甚至她的记忆,就像浩瀚的大江主宰了小木船的命运,她体会到一种肉眼看不到的东西。那能被言语分解的事情到头来就不是事情,那能够哭出来的也不是真正的痛苦。真正的痛苦是长久的忍受，而长久的忍受对抗着真正的痛苦。它们在暗地里较劲儿。

大嫂还在那里申辩，说是良霞自己的主意。大哥不听，背良霞到镇上打吊针。趁着良霞睡着了，大哥站在诊所门口跟大嫂说话。他说，行船路上有个镇子上，有位六十多岁的孤老太太，一个人在家，有年捡了条狗回来养。哪想到这狗不省事，一窝生了四条小狗。她一个人养着五条狗，东家讨，西家要，硬是养活了这五条狗。这些狗不管她到哪里，都不离左右，前呼后拥，遇到可疑的人或不对劲儿的事，它们一拥而上，叫得整个镇上人心惶惶，久而久之，没人敢欺她年老体弱。镇边上有十里江滩，芦笋老是有人偷，越长越秃，都快成沙地了，因为这些狗凶悍、能干，它们的主人得到重任，被领导看中，让她看守十里江滩上的芦笋。这些狗不负重托，芦柴越长越茂盛，去年还有人到那里拍电视，这老太太现在月月拿工资，越活越威风。

大嫂叹口气说，这些狗，比人还能干，给人长脸。

大哥说，人家有善心养狗，才有好运。我们不能连个亲妹妹都不养。

大嫂一贯讲道理。她扑哧一笑，你还真误解了我，我拿良霞当亲妹妹的。

不是，大哥说，老二两口子不容易，本来他们也应该……

我不计较，大嫂说，你心里有数就行了。

紧接着出了一次意外事故，刮八级大风，偏屋旁边的一棵大树被刮倒,砸穿了良霞的屋顶。断了的檩木落在良霞的床上,若不是她缩着身子睡,脚踝怕是砸碎了。

良霞搬回到自己十年前住的北屋。北屋不是当初的样子,堆满了杂物,板车、旧自行车、录音机,甚至大嫂当年像宝一样护着的缝纫机也积满了灰土。里头放着的床是大哥淘汰下来的高低床,他们自己垫上了席梦思。梳妆台也搬了来,里头放着一只手表,爸爸留给大哥的,现在,表面模模糊糊,表针早就不动了。

江心洲那块任芦柴胡乱生长的江滩最近似乎大有可为了。有一大片被整平,堆满了从江西运来的木材,渐渐地成了一个开放的木材交易市场;江滩的另外半片,成了一个造船厂的作业现场,江心洲的船主的船也有好几艘是直接从这个船厂造出来的。有买卖的地方就有外人,操着江西口音的木材贩子,镇上的无业青年,甚至那些有些体面的城里人也渐渐嗅到了江心洲江滩上的商机。经过良霞门口的人慢慢多了起来。

有一天,她坐到门口晒太阳。一个男人从屋边的路上停住脚步,走到她跟前,盯着她的脸,突然喊了她一声,良霞!

她一抬头。她认出了他。他们曾经在县城见过,他也是国营棉纺厂机修工。跟许多陌生人一样,他对她痴情得很,为她魂不守舍,她没正眼瞧过他,无声地拒绝他。他的情书,被她扔在江里,除了第一封看过,其余的拆都没有拆开。那个时期的回忆被掀起来了:她记起走过县城水泥路时更多的人那些巴巴的目光,那轻佻的口哨,嘴里发出的啧啧赞叹,有些人很流氓，有些人很温婉。她基本上都没正视过，的确没有。

她稳了稳，装作没听见，慢慢回到屋里，坐了下来，浑身战栗。她拿起包扎头的头巾，系到头上，仔细扎好，把露在额头的几根碎发塞进去，她需要拿起镜子，看看自己苍白无血的脸，来稳定自己的情绪。午后的太阳穿过树冠的间隙，把碎了的光洒到地上，影影绰绰。

她重新走回到门口，那个人还站在那里，眼睛定定地盯住她，她身后的房子。他如此不掩饰地端详着她的生活，眼珠子转个不停，连锅端似的。

她请他坐下来，问他怎么会到这里来。

他到江滩的造船厂推销一些材料。他早就下岗了。他比她更震惊。他一直说想不到在这里遇到她。他不提她被毁的容貌，她也不提他们共同认识的一个人。过了几分钟，她想起来要倒杯水招待他。她烧好水，倒进茶杯，端出来的时候，他便开口告辞。他得趁管事的今天在，把事情谈妥了。

没办法。他拍拍手上提的黑色的皮革包说，他们这一行，就是专门见缝插针找人的。

他的公文包里放着他的辛苦和希望。他让她瞧一眼，又确定她瞧不出什么名堂。

一阵风吹动着晾晒的被单，被单上的碎花，一时花了她的眼。

回来的时候，天已经快黑了。他可能没能谈成什么业务。脸色灰暗，夕阳的余光映照在他的皮肤上，使他比下午更老一些，满身疲倦。

不知何故，他还是勉强自己站在门口聊了几句。

今天碰到你，真像做梦一样。

哦。这抒情的调子多么陌生而新鲜啊，使她不知应做何态，只是低下了头。

我差点儿为你死掉。十年了，我都还记得自己的蠢样子。可惜你瞧都不瞧我，说不定，你到现在还没想起我的名字。

他说的是对的。她的确不记得他的名字，但她相信他的话。

我当时不懂事。她不想道歉，但这句是大实话。

他耸了一下肩膀。她看到他腰上挂着一只 BP 机，但没有留下号码的意思。

他再次看了看她，转过身去，走向回县里的渡口，她望着他藏青色西装，他的后背单薄，走路还有点儿内八字，皮鞋磨损很重，鞋跟靠里一侧明显比外头的要矮。他没有回头，匆匆忙忙，赶着路。

她并不清楚他的意思，同情、怨恨、嘲弄还是惋惜？他也并不明白她的真正处境，他没有给她更多的机会说出她的处境，以及这处境所带来的变化，无论如何，这对他实在太无关紧要了。

他扬起的灰尘平息下来。她挣扎着整理晒干的红辣椒，清扫灰尘和落叶。

六

进了城的二哥每年回江心洲两趟。每趟都来大哥家坐一坐,每趟回来都说为了离婚。一开始是一种意志,后来成了习惯。他的妻子,一开始抗拒着离婚的要求,过了几年,渐渐死了心,等到她明白强扭的瓜不甜时,十多年的光阴已经没有了。她按捺住某种愿望,把心思放到粮食和蔬菜上。她一个人种两个人的地,空了就去镇上打短工。一个人吃饱了全家不饿,独自生活反而使她精神了,她在别人眼里漂亮了,温柔了,人缘好了。

这一年,二哥照例回家,跟她提了离婚。她点头同意了。

二嫂说,这些年也苦了你。

那不是真心话,她有这种境界,也算不错。他象征性地客气了一下,他说不苦,苦的是你。

她说,时代造成的悲剧。

这话使二哥感到惊奇了,她有这样的觉悟真是很难得,他在外面见了世面,她在江心洲居然也看出了门道。

他们友好地商讨着财产的分配。她说她可以回娘家。他说你现在回去,哥哥嫂子不嫌你吗?反正我不回来,房子给你,又不值什么钱。

她说,你没有房子,没有儿女,往后你老了到哪里去呢?

没有房子是事实,没有儿女也是事实。她专拣事实跟他讲道理。男人在外头除了这两样还有许多事可干、许多乐子可寻,她都装作不知道。

这个失意女人的脸在江心洲的强烈光照下,显得粗糙,皱纹和斑点很多,但是多年没有吵架,她显得温和、明理和宁静,她的肩背很结实,个头矮小,有一种经历了大风浪后的开阔和从容。那一瞬间承明想离她近一点儿,他想把手搭到她的肩上,被她让开了。说好吃过中饭一起去乡里办离婚,整个上午,承明无所事事地坐在板凳上,照耀着他老婆的阳光也照射在他的手背上,他局促不安,仿佛一颗定了中午要爆炸的炸弹在他脚边。从来没有过这样的感受,至少在这个地方,这种感觉是新鲜的,他并不指望这个地方让他感到舒服,但他现在发现他不能失去。

照理说,他还没到为年老之后忧虑的年纪。再说,他离乡多年,目标是开一家自己的理发店,做一个有资产的老板,衣锦还乡与否他并不介意。他也不太顾影自怜,跟父亲那代人不一样,他们这一代人,梦想浪迹天涯多过安贫乐道。但是,这个势不两立的女人,这个他从没有在意过的女人,却用一只没有挂诱饵的生着锈的钩子,使他被困在原地。像做了一场梦,或是像刚从一场梦里醒来,他变得忧虑而伤感。

莫名其妙地,他心情坏起来。不知何故,他踩着饭点到了大哥家。那天中午兄弟俩喝了不少酒。在儿女双全的大哥家,他坚定的信念显得变幻不定,感觉到自己在某些地方错了。

大哥也算是小有成就的人了,大嫂的龅牙还那么突出,好像大哥也不嫌嘛。良霞坐在椅上,背后垫着枕头,不用说,腰一直疼,她整个人越长越矮似的,可脸色那么平静,没有一丁点儿躁气和怨气。听二哥说下午去办离婚,也没表态,只是静静地坐着。

承明瞧这家人嘻嘻哈哈七嘴八舌,感觉自己像是要被家庭幸福淹没了,他一激动,开始趁着酒劲儿说话。他透露自己攒的钱的数量,他结交过的女人,没有一个不是年轻貌美,其中有一个还是混血儿。他的本意是炫耀一下自己见过世面,可是他的总结坏了自己的心情:在城里,人就跟蚂蚁一样。

大哥听出他在找依靠,把手从桌子那头伸过来拍他的肩膀:离婚之后没地方住就来我家。

什么话,什么话?承明一听,呜呜哭将起来,他把头垂到桌子底下,只露出头发在那里颤抖,不一会儿,喝进的酒、吃进的菜全都吐了出来,大哥把他扶到里屋,睡到天黑才醒过来。

他没有想好,假期就结束了。他继续到城里打工。他老婆则开始门前屋后随时随地呕吐。他再次回来的时候,第一眼是瞧见女儿若云在她妈妈怀里吃奶时跷起来的可爱的小指头。

现在,他心甘情愿地做个回头的浪子,没费力气,她却占了上风。

这些从外面回来的人,这些把"外面"带回江心洲的人,这些和江心洲好好相处的人,让良霞感到了新鲜。就说二哥吧,每年回来的样子都是不同的,第二年他的头发是黄金色,

天鹅

第三年是条纹,到了第四年,二哥的后脑勺剃光了,只有头顶一束高高地立起,使他又高大又帅气。他,和跟他们一样的人们,把丰富多彩的衣服、发型、家用电器和闻所未闻的观念带回来。

和美、新鲜与富足感染了病人。病人在电视上瞧到一个新闻,说的是一个人三年工夫绣了一幅《祖国河山》的十字绣,卖出了八百元。做做针线活就能赚钱?良霞让大嫂买了些针线回来,开始学着绣十字绣。她一边绣,一边听收音机,里面播些流行歌曲、小说连播和广告。一开始,她敌不过疲倦,动两针就得歇息两分钟,而且她绣的鸟不怎么像鸟,绣的花不怎么像花,过了大半年,她绣的房子像了,娃娃也像了,再后来,有人说她绣的猫眼比真猫神,牡丹看着就有香气。这个过程差不多有三个年头。良霞心里是高兴的,觉得找到了用处。她偶尔到大坝上走几步。长江的水位,在妈妈死的那年比较凶险,快到坝沿上了,水退了之后,坝下栽的树全部烂了,那些枯死的树,一根根地杵在原地。它的主人们忙着挣钱,没有心思管它们。挣钱的门道越来越多。三十岁上下的年轻人,没有几个在家了。

她偶尔也会到地里去,她会采些当季的花,栀子花、金银花、月季和三色堇,都是早年种下,后来自己胡乱长大的。打碗花败得最快,也不香,但是漫山遍野地开,好看得不行,突然之间好像就没有了,绝种了,再也见不着了。实在图新鲜,她也会掐一把油菜花,插在玻璃瓶里。到了冬天,路边的小拇指大的紫兰花也会拔回家，装饰她朴素的屋子。

大江的水位倒是越来越低，江滩上的那个传说中的造船厂，良霞一直不知道规模。造船厂靠近西头，大坝拦住了她的视线。幸好装了自来水，扁担不那么经常被派上用场，何况，男人们都不在家。

现如今，她坐在门口的带靠背的椅子上。一张瘦削的脸，一头稀疏的短发，长不长的。她身前放着一张小台子，她疲倦，可是泰然自若，疼啊睡不着啊，也不说出来。她一天只能做个把钟头，那个把钟头她就不像个病人，手指灵巧，进入了忘我的境界。陪伴她的，是缓慢踱步的鸡。她养的鸡，也不似人家的那般急躁、好斗。还有一只猫，也是她的，瘦，黄毛，睡在她的脚边，很安静。到了冬天，她只能卧在床上，她的绣活和她一起把床挤得满满的。那只猫，看到她倚靠在床头，手里的针不动，就会悄无声息地溜下去。她觉得好点儿了，就会出来找它，它会猛地蹿到她怀里，乖巧地拱拱背，它用一只猫的方式让她相信它对她的需要。

就这么继续下去，家人如此和睦，兜了一大圈，最终像泥一样和在一起。良霞觉得，就算自己死了，也算是了无遗憾。

可是大哥好上了赌。

跟江心洲有点儿本事的男人一样，大哥先是迷上了出门，到江西去，往上海跑，把船泊在码头到色彩斑斓的地方找酒喝。别人买了BP机，他的腰上也挂着一个，他嚷着要买一个大哥大，后来感觉这东西在城里不时兴了才把目标瞄准了全球通手机。带着热忱的自信,他结交的都是江心洲最先富起来的一帮人。他的派头滋润着老婆孩子,他自然不亏待他们,每趟回来都拎个塑料袋,里面装着苹果、香蕉和柚子等。

喝花酒出了一次事后,他学会了斗地主。父亲在世的时候,是不许的,现在他从尝试中感受到快乐。先是赢了一点儿钱,也打发了许多无聊的夜晚,输点儿钱不碍事,男人之间总得有个话题,有些消遣和应酬。他聊以自慰。

大嫂还在饶有兴致地向城里人学时髦的时候,危机早就潜伏进她的家里。有一趟丈夫回来,她催他给儿子交学费,她要一千,他只给了五百。下趟,他的船回来,她看到丈夫从船舱里出来的时候,空着手,身子矮了一大截,他摇晃着往坝上走,她迎过去,心里很慌张,想他是不是得什么病了。现在的人,得病比往年容易,忽然之间,这个得了胃癌,那个得了肺癌。她紧张地追问,可是他不正眼瞧她,往床上一扑,倒头就睡,醒来的时候,胡子拉碴,神情呆滞。她还是在镇上听到了丈夫在外头的遭遇:他跟人赌,输掉了船上所有的股份,而且,还有一张好几万元的借据。

听别人的故事,眉毛挑起来,怕故事不够惊险;听自家人的故事,听到一半脚腿就软了。她最本能的反应像她弟媳妇年轻时一样,拼命尖叫;跟弟媳妇不一样,她不要什么爱情,只要她昨天的生活:走在镇子上,许多人喊她老板娘,她不要一夜之间一无所有。她哭着要上吊。大哥不反击,大嫂扑上去挠他。大哥的脸上、背上都血迹斑斑,她原本温良,这些行为跟她不符。

闹得凶了，逼得做了亏心事的人也反抗了。

他说，老子这么多年待你怎么样？你得理不饶人了？

你待老娘好，还不是想让老娘为你做牛做马。

地都没了，做什么牛马？

地都没了，你那药罐子妹妹不还在？

他想列举她牺牲的地盘小，她想揪出他犯错的地方多。她说，如果不是你妹妹，我们早搬到城里去了，你不肯挪窝，还不是因为你妹妹？要是早到城里去了，现在至少还保住了一套房子，再怎么也比现在这个样子强。

她的声音时尖时粗，根本不顾老房子不隔音。他急了，一巴掌扇过去。她结婚十几年，头一回被打，还是在丈夫理亏之后，她鼻子嘴巴都往外冒血，嚷着要跳江。

他甩手而去，不知道去了哪里。

天一直没有亮。良霞的身子从床上探起来。一切声响她都要警惕，在黑暗里，她是个合格的守卫，看护到天明。

大嫂三天没起床。良霞让侄女穿戴整齐去上学。她端着饭坐到大嫂床前，她说，世道变了，男人有了钱就学坏，不是赌就是嫖……好在大哥才四十，他还能翻身。只要他肯回家，这个家就还是你的。他见过世面的眼睛还在，他身子还健康，他脑子还好使，最重要的，他还是有良心的。有些人你就得接受他犯错误，你才有机会跟他们平起平坐。至少这个家还在他的心上。

大嫂听得愈发伤悲，从哽咽到号啕，眼泪哗哗地流。良霞等她哭停才回一句：人活一世，谁不要过些深沟深坎！

大嫂平静下来抬头看着良霞的眼睛，发觉她的眼神波澜不惊，像昨天一样亲切安稳，她长得跟哥哥还是很像的，更瘦、更苍白、更无力而已。她分析得理又有余地。小姑子的眼神给了她重新面对的勇气，她接过碗，喝了一碗稀饭。她不嚷着要离婚了。这些不现实的事放到一边，紧要之事把地要回来种。

你想怎么办都中。我支持你。

大嫂抬起肿胀的眼睛，她说，良霞，你虽然病着，这个家你最稳当，十几年不变脸，十几年不伤人，十几年还这么稳当。将来有我吃的就有你的，有我在，就不让你死。

这也是十几年来，姑嫂俩第一次敞开心扉，心心相印。她俩都掉了眼泪，感觉到亲情在她们之间流淌，联结她们面对这心如刀割的处境。

之后，姑嫂俩同心协力，共同计划着春季种什么，秋季种什么，怎么花能省下些孩子的学费。那个在城里的孩子，最好不要让他知道家里的变故。说不定能考上好高中、好大学，不会再犯他父亲和江心洲男人通常犯下的错。

良霞虽不能下地，但她变成了好参谋。大嫂像攥救命稻草一样攥牢她，须臾不能离开她的视线。良霞因此而没有工夫考虑自己。不去想自己佝偻的身体，不去看长满了斑点的手背，不再念她的洁癖，洁癖在这里是可耻的。事实证明，这些都可以克服。她意识到，忘掉自己，生活反而显得可靠、有希望。

邻居们竟然无法想象她竟然有如此大的能量，比她身体好的人都没她这么大的热情，有心的人听到婉转又柔和的声音在劝大嫂：没有关系，天又没有塌下来。

对别人来说，劳动是一种奉献，对良霞来说，劳动是一种占有。占有厨房，占有清晨，占有节气，占有天，占有她脚下踩过的每一块土地。

现在，她不再是任何人的掌上明珠，不再有人因为她而死，不再有人为她跪地磕头，这些她都觉得好，疼痛除外。现在，她是个有用的人，她和大嫂相互依偎。她们不再指望那个赌到穷途末路的人这么快回家，怕他带回一身债务和艾滋病——吃喝嫖赌的人最容易得这种病——听说另外一个大队的跑买卖的男人就得了这个病，家里人全部逃走了，他一个人窝在屋子里，没人敢靠近那间屋子。

很庆幸要债的没有找她们麻烦。

第二年江水又拼命往上涨。坝子外围种的庄稼全部被淹死了。水退了之后，大嫂去清理淤泥，想在立秋之前种上一些玉米。良霞拖着身子也去了。什么事情都是这样，你还别不信，一旦有心奉献，就能凭空生出力气。大嫂弯腰下来，用手扯掉上游漂过来的杂物，良霞不能弯腰，她蹲下来。她们渴望太阳更辣一些，泥巴变硬之后，陷进去的脚能尽快拔出来。整整一天过后，她们全都动不了了。良霞的双手陷入泥潭里，她抚摸着柔软的淤泥，一下子想到年轻时她收到的一条丝绸围巾。到后来，她什么都想不了了，几乎失去了意识。大嫂没让她早点儿回去休息。希望、幻想外加体恤，这些微妙的情感，经过这几年超出常规的辛劳，从大嫂身上消失了。现在，大嫂的怨恨像井一样深、一样黑，有时都使人产生一种错觉，感觉到她是一根太阳底下的炮仗，轻轻一碰，就能点燃，使之爆炸，燃放。

良霞不去招惹她，有些事情就自己拿主意。地势低的地方种耐潮的花生，而离水源远的地方种黄豆。端午那天良霞没有跟她下地，她裹了二斤粽子。到了过年也是她主事，她会自己在红纸上写毛笔字，贴在大门上。她变得正确、细致，而且不受人批判和质疑。

有时累过头了，晚上倒在床上，良霞记得自己没有洗脸、没有洗脚。四周模糊一团，没有光，为了省电，灯全部熄了，天上的月亮也不如往年的皎洁。她换着方式睡，侧着，仰面躺着，或者趴着。菜园边的花早就枯成一团团，像受了重伤的士兵一样全部贴着栅栏坍塌下来。母亲死后，这些花草不再有人修剪，体力活对这个家庭来说，越少越好。菜园的地也不怎么平整，积了雨水的低凹处，有些蛤蟆在里头扑腾。来自江面上的风刮到坝上，柳树随风起舞。雨点落了下来，滴滴答答，打在屋顶上，时断时续的。她就这样整夜睡不着，但她能照料自己——对此她颇感欣慰——尽量不给比她更累的人造成负担。屋外有只疲劳的呼唤着的猫，忧伤却不愿停歇。

良霞独处的时间越来越少，手心朝上的现象消失了，不再觉得自己讨嫌，即使她仍然干不了什么重活。她跪在江边的石板上，喘着气把衣裳送进水里，摆动数下，过掉肥皂水，拎上来的时候因为浸满了水而更加沉重，她需要憋足劲儿，这使她看上去很不雅，面部扭曲，那些看见的人，难免会替她心酸，然而她打心眼儿里愿意。良霞觉得某些被夺走的东西被她捞回来了。

她的猫也受赌徒的连累，有上顿没下顿，大嫂也不再过问，它瘦下来，但是学会了到邻居家蹭东西吃，它喵喵地叫着，那是良霞熟悉的声音，又完全是变了调的声音。如果它吃饱了，它会回来。良霞翻来覆去，她的腰疼。有时它侧目瞧着良霞，静静地站了许久，一点儿声息都没有。心里没有同情，怎么能做到这么隐忍？有时它宁可睡在墙根和灶台底下，良霞安静了它才爬过来，什么也不说，就那么蜷缩着。

良霞可怜它，感到它找不到自己的位置，乐于待人好，又没什么好奉献出来。她有时把它揽在怀里，轻轻摩挲它的背，仿佛在安慰它，告诉它，她懂得它的心，懂得它的苦。各有各的苦。苦也要受着。

来年春上，良霞的病又重了，脸和腿都肿得不行。大嫂扶着她到县医院。县医院来了个专家，说能治好。姑嫂俩激动得都发出了声音。他说，先开五千块钱的药，回去吃，吃完再来。

她们身上也就四百多块钱。

两个人捏着这五千块的处方，不约而同地往回走，边走边看看手上的纸，像是遗失了这张纸就遗失了五千块似的。

走到一条三岔街口，朝北的就是回江心洲的路。这回，大嫂不走了。良霞把手搭到大嫂肩膀上,既是借点儿力,又是表示亲近:回吧。

我有金项链。

不管用。

说不定管的。

都是骗子,骗钱的。

大嫂端着薄薄的处方,认出几样药材不是稀奇的东西,周边的荒山上就有。回来煮水良霞一碗碗喝,身上的肿还真的消了一些。

过年的时候,大嫂体恤她,给她买了一件丝绸料子布,蚕豆样花色的棉袄。家里这样了,还买衣裳给自己,良霞端着衣裳不晓得往哪里放。实在没办法,只好坐下来,花一个晚上,把衬衣改了袖长,腰身往里收了一收,第二天早上,侄女上学时,她招招手,帮小姑娘换上。小姑娘一穿上身,就惊奇地笑了,她的感觉是敏锐的,什么到她身上都会美。她舍不得脱了。转来转去,然后要踏出门去,她妈妈边追她边跑,她嘴里说,小姑,你真好,你比我妈妈还要亲。

那孩子身形修长、牙齿雪白,面色发亮,她的声音那么悦耳,沁人心脾,她仓皇的神色也那么动人,使人忍不住生出怜爱之心。她这几年也没受什么苦。有个那样的爸爸,也没妨碍她招人疼爱。她不做事,她妈妈不舍得。如今她那样的几句话,她妈妈又站住了、屈服了。良霞呢,靠住门框微微笑着。

七

大侄子十八了。两年前他就辍了学，跟了村上的同学到省里学刷油漆，正式上工没多久，突然回来了。回来时裤子松得像个米袋子，裤裆掉到膝盖下头。他躲到小姑房间里抽烟，一会儿，良霞就咳嗽得上气不接下气。大侄子三口两口，把香烟头在地上踩几下，不多久，他站起身对小姑说，我到镇上去办点儿事。

后来良霞听人说大侄子一到镇上就找公用电话。大嫂悄悄推测，怕是跟哪家姑娘搭上了。

大侄子不怎么跟他妈妈说话，对于妈妈的话，他一问三不知。良霞知道他有恨。他好端端地念着书，突然有一天，缴不上学费，拖了好一阵子，没钱买学习用品，再后来，连食堂的饭票也没法买。他万般不解，走了四十多公里，回来要钱。结果，责任像折断的树枝一下砸到他的肩上，他留了下来，陪着家里愤恨、体弱和幼小的三个女人。

想跟他搞好关系，不是容易事，而且，良霞不太听得见。像许多听力下降的人一样，她喜欢侧着头，对准声音发出的地方。他瞧见她的样子，有点儿不耐烦，但是不说出来，只是把脸转过来，把没说完的话吞回去，歪着肩膀走掉。似乎江心洲没有他看得顺眼的东西。良霞看着他长大，他小腿上的划伤，他容易打喷嚏的鼻子，他走路时宽松汗衫里的一排排肋骨，他不得不面对的起起伏伏的少年时代,良霞心疼他。

有一天,他走进她的房间。他摸摸搭在缝纫机上的布,把箱子上的锁拨弄几下,想把它拧断。她说,没什么好东西在里头。

他又暗暗使了一下劲儿,她赶紧说,等一下,我来拿钥匙。可他已经失去了兴趣。她有点儿吃不透他的神情,他漫不经心地吹着口哨的时候,没人搞得清他是开心还是沮丧。他妈妈感觉到他对姑妈的敌意,悄悄问良霞,他有没有说什么过头的话?

不,他待我跟你们一样好。怕大嫂听不见,良霞大声地回答。

我怕他跟他老子一样,哪一天突然跑掉,到时候,坑蒙拐骗犯了事被人杀了都没人喊我们去收尸。

如此悲观的论调完全来自于生活的突然变故。良霞坚决否定了大嫂:不要瞎说,他晓得自己姓徐!

大侄子回来继续种地,意味着他有担当,跟他爸不一样。也意味着家人必须耐心跟他相处,从他的态度里听出他的愿望和他对生活的计划。小伙子习惯一声不吭,无事的时候,他会坐立不安。撞到母亲幽怨的眼神,他抬起头,望向天空。他离开家去镇上卖棉花,三天没有回来。他妈妈以为他拿着卖棉花的钱走江湖去了——江心洲半大不大的男孩子们的集体野心。但是第四天,他回来了,紧随其后的是他父亲。他真是老了,但是仍然懂得难为情。他把头勾在脖子底下,撞到认识他的熟人，咧开嘴，露出自嘲的笑。

这个四十五岁的男人，有过体面的日子，经历过大起大落，然后挣扎着想站起来，可是如今他显得松弛而自在。除了第一天比较难挨之外，其余的日子，他焕然一新。

你的皮真厚。他的妻子象征性地批评他一句。

但是良霞喜欢大哥这一点。大哥不像他们想象的那样长吁短叹、起早贪黑地苦熬，他不再想改变任何人：儿子的个性或者女儿的成绩。在过去，他总是显得过分贪心，他的心并不真的在这里，现在，他的脸开始发胖，肚子也腆了出来，但显得更亲切。一家人挤在一起，说不上多么舒服，那些发财成功的故事每天在上演，四周一天一个样，但是，他们也没什么特别不舒服，不该犯的错也犯过了，走不通的路都走了一遍，就像从战场回来的人感知活着就是胜利一样，他反而变得从容了。由于他变得随遇而安，凡事不较真，家里的气氛成了二十年来最好的。

团聚的一家人尽释前嫌。日子还是紧，时时刻刻缺钱花，可是笑声多起来。他们的话题总是说不完，因为分开那么久，见过的事情又那么多。良霞被呵护着回到床上。他们都看得出来，她的胳膊不怎么能伸得直，除了五只手指还灵活，还有她的眼睛，越来越看不清眼前的东西。侄子花五块钱帮她买了一副老花镜，使她不至于不能绣她的十字绣。她多么热爱这样的生活啊。热爱她呼吸过的每一口空气，当然她也热爱她记忆里的县城以及大哥嘴里描绘的大城市，那里的街道，摆满鲜花，

天鹅

到了节日，灯笼挂到电线杆上，这是她从来没有真正踏进的人世间，她曾经半只脚跨进去过……她多么用心地倾听——遇到下雨，或者腰疼得厉害的时候，他们说话的声音就像蚊子在哼哼。

为了避免听不清产生的沟通不畅，也为了让这一家人更轻松自在一些，她尽量不在他们在家的时候出来。

她的腿疼，正睡着，侄女喊她吃饭，她答应着从床上爬起来，挪动的时候觉得那么吃力。她坐在床上，心里想着快快走到饭桌前，可是腿上像是压着磨盘石。她感觉到劳累了一天的人都焦虑地瞅着她，无声地帮她加速度。她在心里打定了主意。她说，今天晚上一点儿都不饿。

她立刻接收到担忧的目光一齐聚过来，赶忙补充说，没有不舒服，就是不饿。

第二天晚上，她仍起不了床。开饭了。她听到大嫂交代侄女：

去，喊你姑来吃饭。

她在里头答应着，声音脆得发亮：你们先，我赶完这几针。怕他们进来戳穿她，她拿起针，比画着，嘴里朗朗地交代：不要等啊，针线活催不得。

一刻钟后，桌上的菜吃得差不多了，吃饱饭的人供血不足，力气小，懒得说话。她走了出来，边走边扯身上的线头，为如此忙乱不好意思地笑着。

两回，三回。他们开饭前都会象征性地喊喊她，她总是磨磨蹭蹭老半天,很快,他们习惯了她会在他们吃得差不多的时候出来,剩汤喝汤,剩水喝水。专心地吃,面带微笑,从不说话。

到了晚上,她缩回到床上。虽然每天上床前,她都要给自己用玻璃瓶装满水,一只放在脚头,一只放在腰上,被子越来越厚,仍不觉得暖和。这个时候,她反而又能听到些了,她能听到大江的流淌,缓慢、悠长,渐渐陪她进入梦乡。

大侄子二十二了,这天家里来了几个人,那个跟大侄子交往了几年的女孩的父母、舅舅和舅妈都来相亲。良霞在厨房里烧火。好不容易酒菜上了桌,帮厨的也走了出去,灶里的火渐渐熄了,她的脸,由火光映照的红晕清白了之后,她听到板凳在水泥地上拖来拖去的、筷子碰到划空的碗发出清脆的声响。她的腰疼,一时直不起来。她慢慢酝酿着气力,客人要走时,她怎么也得出来说句客套话,她毕竟是唯一的姑妈。她盘算着箱子里的两百块钱。真的定下来,这点礼数还是要尽的。

她没来得及起身,大嫂进来了。

客人走了?她问。

走了。

你累着了吧?

没。

大嫂一屁股坐在引火柴上,她刚想说自己好歹是长辈,要不要尽点儿心,大嫂打断她,算了,都走了。

说完她坐下来,说话支支吾吾的,复述着女方的要求:同意在老屋结婚，但是要一整间房，闲杂物都不要，一台彩电，一台冰箱，三金也是要的。彩礼一万八。没要盖楼房，已经是很幸运了。要是提出这条件，八成就会黄，她哪里拿得出盖楼房的钱？听她那口气，她感激那几点要求是识大体的。她被牵着鼻子走，也觉得很合理。良霞听着，渐渐抓住了一点儿意思。她由于体弱，脑门渐渐有了汗，看到大嫂急切的眉心，嘴巴一动一动的。她赶紧频频点头表示赞同，间或插上一句对方想听的话：是的，是的。人长得不错。长辈又讲理。要求还不高，算是我们徐家运气好。

她还竭力表示全然领会了大嫂的意思，甚至恨不得献计献策，令好事锦上添花。

大嫂的眼神和她碰上后，找到了她要的慈悲同情和理解。大嫂切到正题上了：我们是不好意思跟老二家开口，好在他的女儿才七岁，住到那边，你帮他们照应照应，看家护院、收衣晒谷这些，你哪桩不内行？

说到良霞的内行，大嫂是真心舍不得良霞的，可是亲家的要求是不能不答应的，毕竟，她家能谈条件讨价还价的资本几乎没有。

你哥哥怕你不愿意挪，我心里没这么想，说通情明事理，这江心洲谁比得过你？

良霞眼神恍惚。她准备附和的嘴半张在那里，空空洞洞的。这一瞬间，就仿佛她被一阵疾驰的风一下子带到了别处，四周没一样东西是熟悉的，她满面茫然。

一棒槌,她被敲回到灶台间。她定了定神,把目光对准大嫂,脸上的血色眼看着就没了。她嘴唇动了动,有点儿前言不搭后语:碗洗好倒开水烫一烫。

她说出来的话声调虚浮。这张平静温和的脸,这张未经世事却又事事操心的脸……

大嫂双眼一闭,不忍心看她,可是把头转过去又显得不近人情。

良霞感觉到她在堤坝的下端,再没有更低的去处了。她的二嫂,心肠不坏,脾气也比往年好了许多,只是她没有足够的思想准备。良霞挟着刮来的冷风往二嫂跟前来,二嫂从椅子上站起来,像是迎接几十里外的亲戚。她说,我来拿,我来拿,她接过良霞手上的袋子。袋子里是良霞这些年的针线活,鞋帮子、泡沫鞋底、十字绣。绣了十多幅,她的岁月,减缓疼痛的方法。没有画框裱起来,只好卷起来,用毛线头扎起来,拎在手上,沉甸甸的。

八

二嫂跟大嫂,十分不一样。良霞初来的几天,二嫂天天买点儿肉,或者鱼,饭菜端到桌子上,筷子先摆好,头几顿还一个劲儿地往良霞碗里夹菜。二嫂不太喜欢抒情、说客套话,良霞也不太吭声,姑嫂常常闷头吃饭,空气里只有咀嚼的声音。

早上起来的时候,良霞帮着刷锅、放鸡出笼,力气够用就扫地掸灰，白天她找把椅子放在门边，倚靠着绣着十字绣，到了傍晚，她会收衣服，晚饭后她仔细地抹桌子。她来了之后，桌子明显地光亮了。良霞对若云和对若曦的态度完全不一样，那孩子胆小，个头也不高，怕鸡、怕狗、怕雷电，受到惊吓的时候，良霞把她搂在怀里，用娓娓动听的声音吸引她的注意力，尽量让她胆大些。有一次，她甚至拿根棍子去触摸那条狗，向孩子证明那条狗其实不能把她们怎么着。

二嫂到底悟出来，良霞不是客人，良霞是家人，家里多出一个人，是多么可贵，何况大嫂每月还补贴点儿菜钱，遇到买药，基本都是两家平摊。二嫂习惯沉默，可这沉默多半是明白自己的话，最初男人不听，后来女儿太小，还听不懂，现在，她振奋起来了，她可以说得更多，良霞是很好的听众。良霞眼睛不好，看不得电视，所以二嫂看电视的时候，遇到惊险刺激的情节，她扭过来复述情节给坐在外头的良霞听。她一开口，良霞就停下手上的针，饶有兴味，从没有打断过。

三个人相处得很好，可是，命运自有安排。徐若云七岁整，和她妈妈一起，被开着美发店的承明接到了上海，缴一大笔赞助，上了城里一所小学。一年的赞助费相当于江心洲两间房的价钱。不知道出于什么原因，承明这样形容给良霞听。良霞没他想象的那么闭塞，样样东西贵，样样东西新，她懂，她甚至不需要问为什么。家家如此，户户这般。

原本作为江心洲人发财致富的江滩一日一日冷清下来，木材市场散了，造船厂也停了工，说到底，再大的船也赶不上高铁的速度。人们花在路上的时间和耐心都没有了。江心洲好几条千吨大船没有卖掉，成了野猫野狗的栖息地。眨眼之间，房子里不拥挤了，岂止不拥挤，简直太空旷了。跟良霞差不多大年纪的，比大嫂再大些的，跟二哥一起玩大的，跟大侄子一个岁数的，或是更小一些的，全都离开了江心洲，他们进入各行各业，各显身手，各展宏图。就连六十岁左右的也都吃香，到城里帮儿女看孩子，到城里去看大门，到城里去卖水果，各有各的活法。留在家里的，尽是些太老的，或是太小的，再就是像良霞这样，病得动弹不得的。

大哥大嫂是最后一批出去的。不晓得从哪天起，江心洲人见面，不再问吃了没，而是问在哪里发财。有人问大哥，他就说，我们不出去，种地也一样能活。

当着良霞的面说得挺大声，有让良霞吃定心丸的意思。这话还在耳边，大嫂的行李就收拾好了——娘家亲戚打电话来告诉她帮她在一个新开的菜市场抢了一个摊位卖果品蔬菜。她走没两天，电话像机关枪一样扫向大哥。大哥动身之前，电话里问了承明，让良霞一个人过妥不妥？以为承明会阻拦，可是承明很理解地说，生存要紧。他们商量出一个方案，就是雇一个人照顾良霞。

大哥坐到良霞对面，做出推心置腹的姿态谈话。他先说到物价，他说往年一亩地能挣五百，五百能吃半年，那是三十年前了，现在五百块钱，只能买到一件衣裳。

过去造三间屋，两万块也就差不多，现在呢，二十万也只能盖两间。

良霞听到这里就表了态:不要担心我,我自己行。

话不多,口气坚决,也不是商量的态度。大哥等了一等,明白不需绕弯子,把家里钥匙递过来,站起来,提着行李往渡口去。

更多的钥匙落到她手上,邻居家的,堂房亲戚家的,甚至别的生产队从来没有打过交道的人家。还有一个人,不沾亲不带故,连名字良霞也叫不出来。他们把钥匙递到良霞手上。像他们希望的一样,良霞不多问也没推辞。一串钥匙就是一户人家。一户人家不止一把:箱子的,抽屉的,五斗橱的,前门的,后门的,串串钥匙沉甸甸。

良霞目送他们一个个的背影,男的女的,高些的矮些的,胖些的瘦些的,姓徐的不姓徐的,一个一个鱼贯而出。经过她的门口,她不忘叮嘱他们带雨伞和扇子。有人答应,有人装没听见。

剩下来的徐良霞,自由,可以随心所欲,想睡在哪张床上就睡在哪张床上。梅雨过后,她会检查所照料房屋的状况。她拿着保管的钥匙,隔几天就挨个儿去打开一扇扇紧锁的门,瞧瞧里头的状态,她一走动,松紧鞋踩响了空旷的房间,声音从墙上撞回来。回声响亮。

天气好,她就绣她的十字绣。她的一部分十字绣被哥哥裱了起来,挂在堂屋里。最令她自己珍惜的是《清明上河图》和《蒙娜丽莎》,几乎爱不释手,这两幅共占了她五年时间,江心洲的人都在绣花绣草绣鸳鸯,只有她,喜欢绣历史和域外的生活。如今她膝盖上摆着《金字塔》和《太空漫步》。她眼很不好,手关节也疼,绣得慢,她不急,就那样安然、沉默地绣着,累了就听一听外头的动静。有时,病人会听到突然一声微弱的声响,说不清是什么声音,也不知道从哪里传出来。风啊树啊水啊草啊,熟悉到心里透亮了。风树水草都有自己的习俗和脾性。有风有水的世界就是生命的天堂。

比起眼睛和耳朵,良霞更喜欢用她的鼻子。疾病对她的嗅觉毫无损害,闻到饭香,良霞就知道哪家人回来了。如果有人愿意打赌的话,一准能发现她没有夸张。一艘拖船过去,她能闻到轮船上装载的货物。你可能一眼就看到是煤或者木材,然而她真的看不清那么远。她凭嗅觉。有一艘经过的轮船上的汽油泄漏,她在村长通知前就已经提醒过大家。那么重的油味,她说。她能嗅到第一朵栀子花的香气,麦苗抽穗时的气味也很特别,她不用到地里就能知道它们长成什么样子。天气变化更不在她的话下,她能料到午后有雨时,便会提醒邻居老奶奶不要晒衣服,省得没晒干又要往回收。

再后来,撂了荒的地越来越多,差不多,大半个江心洲都荒芜了。起先,不种棉花的地里还长了杂草,但是,渐渐地,有土的地方不长草,长草的地方不生虫,她明白有一个新名词叫"污染"。堤上坝下许多花草绝种了,再也开不出花、长不出嫩芽来。夹江里原先常常有小鱼苗在那里翻腾,落雨之前,水面像煮开水。如今,水里无鱼,鸟也无声,江心洲旧了,电线杆上的、水泥大门上的油漆轮番往下脱落,也没人管。

在横店跑龙套的人回来说,横店许多景点平时就是一座空城,到了拍戏的时候,摄像机、小汽车、群众演员、街市、货物、家禽和牲口就都魔术一样变出来了,到处热闹非凡、人声鼎沸;戏一杀青,那些东西又立马一夜之间消失不见,一片寂静。

江心洲就跟横店差不多,平时,留守的人,像江面上的行船,隔多远一个,再隔老远一个。可是到了过年,所有的人都会从各自发展的城市悉数归来,小汽车并排挤在原本堆草垛的位置,后备厢里拖出来大一包小一包的保健品、营养品,或者是流行的衣服,全部来孝敬留守的亲人。徐良霞家也不例外,亲人们挤在良霞周围。房子里全是新鲜的气息。大哥蓄起了络腮胡子,二哥穿着大红的衬衫,大侄子手上拿着的平板电脑,里面发出阵阵怪物的吼声,小侄女手上玩着"打飞机"的游戏。走南闯北的人再回来,平平白白多出的一样就是聪明。更有意思的是,有的人明明有钱,穿得却不体面;有的人一个月才挣三千五千,却喜欢到处显摆。

二十二岁的徐若曦是个标准美人,她的美超过了她的姑姑,身高也高过姑姑半个头,天资和运气,她两样全占了。她在帮妈妈卖菜的时候,被星探相中,签约在模特公司。凭着她的美,她已经去过许多地方,有许多人为她做了许多荒唐事,她得到的倾慕只比姑姑多,不比姑姑少。江心洲潮湿的风,掀起她的裙摆,裙摆里头是肉色的丝袜,她不怕冷。她大有前途——人们都这样预测。她带回来的男孩子不是县城的,也不是省城的,是香港的,讲一口不拐弯的普通话,说的人难受,听的人更难受。可是他们幸福。他们的幸福晒在太阳底下、江滩上、堂屋、姑姑的眼皮底下,不留死角。

惊羡和恭维声中,良霞慢慢转过头去,不吭声,挂在屋外给旁人望的幸福她总觉得不牢靠,想提醒点儿什么,又晓得孩子们会嫌她多虑。若曦已经把姑姑太严厉的性格告诉给她的对象:

我姑姑把我抵在墙边,鸡蛋不吃,不准出去玩。姑姑对吧?我没记错吧,我知道是为我好,姑姑最疼我。她自己一口也不舍得吃。对吧,姑姑?

良霞点一下头,若曦就过来亲她一口,热烈得像个天使。反而是若云,仍然像小时候,提防着门外的一条狗,不敢随便乱走。

大嫂二嫂抢着做饭、洗碗、给房梁除尘,都说在城里比家里还累,回来却也不得歇息,忙完家务就陪良霞,晓得良霞平常闷,争着说外头的新鲜事,想让热情把良霞的屋子填满。晓得她们一片好意,良霞再三招呼她们不要管她,她们哪里肯,竞相从包里掏出来的衣帽鞋袜,样样都是精心挑选的。她们在意良霞怎么看她们。

酒一上桌,大哥二哥的话才会多一些。男人的话题比女人大,从生意上的不良竞争,到国与国之间的领土纷争,什么都谈一些。说到心坎里的话，就频频点头，不同意的也不争，摇摇头，吃口菜，虽说是亲兄弟，虽说是在家里，也是一年难得见一面，和睦是第一。

短暂加热闹掩盖了许多真相，关于夫妻相处，关于儿女独立，关于物价飞涨，这些都不会在过年时抱怨。他们展现轻松和谐，展现自在和悠闲，那些掩盖不了的，比如白发和皱纹，会多少泄露一些天机。

归来者带回来的繁荣衬出她的落伍。他们的生活像在天外，她不好意思问，也不好意思装作没看见。不过，她还算沉着。她不添乱。

我们的姑姑。

先是自家侄儿侄女，再到人家的侄儿侄女，有的年纪太小，或者在外头出生的，不了解良霞的情况，被父母要求行礼，他们就随大美女若曦喊"姑姑"。渐渐地，哥嫂也这么喊。到末了，整个江心洲，尤其是过年，这些昔日的主人，今日的过客，向良霞发出亲昵的呼喊：姑姑，我们回来了。良霞变成了"我们的姑姑"。这亲切的呼喊声此起彼伏，他们向"我们的姑姑"问起霉干菜、糯米团子和豆瓣酱，他们问她要他们的童年、他们的记忆、他们的过去。说到过往的人事，他们把"我们的姑姑"拉出来做证：对不对，姑姑？没错吧，姑姑！

有时是控诉受过的苦，有时是证明自己勇敢过，全凭当时的情境。

徐若曦最记得姑姑的好：我姑姑晓得我爱臭美，我要上学时，她一夜没睡，为我做了一件衣裳。徐良霞不纠正，脑子里记住好的事，总比记得坏的强，脑子里只有人家的好，这样的人，也定能遇着好人。良霞微微地笑，看着他们打成一片，他们也喜欢良霞微微的、想笑的嘴角。走的时候，他们总会有人索要几幅姑姑的十字绣，送给体面的朋友。一般的东西拿不出手，他们说。

这十年工夫攒下的是"不一般的东西"。良霞是知足的，她咧开嘴角，微微地，想笑。

正月十五之前，他们会全部消失，就像她做的一场梦。

春节后的一天，从渡口走来的路上，有一个人经过良霞坐着的门口时突然停下了脚步。那个女人穿着件紫色长款大衣，头发简单地盘在脑后，这样的穿着，既简洁又端庄，符合她的年纪，如果她不开口，单从她的外表，良霞已经认不出她了。她站住，看着良霞说，良霞，我是腊梅。

当年那个在良霞跟前窘迫得想哭的姑娘已经完全变了样。比起多年前，腊梅那愣头愣脑的神情不见了，岁月在她的额头和眼角留下了操劳过度的印记。短暂的交流，良霞听明白了：她曾经在北京的秀水街卖过服装，她在那里学会了打扮自己，后来生意不好了，她又在服装厂干过一阵子，这几年，她又开了家网店，今年的生意渐有起色。她的儿子，也快高中毕业了，等他一毕业，说不定会接手她的网店，她今天回娘家是来看望留在江心洲的寡母，兄弟们待寡母不好，她跟丈夫商量好了，今天就打算把老人接到她所在的城市，亲自照料，如此等等。说这些的时候，她的眉头紧锁，焦虑的事好像还不只这么多。

说完她自己，她看着良霞。她没有像大多数见证过良霞的美的人那样，张口就是"你当年可是多么漂亮啊"；她也没有回忆当年那刺激到她的渡船上的邂逅，她问起良霞的健康，听着，静静地坐了一会儿，然后起身告别。她站起来的时候，良霞留意到她的腰背臃肿，也到了发福的年纪了。

过完年，再热闹起来的就是清明节，外头的人会回乡祭祖。二哥也回来了，还特意帮良霞带了台净水器，他清楚长江里的水不能直接喝了。快到门口时，二哥老远地瞧见一个老妇人站在门口晾衣裳，堤坝上有风，晾衣的绳子直晃，衣裳没甩上去，反而掉到地上。那老妇人，小心地往下蹲，蹲了两回才捡到衣裳，明知沾上了灰，竟也不在意，仍旧往绳子上搭去。

走到近前，果然是良霞，喊了两声，她才听出是二哥回来了，二哥上前扶她。她的手背和额角，因为排毒不畅，布满了老年斑，但是她的眼角，并无太多的褶子。良霞挣脱二哥，问他饿不饿，要进厨房给他做饭。

大嫂也是做奶奶的人了，也还是隔三差五地回来看她，送来米、盐和钱。有一天，大嫂来的时候，看到良霞坐在板凳上择芹菜，芹菜是连根拔的，良霞的手上沾满了泥巴。她一个人的日子过得很放松，因为她的神情很自在，人也胖了些。她的头发几乎全白了，她头巾扎得不紧，白发从两侧露出来，看不出她介意。更为重要的是，她懒懒的，大嫂来了，她并没有站起来招呼的热情。大嫂惶惑了，一瞬间感觉这个人没有半点儿值得同情的地方。临走时，病人还叮嘱做嫂子的：想家就回来。

良霞的语气充满着安慰，好像过得不好的人是这些走来走去的人。

她瞧见太阳底下自己的影子，挤成一团，分不清肩膀、腰身或腿。她晓得自己越来越佝偻了。再热的天，她都把双脚缩进衣服里，一切是那么安静。她听到了熟悉的、空洞的水流声，然后是一片沉寂。

九月重阳那天她发起了烧。

发烧的时候，良霞却觉得自己是走着路的——许多许多年前的太阳底下，她空着手，在严井湖边，沿着树篱的阴影往前走，她在那里生出对新生活的向往，她朝他一笑，凭着她的笑，她获得了崭新的希望。可是突然有一天，好像跟雨有关，她突然被卡在了现在躺着的不远处，一直到今天，动弹不得。

现在，她处于上升状态，她的背，她的整个身体都仿佛没有贴着床板，而是飘忽在半空之中，又好像站在崩塌了一大块的险滩边。她就那么站着，随时能飞起来。她觉得有点儿不能忍受这没有根的感觉。她嗅到了早晨青草的气味，栀子花的香气在飘荡，向她的身上笼罩。她注意到一只蜘蛛在床尾爬行，她喜欢这宁静的涣散的意识，既不觉得冷，也不觉得饿，她的嘴巴微微张开，触到了自己的小臂，第一次被人亲的就是这部位。那是三十年前,他冷不丁亲了她一口,除此之外,至今还从来没有一个男人真正抚摸过她的身体。她来不及有更多的体验,她假装对被亲吻惊恐无比,这是小小的狡黠,是用这种方式告诉对方这么做对她来说是何等大事。事实也是如此,她从小被百般呵护,深知美貌、洁净是她唯一的砝码,她死死地守护着整个地区。一吻定终身。她贪图这个美好的传说。

江心洲的夜万籁俱寂,黄鼠狼发出微弱的叫声,还有老鼠,趁着病人在床上翻身的时候,迅速从床边穿过。在这无风的夜晚,柏树一动不动地屹立在屋檐上方。良霞仰卧着,两眼紧盯着黑暗的苍穹。

第三天,一个邻居路过,探头进来问候她。她说她刚刚躺下——她撒了谎,然后闭目休息,她不讲客套,也不跟人道别。

第四天,她从床上起来,望了一会儿大江。江滩上又有一个工地,听说又打算建一个造船厂,水泥、黄沙,再往前是粼粼的波光。哦,说不定又有热闹起来的一天。

她死的那天,雾很大,太阳像躲猫猫一样出来又没了,良霞家的大门和房门都是敞开的。最早发现的是邻居老太太,她来回几趟都没有看到良霞。到了傍晚,她再次经过良霞家,出于对死亡的敏感,她呼喊了三声:

良——霞。

良——霞。

良——霞!

没有回应,邻居老太太径直走了进来,很快,她退到门外，开始向东西两头大声地叫唤。不一会儿，村子里的老人和孩子们纷纷往这儿跑。他们一个个站到房门口，小心地把头向里探望。

徐良霞安静地平躺着，薄薄的被子下面盖严实了脚，上头蒙住了脖子，她的双手放在身体两侧，前额的刘海儿夹到两耳边，露出光洁的额头，嘴巴微张，保持着呼出最后一口气时的轻松。她的睫毛覆盖住眼睛，显得那样坦然而从容，似乎她离去得那样自在，并没有辗转。她沉着的气质一下子把人给镇住了，她的被遗忘的美把人都给镇住了。那不可冒犯的感觉，使人一下子想起她二十岁的样子，那时，她令女人羡慕、男人垂涎。她羞涩而骄傲，对未来充满向往，谁都会相信她前程似锦。